■ 本书为浙江省哲学社会科学规划后期资助课题"颜延之与谢灵运诗歌比较研究"（项目编号：23HQZZ16YB）最终成果

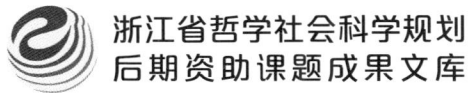

浙江省哲学社会科学规划
后期资助课题成果文库

颜延之与谢灵运诗歌比较研究

付利敏 著

浙江大学出版社
·杭州·

图书在版编目（CIP）数据

颜延之与谢灵运诗歌比较研究 / 付利敏著. -- 杭州：浙江大学出版社，2025.1
ISBN 978-7-308-24878-5

Ⅰ．①颜⋯ Ⅱ．①付⋯ Ⅲ．①颜延之(384-456)—诗歌研究②谢灵运(385-433)—诗歌研究 Ⅳ．①I207.22

中国国家版本馆 CIP 数据核字(2024)第 082338 号

颜延之与谢灵运诗歌比较研究

付利敏　著

选题策划	徐　婵
责任编辑	胡　畔
责任校对	赵　静
封面设计	周　灵
出版发行	浙江大学出版社
	（杭州市天目山路 148 号　邮政编码 310007）
	（网址：http://www.zjupress.com）
排　　版	杭州好友排版工作室
印　　刷	杭州钱江彩色印务有限公司
开　　本	710mm×1000mm　1/16
印　　张	18.25
字　　数	303 千
版 印 次	2025 年 1 月第 1 版　2025 年 1 月第 1 次印刷
书　　号	ISBN 978-7-308-24878-5
定　　价	88.00 元

版权所有　侵权必究　印装差错　负责调换
浙江大学出版社市场运营中心联系方式：(0571) 88925591；http://zjdxcbs.tmall.com

代序　比较诗人学中的颜、谢

曹　旭

一

比较诗人学是诗人和诗学都比较兴盛的时代产生的。建安时期作家作品的并称和三言两语的评论都是滥觞。

沈约、刘勰乃至范晔《后汉书》中的文学家传记，都有比较诗歌的评论。特别是体大思精的《文心雕龙》，面面俱到；但是，集比较诗人学大成的是钟嵘的《诗品》。因为本质上，刘勰的《文心雕龙》是一部理论著作。有形而上的理想，刘勰最根本的想法是把文学做成像经学一样的典范；形而下的意思，是指导人怎样写作。钟嵘的《诗品》也有诗学理想和诗歌理论，但他主要用于从"三品"就开始的诗歌批评——比较诗人学。

二

同位列南朝宋三大家的颜延之和谢灵运，在《诗品》中被钟嵘在不同角度、不同层次上比较多次。不说具体的评语，不说序言的结语，一上来分品，谢灵运在上品，颜延之只在中品；第一次由钟嵘组建的建安以来的中国诗歌史主轴，谢灵运便是南朝宋的主帅，颜延之是辅助他的副帅——这就有了研究的空间，也有了付利敏博士的这篇论文。

同时，自己耕耘六朝文学文论四十年，指导了硕士、博士生百名。指导百名研究生也许容易，但要找一百个论文题目让学生做却很难。从开始由萧统《文选》中产生的主题学、类型学、意象学，到以《诗品》为中心的诗人年谱的撰写，再到后来的专书研究，到比较诗人学。

与利敏同届的易兰博士做的就是建安诗人刘桢、王粲的比较研究；一波一波的题目，一届一届的学生，履带一般转动——直到下班的钟声响起——学生和题目都停止下来。

大转盘的指针，停在付利敏的博士论文上。

这是篇优秀的博士学位论文——全国三位匿名评审的专家一致这么说。

作为导师，高兴之余，觉得这篇论文有以下几个好处。

三

首先，不做空心的研究。在研究前，先大量阅读有关颜延之和谢灵运的各种文献资料，在此基础上做他们的年谱。

用翔实的资料、细密的论证，对其生平、仕历、交游、著作等方面进行考述——接近他们的本真；同时辐射到同时期重要的儒士文人和诗学现象，为刘宋文学研究尤其元嘉诗学研究奠定了坚实的文献基础。

其次，用文本细读的方法，品读颜延之和谢灵运留存在天地之间的各类作品，这是他们一生活过的证明，喜怒哀乐的片段，最真实的心里话；爱谁，恨谁，成功和失败的缘由。所谓文本细读，不是泛读，不是精读，而是把这些诗人的心灵史，放在时代的语境、文学的语境、历史的语境下，把有字的地方读透，在没有字的字里行间读出字来。把颜延之和谢灵运从高高的牌位上还原到我们的人堆里，成为可以询问、可以交谈的对象。最后回归到诗的本位、文学的本位、比较诗人学的本位。

再者，以文本细读无限制地逼近研究对象的本身；从钟嵘《诗品》开始，前溯后推，把散漫在各处的对颜、谢优劣的评骘，串联起来，系统起来，理论起来。

这就是，以南朝代表作家颜延之与谢灵运的诗歌比较为研究核心，从颜、谢诗歌渊源、题材内容、艺术风格等多方位做比较，辅之以颜、谢之争的公案为焦点；以作品的研究和阐释带动整个南朝的文人、文学、艺术、文化等,以点带面,由表及里。得出结论:颜延之秉承风雅的诗歌精神,故其诗义正词华,总体来看是守正的代表;谢灵运秉承风骚的诗歌精神,以顺从性情为出发点,故其诗兴高多奇,时有凄怆,总体可谓驭奇的典范。钟嵘提出颜、谢之争,其终究不是个人之间的较量,而是一场有关文体、文风、才学的博弈,是诗歌中四言与五言、守古与驭奇、运学与运才之间不同力量的演绎。

最后,对颜延之的研究和评判,是对一个诗人的研究和评判;对谢灵运的研究和评判,同样如此。但是,现在把颜延之和谢灵运放在一起对比研究、评判,就是一加一大于二的效果,如果再加入鲍照,就是对元嘉诗坛整体的俯瞰了。

四

历史是发展的,历史中的任何一位诗人,尤其是伟大的诗人,都会发生"移位",即我们现在读到的颜延之和谢灵运,其实已经不完全是当时的颜延之和谢灵运,而是经过历朝历代人阅读、理解和重塑过的颜延之和谢灵运——这就是"经典化"的过程。

经典是什么?经典,能成为流传不朽的经典,其根本原因在于,它不是"死"的,而是"活"的;不是经久不变的,而是具有弹性、具有张力和灵活性的。在于它在流传过程中,被后世的读者,各以其社会实践和生活经验解释成符合当时时代的普遍真理。经典既具有独特、伟大的个性,同时又接纳来自后世甚至异域的补充和挑战。

本书对文学经典化的多元探讨,同样发人深省。从历代对颜延之、谢灵运和鲍照的接受史来看,尤其从对三者的评价、诗人对后世的影响、诗集编选校注等多元角度,反映出文学尚新、尚雅、尚俗的走向,以及文学自身独立、纯粹的艺术特征。颜、谢位于文学通变的发轫期,其在诗歌创作上对修辞技巧、声色发掘、以悲为美的审美体验,以及对绘画艺术理论的融会贯通,尤其对文学本身审美和价值的发现,具有独创性与进步性,启发了齐梁重要的文论。历代对颜、谢优劣的讨论,主要体现出诗家愈加重视诗言志这一重要理论思想,守正驭奇、吟咏情性是诗歌发展中的经典论题,同时,文人的审美趣味趋向更加着眼于自然、兴象与神韵。

由此,颜、谢二人在齐梁文人心中的地位和影响,反映齐梁文学理论和审美趣味的走向,也许可以突破学界研究历代以谢灵运为宗的片面性和局限性。

五

欣闻这本优秀的博士论文即将出版,前弁数言,以志我对这本博士论文的喜欢,对其中翔实的文献、密丽语言的喜欢和对利敏博士善良性格的喜欢。

2024 年 12 月 26 日 星期四
于上海市松江区春九路伊莎士 55 号

目 录

绪 论 …………………………………………………………（1）
 一、有关颜延之的国内外研究综述 ………………………（3）
 二、有关谢灵运的国内外研究综述 ………………………（18）
 小 结 …………………………………………………………（43）

第一章 颜延之与谢灵运的诗歌创作形成背景 …………（44）
 一、颜、谢生活的政治土壤与思想风尚 …………………（44）
  （一）贵族衰落与寒士崛起 ………………………………（44）
  （二）儒释玄的合流与并驰 ………………………………（46）
 二、宋初及元嘉中期的文学自觉思潮 ……………………（50）
  （一）文学独立于儒、玄、史成为专门之学 ……………（50）
  （二）文学总集的整理和编订 ……………………………（52）
  （三）文学本质的深度发掘 ………………………………（53）
  （四）文学与音乐、绘画等艺术理论的暗合 ……………（55）
 三、颜、谢的家族与生平 ……………………………………（56）
  （一）家世情结：儒家世族与高门名望 …………………（56）
  （二）颜、谢之生平仕历简述 ……………………………（61）
  （三）颜、谢对刘宋政权的态度 …………………………（65）
 四、颜、谢的著述与思想 ……………………………………（67）
  （一）颜、谢著述统略 ……………………………………（67）
  （二）三教合流的思想 ……………………………………（76）
  （三）"士"的个体自觉 ……………………………………（80）

第二章　颜延之、谢灵运生平交游考略 (85)

一、颜延之与谢灵运交游考略 (85)

（一）仕宦交集 (85)

（二）文义赏会 (90)

（三）赠答与切磋 (92)

（四）颜、谢优劣论的肇端——余声 (97)

二、颜、谢生平交游述略 (103)

（一）王公诸侯 (103)

（二）儒官文士 (104)

（三）隐逸名士 (110)

（四）释僧佛徒 (112)

小　结 (115)

第三章　颜延之与谢灵运诗歌内容与艺术比较 (117)

一、内容题材多样性 (117)

（一）公宴诗：歌皇恩/抒怀抱 (117)

（二）游览诗：颂王游/苞名理 (119)

（三）哀伤诗：陪侍情/知交情 (124)

（四）赠答诗：矜重端庄/情思绵缈 (126)

（五）行旅诗：高古雄浑/自然清芬 (130)

二、艺术技巧多重性 (134)

（一）在场/缺席：声色与造形 (134)

（二）凝视/珍爱：移情与回归 (140)

（三）情境/意境：写势与生意 (146)

三、风格特征擅奇处 (153)

（一）"才高词华"/"善构巧似" (153)

（二）"错彩镂金"/"出水芙蓉" (155)

（三）"体裁明密"/"兴会标举" (156)

四、艺术风格指瑕说 (158)
　(一)尚雅正的规矩矜持——"隔" (159)
　(二)尚情性的疏慢阐缓——"逸荡" (160)
　小　结 (161)

第四章　敦经/融通:颜延之与谢灵运文学思想比较 (163)
一、博学转多师,怀古尚魏晋——同源不同宗 (163)
　(一)书须博通,诗亲子建 (164)
　(二)采涉儒经/熔铸骚辞 (165)
　(三)子建、士衡,掠美侧重 (167)
　小　结 (172)
二、精睿的文学本体与批评意识——秉承与超越 (173)
　(一)鲜明的文学本体意识 (173)
　(二)批评意识的自觉实现 (177)
三、文学审美趣味的交织与冲突 (204)
　(一)承继建安、西晋诗风的形式美学 (204)
　(二)庙堂与山林的异彩视野交织 (206)
　(三)乐府民歌的贬斥与赏咏 (209)
　小　结 (216)

第五章　颜、谢优劣论的历时性讨论及原因钩沉 (217)
一、南朝至唐初——颜、谢并举,评价初定 (217)
二、中唐至南宋——鲍、谢兴起,苏黄称陶 (220)
三、金元至明代——陶、谢并称,颜不如谢 (223)
四、有清一代——颜未必不如谢 (226)
五、优劣之争原因之一:诗言志发展的自然规律 (230)
　(一)守正与驭奇——诗歌流派的制衡 (230)
　(二)吟咏情性——诗歌的永恒主题 (231)

六、优劣之争原因二:诗歌审美趣味的遴选 ……………………(233)
　　(一)雕饰与自然 ………………………………………………(233)
　　(二)兴象与神韵 ………………………………………………(234)
小　结 ……………………………………………………………(237)

第六章　颜、谢之争:元嘉诗学观念的交织与熔铸……………(238)

一、颜、谢命运相通的追溯及其文学书写 ……………………(239)
二、颜、谢生命、审美、影响等异彩层次展开 …………………(244)
　　(一)保全生命、歌功颂德的选择 ……………………………(244)
　　(二)颜、谢文学审美趣味的交织 ……………………………(247)
　　(三)颜、谢文学审美趣味的冲突 ……………………………(250)
　　(四)颜、谢在南北朝的影响 …………………………………(253)
三、颜、谢之争的线索、内涵及原因 ……………………………(256)
　　(一)曹刘与曹王之争 …………………………………………(257)
　　(二)守古与通变之争 …………………………………………(259)
　　(三)学问与才气之争 …………………………………………(261)
　　(四)颜、谢之争的原因 ………………………………………(264)
小　结 ……………………………………………………………(266)

第七章　山水庙堂,各自擅奇——颜、谢树立的典范意义 ………(267)

一、审美范式的确立:错彩镂金与芙蓉出水 …………………(267)
二、"元嘉体"的奠定:形式与声色并美 ………………………(268)
三、推进文学发展的自觉 ………………………………………(269)
四、开启批评史上"优劣论"的经典命题 ………………………(271)

参考文献 ……………………………………………………………(273)

后　记 ………………………………………………………………(280)

绪　　论

目前学界有关颜、谢比较研究的成果甚少,相对于个案研究显示出极度的不平衡。王瑶先生《颜谢诗之比较》[①]据钟嵘之论扼要列出异同,实则承继梁代的批评要点。许文雨《谢灵运诗研究》[②]一文将谢灵运分别与曹植、陆机、颜延之做对比。许云和《芙蓉出水与错彩镂金——关于惠休与颜延之的一段公案》[③]则着眼于颜、谢诗歌中表现的精神风尚。白崇《同源异象——颜延之、谢灵运诗风异同论》[④]将二者置于同异的双视角下研究,对钟嵘理论多有发展,其论二人诗歌的共同点:典丽、繁密、雕琢、巧似、重视艺术形式等,不同之处表现在诗歌的主题、写景、内在气质等方面。杨艳华《论门第家族对颜延之、谢灵运诗歌创作的影响》[⑤]论述颜、谢二人因门第不同在知识结构、审美观和创作心态上产生差异。高华平《从"文笔之辨"到重"文"轻"笔"——〈诗品〉扬谢抑颜原因新解》[⑥]指出颜谢二人在"文笔"观念上分属于不同的阶段,故其诗歌创作方式和技法各异,谢灵运则以神思为胜。另外,亦有将元嘉三大家进行综合研究的成果。张润平《试论"元嘉体"的成因及其诗歌史意义》[⑦]论述元嘉三大家性格上都有仕与隐的矛盾,思想

---

① 王瑶.中古文学史论[M].北京:北京大学出版社,1998:305—307.
② 许文雨.谢灵运诗研究[J].国风半月刊,1933,11(02).
③ 许云和.芙蓉出水与错彩镂金——关于惠休与颜延之的一段公案[J].文学遗产,2016(03).
④ 白崇.同源异象——颜延之、谢灵运诗风异同论[J].江西师范大学学报(哲学社会科学版),2007(04).
⑤ 杨艳华.论门第家族对颜延之、谢灵运诗歌创作的影响[J].漳州师范学院学报(哲学社会科学版),2008(02).
⑥ 高华平.从"文笔之辨"到重"文"轻"笔"——《诗品》扬谢抑颜原因新解[J].华中师范大学学报(哲社版),1996(01).
⑦ 张润平.试论"元嘉体"的成因及其诗歌史意义[C]//北京师范大学全国博士生学术论坛(中国语言文学)论文集文学卷(上).北京,2007:114—120.

上儒、玄、佛兼容,创作心态上具有"心灵自由"与"人格独立"的精神,开创的"元嘉体"在中国诗歌史上具有承上启下继往开来的意义。时国强《士庶升降与元嘉三大家的创作》[①]论述士庶升降对元嘉三大家创作的影响。又,《颜、鲍、谢的名次地位之升降》[②]一文将三者地位的升降分为三个时期:南朝——颜、谢称盛期;唐宋——颜、鲍、谢并称定型期;明清——颜、鲍、谢名次纷歧期。分期大体符合实际情况,但是主次略不分明。孙歌《元嘉三大家诗中的光和色》[③]论述了元嘉三大家诗歌的艺术技巧,特别提出对颜色和光影的运用。以上论述比较精当,但还是偏于概述。

为进一步深化对颜、谢的比较研究,兹将当今学界对颜、谢的个案研究的成果分做综述。从20世纪初至今,研究成果可谓汗牛充栋。海内外学界对颜、谢二者的研究是逐年递增的,并且对谢灵运的研究始终高于对颜延之的研究。特别是21世纪以来,学界研究的力度已经大大超越整个20世纪研究的总和。

20世纪初到80年代,谢灵运研究有65篇论文,2部论著,颜延之虽然只有12篇论文,其成果却是相当可观的。此时,有关颜、谢研究的范围已经囊括了以下几个要点:作家生平及思想的研究,比如对于颜、谢二者年谱的书写;诗文赋的研究,如黄节为谢诗作注;对比研究,颜谢、陶谢、陶颜、颜鲍等之间的对比络绎涌现;评价的研究,可以说,这个时期的研究具有继往开来的意义,不仅拓展了前人的研究,而且启发了后人的研究重点和方向。自20世纪80年代至20世纪末,从研究范围上增加了影响接受、艺术特征及文学观念的研究;从研究内容上,艺术渊源、诗歌对比、诗文赋的研究更加细致广泛;从研究特色上,谢灵运的山水诗和颜延之的用典艺术研究蔚为大观。21世纪以来,对于颜、谢的研究更加全面化、专题化,研究视角更加新颖。

下面我们将从作家生平及思想、诗文赋、文学观念、对比、影响接受等五个方面,对20世纪以来至今国内外对颜、谢研究概况分别做综述分析。

---

① 时国强.士庶升降与元嘉三大家的创作[J].作家杂志,2010(06).
② 时国强.颜、鲍、谢的名次地位之升降[J].商丘师范学院学报,2010,26(10).
③ 孙歌.元嘉三大家诗中的光和色[J].文史知识,2017(03).

一、有关颜延之的国内外研究综述

自南朝刘宋至清代,颜延之的声价由高到低再到高,可谓争鸣不断。

20世纪初迄今,虽然对颜延之的研究总数不过百篇,但是取得的成果是值得肯定的。现有关颜延之的研究综述共四篇,熊红《生前名噪身后寂寞——近二十年颜延之研究综述》[①]所作较早,其文章分为生平与思想性格、诗歌创作、文赋创作、颜谢比较等四个方面总结研究概况,重点较为突出,但是对民国时期以及20世纪末的重要材料均未涉及,更遑论日本地区的文献资料,颇为遗憾。杨晓斌《颜延之研究回顾与反思》[②]主要的研究成果在于对《颜延之集》版本的研究、著作的梳理与辑佚方面给予高度的重视,并且提出了研究的不足以及学界应该努力的方向。但是,对颜延之研究的整体概况,杨晓斌注意到追溯到南朝刘宋的梳理,也对作家作品进行分类整理,但失于简略,同时也并未阐发和分析。作于同年的叶飞《试析颜延之研究综述》[③]可以与之互补,其文从颜延之的出仕时间、思想性格、著述研究、作品系年、诗歌创作、文赋、影响、颜谢比较等八个方面,进行了归纳梳理,颇为详细。由于所作年代比较早,对于当下的研究指导意义不足。石磊《颜延之研究百年回顾》[④]作于2014年,所载资料更为全面,首先从文学史著作、学术论文、研究专著等各个方面做了大致的研究历程概览;其次从专题研究入手,分为颜延之其人、著作及存佚的考证、诗文鉴赏及研究、影响与评价等四大方面,特别是对国内学者未涉足的民国文献以及日本文献的发掘,具有很大的参考价值。然亦有不足之处,首先对于民国文献只有目录不见内容的弊端,导致研究上的缺失;其次,由于年代的受限,未能反映最新的研究成果;最后,体例不甚完备,尚有改善的空间。

本书试图在研究文献上补缺,在研究内容上拓展与细化,客观呈现出研

[①] 熊红.生前名噪身后寂寞——近二十年颜延之研究综述[J].湖北省社会主义学院学报,2003(05).
[②] 杨晓斌.颜延之研究回顾与反思[J].宁夏师范学院学报,2009,30(01).
[③] 叶飞.试析颜延之研究综述[J].开封大学学报,2009,23(04).
[④] 石磊.颜延之研究百年回顾[J].古籍整理研究学刊,2014(05).

究所取得的成果和不足,为颜延之的研究做一个相对完善的综述。

1. 颜延之的生平与思想研究

(1)有关年谱的撰写

要了解一个作家及其作品,应该同时注意他所生活的时代。因此,年谱的编写及参考极为必要。

季冰是作颜延之年谱的第一人,其在《清华周刊》接连发表了《颜延之年谱、影》①《颜延之年谱(续)》②二文,对颜延之所处的时代、生平、仕历、行迹、诗文等均有考订,同时也记载了当时重要文人的事迹,比如陶渊明、范晔、谢灵运等。虽然考订十分翔实,但亦不免出现错失,如颜延之免官的时间、与何承天论难的时间,还有《赭白马赋》的创作时间,均推算有误。整体上,季谱具有筚路蓝缕之功,开启了后人作年谱的法门。缪钺《颜延之年谱》③相比季谱要更加严谨精要,虽然也记载同时文人的重要事迹,但不像季冰先生发论不止,仍以颜延之的事迹为主,主次分明,并且订正了季谱中明显的时间记载错误,虽然创作年代较早,但可谓颜延之年谱的佼佼者。后代均以缪谱作参照,比较重要的有曹道衡、沈玉成《中古文学史料丛考》、湛东飚《颜延之研究》附《颜延之年表》。诸家争论点在于颜延之出仕时间和外放始安太守的时间,有三说:"三十一岁"(季谱)、"三十二岁"(缪谱)、"二十岁"(曹、沈《丛考》)。其争论的焦点在吴国内史刘柳以为行参军、主簿,豫章公世子中军行参军的时间。按,曹、沈《丛考》颇为有据,从之。石磊《颜延之行实与诗文作年新考》④补充了"奉使入关行迹及时间"以及考订《请立浑天仪表》的写作时间。另外,后世研究有简要的年表,如日本森野繁夫《谢灵运与颜延之》附《谢灵运与颜延之年谱略表》⑤、黄磊《颜延之诗歌研究》附《颜延之年

---

① 季冰.颜延之年谱、影[J].清华周刊,1933,40(06).
② 季冰.颜延之年谱(续)[J].清华周刊,1933,40(09).
③ 缪钺.颜延之年谱[J].中国文化研究汇刊,1948(08).
④ 石磊.颜延之行实与诗文作年新考[J].古籍整理研究学刊,2008(06).
⑤ [日]森野繁夫.谢灵运与颜延之[C]//中国中古文学研究——中国中古(汉—唐)文学国际学术研讨会论文集.北京:学苑出版社,2005.

谱补正》①、李之亮《颜延之行实及〈文选〉所收诗文系年》②、黄水云《颜延之及其诗文研究》附《颜延之年表》③等。

(2)有关人物的考辨

杨晓斌《颜延之生平与著述考论》④收录五篇考论文章:《元嘉十七年至二十九年间颜延之仕历考辨》对颜延之在此期间的仕历进行详细的考证,对前人所作的年谱进行了补缺工作;《颜延之出为始安太守始末考》一反旧说,认为颜延之外放的时间为景平元年,考证辨洽,持论有据,可备一说;《颜延之三十以后出仕质疑》一文按照曹道衡、沈玉成的研究思路对刘柳仕历时间的考证,进一步论定颜延之出仕当在二十二岁;《"颜虎"抑或"颜彪"》根据唐代文献对"虎"的讳称,认为《南史》颜延之本传中"颜彪"应为"颜虎";《两"颜延之"辨》主要对刘宋颜延之与晋时武将颜延作了区分。

(3)有关颜延之其人的研究

现存最早的为1930年世铎《颜延之不喜见要人论》⑤一文,论颜延之其人具有名士的情怀,欲挽颓风而救人心。林梦窗《谈颜延之》⑥可谓对颜延之的大加鞭挞,也是有史以来第一人。其论颜延之人狂诞、诗不佳、貌不扬,为人可取,作诗不可取。周建忠《论颜延之之狂》⑦继承林梦窗"狂诞"一说,并且将颜延之与阮籍、谢灵运进行对比,分析其性格、人品的不同。曹道衡《论颜延之的思想与创作》⑧讲到颜延之的生平,对其正直的人格有所肯定。沈玉成《关于颜延之的生平与作品》⑨,对其性格、交往、思想、诗歌特点、散文骈文的成就等均有精到的论述。孙明君《玩世如阮籍,善对如乐广——元嘉诗人颜延之》⑩运用史传的笔法勾勒颜延之的一生,对其诗其文作了肯定

---

① 黄磊.颜延之诗歌研究[D].上海:上海师范大学,2007.
② 李之亮.颜延之行实及《文选》所收诗文系年[J].郑州大学学报(哲学社会科学版),1994(01).
③ 黄水云.颜延之及其诗文研究[M].台北:文史哲出版社,1989.
④ 杨晓斌.颜延之生平与著述考论[M].北京:人民文学出版社,2022.
⑤ 世铎.颜延之不喜见要人论[J].潭冈乡杂志,1930,11(01).
⑥ 林梦窗.谈颜延之[J].中国文艺(北京),1942,5(06).
⑦ 周建忠.论颜延之之狂[J].烟台师院学报(哲学社会科学版),1986(01).
⑧ 曹道衡.论颜延之的思想与创作[J].古典文学论丛,1986(04).
⑨ 沈玉成.关于颜延之的生平和作品[J].西北师大学报(社会科学版),1989(04).
⑩ 孙明君.玩世如阮籍,善对如乐广——元嘉诗人颜延之[J].古典文学知识,2015(02).

的评价。此方面研究成果突出的当属杨晓斌《颜延之的人生命运及其著作的编辑与流传——兼谈〈颜氏传书〉本〈颜光禄集〉的文学与文献价值》①一文,认为颜延之的性格、门第、仕履对其命运产生了重要的影响,指出颜延之门第不高、性格自负、政治上并不躁进、佯狂养身,故而比较幸运。尤其对颜氏门第不高的考证,特别出彩。

(4)有关人物思想的研究

曹道衡《论颜延之的思想与创作》②认为颜延之的思想接近正统的儒家。李宗长《论颜延之的思想》③一文是学界对颜延之思想展开研究的首篇专题论文,与沈玉成先生持论颜延之以儒家思想为主,兼有佛教思想略有不同,李认为颜延之的思想比较复杂,以儒家思想为主导,又不排斥新兴的玄佛思想。乐胜奎《六朝刘宋儒学探析——以颜延之、宗炳思想为例》④一文提出,面对儒学衰微的困境,颜延之采取了援佛入儒的对策,将佛学的报应论引入,即"施报之道,必然之符",以结合儒家的天人感应说,寻找二者在形而上的层面的契合点,这种儒、佛兼备的思想为日渐衰微的儒学注入新的理论活力,文章说理循序渐进,持论颇有见地。另,王永平、孙艳庆《颜延之的经学建树及其学风旨趣》⑤提出颜延之具有贵简约、重义理等典型的玄化倾向。

(5)有关人物的交游研究

颜延之的交游很广泛,有晋末名士陶渊明,刘宋文人郑鲜之、谢灵运、何尚之、何承天,刘宋名士王球、王僧达,僧释竺道生、慧琳等等,但是学界有关此方面的研究甚少。

魏正申《陶渊明与颜延之交往新议》⑥一文否定了陶、颜交往甚密一说,从陶、颜二者在政治态度、思想品格、文学创作与文学主张等三个方面的不

---

① 杨晓斌.颜延之的人生命运及其著作的编辑与流传——兼谈《颜氏传书》本《颜光禄集》的文学与文献价值[J].文学遗产,2012(02).
② 曹道衡.论颜延之的思想与创作[C]//《社会科学战线》编辑部.古典文学论丛第4辑.济南:齐鲁书社,1986.
③ 李宗长.论颜延之的思想[J].南京社会科学,1996(06).
④ 乐胜奎.六朝刘宋儒学探析——以颜延之、宗炳思想为例[J].武汉大学学报(人文科学版),2009,62(6).
⑤ 王永平,孙艳庆.颜延之的经学建树及其学风旨趣[J].黑龙江社会科学,2009(06).
⑥ 魏正申.陶渊明与颜延之交往新议[J].怀化师专学报,1991(05).

同讨论陶、颜不可能成为挚友,并且和陶渊明情款只是颜延之单方面的一厢情愿。次年,卫军英《颜延之与陶渊明关系考辨》[①]继魏说,从《陶征士诔》一文,同时从二者的诗文创作和评价,即颜延之对陶诗的评价只有"文取旨达"四字,陶渊明的赠答诗中未见有颜,找出论据,认为陶、颜晚年之交并不可靠,陶、谢只是故交而并不能称作知己。世传之所以失误恰恰在于颜延之为陶渊明作《陶征士诔》中提到二者的交游,且不知颜所作诔文只是一种情感的宣泄。李剑锋《颜延之与靖节征士》[②]则反对魏、卫说,认为陶、颜是莫逆之交,二人的友谊是有身世、思想、追求、个性等诸多方面为基础的。邓小军《陶渊明政治品节的见证——颜延之〈陶征士诔并序〉笺证》[③]亦持论陶、颜为挚友。有关颜、谢的交游,专论实在罕见。陈虹岩《"景平外放"及谢灵运、颜延之的文学唱和》[④]从寥寥可数的文献论述,即从颜延之与庐陵王刘义真、谢灵运的交往和颜、谢的赠答诗入手,论证二者只是宦游之情。陈虹岩《颜延之与王僧达的文学交游》[⑤]认为颜延之、王僧达之间既有才华上的赏识、性情上的相赏,亦反映了高门望族对寒门世族的体认。持论虽有失平正,却也丰富了颜延之交游的研究。另,日本学者森野繁夫《谢灵运与颜延之》[⑥]主要谈论了颜、谢二者的仕历及命运的不同,对二者的交情用墨甚少。

(6)有关人物的家族文化影响研究

学界亦有从家族文化的角度,讨论颜氏家族的文化与地位对颜延之的思想、著述等产生的影响。如杨艳华《论门第家族对颜延之、谢灵运诗歌创作的影响》[⑦]和王永平、孙艳庆《论东晋南朝琅邪颜氏代表人物的政治行迹

---

① 卫军英.颜延之与陶渊明关系考辨[J].杭州大学学报(哲学社会科学版),1992,22(01).
② 李剑锋.元前陶渊明接受史[M].济南:齐鲁书社,2002.
③ 邓小军.陶渊明政治品节的见证——颜延之《陶徵士诔并序》笺证[J].北京大学学报(哲学社会科学版),2005,42(05).
④ 陈虹岩."景平外放"及谢灵运、颜延之的文学唱和[J].齐齐哈尔大学学报(哲学社会科学版),2017(07).
⑤ 陈虹岩.颜延之与王僧达的文学交游[J].哈尔滨师范大学社会科学学报,2017,8(04).
⑥ [日]森野繁夫.谢灵运与颜延之[C]//中国中古文学研究——中国中古(汉—唐)文学国际学术研讨会论文集.北京:学苑出版社,2005.
⑦ 杨艳华.论门第家族对颜延之、谢灵运诗歌创作的影响[J].漳州师范学院学报(哲学社会科学版),2008(02).

及其门风特征》①一致认为,颜延之积极入仕体现了皇权政治恢复时士族的政治诉求。孙艳庆《中古琅邪颜氏家族学术文化与文学研究》②和常昭《六朝琅邪颜氏家族文化与文学研究》③两篇博士论文,专门讨论琅邪颜氏家族背景下的颜氏的文学和学术,其中皆有对颜延之的论述。这两篇文章可谓从一个大的家族背景下对颜延之的整体观照,开阔了研究视野。

2. 颜延之的诗文赋等著作研究

(1)颜延之著作的综合研究

20世纪80年代以来,学界对颜延之的作品渐渐重视起来,初步的研究往往对颜延之作品进行综合探讨。周建忠《论颜延之的文学创作》④一文首先在晋宋文学因革的大背景下对颜延之"错彩镂金""雕缋满眼"进行评价,这虽然是颜诗的一大缺点,但对于扭转玄言诗风无疑是一大进步。其次,周文将颜延之的诗歌进行分类,主要就其中三类来谈,即行旅、恋情、咏史;同时对颜延之的骈文,如哀祭文、表文以及《庭诰》给予了高度的赞赏,认为其成就高于颜诗。整体来看,周说持论比较公允,但是在诗歌的分类上不太妥当,如将《秋胡诗》归类为恋情诗。曹道衡《论颜延之的思想和创作》⑤对颜延之比较著名的诗文赋均有评价,如评价《五君咏》"质朴、刚劲",从思想和艺术上可以看作颜诗中的压轴之作;评《祭屈原文》《陶征士诔》基调与《五君咏》一致。曹文主张思想和创作上不必过高评价亦不必全盘否定。周田青《试论颜延之的文学创作》⑥认为颜延之的创作比较复杂,大抵功过参半,并提出应该全面地看待颜延之的文学创作,给予客观的评价。周田青将颜延之的诗文分为两类:第一类是面对现实、有感而发,情文并茂者;第二类是奉诏应制之作,和会赠答,行文晦涩者。按照创作时间,以屏居里巷为界分为前后两期。该文承认文学史上对颜延之文学特征的评价,并指出了"绮密"

---

① 王永平,孙艳庆.论东晋南朝琅邪颜氏代表人物的政治行迹及其门风特征[J].黑龙江社会科学,2010(05).
② 孙艳庆.中古琅邪颜氏家族学术文化与文学研究[D].扬州:扬州大学,2010.
③ 常昭.六朝琅邪颜氏家族文化与文学研究[D].济南:山东师范大学,2011.
④ 周建忠.论颜延之的文学创作[J].山东师范大学学报(人文社会科学版),1985(05).
⑤ 曹道衡.论颜延之的思想与创作[C]//《社会科学战线》编辑部.古典文学论丛第4辑.济南:齐鲁书社,1986.
⑥ 周田青.试论颜延之的文学创作[J].思想战线,1990(06).

不但指喜用典故和对偶,也应该包含谋篇布局、章法结构。最后,重新评价颜延之,将其廊庙等应制之作视为南朝的典范,同时指出因雕镂太甚为后世冷落。李佳《颜延之作品新探》①在前人研究的基础上,提出颜延之的作品风格具有庄重典雅、凝练、含意丰富的特点。同时,指出颜延之对形式与技巧的努力,促进了六朝唯美主义文学的兴盛。孙明君《颜延之与刘宋宫廷文学》②也是从颜延之的成就着眼,称赞其"庙堂大手笔",从庙堂大手笔的确立、庙堂文学的历史定位与文学价值、宫廷文学的诗史地位等三部分,论述颜延之所代表的宫廷文学是南朝隋唐宫廷文学复兴的号角,重估了颜延之在文学史上重要的地位与影响,具有启发性。另,周田青《颜延之诗、文证误二则》③考订《为竟陵王世子临会稽郡表》为萧昭胄之作,并非颜延之作品。李佳《颜延之诗文四篇写作年代考》④将颜延之的作品《行殣赋》《白鹦鹉赋》《夏夜呈从兄散骑车长沙》和《吊张茂度书》,进行了时间上的大致划分,不仅精准,亦有开创之功。

(2)颜延之著作分类及其研究

颜延之诗歌研究。

诗篇个案的研究。日本学者高桥和巳著、王则远译《论颜延之的〈秋胡行〉——兼谈中国的叙事诗(节译)》⑤论述《秋胡诗》虽然是以民间故事为题材,却在修辞与格调上保持了古典的对仗形式,追求含有意味的普通化,肯定了颜延之在叙事诗上做出的突破。高恒《〈文选〉"咏史诗"情感的转向——论颜延之对〈秋胡诗〉的转变》⑥整体上继承高氏之说,从内容上分析了颜延之《秋胡诗》对刘向《列女传》的改造,主要体现在语言称谓、人物性格及故事情节更加趋向雅化,体现了贵族文学对民间文学的学习与改造。吴晟《叙事诗体与说唱体之比较——以〈秋胡行〉诗与〈秋胡变文〉为例》⑦则将

---

① 李佳.颜延之作品新探[J].北京大学研究生学志,2008(02).
② 孙明君.颜延之与刘宋宫廷文学[J].文学遗产,2012(02).
③ 周田青.颜延之诗、文证误二则[J].史文,1992(34).
④ 李佳.颜延之诗文四篇写作年代考[J].浙江师范大学学报(社会科学版),2007,32(01).
⑤ [日]高桥和巳.论颜延之的《秋胡行》——兼谈中国的叙事诗(节译)[J].王则远,译.齐齐哈尔师范学院学报,1996(02).
⑥ 高恒.《文选》"咏史诗"情感的转向——论颜延之对《秋胡诗》的转变[J].青年文学家,2017(04).
⑦ 吴晟.叙事诗体与说唱体之比较——以《秋胡行》诗与《秋胡变文》为例[J].暨南学报(哲学社会科学版),2013(10).

诸家叙述诗《秋胡诗》与说唱体《秋胡变文》作比较。李羽阳《颜延之〈五君咏〉试析》[1]对其中的《阮步兵》《嵇中散》《向常侍》等三首诗歌进行了内容分析以及艺术阐释，认为咏阮籍诗风格较沉郁，咏嵇康诗较俊逸，咏向秀诗兼二者。虽论述不周，但开了风气之先。周溶泉《咏古人而己之性情俱见——读颜延之的〈五君咏〉》[2]一文对颜延之的《五君咏》对每一联诗句都做了具体而微的阐释，并从整体上对其思想和艺术进行剖析，颇有借鉴价值。黄水云《论〈文选〉咏史诗类——颜延之〈五君咏〉》[3]认为《五君咏》是结合史传、史论、咏怀之作，宋明清诗学理论家对其评论甚高，对后世文学产生了一定的影响。杨晓斌《论颜延之〈应诏宴曲水作诗〉的写作背景、动机与主旨》[4]论述颜延之此诗并非一般的应诏之作，而是具有讽谏意义的。因而成为颜延之被黜的导火索。论点新颖，可备一说。美国汉学家田晓菲称颜延之为南朝的第一位宫廷诗人，其应诏诗如《车驾幸京口侍游蒜山作》等，高度表现皇权和王国的权威。[5]

诗歌分类及其内容研究。萧统《文选》将颜诗分别归入公宴、咏史、游览、哀伤、赠答、行旅、郊庙七类；周建忠《论颜延之的文学创作》[6]继萧统之说，增加恋情、咏物两类。但是周文将《为织女赠牵牛》《秋胡诗》归类为恋情诗，似乎不甚妥当。曹道衡《论颜延之的思想和创作》[7]分为两类：朝庙应制之作和抒情自怀或借古以自况之作。李宗长《颜延之诗歌主题选择的文化审视》[8]等则根据诗歌题材将其分为四类：应诏章奏之作、唱酬赠答之作、抒情自况之作、游历登临之作；吴功正《颜延之诗美成就论》[9]分为雕缋之作、悲咽之作与寄慨之篇三类。以上论文在分类的同时，均对颜诗做出客观的

---

[1] 李羽阳.颜延之《五君咏》试析[J].常德师专学报（哲学社会科学版），1990(01).
[2] 周溶泉.咏古人而己之性情俱见——读颜延之的《五君咏》[J].名作欣赏，1997(06).
[3] 黄水云.论《文选》咏史诗类——颜延之《五君咏》[J].辽东学院学报，2005,7(02).
[4] 杨晓斌.论颜延之《应诏宴曲水作诗》的写作背景、动机与主旨[J].甘肃社会科学，2007(02).
[5] [美]Tian X. Representing Kingship and Imagining Empire in Southern Dynasties Court Poetry[J]. T'oung Pao, 2016:52.
[6] 周建忠.论颜延之的文学创作[J].山东师范大学学报（人文社会科学版），1985(05).
[7] 曹道衡.论颜延之的思想与创作[C]//《社会科学战线》编辑部.古典文学论丛第4辑.济南：齐鲁书社，1986.
[8] 李宗长.颜延之诗歌主题选择的文化审视[J].贵州师范大学学报，1992(03).
[9] 吴功正.颜延之诗美成就论[J].齐鲁学刊，1994(01).

阐释和艺术赏析，比较有特色的当属李宗长提出颜延之诗歌主题选择的文化审视表现在对天神的尊崇和对自我的表现上。

诗歌艺术风格与技巧研究。钱钢《论钟嵘〈诗品〉对颜延之诗歌的评价》[①]，在钟嵘评价的基础上，对颜诗"渊出陆机、尚巧似、体裁绮密，情喻渊深，动无虚散，一字一句，皆致意焉、喜用古事，弥见拘束"等艺术风貌进行论述。谌东飚在这方面的用力颇深，其《六朝审美风尚与颜诗用典》[②]分析了从魏晋到宋齐，用典渐渐成为时代的审美风尚，颜延之用典第一其实是时代风气使然。《颜诗用典与诗的律化》[③]一文论述颜延之用典促进了诗歌的律化，主要体现在有利于短小篇制的形成、制造对偶句，有利于将声律说引进诗歌，协调平仄等。其《论颜诗"以用事为博"》[④]一文详细地分析了颜诗的用典特色，即表现在用典密度的加大、用典方式的改变（集锦、截取、调整）等，继而分析了颜诗用典的原因，乃与刘宋复古思潮与时代风气有关。陈书录《论颜延之对偶诗对初唐律诗的影响》[⑤]其实略早于谌东飚的论述，陈论颜延之诗歌的特征是文字和用典上的对偶，其表现为的名对、联绵对、双声对等，对齐梁新体诗的发展，乃至初唐诗歌的定型化都有着重要的影响。李宗长《颜延之诗歌风格论》[⑥]论述颜诗的风格主要表现为藻丽、典密、清壮，对玄言诗的改革是有一定意义的。吴怀东《颜延之诗歌与一段被忽略的诗潮》[⑦]认为颜延之的应制诗创作颇丰，突出的艺术特色便是典故的大量使用。这一现象的发生则是与刘宋皇权的声张与诗坛重视形式美的风气有关。因此，颜延之的应制诗可看作一种典型。黄亚卓《论颜延之公宴诗的复与变》[⑧]指出颜延之的公宴诗与谢灵运山水诗同时是影响刘宋诗坛的两种诗歌风格。颜延之的公宴诗有四种显著的特征：尊神颂美的主题倾向；丰赡绵密的体制；藻丽典雅的辞采；整炼工巧的笔法。这种主题倾向与形式体制

---

① 钱钢.论钟嵘《诗品》对颜延之诗歌的评价[J].中州学刊，1990(05).
② 谌东飚.六朝审美风尚与颜诗用典[J].长沙水电师院学报（社会科学版），1989(01).
③ 谌东飚.颜诗用典与诗的律化[J].求索，1994(06).
④ 谌东飚.论颜诗"以用事为博"[J].求索，1994(06).
⑤ 陈书录.论颜延之对偶诗对初唐律诗的影响[J].南京师大学报（社会科学版），1992(01).
⑥ 李宗长.颜延之诗歌风格论[J].江苏社会科学，1992(06).
⑦ 吴怀东.颜延之诗歌与一段被忽略的诗潮[J].山东大学学报（社会科学版），1998(04).
⑧ 黄亚卓.论颜延之公宴诗的复与变[J].上海师范大学学报（哲学社会科学版），2003，32(03).

恰恰体现了颜延之公宴诗的复与变。叶飞《论颜延之诗歌的声韵之美》[①]则论述了颜延之诗歌在平仄与押韵方面的探索和实践，为古体诗向近体诗的转变奠定了基础。石磊《颜延之对五言新诗体的探索》[②]一文具有前瞻性的意义，视角新颖。石文首次注意到颜延之的五言诗对四言诗的借鉴，主要表现在：将四言诗用语习惯与结构特征移植于五言诗；将典籍气度与诏策文风引入五言诗；将山水诗写景的特征用入应制诗；使五言诗承载起四言诗的颂赞功能。这些对我们研究颜延之诗歌的价值以及元嘉诗运转捩起到积极的启发作用。廉水杰《钟嵘诗学视域下颜延之的诗歌创作》[③]从钟嵘论颜延之的才性经纶儒雅、诗风错彩镂金、诗法同祖曹植三大方面做了整体观照。其中，廉文提出颜延之与谢灵运同祖曹植，论点新颖。

诗歌渊源研究。陈璐《论颜延之对陆机诗歌的接受》[④]从公宴诗、赠答诗、行旅诗和乐府诗等四种诗歌类型上，论述颜延之对陆机诗歌的接受。

颜延之文章的研究。

学界对颜延之文赋的研究特点：一是关注度不够，二是很不平衡。

学界对颜延之文《陶征士诔》的研究获得了较为显著的成果。李剑锋《颜延之与靖节征士》[⑤]讨论颜延之与陶渊明的交游，称二者为莫逆之交。同时认为颜诔结合儒道玄的思想对陶渊明进行高度的评价，而诔文中所刻画的陶隐士的形象是颜延之自我理想和追求的写照。诔文揭示了陶渊明出仕、归隐的原因，深深影响了同时代人以及后世对陶渊明的评价。邓小军《陶渊明政治品节的见证——颜延之〈陶徵士诔并序〉笺证》[⑥]论述颜诔用一种特殊的方式高度评价了陶渊明的诗歌，即诔文大量妙用渊明诗文中的字词。诔文中多有微言，如"巢、由之抗行，夷、皓之峻节"即颜延之对陶渊明政治节操之总赞语。颜诔成功塑造了躬耕编织、艰苦卓绝、淡泊心和自由心彻底觉悟、严肃认真的陶渊明形象。邓文议论新颖，是当下陶颜研究的重要参考。

---

① 叶飞.论颜延之诗歌的声韵之美[J].开封教育学院学报,2013,33(02).
② 石磊.颜延之对五言新诗体的探索[J].古籍整理研究学刊,2012(05).
③ 廉水杰.钟嵘诗学视域下颜延之的诗歌创作[J].中国诗歌研究,2012(00).
④ 陈璐.论颜延之对陆机诗歌的接受[J].重庆师范大学学报(社会科学版),2018(02).
⑤ 李剑锋.元前陶渊明接受史[M].济南:齐鲁书社,2002.
⑥ 邓小军.陶渊明政治品节的见证——颜延之《陶徵士诔并序》笺证[J].北京大学学报(哲学社会科学版),2005,42(05).

日本学者松冈荣志《关于颜延之的〈陶征士诔〉》①认为其创作动机一方面是表达对故友的哀悼,另一方面则是表现自己的写作技巧。发论可谓自是一家,可备一说。莫砺锋《颜延之〈陶征士诔并序〉在陶渊明接受史上的地位》②盛赞了颜延之《陶征士诔》"情文并茂,意味深远",堪称"陶渊明接受史上具有开创意义的重要文献"。其文对《陶征士诔》李善注与五臣注的异文以及注解进行了扼要分析,得出李善注为优,然二者都具有较高的学术价值的判断。

学界对《庭诰》《祭屈原文》二文虽有研究,但成果较少。尉建翠《从〈庭诰〉看颜延之的思想和文学主张》③分析了《庭诰》的主要内容,体现了颜延之的儒家思想。另外,尉文注意到颜延之强调音乐与诗歌的关系,惜未展开系统的论述。刘辉《颜延之〈庭诰〉浅论》④大体沿袭尉文的思路,所不同的是增加了《庭诰》对《颜氏家训》的影响,只是略论,没有详述。赵俊玲《〈文心雕龙〉与〈文选〉祭文观辨析》⑤在刘勰和萧统在祭文的选择上突出二者文学观念的不同。对萧统选择颜延之《祭屈原文》论述了萧统对颜延之喜用事、重雕琢文风的欣赏。然而对《祭屈原文》并没有作具体阐释。

学界亦有对颜延之文章整体进行论述者。李宗长《论颜延之的文与赋》⑥分析了颜延之文赋的内容及艺术特色,其论述主要以宫廷生活为表现内容,部分篇作也能以情为文,图写情兴。艺术特色主要体现在运思上的追新求异和语言上的对仗。陆立玉《论颜延之的文、赋创作》⑦一文将颜延之的哀祭文、咏物赋、书表之作概况进行了大概的梳理,对代表性的文章分析了内容和结构,总结了文赋的艺术风格。整体上与论颜延之诗并无大的差别。张莎莎《颜延之骈文探析》⑧将颜延之的骈文分为四类:奉诏及公文类、对人间世情的抒发类、对人生哲理的探讨及感悟类、咏物之作。她指出颜文

---

① [日]松冈荣志.关于颜延之的《陶征士诔》[J].梁克隆,译.中华女子学院山东分院学报,2006(04).
② 莫砺锋.颜延之《陶征士诔并序》在陶渊明接受史上的地位[J].学术月刊,2012,44(01).
③ 尉建翠.从《庭诰》看颜延之的思想和文学主张[J].时代文学(双月版),2007(05).
④ 刘辉.颜延之《庭诰》浅论[J].北方文学(下半月),2011(09).
⑤ 赵俊玲.《文心雕龙》与《文选》祭文观辨析[J].郑州大学学报(哲学社会科学版),2013,46(02).
⑥ 李宗长.论颜延之的文与赋[J].贵州师范大学学报(社会科学版),1996(01).
⑦ 陆立玉.论颜延之的文、赋创作[J].语文学刊(基础教育版),2007(10).
⑧ 张莎莎.颜延之骈文探析[J].赤峰学院学报(哲学社会科学版),2013(08).

融会了儒玄佛思想,艺术风格上与颜诗同调。刘涛《颜延之骈文论略》[1]综合分析了颜延之骈文的艺术成就与缺陷,特别对颜延之的《三月三日曲水诗序》、诔文、哀策文等进行了艺术分析。以上两文研究概括性较强,艺术性、思想性与价值研究较弱。

颜延之赋的研究。

姜维公《颜延之〈赭白马赋〉本事考》[2]从赭白马的本事入手,分析了其名称、功用与象征,进一步探讨得知颜延之笔下的赭白马当是高句丽进贡给刘宋王朝的。这一研究偏重历史考索,颜赋只作为征引材料,并没有进行深入的文本研究。王学军《颜延之〈行殣赋〉创作时间考及政治意蕴探微》[3],分析了《行殣赋》的创作时间是在颜延之赴始安途中,内容表面为哀叹路旁死者惨状,其深层含义在于悼念宋少帝刘义符、庐陵王刘义真,并表达了对自己前途和命运的担忧。

其他著述研究。

颜延之集的研究,杨晓斌用力最深,他主持两项有关颜延之的课题,论述发表最多,成果最丰,其《类书、总集误收颜延之诗文辨正》[4]对《海录碎事》、《诗渊》、逯钦立《先秦汉两晋南北朝诗·宋诗》所收录的颜延之诗文进行了订误。《逸集·别集辨析——兼谈〈颜延之逸集〉的性质与内容》[5]对历来被人忽视的《颜延之逸集》进行了内容与性质的探讨,区分了逸集与别集的关系。《古本〈颜延之集〉结集与流传稽考》[6]考订《颜延之集》三十卷、《颜延之逸集》一卷在萧梁武帝时期结集,毁于侯景兵火和萧绎焚书;隋唐时期散佚为二十五卷;南宋中兴时期仅有《颜延之集》五卷,南宋末年全部亡佚。另,王学军《颜延之集编年笺注》[7]和李佳《〈颜延之集〉校注及其研究》[8]对颜

---

[1] 刘涛.颜延之骈文论略[J].韩山师范学院学报,2008,29(02).
[2] 姜维公.颜延之《赭白马赋》本事考[J].东北史地,2005(02).
[3] 王学军.颜延之《行殣赋》创作时间考及政治意蕴探微[J].南阳师范学院学报,2017,16(10).
[4] 杨晓斌.类书、总集误收颜延之诗文辨正[J].文史哲,2006(04).
[5] 杨晓斌.逸集·别集辨析——兼谈《颜延之逸集》的性质与内容[J].图书馆杂志,2007(04).
[6] 杨晓斌.古本《颜延之集》结集与流传稽考[J].图书情报工作,2008,52(03).
[7] 王学军.颜延之集编年笺注[M].北京:人民文学出版社,2021.
[8] 李佳.《颜延之集》校注及其研究[D].成都:四川大学,2003.

延之主要诗文进行校注,前者更加注重考辩、编年、辑佚。

颜延之具体著作的研究。杨晓斌《颜延之〈逆降义〉钩沉》[①]《颜延之〈论语说〉的流传、真伪及撰作缘起考论》[②]《颜延之〈幼诰〉〈纂要〉的内容及其训释方法——兼论与〈说文〉〈尔雅〉之关系》[③]等三篇文章对《逆降义》《论语说》《幼诰》《纂要》四部著作的流传与辑佚、历代著录题名卷数、撰作缘起、创作时间和内容性质等四个部分进行了详细的探讨。

3. 颜延之的文学观研究

学界对颜延之文学观的研究不多,且多掺杂在对其生平思想以及诗文总体的研究和评价中,很少有专论。为方便以后对颜延之的整体研究,现将散落在其他研究篇章中的有关颜延之文学观的研究略作概述。

颜延之的文学观。曹道衡《论颜延之的思想和创作》[④]认为颜延之既承认诗歌对认识社会的作用,又多推崇庙堂之作,不重视甚至轻视民歌,反映了颜延之的文学观带有士大夫阶层的偏见。颜论诗推重阮籍、嵇康和刘桢,一定程度上继承了"诗可以怨"的传统。廉水杰《钟嵘〈诗品〉"颜延论文,精而难晓"考释》[⑤]一文更是明确颜延之以"宗经""连类""比物"为基点的文学观念,并且运用到了文学创作中,从而决定了其文学观包含有内容的用事、用典,语言的精工、精巧,富有雅言的音韵等。有关颜延之文学观点的文献,王运熙、杨明著《魏晋南北朝文学批评史》可以说辑录比较全。

颜延之的"文笔说"。范文澜认为颜延之"文笔说"为《庭诰》佚文。[⑥] 詹杭伦《〈文心雕龙〉"文笔说"辨析——附论"集部"之分类沿革》[⑦]认为,颜延之与刘勰在"有韵为文,无韵为笔"的认知上并无矛盾,但是三者之间亦存在分歧。颜延之是从文献分类的观念出发的,主张讨论"文笔"问题应当与经

---

① 杨晓斌.颜延之《逆降义》钩沉[J].文史哲,2011(06).
② 杨晓斌.颜延之《论语说》的流传、真伪及撰作缘起考论[J].齐鲁学刊,2011(04).
③ 杨晓斌.颜延之《幼诰》《纂要》的内容及其训释方法——兼论与《说文》《尔雅》之关系[J].西北师大学报(社会科学版),2011,48(01).
④ 曹道衡.论颜延之的思想与创作[C]//《社会科学战线》编辑部.古典文学论丛第4辑.济南:齐鲁书社,1986.
⑤ 廉水杰.钟嵘《诗品》"颜延论文,精而难晓"考释[J].中国文化研究,2013(01).
⑥ (梁)刘勰,著.范文澜,注.文心雕龙注[M].北京:人民文学出版社,1958:658.
⑦ 詹杭伦.《文心雕龙》"文笔说"辨析:附论"集部"之分类沿革[J].文艺研究,2009(01).

典分离;刘勰是从宗经的观念出发的,主张讨论"文笔"问题,也应该从经传说。廉水杰《〈文心雕龙〉引颜延之所论"言笔文"语义辨正》[1]一文认为刘勰论颜延之"文笔说"之"言"的内涵表明经典是侧重陈述事理;"笔"的内涵正是侧重用言辞陈述其事的文体;"文"是广泛意义层面的文章。颜延之把"经典"称为"言",旨在表明经典是一种表明事理,具有教化色彩的文体。此种分类体现了颜延之宗经思想与文体辨析意识,但也易混淆概念,这正是颜延之早期的文学观。后期渐渐成熟,表现在他认为"文"是具有审美性的诗赋之类的文体。

4. 颜延之的比较研究

颜、谢和元嘉三大家比较研究,见上文。

陶、颜、谢比较研究。学界有关陶、颜的研究,多集中在《陶征士诔》的讨论中,上文已述。

颜延之与何承天比较研究。二人之间的交游在文学史上颇为有名,即颜延之作《释达性论》三次致信何承天,可惜学界关注不够。刘静《何承天文学综论》[2]亦只是在诗歌上进行比较,其文在"何承天的诗歌创作"一章中有"何承天与颜延之诗歌对比"一节,论述二者都是擅长写廊庙体的诗人,他们诗歌崇尚典雅的诗风,在诗歌内容和艺术形式方面有诸多相似之处。比较有特色的是对二者思想的比较,石磊《颜延之研究》[3]中有相当详细的论述,可以参考。

综观比较研究,其特点表现为:整体研究多,个案研究少;诗歌比较没有特色,大部分还是各论一家,总结性强,且常一言以概之。

5. 颜延之的影响与评价研究

有关颜延之的影响与评价研究,其实大都已经包含在以上各个研究层面中,兹就专篇而略论之。刘跃进《〈文选〉中的四言诗》[4]认为颜延之所作四言诗大都较为平庸,萧统选录《宋郊祀歌》具有"尝鼎一脔"之意。莫砺锋

---

[1] 廉水杰.《文心雕龙》引颜延之所论"言笔文"语义辨正[J]. 文心雕龙研究,2013(11).
[2] 刘静. 何承天文学综论[D]. 开封:河南大学,2011.
[3] 石磊. 颜延之研究[D]. 长春:东北师范大学,2012.
[4] 刘跃进.《文选》中的四言诗(上)[J]. 古典文学知识,2011(04).

认为颜延之《陶征士诔并序》堪称"陶渊明接受史上具有开创意义的重要文献"①。杜凤侠称颜延之为《咏怀诗》的第一作者,推动了《咏怀》诗在更广阔的时空中的传播和接受②。

罗国莲《颜延之诗歌评价研究》③将颜延之放在历史的长河中进行横向和纵向的爬梳和定位:颜、谢并称,颜、谢优劣之争,颜、鲍、谢的并称,陶潜崛起与颜谢地位的比照等,对颜延之地位的历史升降进行了客观、冷静的展示。研究的基本特点是以历史文献为据,这种研究方法颇有可取之处,比较直观,但亦存在弊端,即放弃了诗歌本位的探讨,淹没于二手材料中,从而模糊了颜诗真正的历史价值。

6. 研究专著

有关颜延之的研究论著并不多。黄水云《颜延之及其诗文研究》④和陈美足《南朝颜、谢研究》⑤出版在同一年,二书存在多处重合,研究构思十分接近,主要从人物时代思潮、生平交游、思想性格、诗文分类、艺术特色等诸多方面进行探讨,比较出色的就是有关诗歌艺术特色方面,在颜色、声音、声调等方面的类比排列,展现了颜诗对诗歌的创新。陈书虽名为比较,但只是将二者在同一研究方面并列展开叙述,并没有真正做比较。二书具开创之功,但存在的问题均为"述而不论"。石磊《颜延之文集校注》⑥和晚出的李佳《颜延之诗文选注》⑦可以说是至今为止仅有的两部有关颜延之的诗文的注本,且只是选注,并不齐全。谌东飚《颜延之研究》⑧当是研究颜延之颇有价值的力作。其中有关生平的考证,颇有参考价值。特别是对颜诗促进了诗歌的律化和对刘宋诗坛的复古等两个观点,别出心裁。最新的研究专著当是王晓燕、刘郝霞、韦强合著《被误读的"元嘉体"颜延之"文"新释》⑨,该

---

① 莫砺锋.颜延之《陶征士诔并序》在陶渊明接受史上的地位[J].学术月刊,2012,44(01).
② 杜凤侠.论颜延之在阮籍《咏怀》诗接受史上的贡献[J].盐城师范学院学报(人文社会科学版),2006,26(05).
③ 罗国莲.颜延之诗歌评价研究[D].台北:台湾大学,2014.
④ 黄水云.颜延之及其诗文研究[M].台北:文史哲出版社,1989.
⑤ 陈美足.南朝颜、谢研究[M].台北:文津出版社,1989.
⑥ 石磊.颜延之文集校注[M].长春:吉林大学出版社,2005.
⑦ 李佳.颜延之诗文选注[M].合肥:黄山书社,2012.
⑧ 谌东飚.颜延之研究[M].长沙:湖南人民出版社,2008.
⑨ 王晓燕,刘郝霞,韦强.被误读的"元嘉体"颜延之"文"新释[M].成都:四川大学出版社,2014.

书从颜延之的文章着眼,探讨了颜延之在文学史上被误读的原因,并对严可均校辑《上古三代秦汉三国六朝文》所辑录的36篇文章按照文体分类、内容分类,探讨了颜文的特点、成因及影响。此角度比较新颖,填补了颜延之研究的大量空白。

日本学界的研究内容涵盖广泛,包括颜延之的生平、思想、交游、诗文等诸多方面,如森野繁夫《颜延之の〈庭诰〉と褊激の性》(六朝诗の语汇および表现技巧の研究)①、住谷孝之《颜延之『北使洛』と『怀古』の抒情の形成》②、大矢根文次郎《颜延之的诗》③、冢本信也《南朝乐府民歌受容——颜延之与鲍照》④等等。

综上所述,学界对颜延之的研究在生平、诗歌艺术、文集的整理和研究方面均取得了重大成果,但不足之处亦明显:颜延之的思想和交游需要再进一步探究;颜延之的骈文和赋两种文体专题研究成果罕见;颜延之诗歌的渊源研究成果单一;颜延之的比较研究太少等等。以上五点均为我们以后研究可以着力之处。

二、有关谢灵运的国内外研究综述

1. 谢灵运的生平与思想研究

有关年谱的撰写。20世纪以来,有关谢灵运的年谱共有17种,按照时间序列于兹:叶瑛《谢灵运年谱》⑤、丁陶庵《谢康乐年谱》⑥、汤用彤《谢灵运事迹年表》⑦、郝立权《谢康乐年谱》⑧、郝昺衡《谢灵运年谱》⑨、船津富彦《谢

---

① [日]森野繁夫. 颜延之の《庭诰》と褊激の性[J]. 中国古典文学研究,2003.
② [日]住谷孝之. 颜延之《北使洛》と《怀古》の抒情の形成[J]. 中国诗文论丛,2016.
③ [日]大矢根文次郎. 颜延之的诗[J]. 东洋文化研究所纪要,日期不详.
④ [日]冢本信也. 南朝乐府民歌受容——颜延之与鲍照[C]//东北学院大学论集. 出版地不详,1997.
⑤ 叶瑛. 谢灵运年谱[J]. 学衡,1924(33).
⑥ 丁陶庵. 谢康乐年谱[J]. 文学周刊,1925(38).
⑦ 汤用彤. 谢灵运事迹年表[J]. 北京大学国学季刊,1932(01).
⑧ 郝立权. 谢康乐年谱[J]. 齐大季刊,1935(06).
⑨ 郝昺衡. 谢灵运年谱[J]. 华东师大学报(人文社会科学版),1957(03).

灵运年谱》①,沈振奇《陶谢年表》②,顾绍柏《谢灵运生平事迹及作品系年》③,杨勇《谢灵运年谱》④,李运富《谢灵运年事简表》⑤,森野繁夫《谢灵运与颜延之年谱略表》⑥,李雁《新订简明谢灵运年表》⑦,宋红《谢灵运简明年谱》⑧,金午江、金向银《谢灵运生平及生平系年》⑨,侯云龙《谢灵运年谱》⑩,宋红《谢灵运年谱汇考》⑪,张兆勇《谢灵运年谱辑要》⑫。其中,宋红两篇研究论文《关于谢灵运年谱中的几个问题》⑬与《谢灵运年谱考辨》⑭对谢灵运年谱中的几个问题进行了考论,为《谢灵运年谱汇考》的重要内容之一。诸谱的研究大体结构上并无出入,在社会时局、主要事迹、诗文系年等方面均有论述,但争议颇多,如谢康乐袭封的时间、《撰征赋》的写作时间、入莲社与否等等。顾绍柏《谢灵运生平事迹及作品系年》对谢灵运的诗文系年最为详尽;李雁《新订简明谢灵运年表》补入了一则敦煌文献,有助其"谢灵运有叛逆之志"之说。其中宋红《谢灵运年谱汇考》可谓谢灵运年谱的集大成之作,几乎囊括20世纪以来所有的研究成果,并且对历来年谱中所争论的问题以及未发现的问题均进行了详细的考辨,同时,宋红亲自实地考察谢灵运一生的行迹,论据相当可靠。另外学界对谢灵运被弹劾与被杀的研究得力,如李雁《谢灵运被劾真相考——兼考谢灵运之卒期》⑮、张小夫《谢灵运流放广州时

---

① [日]船津富彦.山水诗人——谢灵运传记[M].东京:集英社,1983.
② 沈振奇.陶谢诗比较[M].台北:学生书局,1986.
③ 顾绍柏.谢灵运集校注[M].郑州:中州古籍出版社,1987.
④ 杨勇.谢灵运年谱[C]//葛晓音,主编.谢灵运研究论集.桂林:广西师范大学出版社,2001.
⑤ 李运富.谢灵运集[M].长沙:岳麓书社,1999.
⑥ [日]森野繁夫.谢灵运与颜延之[C]//中国中古文学研究——中国中古(汉—唐)文学国际学术研讨会论文集.北京:学苑出版社,2005.
⑦ 李雁.谢灵运研究[M].北京:人民文学出版社,2005.
⑧ 宋红.天地一客——谢灵运传[M].杭州:浙江人民出版社,2005.
⑨ 金午江,金向银.谢灵运山居赋诗文考释[M].北京:中国文史出版社,2009.
⑩ 侯云龙.谢灵运年谱[J].吉林师范大学学报(人文社会科学版),2005,33(05).
⑪ 宋红.谢灵运年谱汇考[M]//范子烨,主编.中古作家年谱汇考辑要(卷二).西安:世界图书出版西安有限公司,2014:248—414.
⑫ 张兆勇.谢灵运集笺释[M].北京:中国社会科学出版社,2017.
⑬ 宋红.关于谢灵运年谱中的几个问题[J].国学,2014(01).
⑭ 宋红.谢灵运年谱考辨[J].文学遗产,2001(01).
⑮ 李雁.谢灵运被劾真相考——兼考谢灵运之卒期[J].文学遗产,2001(05).

间及死因考》[①]、刘志庆《谢灵运的被杀与刘宋的国策》[②]、洪绵绵《王弘奏免谢灵运事考》[③]、《谢惠连〈雪赋〉探微——兼论元嘉相王专权及与谢灵运罹罪之关系》[④]等考论文章,观点虽然相互争鸣,亦可补历年来的年谱研究。

有关评传的撰写主要有叶笑雪《谢灵运传》[⑤]、船津富彦《山水诗人——谢灵运传记》[⑥]、日本学者小尾郊一《谢灵运》[⑦]、林文月《谢灵运》[⑧]、日本学者小尾郊一《谢灵运:孤独山水诗人》[⑨]、沈玉成《谢灵运》[⑩]、李森南《山水诗人谢灵运》[⑪]。诸传大体上按照史传中的记载,叙述人物的生平。陶玉璞《视角的差异——20世纪有关谢灵运年谱传记观点之研究》[⑫]一文对其所搜集到的九部年谱和七部人物评传进行了分析和总结,尤其列举了目前日本学界突出的研究成果,可供参考。

有关其人的研究。生平概述:徐公持《山水诗的鼻祖谢灵运》[⑬]、钱志熙《谢客风容映古今——谢运生平与创作漫谈》[⑭]简要叙述了谢灵运的生平与诗歌。孙明君《山水诗人谢灵运》[⑮]、森野繁夫《东晋末的谢灵运》[⑯]对谢灵运的生平与仕历进行了分阶段分时期梳理。

性格心理说。史文《论谢灵运的"心杂"——中国传统文人的一面镜子》[⑰]论述谢灵运"心杂"是那个时代文人和知识分子精神状况的写照。吴

---

① 张小夫.谢灵运流放广州时间及死因考[J].兰州学刊,2005(03).
② 刘志庆.谢灵运的被杀与刘宋的国策[J].中华读书报,2011-04-06(15).
③ 洪绵绵.王弘奏免谢灵运事考[J].文学遗产,2017(04).
④ 洪绵绵.谢惠连《雪赋》探微——兼论元嘉相王专权及与谢灵运罹罪之关系[J].中山大学学报(社会科学版),2017,57(03).
⑤ 叶笑雪.谢灵运诗选[M].上海:古典文学社,1957.
⑥ [日]船津富彦.山水诗人——谢灵运传记[M].东京:集英社,1983.
⑦ [日]小尾郊一.谢灵运[J].广岛大学文学部纪要第30、31、32卷,1971、1972、1973.
⑧ 林文月.谢灵运[M].北京:生活·读书·新知三联书店,2014.
⑨ [日]小尾郊一.谢灵运:孤独山水诗人[M].东京:汲古书院,1983.
⑩ 吴慧娟,等.中国历代著名文学家评传:第一卷[M].济南:山东教育出版社,1983:357—374.
⑪ 李森南.山水诗人谢灵运[M].台北:文史哲出版社,1989.
⑫ 陶玉璞.视角的差异——20世纪有关谢灵运年谱传记观点之研究[J].中国诗歌研究动态,2014(02).
⑬ 徐公持.山水诗的鼻祖谢灵运[J].文史知识,1985(04).
⑭ 钱志熙.谢客风容映古今——谢灵运生平与创作漫谈[J].中国典籍与文化,1999(01).
⑮ 孙明君.山水诗人谢灵运[J].文史知识,2015(01).
⑯ [日]森野繁夫.东晋末的谢灵运[J].中国中世文学研究,2003(44).
⑰ 史文.论谢灵运的"心杂"——中国传统文人的一面镜子[J].兰州学刊,2006(01).

冠文、陈文彬《庙堂与山林之间：晋宋之际谢灵运的出处进退历程》[1]分析了谢灵运仕与隐的矛盾心理，这种矛盾的心态或多或少为六朝乃至整个中国古代社会大部分文士的真实写照。高建军《浅析谢灵运的"狂傲"》[2]分析了谢灵运性格上狂傲形成的原因以及导致的命运悲剧，并由此带来山水诗歌上的成就。

政治态度的探讨。王季思《晋末民族诗人谢灵运》[3]认为谢有"逆志"。沈玉成《谢灵运的政治态度和思想性格》[4]反对谢灵运忠于晋的说法，认为谢灵运对刘宋王朝不合作出于顽强的门阀意识而不肯屈心降志。孙良申《谢灵运与政治》[5]首次评价谢灵运在政治上的深思和勇敢。

命运悲剧说。顾绍柏《论谢灵运》[6]认为谢灵运基本上处于仕与隐的矛盾中，是朝廷权力斗争的牺牲品。程世和《孤悬的个体：谢灵运生存悲剧论》[7]一文论述，在社会与自然的双重困境中，谢灵运成为孤悬的个体并终至毁灭。唐爱明《重论谢灵运的悲剧性人生》[8]提出谢灵运的遗传性病弱一说，发前人所未发。施又文《从心理分析浅谈谢灵运的仕隐冲突》[9]亦持此说。

本事考论。顾绍柏《谢灵运生平及作品系年的几个问题》[10]对谢灵运的任职仕历及免官等相关行迹和三篇诗文的系年进行考证。顾农《谢灵运研究中的两个问题》[11]考订谢灵运袭封时间，论述其并无逆志以及悲剧命运。更多的是对于谢灵运的行迹进行的论考，为我们了解谢灵运的生平增加不

---

[1] 吴冠文,陈文彬.庙堂与山林之间：晋宋之际谢灵运的出处进退历程[J].清华大学学报(哲学社会科学版),2013,28(03).
[2] 高建军.浅析谢灵运的"狂傲"[J].古典文学知识,2007(01).
[3] 王季思.晋末民族诗人谢灵运[J].决胜,1938(11).
[4] 沈玉成.谢灵运的政治态度和思想性格[J].社会科学战线,1987(02).
[5] 孙良申.谢灵运与政治[J].文学前沿,2005(01).
[6] 顾绍柏.论谢灵运[J].学术论坛,1986(01).
[7] 程世和.孤悬的个体：谢灵运生存悲剧论[J].陕西师范大学学报(哲学社会科学版),1995,24(01).
[8] 唐爱明.重论谢灵运的悲剧性人生[J].宁夏大学学报(人文社会科学版),2006,28(03).
[9] 施又文.从心理分析浅谈谢灵运的仕隐冲突[J].东海大学图书馆馆刊,2016(07).
[10] 顾绍柏.谢灵运生平及作品系年的几个问题[J].文学遗产,1993(02).
[11] 顾农.谢灵运研究中的两个问题[J].扬州大学学报(人文社会科学版),2003,07(05).

少资料。如陈赞鼎《谢灵运游雁荡山考》①、潘懿丹《谢灵运永嘉郡吏治考辨》②、陈冰原《谢灵运诗地名考三则》③、杨勇《谢灵运与永嘉》④等。施又文《谢灵运的游踪与交通方式》⑤对谢灵运的行迹进行了动态的探讨,很有新意。

有关思想的研究。谢灵运的思想历代是研究热点,并且常与谢灵运诗文创作联系在一起。有关佛教与文学的关系放到下文"谢灵运的诗文赋集等著作研究",此处所列研究成果偏重于对谢灵运本人思想的整体研究。

三教一体说。叶瑛《述学:谢灵运文学》⑥认为谢灵运思想具有复杂性,合儒释道三教一体而形成超世人生观。邓小君《三教圆融的临终关怀——谢灵运〈临终诗〉考释》⑦对于儒释道三教圆融的可能性给予了解释。

儒学思想。霍贵高《谢灵运儒学人格论析》⑧论儒家思想是谢灵运复杂思想的主要方面,体现在"三不朽"思想与人生追求等三大方面。

佛学思想。齐文榜《佛教与谢灵运及其诗》⑨论述谢灵运不仅在思想上受净土宗与涅槃师的影响,其诗歌创作亦受影响。马晓坤《谢灵运佛教思想论略》⑩和王永波、王辉斌《论谢灵运与佛教的关系》⑪均论述了谢灵运的崇佛活动与具体的诗文著作中体现的佛学思想。

玄学思想。蒲友俊《玄言·山水·谢灵运》⑫、蔡彦峰《玄学与谢灵运诗歌考论》⑬、张兆勇《大地回声与人生玄思——从几首诗看大谢散在人生旅

---

① 陈赞鼎.谢灵运游雁荡山考[J].温州师范学院学报(哲学社会科学版),1991(02).
② 潘懿丹.谢灵运永嘉郡吏治考辨[J].温州大学学报(社会科学版),2007,20(05).
③ 陈冰原.谢灵运诗地名考三则[J].温州师范学院学报(哲学社会科学版),1991(02).
④ 杨勇.谢灵运与永嘉[J].温州师范学院学报(哲学社会科学版),1992(04).
⑤ 施又文.谢灵运的游踪与交通方式[J].东海大学图书馆馆刊,2016(08).
⑥ 叶瑛.谢灵运文学[J].学衡,1924(03).
⑦ 邓小君.三教圆融的临终关怀——谢灵运《临终诗》考释[C]//葛晓音,主编.香港浸会大学人文中国学术丛书·汉魏六朝文学与宗教.上海:上海古籍出版社,2005.
⑧ 霍贵高,姜剑云.谢灵运儒学人格论析[J].武陵学刊,2011(06).
⑨ 齐文榜.佛教与谢灵运及其诗[J].文学遗产,1988(02).
⑩ 马晓坤.谢灵运佛教思想论略[J].浙江工业大学学报,2002,30(06).
⑪ 王永波,王辉斌.论谢灵运与佛教的关系[J].贵州社会科学,2005(06).
⑫ 蒲友俊.玄言·山水·谢灵运[J].四川师范大学学报(社会科学版),1983(03).
⑬ 蔡彦峰.玄学与谢灵运诗歌考论[J].南京师范大学文学院学报,2012(03).

程中的玄韵》[1]等皆论述了玄学对谢灵运人生及其诗作的影响。

道教思想。吴冠文《谢灵运奉道与信佛辨》[2]认为与佛教相比,道教才是谢灵运安身立命的思想根系。杨清龙《试论谢灵运的神仙道教思想》[3]结合谢灵运的诗文概述了其道教思想。

有关交游的研究。目前学界对谢灵运的交游研究集中在其与佛教人物的关系上,其中以姜剑云的研究成果最丰:《谢灵运与黑衣宰相慧琳》[4]《谢灵运与"头陀僧"昙隆交游考》[5]《谢灵运与慧严、慧观》[6]《谢灵运与慧远交游考论》[7]《谢灵运与钱塘杜明师》[8]。整体上看,谢灵运与佛教人物的交往研究很全,但是与刘宋当时重要的文臣之间的交往均缺乏考论。

2. 谢灵运的诗文赋集等著作研究

谢灵运著作的综合研究。

学界最早出版的诗集:殷石臞《谢灵运诗》[9];最早的诗歌专篇批评论文:萧涤非《读谢康乐诗札记》[10];最早一部诗注:黄节《谢康乐诗注》[11];第一篇学位论文:王成荃《谢灵运诗研究》[12];集大成的全集校注:顾绍柏《谢灵运集校注》[13]。可见,早期对谢灵运的研究已经硕果累累。

继萧涤非论谢诗后,叶瑛《述学:谢灵运文学》[14]从谢灵运的思想、文艺、谢诗渊源、文学史地位等五个方面概述,提出谢灵运爱美又得美之环境,所

---

[1] 张兆勇.大地回声与人生玄思——从几首诗看大谢散在人生旅程中的玄韵[J].南华大学学报(社会科学版),2016,17(04).
[2] 吴冠文.谢灵运"奉道"与"信佛"辨[J].浙江学刊,2011(01).
[3] 杨清龙.试论谢灵运的神仙道教思想[J].书目季刊,1994,27(04).
[4] 姜剑云.谢灵运与"黑衣宰相"慧琳[J].宗教学研究,2007(02).
[5] 姜剑云.谢灵运与"头陀僧"昙隆交游考[J].江西师范大学学报(哲学社会科学版),2007,40(01).
[6] 姜剑云.谢灵运与慧严、慧观[J].河北大学学报(哲学社会科学版),2005(06).
[7] 姜剑云.谢灵运与慧远交游考论[J].太原师范学院学报(社会科学版),2005(04).
[8] 姜剑云.谢灵运与钱塘杜明师[J].中国道教,2005(03).
[9] 殷石臞.谢灵运诗[M].上海:商务印书馆,1935.
[10] 萧涤非.读谢康乐诗札记[J].清华中国文学会月刊,1931,1(04).
[11] 黄节.谢康乐诗注[M].北京:人民文学出版社,1958.
[12] 王成荃.谢灵运诗研究[D].武汉:武汉大学,1940.
[13] 顾绍柏.谢灵运集校注[M].郑州:中州古籍出版社,1989.
[14] 叶瑛.谢灵运文学[J].学衡,1924(33).

以形成一种美感文学。许文雨连续发表两文,其《谢灵运诗研究》[①]探讨曹植与谢灵运、陆机与谢灵运、颜延之与谢灵运等比较研究;其《谢灵运诗述评》[②]分五大部分:一、生平;二、风格;三、修辞(经纬绵密、丽辞、练字);四、指瑕(疏慢阐缓、首尾不辨、冗长说、繁芜说、文傲说、不成句法说、重字叠句说、晦滞说、伪文说);五、遗逸等,可谓对谢诗进行了比较全面的、客观的分析。赵瑞蕻《池塘生春草,园柳变鸣禽:关于中国第一位山水诗人谢灵运及其创作的一些探索》[③]论述了谢灵运山水诗的影响、谢康乐体的内容、谢诗直接反映现实和描写民生疾苦、山水诗的巨大成就、谢诗的地位及影响等五个方面,客观评价谢灵运山水诗对中国五言诗的贡献。

另外学界也对谢灵运其人其事其诗作了考证文章:罗国威《新发现的谢灵运佚文及〈述祖德诗〉佚注》[④]、纪赟《新辑谢灵运〈慧远碑〉商兑》[⑤]对谢灵运的佚文进行辑佚和辨伪。郑伟《谢灵运〈临终诗〉佚文注文辨正》[⑥]和皋于厚《"池塘生春草"非谢灵运梦惠连所得》[⑦]对流传已久的"梦谢惠连作"进行翻案。孙明君《〈拟魏太子邺中集诗八首〉作年臆度》[⑧]认为《拟魏太子邺中集诗八首》应该作于谢灵运38岁前。

学界关注的热点之一是佛教与谢灵运的文学创作。张国星《佛学与谢灵运的山水诗》[⑨]论谢诗受大乘佛学的影响,主要表现为抒情方式、时空关系、艺术特征等。齐文榜《佛教与谢灵运及其诗》[⑩]论述其诗歌创作受佛教影响,主要表现为用佛教典故入诗和咏唱佛教义理。同时,也论述了山水诗与佛教的关系:采用佛家习用语;选取显示佛家庄严的空寂的事物;借山水

---

① 许文雨.谢灵运诗研究[J].国风(半月刊),1933(11).
② 许文雨.谢灵运诗述评[J].明远,1934(01).
③ 赵瑞蕻.池塘生春草,园柳变鸣禽:关于中国第一位山水诗人谢灵运及其创作的一些探索[J].南京大学学报(哲学·人文科学·社会科学版),1991,28(01).
④ 罗国威.新发现的谢灵运佚文及《述祖德诗》佚注[J].辽宁大学学报(哲学社会科学版),1996(03).
⑤ 纪赟.新辑谢灵运《慧远碑》商兑[J].古籍研究,2006(01).
⑥ 郑伟.谢灵运《临终诗》佚文注文辨正[J].图书馆理论与实践,2011(09).
⑦ (皋)于厚."池塘生春草"非谢灵运梦惠连所得[J].镇江师专学报(社会科学版),1992(02).
⑧ 孙明君.《拟魏太子邺中集诗八首》作年臆度[J].文学遗产,2006(03).
⑨ 张国星.佛学与谢灵运的山水诗[J].学术月刊,1986,18(11).
⑩ 齐文榜.佛教与谢灵运及其诗[J].文学遗产,1988(02).

刻画具有象征性的封闭世界,表达对佛国的向往。而后学界从佛学的各个角度进行探讨,如李小荣《观想念佛与谢灵运山水诗》①、李小荣、张志鹏《净土观想与谢灵运山水意象及意境之关系略探》②、普慧《弥陀净土信仰与谢灵运的山水文学创作》③、姜剑云《谢灵运的佛教文学创作》④、施又文《谢灵运儒释道思想与山水诗的创作》⑤等,均从佛教与山水文学创作关系的视角进行研究。

谢灵运著作的分类研究。

诗歌研究。

目前学界对谢灵运诗歌的研究综述只见一篇,即姜彦章《谢灵运诗歌研究综述》⑥,此篇文章以17篇文献为资料,勾勒研究的大体风貌。但据笔者考察,截至2014年,有关谢灵运的诗歌研究已经高达数百篇,有关专著研究已经高达20部。现从有关谢诗的个案研究、分类研究、思想内容、艺术风格等四个方面概述(比较研究与评价影响研究另分章节),将卓有成效的研究成果概述如下:

诗歌个案研究。顾农《谢灵运新研三题》⑦对《邻里相送至方山》《临川被收》《临终诗》进行了解读,揭示了谢灵运复杂的心理。李壮鹰《论"池塘生春草"》⑧论"池塘生春草"之成为"佳句",是崇尚个体感受的魏晋六朝时期,士人们以自我为中心的风习所造成的。谢灵运山水诗名篇如《登池上楼》《石壁精舍还湖中作》《过白岸亭》《邻里相送至方山》《七里濑》皆有赏鉴性文章。其中学界较有争议的是《拟魏太子邺中集诗八首》,诸家争论的焦点有三:《邺中集》是否存在?《拟邺中集》是否为拟作?《拟邺中集》的创作主旨到底为何?持《邺中集》存在之观点者有邓仕梁《论谢灵运〈拟魏太子邺中集

---

① 李小荣.观想念佛与谢灵运山水诗[J].贵州大学学报(社会科学版),2000,18(04).
② 李小荣,张志鹏.净土观想与谢灵运山水意象及意境之关系略探[J].社会科学研究,2007(05).
③ 普慧.弥陀净土信仰与谢灵运的山水文学创作[J].学术月刊,2004,36(03).
④ 姜剑云.谢灵运的佛教文学创作[N].光明日报,2018-04-02(13).
⑤ 施又文.谢灵运儒释道思想与山水诗的创作[J].东海大学图书馆馆刊,2016(12).
⑥ 姜彦章.谢灵运诗歌研究综述[J].文教资料,2014,29(14).
⑦ 顾农.谢灵运新研三题[J]山东师范大学学报(人文社会科学版),2003,48(03).
⑧ 李壮鹰.论"池塘生春草"[J].文艺研究,2003(06).

诗》》①、刘则鸣《谢灵运〈拟邺中集八首〉考论》②、孙明君《谢灵运〈拟魏太子邺中集诗八首〉中的邺下之游》③、许云和《从〈邺中集〉到〈拟魏太子邺中集〉——曹丕书写建安文学史的历史》④等。许云和认为谢灵运的拟诗不是拟构了一场魏太子邺中宴集,而是以曹丕的《邺中集八首》为蓝本而创作的拟体诗。持《邺中集》不存在之观点者有颜庆余《〈邺中集〉小考》⑤、郭晨光《有关谢灵运〈拟魏太子邺中集诗〉的几个问题》⑥等。另有从艺术上进行批评赏鉴如许铭全《谢灵运〈拟邺中集八首并序〉中的文学批评义涵——兼论拟作中的抒情自我问题》⑦、陈志信《谢灵运〈拟魏太子邺中集诗八首〉并序的〈文选〉式阅读》⑧等。

诗歌分类研究。最早当属陆侃如《读诗杂记》⑨和钟优民《谢灵运的咏怀诗》⑩。后来还有行旅、游览诗的分类研究如宋展云《〈文选〉所录谢灵运行旅诗的情感内蕴及诗史意义》⑪、张炜《论谢灵运四言赠答诗的"一枝独秀"现象》⑫、叶华《山水和旅游的结合——论谢灵运山水诗与传统的写景

---

① 邓仕梁.论谢灵运《拟魏太子邺中集诗》[J].国家科学委员会研究汇刊:人文及社会科学,1994(01).
② 刘则鸣.谢灵运《拟邺中集八首》考论[J].上海师范大学学报(哲学社会科学版),2000,29(01).
③ 孙明君.谢灵运《拟魏太子邺中集诗八首》中的邺下之游[J].陕西师范大学学报(哲学社会科学版),2006,35(01).
④ 许云和.从《邺中集》到《拟魏太子邺中集》——曹丕书写建安文学史的历史[J].文学遗产,2018(06).
⑤ 颜庆余.《邺中集》小考[J].古典文学知识,2009(05).
⑥ 郭晨光.有关谢灵运《拟魏太子邺中集诗》的几个问题[J].福建论坛(人文社会科学版),2014(08).
⑦ 许铭全.谢灵运《拟邺中集八首并序》中的文学批评义涵——兼论拟作中的抒情自我问题[J].清华中文学报,2014(12).
⑧ 陈志信.谢灵运《拟魏太子邺中集诗八首》并序的《文选》式阅读[J].古典文献研究,2014(01).
⑨ 陆侃如.读诗杂记[J].文艺周刊,1924(36).
⑩ 钟优民.谢灵运的咏怀诗[J].学术研究丛刊,1983(04).
⑪ 宋展云.《文选》所录谢灵运行旅诗的情感内蕴及诗史意义[J].中南民族大学学报(人文社会科学版),2017,37(05).
⑫ 张炜.论谢灵运四言赠答诗的"一枝独秀"现象[J].广西师范学院学报(哲学社会科学版),2014,35(04).

诗、行旅诗、游览诗的不同》①等。沈凡玉《从拟篇法论陆机对南朝诗人的影响》②一文从谢灵运与谢惠连之间的赠答诗入手,给予了一种新的阐释角度,他认为二谢之间的赠答再现了二陆之间的互文,寄寓了生命困境和仕途慨叹,发论具有原创性。

山水诗研究。学界对谢灵运山水诗的研究特点可以概括为:大、广、深。国内专篇文献达到400多篇,其中硕博论文居多。日本文献也多达50篇。

山水诗的创作缘起。顾绍柏《重评谢灵运的山水诗》③认为谢灵运山水诗依赖于以下四个方面:仕途偃蹇和政治失意、优越的地理条件、个人天赋和谢混的影响、玄言诗的穷途末路。臧清《试论谢灵运创作山水诗的社会条件和审美心理》④认为庄园所有制是孕育山水诗的土壤。皋于厚《试论谢灵运山水诗的产生基础》⑤认为谈玄风气与玄言诗的兴衰、隐逸之风与宴游之风、士族庄园的兴起、江南秀丽之景提供了游玩山水之便,审美意识的觉醒对山水诗具有催化作用,文学自身的发展,均为谢灵运山水诗产生的基础。汪春泓《论谢灵运及其山水诗——兼论"庄、老告退,而山水方滋"》⑥亦持论如是。

山水诗的思想和内涵。体物托玄说:王瑶《颜谢诗之比较》⑦认为谢灵运的山水诗是玄言诗的继续,袁行霈、葛晓音承继其说。张金海《从玄言诗到山水诗之我见——论晋宋之际的文咏因革》⑧同认为山水诗由玄言诗发展而来,不同于学界认为谢灵运山水诗是玄言诗的变革,张认为山水诗是一种过渡形式。林文月认为山水诗是依傍游仙诗兴起(《山水与古典》),山水

---

① 叶华.山水和旅游的结合——论谢灵运山水诗与传统的写景诗、行旅诗、游览诗的不同[J].安徽大学学报(哲学社会科学版),2003,27(06).
② 沈凡玉.从拟篇法论陆机对南朝诗人的影响[J].台大中文学报,2014(45).
③ 顾绍柏.重评谢灵运的山水诗[J].广西社会科学,1985(创刊号).
④ 臧清.试论谢灵运创作山水诗的社会条件和审美心理[J].北京大学学报(哲学社会科学版),1990(05).
⑤ 皋于厚.汉魏六朝文学论稿[M].南京:东南大学出版社,2007.
⑥ 汪春泓.论谢灵运及其山水诗——兼论"庄、老告退,而山水方滋"[C]//中国中古文学研究——中国中古(汉—唐)文学国际学术研讨会论文集.北京:学苑出版社,2005.
⑦ 王瑶.中古文学史论集[M].上海:上海古籍出版社,1982.
⑧ 张金海.从玄言诗到山水诗之我见——论晋宋之际的文咏因革[J].武汉大学学报(社会科学版),1986(04).

诗多数含有玄理,其《中国山水诗特质》①附记中论说,谢灵运现存诗 87 首,其中 33 首为山水诗,而寓含玄理者 23 首。这种说法是学界多数人坚持的观点。赵昌平《谢灵运与山水诗起源》②反对山水诗起源于玄言诗说,认为谢灵运山水诗起源于宴游诗,特别是行旅诗。张明非《略论谢灵运对于山水诗的贡献》③、管雄《说"庄、老告退而山水方滋":关于谢灵运的山水诗》④则认为山水诗早在《诗经》中就已经产生。隐逸说:曹道衡《也谈山水诗的形成与发展》⑤、朱易安《谢灵运的隐逸心态和山水审美意识》⑥都认为源于隐逸思想和隐逸生活。夏中义《"隐逸诗"辨——从田园到山水:以陶渊明、王维、谢灵运为人物表》⑦认为谢灵运"误官纵逸""逸而非隐"。清谈说:唐爱明《书面"清谈"——谢灵运山水诗之本质论》⑧认为谢灵运山水诗的本质是书面上富有词采的清谈。其说自成一家。泄忧和自适说:何锡光《从士族文化心理观念看谢灵运山水诗》⑨论谢灵运的山水诗是表面上的大彻大悟和内心的尘俗思想交错的矛盾心理的缓冲物。黄世中《从谢灵运的永嘉山水诗谈到人生忧患感的消解》⑩、欧明俊《对谢灵运山水诗历代评价之再认识》⑪、张金梅《言意之辨——谢灵运山水诗的内驱力》⑫等亦持此说。赏心说:日小尾郊一《自然与自然观》⑬,马晓坤、李小荣《"赏心说"——谢灵运的山水审美》⑭认为山水诗是以自然为游乐对象的结果。超越说:蒋寅《超越之

---

① 林文月.山水与古典[M].台北:纯文学出版社,1976.
② 赵昌平.谢灵运与山水诗起源[J].中国社会科学,1990(04).
③ 张明非.略论谢灵运对于山水诗的贡献[J].北京师范学院学报(社会科学版),1983(01).
④ 管雄.说"庄、老告退而山水方滋":关于谢灵运的山水诗[J].文学遗产,1992(A17).
⑤ 曹道衡.也谈山水诗的形成与发展[J].文学评论,1961(02).
⑥ 朱易安.谢灵运的隐逸心态和山水审美意识[J].宁波大学学报(人文科学版),1992(01).
⑦ 夏中义."隐逸诗"辨——从田园到山水:以陶渊明、王维、谢灵运为人物表[J].中山大学学报(社会科学版),2011,51(05).
⑧ 唐爱明.书面"清谈"——谢灵运山水诗之本质论[J].西华师范大学学报(哲学社会科学版),2008(02).
⑨ 何锡光.从士族文化心理观念看谢灵运山水诗[J].中国古代、近代文学研究,1988(01).
⑩ 黄世中.从谢灵运的永嘉山水诗谈到人生忧患感的消解[J].天府新论,1993(03).
⑪ 欧明俊.对谢灵运山水诗历代评价之再认识[J].中国韵文学刊,2002(01).
⑫ 张金梅.言意之辨——谢灵运山水诗的内驱力[J].学术论坛,2006(02).
⑬ [日]小尾郊一.自然与自然观[M].邵毅平,译.上海:上海古籍出版社,2014.
⑭ 马晓坤,李小荣."赏心"说——谢灵运的山水审美[J].文史知识,2000(05).

场——山水对于谢灵运的意义》[1]反对赏心说,认为谢诗的山水描写是营构一个超越的环境。刁文慧《关于谢灵运山水诗美的再认识——与蒋寅先生商榷》[2]则认为山水审美和精神超越在谢诗中是可以并存的。资生适性说:李亮《山水隐逸与资生适性——以谢灵运为中心》[3]。羁旅说:程磊《从"咏怀"到"山水":魏晋羁旅行役诗中山水物色的独立之路》[4]。安顿说:陶玉璞《谢灵运山水诗与三教安顿思想研究》[5]、文丹《超越之域:论山水及山水诗对谢灵运的生存意义》[6];病患意识说:陈桥生《病患意识与谢灵运的山水诗》[7]。济世说:赵海玲《论谢灵运山水诗的济世意识》[8]。

山水诗的艺术技巧与风格。周勋初《论谢灵运山水文学的创作经验》[9]认为谢诗受到辞赋程序化的影响并且进行了革新。顾绍柏《重评谢灵运的山水诗》[10]论述谢灵运的山水诗的艺术特色:情景意相融、清丽自然、境界开阔。赵昌平《谢灵运与山水诗起源》[11]认为谢灵运山水诗在体式、立意、结构、意象、语言、风格等方面打开了新的境界。欧明俊《对谢灵运山水诗历代评价之再认识》[12]认为谢诗的特色:自然、人工与雕琢、用典。程淑彩《谢灵运山水诗语言形态分析》[13]指出谢诗景语、理语相割裂是受到时代的语言观的影响。刁文慧《谢灵运山水诗风景骈句的形态分析》[14]分析了谢诗中的风

---

[1] 蒋寅.超越之场:山水对于谢灵运的意义[J].文学评论,2010(02).
[2] 刁文慧.关于谢灵运山水诗美的再认识:与蒋寅先生商榷[J].中国诗歌研究,2012(00).
[3] 李亮.山水隐逸与资生适性——以谢灵运为中心[C]//葛晓音,主编.谢灵运研究论集.桂林:广西师范大学出版社,2001.
[4] 程磊.从"咏怀"到"山水":魏晋羁旅行役诗中山水物色的独立之路[J].安徽师范大学学报(人文社会科学版),2015,43(06).
[5] 陶玉璞.谢灵运山水诗与三教安顿思想研究[D].新竹:台湾清华大学,2006.
[6] 文丹.超越之域:论山水及山水诗对谢灵运的生存意义[J].长安学刊(哲学社会科学版),2013,4(05).
[7] 陈桥生.病患意识与谢灵运的山水诗[J].文学遗产,1997(03).
[8] 赵海玲.论谢灵运山水诗的济世意识[J].青岛大学师范学院学报,2000(03).
[9] 周勋初.论谢灵运山水文学的创作经验[J].文学遗产,1989(05).
[10] 顾绍柏.重评谢灵运的山水诗[J].广西社会科学,1985(创刊号).
[11] 赵昌平.谢灵运与山水诗起源[J].中国社会科学,1990(04).
[12] 欧明俊.对谢灵运山水诗历代评价之再认识[J].中国韵文学刊,2002(01).
[13] 程淑彩.谢灵运山水诗语言形态分析[J].河北师范大学学报(哲学社会科学版),2008,31(01).
[14] 刁文慧.谢灵运山水诗风景骈句的形态分析[J].中国文化研究,2012(02).

景骈句主要有三种形态：立体空间之美、光色印象之美、原生态的地理风貌。熊红菊、刘运好《"即色游玄"对谢灵运山水审美之影响》[1]认为"即色游玄"形成了谢灵运的山水审美观，开创了"以山水通于理道"的创作模式。孙尚勇《〈维摩诘经〉与中古山水诗观物方式的演进》[2]认为谢诗将传统"以我观物"的山水观照方式发展成为"以物观物"。范琦《论晋宋佛学对谢灵运山水审美观的影响》[3]论述谢山水诗受涅槃说、以禅入诗的影响，产生参禅与审美融合一起的审美观。蔡彦峰《论谢灵运山水诗对慧远佛教美学思想的创造性发展》[4]认为谢诗受慧远的形神论、净土观等思想的影响。萧驰《从实地山水到话语山水——谢灵运山水美感之考掘》[5]从山水话语的角度对谢灵运的山水诗歌所体现的山水美感、审美知觉进行了一系列的理论阐释，有一定的高度和深度。

  山水诗的地位与价值。顾绍柏《重评谢灵运的山水诗》[6]认为谢灵运是我国第一个大量发掘自然美、自觉地以山水为审美对象的诗人。张明非《略论谢灵运对于山水诗的贡献》[7]认为谢灵运第一个将人们提高了的审美意识自觉地付诸诗歌创作实践，他所开拓的山水诗具有广泛而深远的影响，成为我国古典诗歌中最富于生命力的传统之一。邓潭洲《论谢灵运和他的山水诗》[8]论谢灵运的人生观是典型的没落阶级悲观主义，但是他所创造的山水诗的内容和形式有着重要的意义，其表现方法和篇章结构取得了开创性的成就。欧明俊《对谢灵运山水诗历代评价之再认识》[9]不仅具有较高的审美价值，更具有较高的文化意义。程磊《"羁旅山水"诗歌传统在南朝的确立

---

[1] 熊红菊,刘运好."即色游玄"对谢灵运山水审美之影响[J].北方论丛,2012(06).
[2] 孙尚勇.《维摩诘经》与中古山水诗观物方式的演进[J].西北大学学报(哲学社会科学版),2008,38(02).
[3] 范琦.论晋宋佛学对谢灵运山水审美观的影响[J].中州学刊,1994(05).
[4] 蔡彦峰.论谢灵运山水诗对慧远佛教美学思想的创造性发展[J].南京师范大学文学院学报,2006(03).
[5] 萧驰.从实地山水到话语山水——谢灵运山水美感之考掘[J].中国文哲研究集刊,2010(37).
[6] 顾绍柏.重评谢灵运的山水诗[J].广西社会科学,1985(创刊号).
[7] 张明非.略论谢灵运对于山水诗的贡献[J].北京师范学院学报(社会科学版),1983(01).
[8] 邓潭洲.论谢灵运和他的山水诗[J].人文杂志,1960(04).
[9] 欧明俊.对谢灵运山水诗历代评价之再认识[J].中国韵文学刊,2002(01).

与定型》[1]认为谢灵运促进了羁旅山水诗歌传统的确立,表现出对政治的疏离和对抗。

思想内容研究。戴锡樟《论谢灵运诗的斗争性与创造性》[2]分析了谢诗内容所表现的斗争性与创造性。戴建业《论谢灵运的情感结构及其诗歌的形式结构》[3]论述了谢灵运深沉情感结构的分裂导致山水诗的形式结构割裂。姜剑云、霍贵高《论谢灵运诗情、景、理之圆融》[4]论述谢诗的悟理是核心,写景是凭借,抒情是目的。孙兰《"因知康乐作,不独在章句"——试析谢灵运儒家思想的显现》[5]论述谢灵运具有儒学思想,诗文隶事用典和山水意象的选用也都浸透儒学色彩,而儒学情性观和山水观更是支撑起了其诗文的审美意境。马晓坤《朱弦一拂遗音在,却是当年寂寞心——永初三年出守永嘉后谢灵运心态探讨》[6]论述谢灵运孤独寂寞的表现:一是现实中的知己不遇的寂寞情怀;二是面对广袤自然时的精神孤单。

艺术风格研究。皋于厚《谢灵运诗歌艺术初探》[7]、王澧华《论谢灵运"巧似"与"繁富"的创作特征》[8]分析了谢灵运"巧似"与"繁富"风格的内涵、成因、得失,见解令人耳目一新,最终给予谢灵运高度的评价。陈道贵《吐言天拔,声色俱开——谢灵运诗歌修辞艺术浅述》[9]论述谢诗在炼字、对偶、声韵等方面具有非凡的创造力。皋于厚《试论谢灵运诗歌新和丽的特色》[10]总结谢诗的艺术特色为:取景传神、声色大开、词新语工、音调谐丽、章法迢递。

---

[1] 程磊."羁旅山水"诗歌传统在南朝的确立与定型[J].四川师范大学学报(社会科学版),2014,41(01).

[2] 戴锡樟.论谢灵运诗的斗争性与创造性[J].学术论坛,1957(01).

[3] 戴建业.论谢灵运的情感结构及其诗歌的形式结构[J].华中师范大学学报(哲学社会科学版),1991,30(01).

[4] 姜剑云,霍贵高.论谢灵运诗情、景、理之圆融[J].河北大学学报(哲学社会科学版),2010,35(01).

[5] 孙兰."因知康乐作,不独在章句"——试析谢灵运儒家思想的显现[J].东岳论丛,2002,23(02).

[6] 马晓坤.朱弦一拂遗音在,却是当年寂寞心——永初三年出守永嘉后谢灵运心态探讨[J].辽宁大学学报(哲学社会科学版),2001,29(06).

[7] 皋于厚.谢灵运诗歌艺术初探[J].天津社会科学,1985(01).

[8] 王澧华.论谢灵运"巧似"与"繁富"的创作特征[J].井冈山师范学院学报,1994,15(01).

[9] 陈道贵.吐言天拔,声色俱开——谢灵运诗歌修辞艺术浅述[J].修辞学习,1997(02).

[10] 皋于厚.汉魏六朝文学论稿[M].南京:东南大学出版社,2007.

刘向阳《谢灵运诗歌语言的创新艺术》[1]认为谢诗的语言创新性主要表现为三个方面：借文成词；改变词序，或作增删转换；注情入景，自铸新词。谌东飚、胡西波《谢诗句法与诗体的律化》[2]首次注意到谢诗在一定意义上促进了诗歌的律化。姜剑云、霍贵高《晋宋"文义"与谢诗"玄学尾巴"成因》[3]论述谢诗文义并重，并探讨了谢诗玄言结尾的成因。另外，还有对谢诗的对偶、意象等方面的讨论，如林文月《康乐诗的艺术均衡美——以对偶句为例》[4]、赵海岭《谢灵运诗歌对偶论略》[5]。

诗歌渊源研究。黄节《谢康乐诗注·序》[6]论述康乐之诗，合《诗》、《易》、聃、周、《骚》、《辩》、仙、释以成之。后来学者皆围绕黄说发微。皋于厚提出了新解，其《试论谢灵运诗歌的艺术渊源》[7]认为谢诗深得三百篇旨趣，取泽《离骚》、《九歌》、曹植、潘岳、陆机、左思、张协、陶渊明。韩国李光哲《谢灵运诗"源出于陈思，杂有景阳之体"考论》[8]论述谢诗用典取自《诗经》、古乐府、古诗、《楚辞》、汉赋、曹植（建安文人等）、陆机（太康文人等）等。

散文研究。

钟优民《谢灵运论稿》[9]最早对谢灵运的文赋表现内容进行分类研究。刘涛《谢灵运散文撰作探析》[10]主要从语言的骈化特征进行整体的分类和观照。在为数不多的研究中，对《辨宗论》的研究最为可观，多以诠释为主：汤用彤《谢灵运〈辨宗论〉书后》[11]论谢灵运述生公之新说，乃圣人不可学但能至，所谓"闭其累学""取其能至"是也。钱志熙《谢灵运〈辨宗论〉和山水诗》[12]论述了《辨宗论》写作的背景，其蕴含的真知说、顿悟、观照等思想对山

---

[1] 刘向阳.谢灵运诗歌语言的创新艺术[J].温州大学学报(社会科学版),2007(01).
[2] 谌东飚,胡西波.谢诗句法与诗体的律化[J].求索,2008(11).
[3] 姜剑云,霍贵高.晋宋"文义"与谢诗"玄学尾巴"成因[J].保定学院学报,2012(06).
[4] 林文月.康乐诗的艺术均衡美——以对偶句为例[J].台大中文学报,1991.
[5] 赵海岭.谢灵运诗歌对偶论略[J].北京教育学院学报,2017,31(05).
[6] 黄节.谢康乐诗注[M].北京:人民文学出版社,1958.
[7] 皋于厚.汉魏六朝文学论稿[M].南京:东南大学出版社,2007.
[8] 李光哲.谢灵运诗"源出于陈思,杂有景阳之体"考论[J].四川师范大学学报(社会科学版),2009,36(02).
[9] 钟优民.谢灵运论稿[M].济南:齐鲁书社,1985.
[10] 刘涛.谢灵运散文撰作探析[J].重庆师范大学学报(哲学社会科学版),2012(01).
[11] 汤用彤.魏晋玄学论稿(增订版)[M].北京:中国出版集团,2009.
[12] 钱志熙.谢灵运《辨宗论》和山水诗[J].北京大学学报(哲学社会科学版),1989,26(05).

水诗创作有深刻的影响。胡大雷《〈辨宗论〉与谢灵运对玄言诗的改制》[1]认为顿悟的思维对谢灵运山水诗的创作以及变革玄言诗具有重要的意义。梁满仓《谢灵运与〈辨宗论〉》[2]论述了谢灵运持顿悟说的原因,肯定了《辨宗论》的价值。张兆勇《谢灵运与诸道人〈辨宗论〉辨识》[3]对《辨宗论》进行了详细的解说,认为谢灵运受道生所传大乘涅槃学的影响,以玄学为根底,力图折中儒释二教。纪志昌《谢灵运〈辨宗论〉"顿悟"义"折衷孔释"的玄学诠释初探》[4]以玄学"圣人体无""得意忘言"之说来格义顿悟说,具有玄学诠释特质。周大兴《顿悟与渐修——谢灵运〈辨宗论〉重探》[5]认为谢灵运折中孔释,一方面主张顿渐有别,另一方面认为顿悟不废渐修,可谓体现了竺道生顿悟说的完整立场。

其他文章的研究以考据为主,如李勤合《谢灵运〈庐山法师碑〉献疑》[6]、赵树功《谢灵运〈游名山志〉辨名及佚文》[7]、苗伟《谢灵运〈答范特进书送佛赞〉考》[8]等等。另外,其《劝伐河北书》经常成为谢灵运爱国思想的论据,见钟优民《谢灵运论稿》[9]。最早的专篇研究见陈恬仪《〈劝伐河北书〉的相关问题——论谢灵运之北伐主张与晋、宋之南北情势》[10],认为谢灵运提出的时机不正确,暴露出其轻躁的性格,但在伐河北的方针上有见地。孙明君《谢灵运〈劝伐河北书〉辨议》[11]从写作动机出发,认为谢灵运为了求宋文帝的谅解,并表明了归隐之志。

---

[1] 胡大雷.《辨宗论》与谢灵运对玄言诗的改制[J].温州师范学院学报,2004,25(01).
[2] 梁满仓.谢灵运与《辨宗论》[J].许昌学院学报,2017,36(03).
[3] 张兆勇.谢灵运《与诸道人辨宗论》辨识[J].黄冈师范学院学报,2017,37(04).
[4] 纪志昌.谢灵运《辨宗论》"顿悟"义"折衷孔释"的玄学诠释初探[J].台大中文学报,2010(32).
[5] 周大兴.顿悟与渐修——谢灵运《辨宗论》重探[J].汉学研究,2014,32(03).
[6] 李勤合.谢灵运《庐山法师碑》献疑[J].图书馆杂志,2011,30(06).
[7] 赵树功.谢灵运《游名山志》辨名及佚文[J].文献,2009(02).
[8] 苗伟.谢灵运《答范特进书送佛赞》考[J].北方文学(下),2012(08).
[9] 钟优民.谢灵运论稿[M].济南:齐鲁书社,1985.
[10] 陈恬仪.《劝伐河北书》的相关问题——论谢灵运之北伐主张与晋、宋之南北情势[J].东华人文学报,2007(11).
[11] 孙明君.谢灵运《劝伐河北书》辨议[J].北京大学学报(哲学社会科学版),2011(03).

赋的研究。

丁福林《论谢灵运的辞赋和散文》[①]概述了谢灵运辞赋以及散文之作的大致内容和艺术特色。李红《试析谢灵运赋文的创作风格》[②]指出了谢赋是为文而发，具有朴素自然的风格，谢灵运有着以文为赋的文学观念。日本学者森野繁夫《谢灵运的赋》[③]对谢灵运的14篇赋的创作时间、创作背景及其内容都有较为详细的论述，部分做了注释。林晨《谢灵运的赋学批评》[④]指出谢灵运具有对赋的总结和分类的自觉意识，批评观为性情说、重真实，尚"丽""则"。

有关《撰征赋》的研究颇有成果，如时国强《谢灵运〈撰征赋〉主旨辨析》[⑤]认为此赋的主观意图在于通过缅怀往日家族的荣耀，抒发仕途失意的消极情绪。陈恬仪《谢灵运〈撰征赋〉中的追寻与定位》[⑥]对其创作时间及主旨、对北伐之看法（积极）、自我定位与追寻进行了详细的探讨。另，熊清元《〈撰征赋〉并序注释失误举例》[⑦]、杜志强《谢灵运〈撰征赋〉〈山居赋〉的注释问题》[⑧]对其注文进行了正误和补充。

有关《山居赋》的研究最为丰富，集中在创作艺术和思想主旨两大方面：陈道贵《从〈山居赋〉看佛教对谢客山水诗的影响》[⑨]认为此赋表现出来的佛教特色的观物态度和文体观念，指导了谢灵运始宁山水诗的创作。李雁《论谢灵运和山水游览赋的关系——以〈山居赋〉为中心》[⑩]论述了其表现特色具有写实性，题材上写水多于山，具有独特的审美体验。许恬怡《谢灵运〈山居赋〉自注原因析论》[⑪]探讨了谢灵运自注的原因和用意以及特色。郑毓瑜

---

① 丁福林.论谢灵运的辞赋和散文[J].镇江师专学报（社会科学版），1997（01）.
② 李红.试析谢灵运赋文的创作风格[J].人民论坛，2012（08）.
③ [日]森野繁夫.谢灵运的赋[J].中国中世文学研究，1999.
④ 林晨.谢灵运的赋学批评[J].宜宾学院学报，2007，7（04）.
⑤ 时国强.谢灵运《撰征赋》主旨辨析[J].文艺评论，2013（04）.
⑥ 陈恬仪.谢灵运《撰征赋》中的追寻与定位[J].有凤初鸣年刊，2007（03）.
⑦ 熊清元.《撰征赋》并序注释失误举例[J].黄冈师范学院学报，2002，22（04）.
⑧ 杜志强.谢灵运《撰征赋》《山居赋》的注释问题[J].辽东学院学报（社会科学版），2008，10（05）.
⑨ 陈道贵.从《山居赋》看佛教对谢客山水诗的影响[J].文史哲，1998（02）.
⑩ 李雁.论谢灵运和山水游览赋的关系——以《山居赋》为中心[J].文史哲，2000（02）.
⑪ 许恬怡.谢灵运《山居赋》自注原因析论[J].淡江中文学报，2007（16）.

《身体行动与地理种类——谢灵运〈山居赋〉与晋宋时期的"山川""山水"论述》[1]论谢灵运改造了传统的名物训解系统,是新地理的论述的营造者。陈怡良《谢灵运〈山居赋〉创作意蕴及其写景探胜》[2]论述其创作意蕴包含:体现求美之心态、表明创作之理念、隐寓博学之自豪、流露赏爱之生活、宣扬崇信之佛法、展示新变之成果等。写景胜处在于:摹写细致、疏密相间、就景抒情、动静相衬、景入理势等。日本学者橘英范《谢灵运〈山居赋〉自注》[3]对注文也有一定的探讨。

乐府诗的研究。

曹道衡《从两首〈折扬柳行〉看两晋间文人心态的变化》[4]通过对陆机和谢灵运之《折杨柳行》的比较,揭示了南朝与两晋士人世界观、人生观的不同。李雁《谢灵运乐府诗简说》[5]对谢灵运乐府诗的主题、艺术传统和创新给予了肯定。陶玉璞《文学与玄学的错置:试从乐府诗思考谢灵运的定位》[6]探讨谢灵运乐府诗中玄学思想的呈现与表达。

其他著作的研究:

佛教著述研究。姜剑云《谢灵运翻译〈金刚经〉小考》[7]、高华平《谢灵运佛教著述研究》[8]。

谢灵运文集研究。刘明《谢灵运集成书及版本考论》[9]考订了谢灵运集的版本及流传、现存的版本系统的详细梳理,提出要重视黄省曾本的价值。吴冠文《试论黄省曾刻〈谢灵运诗集〉的意义与作用》[10]、周兴陆《关于谢灵运

---

[1] 郑毓瑜.身体行动与地理种类——谢灵运《山居赋》与晋宋时期的"山川""山水"论述[J].淡江中文学报,2008(18).
[2] 陈怡良.谢灵运《山居赋》创作意蕴及其写景探胜[J].淮阴师范学院学报(哲学社会科学版),2012(04).
[3] [日]橘英范.谢灵运《山居赋》自注[J].中国中世文学研究,2014.
[4] 曹道衡.从两首《折扬柳行》看两晋间文人心态的变化[J].文学遗产,1995(03).
[5] 李雁.谢灵运乐府诗简说[J].山东教育学院学报,2003(03).
[6] 陶玉璞.文学与玄学的错置:试从乐府诗思考谢灵运的定位[C]//第三届乐府歌诗国际学术研讨会,2011.
[7] 姜剑云.谢灵运翻译《金刚经》小考[J].文学遗产,2005(06).
[8] 高华平.谢灵运佛教著述研究[J].中国文化研究,2006(04).
[9] 刘明.谢灵运集成书及版本考论[J].天中学刊,2018,33(02).
[10] 吴冠文.试论黄省曾《谢灵运诗集》的意义与作用[J].深圳大学学报(人文社会科学版),2007,24(05).

诗歌的文献学问题》[①]阐述了黄省曾本批、校、注的意义和价值。

3. 谢灵运的文学与审美观研究

谢灵运的文学观多是从其文集中提炼出来，如张润平《论谢灵运的诗学精神》[②]论述了谢灵运"娱情适情"的创作态度。白崇《谢灵运文艺思想管窥》[③]论谢灵运的文艺观在于五个方面：重视文学本体与文学总结；文学"性情"论；崇尚"丽""则"的风格论；重视经历、个性与文学风格表现的鉴赏观；革新的文体观。另有从建筑与环境美学着眼的如李静《始宁别墅与谢灵运的环境美学思想》[④]。较有创见的是朱晓海《论谢灵运对美的观点》[⑤]论谢灵运观念中的美是脱俗的美，而得道的境界本身才是谢灵运美的真正所在。

4. 谢灵运的比较研究

曹植与谢灵运比较。虞德懋《曹植谢灵运诗歌薮脉比较》[⑥]论述颇有深度，在相似性中论述其差异，其论二者具有共同的审美艺术特征：内蕴外化、趋导复归、情致思辨。

谢灵运与陶渊明比较。陶谢比较可谓研究热点，主要从二者生平思想、审美趣味、艺术风格和历史地位（并称升降及其原因）等方面进行比较。勒惠平《陶渊明与谢灵运》[⑦]指摘了历代诗话中对有关陶谢的批评失之偏颇之处，并论述时代环境、个人环境等二人之间的相同和差异。金启华《陶渊明和谢灵运》[⑧]从二人的身世、性格、对自然的态度（谢广游，陶静观），其诗歌的不同在于：陶单笔，谢复笔；陶尚淡，谢尚藻；陶清远，谢新奇。袁行霈《陶渊明谢灵运与慧远》[⑨]发表了比较精彩的论说：谢的一生太热闹，耐不得寂寞；陶的一生太寂寞，耐不得热闹。在诗歌艺术上谢、陶一个趋新一个守古，其《陶谢诗歌艺术的比较》[⑩]论由陶至谢完成了由写意到摹象、由启示性的

---

① 周兴陆. 关于谢灵运诗歌的文献学问题[J]. 复旦学报（社会科学版），2008(02).
② 张润平. 论谢灵运的诗学精神[J]. 内蒙古民族大学学报，2007,33(06).
③ 白崇. 谢灵运文艺思想管窥[J]. 求索，2005(05).
④ 李静. 始宁别墅与谢灵运的环境美学思想[J]. 江苏大学学报（社会科学版），2007(04).
⑤ 朱晓海. 论谢灵运对美的观点[J]. 古代文学理论研究，2013(02).
⑥ 虞德懋. 曹植谢灵运诗歌薮脉比较[J]. 扬州师院学报（社会科学版），1992(04).
⑦ 勒惠平. 陶渊明与谢灵运[J]. 南昌女中，1934(01).
⑧ 金启华. 陶渊明和谢灵运[J]. 宇宙风，1942(127).
⑨ 袁行霈. 陶渊明谢灵运与慧远[J]. 中国典籍与文化，1992(01).
⑩ 袁行霈. 陶谢诗歌艺术的比较[J]. 九江师专学报（哲学社会科学版），1985(C1).

语言到写实性的语言的改变。

李红霞《从陶谢并称的历史嬗变看其文学地位的消长——以东晋至南宋为例》①、孙晶《近代文论领域之陶谢论》②、江立中《论陶渊明与谢灵运的历史地位》③对二者诗歌境界、写意与写实的描写手法、情与理的表现情态等三个方面进行了探讨。王润农《玄佛语境与陶谢诗旨仪平策：由〈赠羊长史〉〈撰征赋〉论陶谢二人对刘裕北伐态度之不同》④以两篇作品为中心，探讨陶渊明与谢灵运对刘裕北伐中原态度的差异。另有林秋硕《柳宗元山水意象析论——与陶谢诗比较》⑤、王文进《陶谢并称对其文学范型流变的影响——兼论陶谢"田园""山水"诗类空间书写的区别》⑥等。

谢灵运与颜延之比较，如上文所述。

谢灵运与鲍照比较。鲁红平《论谢灵运鲍照山水诗之差异》⑦论二者不同之处有四点：感情、对待山水的态度及自我形象、选取的景色、风格等。

元嘉三大家比较。专篇论文少，且叙述性多。时国强《颜、鲍、谢的名次地位之升降》⑧对元嘉三大家的历史地位的升降进行爬梳。赏鉴性文章如孙歌《都道唐人山水妙，岂知元嘉光色好——元嘉三大家诗中的光与色》⑨、钱志熙《元嘉三大家永嘉郡事迹考》⑩对三者与永嘉的关系进行了考察。

大小谢比较。杨东林《谢氏家族兴衰与谢灵运、谢朓诗歌感情基调》⑪

---

① 李红霞.从陶谢并称的历史嬗变看其文学地位的消长——以东晋至南宋为例[J].齐鲁学刊,2005(03).
② 孙晶.近代文论领域之陶谢论[J].烟台大学学报(哲学社会科学版),2015,28(04).
③ 江立中.论陶渊明与谢灵运的历史地位[J].云梦学刊,2008,29(04).
④ 王润农.玄佛语境与陶谢诗旨仪平策:由《赠羊长史》《撰征赋》论陶谢二人对刘裕北伐态度之不同[J].有凤初鸣年刊,2012(08).
⑤ 林秋硕.柳宗元山水意象析论——与陶谢诗比较[J].辅大中研所学刊,2005(15).
⑥ 王文进.陶谢并称对其文学范型流变的影响——兼论陶谢"田园""山水"诗类空间书写的区别[J].东华人文学报,2006(09).
⑦ 鲁红平.论谢灵运鲍照山水诗之差异[J].湛江师范学院学报(哲学社会科学版),1996,17(01).
⑧ 时国强.颜、鲍、谢的名次地位之升降[J].商丘师范学院学报,2010,26(10).
⑨ 孙歌.都道唐人山水妙,岂知元嘉光色好——元嘉三大家诗中的光与色[J].文史知识,2017(03).
⑩ 钱志熙.元嘉三大家永嘉郡事迹考[J].中国典籍与文化,2015(04).
⑪ 杨东林.谢氏家族兴衰与谢灵运、谢朓诗歌感情基调[J].深圳大学学报(人文社会科学版),2001,18(01).

和傅正义《谢灵运谢朓山水诗异同论》[1]从思想内容、艺术结构、景物描写、语言风格等分析其异同。杨荣树《"二谢"山水诗之比较》[2]从写景裁度方式、意象的选择及构筑技巧、情志表达上对二者加以比较。

谢灵运与李白比较多集中在二人的性格与山水诗的对比，创论不多。高树森《"元嘉之雄"与"盛唐诗仙"——谢灵运与李白山水诗之比较》[3]从二人所处的时代、对待政治人生的态度、山水诗的艺术特色等方面进行了对比。性格和命运的对比，如陈建华《试论谢灵运和李白山水诗的文化性格——兼谈李对谢诗的借鉴和超越》[4]、岳毅平《谢灵运与李白之悲剧》[5]。

谢灵运与王维比较，集中于山水诗的艺术的比较。胡遂《王维与谢灵运山水诗的比较》[6]认为二人在人生际遇、审美艺术、引禅入诗等方面存在相似性。孔德超《极貌写物与物我合一——谢灵运与王维山水诗比较》[7]认为谢诗主张极貌以写物，王诗更注重物我合一。倪台瑛《浅论山水诗中物的意象——以谢灵运、陶渊明、王维诗为例》[8]则以意象的呈现和表达方式为探讨角度。宫红英《诗出三家语皆奇——陶渊明谢灵运王维山水田园诗之比较》[9]比较三者山水与田园诗的异同。

谢灵运与柳宗元比较。叶嘉莹《从元遗山论诗绝句谈谢灵运与柳宗元的诗与人》[10]从"风容""寂寞"两个方面结合生平以及山水诗论述了二者的相似之处。李正春《柳宗元与谢灵运孤独心态之比较》[11]在叶先生的基础上

---

[1] 傅正义.谢灵运谢朓山水诗异同论[J].渝州大学学报（社会科学版），2001(06).
[2] 杨荣树."二谢"山水诗之比较[J].作家，2009(22).
[3] 高树森."元嘉之雄"与"盛唐诗仙"——谢灵运与李白山水诗之比较[J].苏州大学学报（哲学社会科学版），1986,7(02).
[4] 陈建华.试论谢灵运和李白山水诗的文化性格——兼谈李对谢诗的借鉴和超越[J].辽宁师范大学学报（社会科学版），1998(01).
[5] 岳毅平.谢灵运与李白之悲剧[J].安庆师范学院学报（社会科学版），2000(04).
[6] 胡遂.王维与谢灵运山水诗的比较[J].重庆三峡学院学报，2008(04).
[7] 孔德超.极貌写物与物我合一——谢灵运与王维山水诗比较[J].名作欣赏，2015(05).
[8] 倪台瑛.浅论山水诗中物的意象——以谢灵运、陶渊明、王维诗为例[C]//两岸文学与文化学术研讨会论文集.北京，2007.
[9] 宫红英.诗出三家语皆奇——陶渊明谢灵运王维山水田园诗之比较[J].邯郸学院学报，2005(04).
[10] 叶嘉莹.中国古典诗歌评论集[M].广州：广东人民出版社，1982.
[11] 李正春.柳宗元与谢灵运孤独心态之比较[J].学术交流，2005(11).

从家境、政治态度、性格质量等方面论述二者共同的孤独心理。王正海《谢灵运与柳宗元山水诗歌意境之比较》①单从诗歌意境入手,论谢"无我"、柳"有我",谢清幽、柳幽独,谢有画境、柳有诗境等,论点精辟得当。林秋硕《柳宗元山水诗意象析论——与陶、谢诗比较》②从诗歌意象、写作方法、蕴含情感等方面对三者进行了对比。

谢灵运与唐代其他诗人的比较。章尚正《两位开一代山水诗风的先驱——谢灵运与孟浩然山水诗比较》③认为二者都意识到山水审美的精神净化功能,不同的是谢灵运用以"忘忧",孟浩然用以"陶乐";谢灵运以求悟玄理为审美指归,孟浩然以审美创造为指归。写景手法也存在明显的不同。卢宁《论山水诗发展过程中的复与变——以韩愈与谢灵运为中心考察》④论述谢灵运以细致的体物传达山水精神,使山水诗蔚为大观;韩愈的体物是要表现事物的丑陋、冷森的一面。

5. 谢灵运的评价与接受研究

饶宗颐《山水文学之起源与谢灵运研究》⑤论谢诗的基础是谢的学问,学与诗结合才有如此高的成就。谢灵运的地位不仅仅能与陶并列,甚至要凌驾于陶之上。葛晓音《走出理窟的山水诗——兼论大谢体在唐代山水诗中的示范意义》⑥称谢灵运是第一个运用新的自然观和审美眼光全力创作山水诗的作家,作为"大谢体"的示范意识却主要在于他开创了山水诗中以铺写繁富、典丽、厚重为特色的一种境界,成为唐代山水诗派中雄深诗风的先导。霍贵高、姜剑云《"元嘉之雄"历史意蕴解读——对谢灵运历史地位的再认识》⑦在政治、学术、文艺上给予谢灵运全新的评价。

接受史研究集中在南朝和唐明清诗家对谢灵运的接受过程,如陈庆元

---

① 王正海.谢灵运与柳宗元山水诗歌意境之比较[J].柳州师专学报,2003,18(02).
② 林秋硕.柳宗元山水诗意象析论——与陶、谢诗比较[J].辅大中研所学刊,2005(15).
③ 章尚正.两位开一代山水诗风的先驱——谢灵运与孟浩然山水诗比较[J].安徽大学学报(哲学社会科学版),1988(04).
④ 卢宁.论山水诗发展过程中的复与变——以韩愈与谢灵运为中心考察[J].阜阳师范学院学报(社会科学版),2004(04).
⑤ 饶宗颐.山水文学之起源与谢灵运研究[J].温州师范学院学报,1992,13(04).
⑥ 葛晓音.谢灵运研究论集[M].桂林:广西师范大学出版社,2001.
⑦ 霍贵高,姜剑云."元嘉之雄"历史意蕴解读——对谢灵运历史地位的再认识[J].温州大学学报(社会科学版),2008(04).

《从"池塘生春草"中来论谢朓对谢灵运诗的继承和发展》[1]、刘育霞《大谢诗风在南朝的接受与传播》[2]、何雯娟《简论谢灵运山水诗对李白的创作影响》[3]、刘青海《王维诗歌与陶、谢的渊源新探》[4]、王定璋《谢灵运与大历十才子》[5]、王芳《试析王世贞对谢灵运诗歌的接受》[6]、白崇《明代复古派对谢灵运诗歌经典价值的发掘》[7]、岳进《明代古诗选本与谢灵运——兼议何景明古诗亡于谢》[8]、何荣誉《师法与师心——论王闿运对谢灵运山水诗的接受》[9]。

6. 国外研究概述

国外研究以日本为盛,日本汉学家围绕谢灵运的生平思想、诗歌文赋展开广泛深入的研究。代表专著有森野繁夫《谢康乐文集》[10]《谢康乐诗集》[11]和小尾郊一《谢灵运——孤独山水诗人》[12]。

日本学者致力于谢灵运山水诗及艺术技巧的研究,诗歌个案研究如佐竹保子《李善注『事无高甄,而情之所赏,即以为美』考——谢灵运『从斤竹涧越岭溪行』诗の『情』の解释に関わって》[13]《谢灵运『游南亭』诗における『赏心』『惟良知』解释とのかかわりにおいて》[14]、荒井礼《六朝の人の诗は当に

---

[1] 陈庆元.从"池塘生春草"中来——论谢朓对谢灵运诗的继承和发展[J].福建师大学报(哲学社会科学版),1984(01).
[2] 刘育霞.大谢诗风在南朝的接受与传播[J].文艺评论,2015(10).
[3] 何雯娟.简论谢灵运山水诗对李白的创作影响[J].剑南文学(经典阅读),2012(06).
[4] 刘青海.王维诗歌与陶、谢的渊源新探[J].求是学刊,2012,39(01).
[5] 王定璋.谢灵运与大历十才子[J].河北大学学报(哲学社会科学版),1992(04).
[6] 王芳.试析王世贞对谢灵运诗歌的接受[J].古代文学理论研究,2009(01).
[7] 白崇.明代复古派对谢灵运诗歌经典价值的发掘[J].岭南师范学院学报,2016,37(01).
[8] 岳进.明代古诗选本与谢灵运——兼议何景明"古诗亡于谢"[J].衡阳师范学院学报,2016(01).
[9] 何荣誉.师法与师心——论王闿运对谢灵运山水诗的接受[J].中国韵文学刊,2015,29(03).
[10] [日]森野繁夫.谢康乐文集[M].东京都:白帝社,2003.
[11] [日]森野繁夫.谢康乐诗集[M].东京都:白帝社,1993—1994.
[12] [日]小尾郊一.谢灵运——孤独山水诗人[M].东京:汲古书院,1983.
[13] [日]佐竹保子.李善注『事无高甄,而情之所赏,即以为美』考——谢灵运『从斤竹涧越岭溪行』诗の『情』の解释に関わって[J].集刊东洋学,2009.
[14] [日]佐竹保子.谢灵运『游南亭』诗における『赏心』:『惟良知』解释とのかかわりにおいて[J].集刊东洋学,2013.

神を以て会すべし:『池塘生春草』を中心に》①。山水诗创作艺术特色研究多集中于诗的自然性,如森野繁夫《谢霊运の山水描写と『自然の理』》②《谢霊运の山水表现——辉き・生气・清新》③、牧角悦子《谢霊运诗における『理』と自然——『弁宗论』及び始宁时代の诗を中心に》④、小西昇《谢霊运山水诗考——自然素材の选択と美意识》⑤、小尾郊一《谢霊运と自然》⑥、安腾信广《中国文学的自然——以谢灵运为中心》⑦。另有研究者注重语言艺术研究,如佐竹保子《『诗経』から谢霊运诗までの顶真格の修辞:押韵句を跨ぐもの》⑧、古田敬一《谢霊运の対偶表现》⑨、大立智砂子《谢霊运五言诗一句含两个主谓句的技法》⑩。

比较研究有佐藤正光《陶渊明と谢霊运の诗の类似性について》⑪,鹈饲光昌《顿悟说について:道生と谢霊运》⑫,堂薗淑子《『石室』の诗をめぐって：谢霊運・鲍照山水詩の比较》⑬、《詩的言语としての知覺動詞：陶淵明と谢靈運の詩から》⑭,宫泽正顺《中国仏教史上における陶渊明と谢

---

① [日]荒井礼.六朝の人の诗は当に神を以て会すべし:『池塘生春草』を中心に[J].中国文化,2016.
② [日]森野繁夫.谢霊运の山水描写と『自然の理』[J].中国中世文学研究,2004.
③ [日]森野繁夫.谢霊运の山水表现——辉き・生气・清新[J].中国学论集,2005.
④ [日]牧角悦子.谢霊运诗における『理』と自然——『弁宗论』及び始宁时代の诗を中心に[J].文学研究,1988.
⑤ [日]小西昇.谢霊运山水诗考——自然素材の选択と美意识[J].福冈教育大学纪要,1976.
⑥ [日]小尾郊一.谢霊运と自然[J].汉文学纪要,1950.
⑦ [日]安腾信广.中国文学的自然——以谢灵运为中心[J].《东京女子大学日本文学》第八十四号.
⑧ [日]佐竹保子.『诗経』から谢霊运诗までの顶真格の修辞:押韵句を跨ぐもの[J].东北大学中国语学文学论集,2014.
⑨ [日]古田敬一.谢霊运の対偶表现[J].东方学,1971.
⑩ [日]大立智砂子.谢灵运五言诗一句含两个主谓句的技法[J].中国诗文论丛,第二十集.
⑪ [日]佐藤正光.陶渊明と谢霊运の诗の类似性について新しい[J].汉字汉文教育,2011.
⑫ [日]鹈饲光昌.顿悟说について:道生と谢霊运[J].中国言语文化研究(8),2008.
⑬ [日]堂薗淑子.『石室』の诗をめぐって：谢靈運・鲍照山水詩の比较[J].中国文学报,2006.
⑭ [日]堂薗淑子.詩的言语としての知覺動詞：陶淵明と谢靈運の詩から[J].中国文学报,2000.

灵运》①，森野繁夫《谢霊运と顔延之》②《谢霊运の『理』と陶淵明の『真』》③，松冈荣志《凝视する眼、移动する身体——陶淵明と谢霊运における『风』をめぐって》④，下定雅弘《柳宗元の愚溪と谢灵运の始宁》⑤等。

其他亦有文赋乐府研究，如东美绪《谢霊运『山居赋』とその自注》⑥；森野繁夫《谢霊运の赋》⑦《谢霊运『山居赋』》⑧；小尾郊一《吟咏山水的赋——『山居赋』》⑨；沼口胜《谢霊运の楽府『折杨柳行』二首其二について》⑩；藤井守《谢霊运の楽府诗》⑪；远藤祐介《『弁宗论』论争について——顿悟说诞生后の初期段阶》⑫；森野繁夫《谢霊运『游名山志』》⑬《谢霊运『佛影铭并序』》⑭；木全德雄《谢霊运の『弁宗论』》⑮；鹈饲光昌《谢霊运の『弁宗论』における『道家之唱、得意之说』の解釈をめぐって：竺道生との関连を中心に》⑯《谢霊运『仏影铭』訳注稿（上）》⑰《谢霊运の『仏影铭』制作年时について》⑱《谢霊运『金刚般若経注』の基础的研究——僧肇撰と传えられる『金刚経注』1卷との関系について》⑲。

---

① ［日］宫泽正顺.中国仏教史上における陶淵明と谢霊运[J].仏教文化研究，2006.
② ［日］森野繁夫.谢霊运と颜延之[J].安田女子大学大学院文学研究科纪要，2005.
③ ［日］森野繁夫.谢霊运の『理』と陶淵明の『真』[J].中国学论集，2003.
④ ［日］松冈荣志.凝视する眼、移动する身体——陶淵明と谢霊运における『风』をめぐって[J].新しい汉字汉文教育，2002.
⑤ ［日］下定雅弘.柳宗元の愚溪と谢灵运の始宁[J].六朝学术会学报，2002.
⑥ ［日］东美绪.谢霊运『山居赋』とその自注[J].中国文学论集，2013.
⑦ ［日］森野繁夫.谢霊运の赋[J].中国中世文学研究，1999.
⑧ ［日］森野繁夫.谢霊运『山居赋』[J].广岛大学文学部纪要，1991、1992、1993.
⑨ ［日］小尾郊一.吟咏山水的赋——『山居赋』[J].成都大学学报，1988.
⑩ ［日］沼口胜.谢霊运の楽府『折杨柳行』二首其二について[J].中国文化，2013.
⑪ ［日］藤井守.谢霊运の楽府诗[J].日本中国学会报，1975.
⑫ ［日］远藤祐介.『弁宗论』论争について——顿悟说诞生后の初期段阶[J].纪要，2011.
⑬ ［日］森野繁夫.谢霊运『游名山志』[J].中国学论集，2011.
⑭ ［日］森野繁夫.谢霊运『佛影铭并序』[J].安田女子大学大学院文学研究科纪要，2001.
⑮ ［日］木全德雄.谢霊运の『弁宗论』[J].东方宗教，1967.
⑯ ［日］鹈饲光昌.谢霊运の『弁宗论』における『道家之唱、得意之说』の解釈をめぐって：竺道生との関连を中心に[J].佛教大学大学院研究纪要，1987.
⑰ ［日］鹈饲光昌.谢霊运『仏影铭』訳注稿（上）[J].佛教大学仏教文化研究所所报，1988.
⑱ ［日］鹈饲光昌.谢霊运の『仏影铭』制作年时について[J].佛教大学仏教文化研究所所报，1987.
⑲ ［日］鹈饲光昌.谢霊运『金刚般若経注』の基础的研究——僧肇撰と传えられる『金刚経注』1卷との関系について[J].文学部论集，1992.

另，新加坡国立大学中文系教授萧驰《后谢灵运时代的"风景"——以鲍照、谢朓为例》[1]、英国 F. D. Frodsham《潺潺溪流——中国山水诗人谢灵运（康乐公）的生平与创作》(1967年)、美国 F. A. Westbrook《谢灵运抒情诗与〈山居赋〉中的风景描写》(1972年博士论文)、韩国白云茂《谢灵运诗研究》(1983年)等从不同的角度研究。（其中英、美、韩的研究成果，参考李雁《谢灵运研究》）

小　结

综上所述，有关谢灵运的研究已经汗牛充栋，其中的重点和热点的研究业已取得了相对丰硕的成果。有关诗歌的研究集中于对谢灵运的名篇名句进行探讨，自然导致研究片面化甚至重复性。比较研究略显不足，尤其对同时代文人之间的比较还是不够深入，比如与颜延之、鲍照等名家之间的对比鲜有成果。

---

[1] 萧驰.后谢灵运时代的"风景"——以鲍照、谢朓为例[J].美学研究,2012(02).

第一章　颜延之与谢灵运的
诗歌创作形成背景

  颜延之与谢灵运身处晋宋易代之际,彼时玄风未退,儒释道并存融会的时代思潮,促使二者性情孤放,慕玄任远,体现出作为一名"士"的关注现实又心傍尘外的复杂性与矛盾性。颜、谢各自秉承家族文化的血脉,颜为儒家世族,故敦风雅;谢为高门名流,故任气不拘。颜、谢诗歌创作以及特点的形成,离不开其生长的环境和土壤,离不开自身习得的文化沉淀,更与其创作实践与思想有着密不可分的联系,故而对颜、谢诗歌创作形成背景进行追溯和探析尤为必要。

一、颜、谢生活的政治土壤与思想风尚

(一)贵族衰落与寒士崛起

  颜、谢初仕于义熙元年(405),颜为吴郡内史刘柳行参军,谢为琅琊王大司马参军。至义熙八年(412),谢入宋高祖刘裕幕府,任太尉参军。颜于义熙十二年(416)入刘裕世子幕府。刘宋践祚之后,颜事武帝、少帝、文帝、孝武帝等四帝,谢事三帝即武帝、少帝、文帝。晋宋交替之际,宋高祖刘裕曾为谢灵运祖父谢玄所领导的"北府兵"的一员故吏,"名微位薄,盛流皆不与相知"[1],而后刘裕在京口重组北府势力,形成一支完全独立自主的军事力

---

[1]　(梁)沈约,撰.宋书[M].北京:中华书局,1974:10.

量,继而导致贵族军事支配力量的丧失。① 刘裕随着其清剿孙恩之乱名望渐升,后又成为讨伐桓玄的众军盟主。刘裕所领导的军队"完全是次等士族的武装。它摧毁了以桓玄篡晋形式出现的门阀士族统治,也就是门阀政治的回光返照;它压平了由另一些次等士族领导的农民反抗斗争;它又取得了多次的外战胜利。然后,出现了刘裕代晋自立。这一支本来是次等士族的力量,转化为刘宋皇权,终于恢复了中国古代王朝的权力结构形式和统治秩序。中国历史上的门阀政治时期,也就是皇权变态时期,基本上宣告结束"②。因此,田余庆先生称刘裕为门阀的掘墓人。③

刘宋皇权对陈郡谢氏的打压可追溯至刘裕诛杀谢混之时。义熙八年(412)谢混因党附刘毅,刘裕奏上诛之,《晋书·刘毅传》卷八十五载:"刘裕以毅贰于己,乃奏之。安帝下诏曰:'……尚书左仆射谢混凭借世资,超蒙殊遇,而轻佻躁脱,职为乱阶,扇动内外,连谋万里。是而可忍,孰不可怀!'乃诛藩、混。"④ 及宋受禅,刘裕一上台即采取对世家贵族打压和戒备的政策,永初元年(420)颁发诏书,"诏曰:'……降杀之仪,一依前典。可降始兴公封始兴县公……康乐公可即封县侯,各五百户……'"⑤刘裕对晋世受爵禄的官员皆降次,如谢灵运降公为侯,食邑五百户。而对晋宋之际同刘裕勠力克艰之功臣保持原来爵禄。

刘裕一方面打压世家贵族势力,一方面培育亲信及寒素佐才。据毛汉光《中国中古社会史论》,南朝刘宋时期寒素所任官职者:尚书仆射2人、尚书郎丞4人、中书侍郎2人、侍中2人、黄门侍郎2人、九卿5人、中正2人、刺史22人、太守40人。⑥ 檀道济、刘穆之即为寒素位居要职的显著例证。刘穆之为武帝重臣,其竭心事主,武帝甚重之。初,武帝在建康,诸大处分皆委任之,其整纲纪,化民俗,无一不善。刘裕"遂委以腹心之任,动止咨焉;穆

---

① [日]川胜义雄.六朝贵族制社会研究[M].徐谷芃,李济沧,译.上海:上海古籍出版社,2007:231.
② 田余庆.东晋门阀政治[M].北京:北京大学出版社,1989:301.
③ 田余庆.东晋门阀政治[M].北京:北京大学出版社,1989:292.
④ 房玄龄,等撰.晋书[M].北京:中华书局,1974:2209—2210.
⑤ (梁)沈约,撰.宋书[M].北京:中华书局,1974:53.
⑥ 毛汉光.中国中古社会史论[M].上海:上海书店出版社,2002:161—181.

之亦竭节尽诚,无所遗隐"①,且评价穆之"爰自布衣,协佐义始,内端谋猷,外勤庶政,密勿军国,心力俱尽"②。南朝刘宋史学家、文学家徐爰,深为武帝、少帝、文帝所赏知,列入《恩倖传》,曰:"微密有意理,为高祖所知。少帝在东宫,入侍左右。太祖初,又见亲任,历治吏劳,遂至殿中侍御史"③。吴喜出身卑寒,于元嘉年间为太宗所重用,"即假建武将军,简羽林勇士配之"④。羊玄保之兄子希有才气,于宋大明时任尚书左丞,后因屡次躁竞降职:"希卑门寒士,累世无闻,轻薄多衅,备彰历职。徒以清刻一介,擢授岭南,干上逞欲,求诉不已,可降号横野将军。"⑤

刘宋皇权的巩固一方面要联合当时的世家大族,一方面需培植心腹势力,奖掖寒素,用以制衡贵族世家的专权。随着对文学的日渐重视以及南方商业经济的开发,南朝寒士无名之辈登上仕途开辟了多种途径。毛汉光先生总结了形成士族的三大途径:政治途径、文化途径、经济途径。⑥ 显然,刘宋王朝基于本身的特质以及受前朝经验教训,选择开启对贵族制的制衡以及对寒士提拔,这是一种历史选择的必然。

(二)儒释玄的合流与并驰

新朝始建,统治者"除其宿衅,倍其惠泽,贯叙门次,显擢才能"⑦,在政治上笼络施压,而在思想文化上则显出极强的包容性,体现为儒释玄思想的合流与并驰。庐山周续之以儒学著称,践祚初刘裕即征请其诣京师宏扬经义,为之开馆召集生徒。周续之讲《礼》,朝彦群至,并辩义理。刘裕使颜延之问《礼》三义,辩之简要辞畅,是为佳谈。同时刘裕礼敬佛教,《高僧传·释慧远传》(卷六):"宋武曰:'远公世表之人,必无彼此。乃遣使赍书致敬,并遗钱米。'于是远近方服其明见。"⑧至宋文帝,佛法渐盛。文帝始信佛并重

---

① (梁)沈约,撰.宋书[M].北京:中华书局,1974:1304.
② (梁)沈约,撰.宋书[M].北京:中华书局,1974:1307.
③ (梁)沈约,撰.宋书[M].北京:中华书局,1974:2306.
④ (梁)沈约,撰.宋书[M].北京:中华书局,1974:2115.
⑤ (梁)沈约,撰.宋书[M].北京:中华书局,1974:1538.
⑥ 毛汉光.中国中古社会史论[M].上海:上海书店出版社,2002:367.
⑦ (梁)沈约,撰.宋书[M].北京:中华书局,1974:2278.
⑧ (梁)释慧皎,撰.汤用彤,校注.汤一玄,整理.高僧传[M].北京:中华书局,1992:216.

用释僧。慧琳尤被赏遇,人谓之"黑衣宰相"。慧琳虽为沙门,但论著涉及儒释道,尝诋毁佛教,《高僧传·释道渊传》:"后著白黑论乖于佛理……拘滞一方诋呵释教。颜延之及宗炳捡驳二论各万余言。"[①]僧人与文士之间常常辩恰佛理,颜延之、宗炳与何承天、慧琳辩《达性论》,谢灵运与诸僧作《辨宗论》。元嘉时《大涅槃经》流传至京都,谢灵运与僧人一起润改。《高僧传·释慧严传》(卷七):"《大涅槃经》初至宋土,文言至善,而品数疏简,初学难以措怀。严乃共慧观、谢灵运等依《泥洹》本加之品目,文有过质,颇亦治改,始有数本流行。"[②]

刘宋时期佛法比较盛行,还有一个突出的表现就是译经的数量在整个南北朝位居第一。据唐智升《开元释教录》,三国两晋南北朝译经数量统计如下(见表 1-1):

表 1-1　三国两晋南北朝译经数量

朝代	译经人数	译经部数	译经卷数
曹魏	5	12	18
吴	5	189	417
西晋	12	333	590
东晋	16	168	468
苻秦	6	15	197
姚秦	5	94	624
西秦	1	56	110
前凉	1	4	6
北凉	9	82	311
刘宋	22	465	717
南齐	7	12	33
梁	8	46	201
陈	3	40	133

---

① (梁)释慧皎,撰.汤用彤,校注.汤一玄,整理.高僧传[M].北京:中华书局,1992:268.
② (梁)释慧皎,撰.汤用彤,校注.汤一玄,整理.高僧传[M].北京:中华书局,1992:262—263.

续表

朝代	译经人数	译经部数	译经卷数
元魏	12	83	274
北周	4	14	29
北齐	2	8	52

佛教的盛行，往往依托中国本土的儒玄思想，以使经义得到更大程度的理解与接受。刘宋时期，王、谢家族仍延续并主导清谈的遗风。谢瞻年少时已善言玄理，甚有风华。琅琊王氏公子惠，恬静不交游，谢瞻曾偕同兄弟拜访王惠，共辩义理，《宋书》卷五十八《王惠传》载："陈郡谢瞻才辩有风气，尝与兄弟群从造惠，谈论锋起，文史间发，惠时相酬应，言清理远，瞻等惭而退。"①由此我们便可想见谢安、王导、孙绰、许询等齐聚宴会，扬洒万言论《庄子·鱼父》的风流(事见《世说新语》)。号为佳话的文义赏会便是名震当时的谢氏乌衣之游，由名士谢混组织，从游者皆谢氏子弟如谢灵运、弘微、瞻、曜等，谢瞻才辞辩富，被谢混赏识，称之曰"微子"。而谢灵运性好臧否人物，最终被谢瞻劝止。可见，谢氏子弟间，谢弘微为辞义尤惬者。谢灵运臧否人物的习惯，无疑也是受魏晋以来人物品评的影响。由此可知，刘宋士人追慕玄风，有增无减。

同时，元嘉初不自觉地出现了"退隐日盛"的现象。范晔《后汉书》首次列《逸民传》，有17人。沈约沿袭其体系，于《宋书》卷九十三《隐逸传》列有19人：戴颙、宗炳、周续之、王弘之、阮万龄、孔淳之、刘凝之、翟法赐、龚祈、陶潜、宗彧之、沈道虔、郭希林、雷次宗、王素、关康之、刘睽、州韶、褚伯玉。19人中，活动集中元嘉之际，不少人物儒学、玄学、佛学兼通，如：戴颙，著《逍遥论》，兼注《礼记·中庸》；宗炳，通佛法作《达性论》；周续之，通《五经》并《纬候》；雷次宗，事沙门释慧远，尤明《三礼》《毛诗》；关康之，为《毛诗义》。儒家思想可以借助佛教明章显义，《高僧传·释慧远传》(卷六)："殷仲堪之荆州，过山展敬，与远共临北涧，论《易》体，移景不倦，见而叹曰：'识信深明，实难为庶。'"②《世说新语·文学第四》："殷荆州曾问远公：张野远法师铭

---

① (梁)沈约,撰.宋书[M].北京:中华书局,1974:1589.
② (梁)释慧皎,撰.汤用彤,校注.汤一玄,整理.高僧传[M].北京:中华书局,1992:215.

曰：'《易》以何为体？'答曰：'《易》以感为体。'殷曰：'铜山西崩，灵钟东应，便是《易》耶？'远公笑而不答。"①不少文人儒士或隐士皆有向佛的理想，慧远与刘遗民等建斋立誓，共期西方。令刘遗民著文，作《念佛三昧诗集序》。《高僧传·释慧远传》（卷六）："彭城刘遗民、豫章雷次宗、雁门周续之、新蔡毕颖之、南阳宗炳、张莱民、张季硕等，并弃世遗荣，依远游止。远乃于精舍无量寿像前建斋立誓，共期西方。"②颜、谢二人皆钦慕隐逸之风。颜延之钦慕王弘之，弘之卒，其书与弘之子昙生曰："君家高世之节，有识归重，豫染豪翰，所应载述。况仆托慕末风，窃以叙德为事，但恨短笔不足书美。"③谢灵运《与庐陵王义真笺》称王弘之、孔淳之、阮万龄之隐居为千载盛美之事。同时，二者皆尚友沙门。颜延之造访求那跋陀罗，《高僧传·求那跋陀罗传》卷三："见其神情朗彻，莫不虔仰……琅琊颜延之通才硕学，束带造门，于是京师远近，冠盖相望。"④释慧亮善谈玄，著《玄通论》，颜延之赞其曰："清言妙绪，将绝复兴。"⑤谢灵运早年欲师慧远，其《庐山慧远法师诔并序》："予志学之年，希门人之末。惜哉，诚愿弗遂。"⑥又钦服僧苞、释昙隆、释法流、释僧镜等。儒士通晓佛法、玄理，佛僧通晓文辞、五经、善清言，沙门执政（慧琳被称为黑衣宰相）、儒士奉佛友僧（博士范泰事佛）等在刘宋时期是十分普遍的现象。

故佛玄相通，为当时世族共识。汤用彤先生提出："宋代佛法，元嘉时极有可观。其时文人如谢、颜（灵运与延之），辩明佛理，所论为神灭，为顿渐，盖均玄谈也。而文帝一朝，亦为清谈家复起之世。帝雅重文教，思弘儒术，立四学：雷次宗主儒学，何尚之主玄学，何承天主史学，谢元主文学。此不但列玄学为四科之一，而雷次宗乃慧远弟子，何尚之则赞扬佛法者也。当时宰辅，如王弘、彭城王义康、范泰、何尚之，均称信佛，皆一时名士也。而谢灵运、颜延之亦列朝班。元嘉以文治见称，而佛家义学，固亦此文治之重要点

---

① （南朝宋）刘义庆，著.（南朝梁）刘孝标，注.余嘉锡，笺疏.世说新语笺疏[M].北京：中华书局，2015：265—266.
② （梁）释慧皎，撰.汤用彤，校注.汤一玄，整理.高僧传[M].北京：中华书局，1992：214.
③ （梁）沈约，撰.宋书[M].北京：中华书局，1974：2282—2283.
④ （梁）释慧皎，撰.汤用彤，校注.汤一玄，整理.高僧传[M].北京：中华书局，1992：131.
⑤ （梁）释慧皎，撰.汤用彤，校注.汤一玄，整理.高僧传[M].北京：中华书局，1992：292.
⑥ （清）严可均，校辑.全上古三代秦汉三国六朝文[M].北京：中华书局，1958：2619.

缀也。"①颜、谢为元嘉文学的最高代表,寓居期间与士人沙门等清辩各作《达性论》(颜)、《辨宗论》(谢)辩明佛法中"神不灭""顿悟"义,正如汤用彤先生所说:"南朝之学,玄理佛理,实相合流。"②这也印证了刘宋儒佛玄思想融合的特征。

二、宋初及元嘉中期的文学自觉思潮

(一)文学独立于儒、玄、史成为专门之学

刘宋之世爱文。《文心雕龙·时序》:"自宋武爱文,文帝彬雅,秉文之德;孝武爱才,英采云构。"③武帝、文帝奠定了刘宋重文的传统。二帝对文化有复兴之功,主要在于对儒学、史学、文学正统的建设。武帝建国初便下诏"敦崇学艺,修建庠序","选备儒官,弘振国学"④;文帝诏令"立儒学馆于北郊,命雷次宗居之"⑤。文帝时期修史功绩尤著。裴松之,被武帝誉为"廊庙之才",元嘉初奉诏注陈寿《三国志》成,文帝赞曰:"此为不朽矣!"又,使著作郎何承天草创国史,未成,后由孝武时苏宝生踵武,徐爰完成《宋书》六十五卷。又,诏令谢灵运撰《晋书》三十六卷,徐广撰《史记音义》十二卷,裴骃注《史记》八十卷,范晔撰《后汉书》九十七卷,何法盛撰《晋中兴书》七十八卷等。刘宋皇室对经史的提倡无疑为刘宋文学的发达奠定了深厚的文化基础,并进一步奠定了"宋初迄于元嘉,多为经史"⑥(裴子野《雕虫论并序》)的文学风格,且促进了文学创作的繁荣以及唤醒了文学理论的自觉发展。刘宋皇室热衷儒雅风流,仍延续江左以来游宴或集会赋诗的形式。如三月三日曲水宴会,高祖宴群臣于西池,共为曲觞之饮。颜延之、谢灵运赴宴赋诗。颜作《三月三日诏宴西池诗》、谢作《三月三日侍宴西池》。元嘉时更盛,据

---

① 汤用彤.汉魏两晋南北朝佛教史[M].上海:上海人民出版社,2015:288.
② 汤用彤.汉魏两晋南北朝佛教史[M].上海:上海人民出版社,2015:369.
③ (梁)刘勰,著.范文澜,注.文心雕龙注[M].北京:人民文学出版社,1958:675.
④ (梁)沈约,撰.宋书[M].北京:中华书局,1974:58.
⑤ (唐)李延寿,撰.南史[M].北京:中华书局,1975:45.
⑥ (清)严可均,辑.全上古三代秦汉三国六朝文[M].北京:中华书局,1958:3262.

《旧唐书·艺文志》载颜延之撰有总集《元嘉西池宴会诗集》三卷,伏滔、袁豹、谢灵运等撰《晋元氏宴会游集》四卷。① 这种有意识地将宴会集诗收集成册,凸显刘宋文学复归江左风雅的努力。刘宋皇室王族对文学的热衷不仅停留在好风雅、赏文士等表面文章,而且纷纷加入文学创作的大浪潮。据《旧唐书·经籍志》载,《(宋)武帝集》二十卷,《文帝集》十卷,宋明帝撰《诗集新撰》三十卷、《诗集》二十卷。各地郡王亦各抒己才,著作纷纭。《临川王义庆集》八卷,《长沙王义欣集》十卷,《江夏王义恭集》十五卷,《衡阳王义季集》十卷,《南平王铄集》五卷,《新渝侯义宗集》十二卷,《建平王宏集》十卷,又《小集》六卷等等。孝武帝"好文章",每自信过人,文士莫敢过之,"(孝武帝)好为文章,自谓物莫能及。(鲍)照悟其旨,为文多鄙言累句"②(《宋书·鲍照传》)。总言之,刘宋皇室对文学的爱好与提倡促使"天下悉以文采相尚"③(《南史·王俭传》),同时推进了文学自觉与独立。

刘宋文帝时终于成就了文学的独立。元嘉十六年(439),儒、玄、文、史四学实现了并立。《宋书·隐逸传·雷次宗传》(卷九十三):"时国子学未立,上留心艺术,使丹阳尹何尚之立玄学,太子率更令何承天立史学,司徒参军谢元立文学,凡四学并建。车驾数幸次宗学馆,资给甚厚。"④四学并立,风化日盛。《南史·文帝纪》(卷二):"各聚门徒,多就业者。江左风俗,于斯为美,后言政化,称元嘉焉。"⑤文学与儒学的分离是其独立的重要体现。范晔《后汉书》将《文苑传》列于《儒林传》后,并行区分的同时则突出文学本位及其价值的上升,其《文苑传赞》曰:"情志既动,篇辞为贵;抽心呈貌,非雕非蔚。殊状共体,同声异气。言观丽则,永监淫费。"⑥范晔强调文学的特质包括文学情感与词彩,已然渐渐趋近今世对文学的定义。《后汉书》对文、文章的属性的定义逐渐脱离儒学经世学问的含义,其《文苑传》称班固、傅毅"文

---

① (后晋)刘昫,等撰.旧唐书[M].北京:中华书局,1975:2079.
② (梁)沈约,撰.宋书[M].北京:中华书局,1974:1480.
③ (唐)李延寿,撰.南史[M].北京:中华书局,1975:595.
④ (梁)沈约,撰.宋书[M].北京:中华书局,1974:2293—2294.
⑤ (唐)李延寿,撰.南史[M].北京:中华书局,1975:46.
⑥ (南朝宋)范晔,撰.后汉书[M].北京:中华书局,1965:2658.

章之盛,冠于当世"①,称祢衡"揽笔而作,文无加点,辞采甚丽"②,边让"少辩博,能属文"③,边韶"以文章知名"④等等,显然,这里的文学与文章指代文笔之才。范晔沿袭司马迁《史记》、班固《汉书》随文著录的体例,并扩大了赋、诗、书、文等原文的收录,同时对传主的著作进行分类总结,如傅毅"著诗、赋、诔、颂、祝文、《七激》、连珠凡二十八篇"⑤,赵壹"著赋、颂、箴、诔、书、论及杂文十六篇"⑥,崔琦"所著赋、颂、铭、诔、箴、吊、论、《九咨》《七言》,凡十五篇"⑦。这种体例不仅对文体有明确的认识,而且开启了史书中文学传记对著录文章的书写模式。

(二)文学总集的整理和编订

文学自觉的表现之一,在于对前代文学的学习与总结。刘宋皇室重文的风气直接影响了文才之士对文学的爱好与学习,故文学总集的编撰于时大盛。

据《隋书·经籍志》载,谢灵运撰《赋集》九十二卷,《诗集》五十卷(梁五十一卷。又有宋侍中张敷、袁淑补谢灵运《诗集》一百卷;又《诗集》百卷,并例、录二卷,颜峻撰。《新唐书》同);《诗集钞》十卷(新旧《唐书》同。梁有《杂诗钞》十卷,录一卷,谢灵运撰,亡);《诗英》九卷(梁十卷。新旧《唐书》载十卷);《七集》十卷。宋明帝撰《赋集》四十卷,宋明帝撰《诗集》四十卷(《新唐书》载二十卷);宋临川王刘义庆撰《集林》一百八十一卷(梁二百卷);宋太子洗马刘和注《杂诗》二十卷,江邃撰《杂诗》七十九卷,谢庄撰《赞集》五卷(新旧《唐书》同);袁淑撰《诽谐文》十卷(新旧《唐书》载十五卷)。

《旧唐书·经籍志》载:《诗集新撰》三十卷(宋明帝撰。《新唐书》同);《元嘉西池宴会诗集》三卷(颜延之撰。《新唐书》同);《策集》六卷(谢灵运撰);《新撰录乐府集》十一卷(谢灵运撰);《回文诗集》一卷(谢灵运撰。《新

---

① (南朝宋)范晔,撰.后汉书[M].北京:中华书局,1965:2613.
② (南朝宋)范晔,撰.后汉书[M].北京:中华书局,1965:2657.
③ (南朝宋)范晔,撰.后汉书[M].北京:中华书局,1965:2640.
④ (南朝宋)范晔,撰.后汉书[M].北京:中华书局,1965:2623.
⑤ (南朝宋)范晔,撰.后汉书[M].北京:中华书局,1965:2613.
⑥ (南朝宋)范晔,撰.后汉书[M].北京:中华书局,1965:2635.
⑦ (南朝宋)范晔,撰.后汉书[M].北京:中华书局,1965:2623.

唐书》同);《晋元氏宴会游集》四卷(谢灵运、伏滔、袁豹等撰。《新唐书》同);《诗集》二十卷(刘和撰。《新唐书》同);《妇人诗集》二卷(颜竣撰。《新唐书》同);《诗例录》二卷(颜竣撰);《集苑》六十卷(谢琨[《通志》作"混"]撰。《新唐书》同)。

《新唐书·艺文志》载:宋明帝《赋集》四十卷;谢灵运《设论集》五卷,又《连珠集》五卷。

通过梳理可以得知,刘宋的文学总集十分兴盛、种类丰富,有赋、诗、策、赞、乐府、七集、设论、连珠、诽谐等诸类文体,其中以诗歌为众,赋为其次,乐府是首次。众多总集编撰者以谢灵运功为最,钟嵘曾经评价谢灵运编撰诗歌总集的特点是"逢诗辄取"(《诗品》),虽不免讥,但亦可看出谢灵运对诗歌集录的用心和用力,也体现了融会贯通的多元化学习思想。正是这种对前代文学经验的总结和学习,以颜延之与谢灵运为代表的刘宋文人集体展现出博学多才、繁缛华辞的文学素养和才气,对扫荡晋末玄言之风、复归风雅与骨气、开启声色之美的元嘉文学做好了充分准备。这个充分准备即体现在涌现出大量优秀的诗文赋的文学创作典范,以颜延之的应制诗文与谢灵运的五言山水诗为代表。文学的多产和成就伴随着的必定是文学家对创作的思考、文学特质的发现与文学价值的重估。以颜、谢为首的文人延续着建安、西晋风雅绮靡的风格的同时,以自身的创作经验深入地发掘出文学的性质与功用。

(三)文学本质的深度发掘

首先,重视文学的本质与流变。刘宋皇室及文人重视文学的社会风气不仅彰显出复兴文学传统的努力,而且开拓出异于前代的时代特质。这主要体现在刘宋文人重视作家个性与作品、时代与作品的关系。颜延之《五君咏》中分别对竹林七贤中五贤的身世、遭际及操行展开了吟咏,以寄托自己的情志。谢灵运《拟魏太子邺中集》直接以人物小传的形式摹画建安七子中除孔融以外之六人的精神风貌,并且每首诗前均有小序以交代时代、身世、气质对文人创作的影响,如记"平原侯植":"公子不及世事,但美遨游,然颇有忧生之嗟。"①更为重要的是,刘宋文人开始着眼于文学的内部规律。颜延之首次提出"文"与"笔"的区别,"笔之为体,言之文也;经典则言而非笔,传记则笔而非言"②。同时代范晔也注意到文与笔的不同,其《狱中与诸甥侄书》曰:"手笔差易,文不拘韵故也。"③以形式上的音韵为划分依据。文笔说可视为文学自觉的表现,兴起了后世文笔之辩的浪潮。颜延之也注意到诗歌的发展流变,其《庭诰》谈到文变的层次,梳理了诗歌流变,举李陵、挚虞、曹植、王粲、刘桢、张华等人之作进行了艺术、情感、风格等方面的比照,提出"四言侧密、五言流靡"的诗歌分体风格论断,是对挚虞《文章流别论》"四言正体"文学观的突破。谢灵运具有鲜明的文学辩体意识,从其所作的文学总集可见一斑。钟嵘论"颜延论文,精而难晓""谢客集诗,逢诗辄取""王微《鸿宝》,密而无裁"④,萧子显论"张视撷句褒贬,颜延图写情性"⑤等,诸如此论,可以看出刘宋文人已经有意识地进行文学批评,这亦是文学创作兴盛的表现之一。颜、谢作为刘宋文坛的风向标,其对文学本质的观点以及创作的表现手法直接影响了齐梁文论家的批评。

其次,标举文学的艺术与情感。刘宋文学向来以华彩著称,刘勰做了经典的论断,其《文心雕龙》曰:"俪采百字之偶,争价一句之奇,情必极貌以写物,辞必穷力而追新。"⑥以致后世为刘宋文学贴上了"声色大开"的标签。反观颜延之、谢灵运、鲍照、王微等,其诗歌艺术手法中对偶、用典、华藻等均大大超越了前代。颜延之提出"连类比物"的艺术主张,是为对偶艺术的理论声援。谢灵运的山水创作,更显声色俱开的极致之态。但是,刘宋文学也是重视性情的文学。谢灵运的诗中常常表达尊重性情、以情赏为美的文学主张和生命追求,"情性""情赏"的反复申述是对"诗言志"的开拓,亦是对"诗缘情"的精神升华。这种反诸个体、关注生命的观念促进了个人意志的觉醒,也为诗歌创作注入新的血液。而情又以悲为美,也是于刘宋时期正式提出。颜延之、王微开启了以悲为美的审美风气。颜延之提出李陵之作以

---

① (清)严可均,校辑.全上古三代秦汉三国六朝文[M].北京:中华书局,1958:2617.
② (梁)刘勰,著.范文澜,注.文心雕龙注[M].北京:人民文学出版社,1958:655.
③ (清)严可均,校辑.全上古三代秦汉三国六朝文[M].北京:中华书局,1958:2519.
④ (梁)钟嵘,撰.曹旭,集注.诗品集注增订本[M].上海:上海古籍出版社,2011:236.
⑤ (梁)萧子显,撰.南齐书[M].北京:中华书局,1972:907.
⑥ (梁)刘勰,著.范文澜,注.文心雕龙注[M].北京:人民文学出版社,1958:67.

悲为美,其《庭诰文》曰:"至其善写,有足悲者。"①同时代文人王微《与从弟僧绰书》曰:"且文词不怨思抑扬,则流澹无味。文好古,贵能连类可悲,一往视之,如似多意。"②故,颜延之诗"情喻渊深",王微诗得"风流媚趣"。无论书写性情,抑或以悲为美,都显示出诗歌具有情感的精髓本质。虽然在具体的文学创作实践中,刘宋诗歌华彩一度以压倒性的优势角力于以情为美的文学创作,但亦不可忽视刘宋文人对情性之于文学重要性的探索。

以颜、谢为首的刘宋文人对文学规律和本质的探讨以及丰富的创作实践,一度引导了整个南北朝的五言诗的创作风尚。裴子野指出:"宋初迄于元嘉,多为经史,大明之代,实好斯文。高才逸韵,颇谢前哲,波流相尚,滋有笃焉。自是闾阎年少,贵游总角,罔不摈落六艺,吟咏情性。"③萧子显亦曰:"自宋以来,谢灵运、颜延年以文章彰于代;谢庄、袁淑又以才藻系之。朝廷之士,及闾阎衣冠,莫不仰其风流,竞为诗赋之事。"④可见刘宋文学理论自觉的进步意义和创作实践的成功。

(四)文学与音乐、绘画等艺术理论的暗合

刘宋诗人最早注意到诗歌与音乐之间的关系是颜延之,其《庭诰》将文章分为"咏歌之书"与"褒贬之书"两类,突出诗歌入乐之"协金石"的重要特征。颜延之晓音律、尚雅正的文学观,于元嘉时受诏造《郊天夕牲》《迎送神》《飨神歌》郊庙歌辞三篇。前世歌章多八句或二三句转韵,颜延之改四句转韵,后多依之。《南齐书·乐志》:"颜延之、谢庄作三庙歌,皆各三章,章八句……今宜依之。"⑤颜延之论文传世甚少,诗以入乐的理论所见不得周全,以致遭受王融的讥嘲:"唯颜宪子论文乃云'律吕音调',而其实大谬。唯见范晔、谢庄,颇识之耳。"⑥范晔的理论见《狱中与诸甥侄书》:"性别宫商,识清浊,斯自然也。……年少中谢庄最有其分,手笔差易,文不拘韵故也。"⑦

---

① (清)严可均,校辑. 全上古三代秦汉三国六朝文[M]. 北京:中华书局,1958:2637.
② (梁)沈约,撰. 宋书[M]. 北京:中华书局,1974:1667.
③ (清)严可均,辑. 全上古三代秦汉三国六朝文[M]. 北京:中华书局,1958:3262.
④ (唐)杜佑,撰. 通典[M]. 杭州:浙江古籍出版社,2007:91.
⑤ (梁)萧子显,撰. 南齐书[M]. 北京:中华书局,1972:179.
⑥ (梁)钟嵘,撰. 曹旭,集注. 诗品集注增订本[M]. 上海:上海古籍出版社,2011:448.
⑦ (清)严可均,校辑. 全上古三代秦汉三国六朝文[M]. 北京:中华书局,1958:2519.

谢庄注意到双声叠韵的艺术性,《南史·谢庄传》载:"王玄谟问谢庄:'何者为双声,何者为叠韵?'答曰:'玄护为双声,磝碻为叠韵。'"①(《诗品序》)颜延、范晔、谢庄无疑为诗歌与音律的融合揭开了序幕,而谢灵运的山水诗作则是双声叠韵的最佳践行者。再加上刘宋吴声西曲的兴盛,"吴哥杂曲,并出江东,晋、宋以来,稍有增广"②(《宋书·乐志》)。刘宋文学创作,尤其是诗歌,显示出鲜活的生命力。

文帝时期出现了两部重要的画论,即宗炳的《画山水序》与王微的《叙画》。宗炳提出山水载道的理论,具体的绘画当"以形写形,以色貌色"③,突出山水的客观景貌。他还提出"竖画三寸,当千仞之高;横墨数尺,体百里之迥"④等透视法,认为要与山水"畅神",曰:"应会感神,神超理得。"王微《叙画》提出"画之情",其表现为"望秋云,神飞扬,临春风,思浩荡"⑤,进而达到"明神"的艺术境界。综合两部画论,其创作论要求对景象的感发,这与文学创作的理论相同;亦要求达到"畅神""明神"的境界,实则是对谢灵运"援纸握管,会性通神"⑥文学创作的理通。两者对文学的创作均具有开创性的指导意义。

三、颜、谢的家族与生平

(一)家世情结:儒家世族与高门名望

1. 琅琊颜氏精神文化的体认

颜延之,琅琊颜氏之后。自曾祖颜含率族人南迁,便世居建康长干里,巷名为颜家巷。颜氏祖先,可上推至复圣颜渊。春秋、战国、秦汉、魏晋时期

---

① (唐)李延寿,撰.南史[M].北京:中华书局,1975:554.
② (梁)沈约,撰.宋书[M].北京:中华书局,1974:549.
③ (唐)张彦远,撰.历代名画记[M].上海:上海人民美术出版社,1964:130.
④ (唐)张彦远,撰.历代名画记[M].上海:上海人民美术出版社,1964:130.
⑤ (唐)张彦远,撰.历代名画记[M].上海:上海人民美术出版社,1964:132—133.
⑥ (清)严可均,校辑.全上古三代秦汉三国六朝文[M].北京:中华书局,1958:2608.

颜氏多活动于齐鲁之地,汉末丧乱谱牒失传。据明万历本《陋巷志》①载,颜渊之后可考者为二十三代孙颜敫,二十四世颜斐、颜盛,二十五世颜钦,二十六世颜默,至颜含为二十七世,颜延之为三十世,颜之推为三十五世。自颜盛定居琅琊临沂,因代代以孝行,故其所居为"孝悌里"。兹据《晋书》《宋书》《梁书》《北齐书》等,并参晋江夏李阐《颜含碑》、颜延之《颜府君家传铭》、颜之推《颜氏家训》、颜真卿《颜氏家庙碑》②以及《陋巷志》,将自颜盛至颜之推的家族谱系列于此(见图1-1):

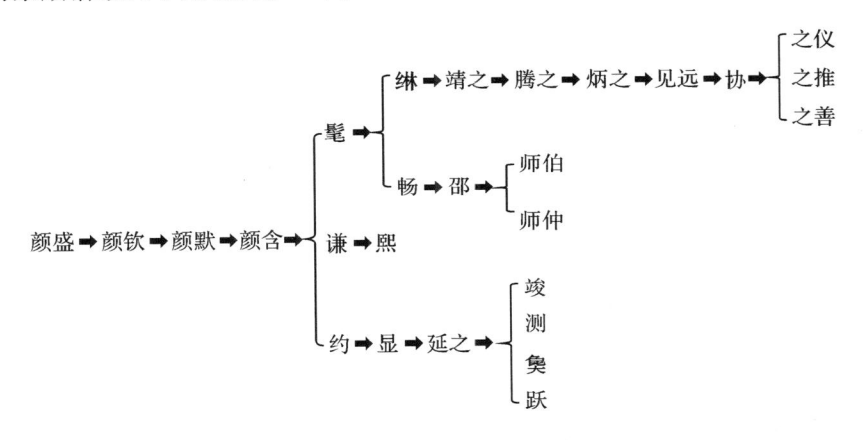

图1-1 颜盛至颜之推的家族谱系

颜渊以孝义仁德、好学内省、名实如一、安贫乐道等可贵的操行著称于世,创立了颜氏之儒。颜氏家族对祖先文化的遵守和践行相当谨严。颜盛以孝廉举官,"代传恭孝,故号所居为孝悌里"(颜真卿《晋侍中右光禄大夫本州大中正西平靖侯颜公大宗碑》)。后为青、徐二州刺史,治政清明,"青州隐秀,爰始贞居。内辟鼎府,外康邦宇"(颜延之《颜府君家传铭》)。其子颜钦,通儒家经典《韩诗》《礼》《易》《尚书》等,颜默"学素相承"③(李阐《右光禄大夫西平靖候颜府君碑》)。至颜含,为晋右光禄大夫。少有操行,事兄嫂至笃,列孝友传。生平绝浮伪,尚行实。颜含不信占卜,交友清简,评骘人物亦以操行为准。颜延之《颜府君家传铭》称其"仁亲至宝,大孝之荣。官必凝

---

① (明)颜胤祚,辑.陋巷志[M].明万历二十九年刻本.
② (清)董诰,纂辑.全唐文[M].北京:中华书局,1983:3448.
③ (清)严可均,校辑.全上古三代秦汉三国六朝文[M].北京:中华书局,1958:2225.

绩,学乃敦经"。桓温、王舒两家求婚于颜含,含以其为盛族不许,并诫子孙曰:"自今任官不可过二千石,婚姻勿贪势家。"①这句话被颜之推称为"靖侯家规"。桓氏、王氏为晋世望族,欲联姻颜氏,可见颜氏家族在当时已然声望甚高。颜含不趋炎附势,重孝义、尚名实、崇节操、知进退等品德,对颜氏家族产生了深刻的影响。

后世子孙闻名者属颜延之与颜之推。颜延之为家族作《颜府君家传铭》《庭诰》,无疑是对家族精神文化的回归,尤其是《庭诰》,对《颜氏家训》的写作具有示范性意义。颜延之《庭诰》一篇可谓有史以来,含类最广、内容丰富、骈散俱行、整齐对仗的千言之家诫,在家诫史上可谓具有显著的划时代的意义。颜之推作为颜含第七世孙(见图1-1),其《颜氏家训》一承其流,广之扩之,遂成一家之书,成为家训史上一部系统性、典范性的著作。在内容上,《颜氏家训》多是借鉴《庭诰》的,并在其基础上进行了充实,从二书比照可以看出颜氏家族文化的总体特征。略举部分见表1-2:

表1-2 《庭诰》《颜氏家训》内容类比(部分)

内容	《庭诰》	《颜氏家训》
崇尚孝和、礼重名教	欲求子孝必先慈。将责弟悌务为友。	父母威严而有慈,则子女畏慎而生孝矣。
交人于礼、修身养性	赡人之急,虽乏必先,使施如王丹,爱如杜林,亦可与言交矣。	今有施则奢,俭则吝。如能施而不奢,俭而不吝,可矣。
	古人慎所与处。	君子必慎交游焉。
	枚叔有言,欲人勿闻,莫若勿言,御寒莫若重裘,止谤莫若自。	铭金人云:"无多言,多言多败。无多事,多事多患。"至哉斯戒也。
	古人耻以身为溪壑者,屏欲之谓也。	《礼》云:"欲不可纵,志不可满。"

---

① (南北朝)颜之推,撰.檀作文,译注.颜氏家训[M].北京:中华书局,2011:197.

续表

内容	《庭诰》	《颜氏家训》
好学乐交、名实如一	观书贵要,观要贵博。	当博览机要,以济功业。
	凡有知能,预有文论。	《礼》云:"独学而无友,则孤陋而寡闻",盖须切磋相起明也。
	若乃闻实之为贵……入修家之诚乎!	名之与实,犹形之与影也。德艺周厚,则名必善焉!

颜延之主张孝义德行、名实如一、谨慎交友行事,且知书好问,博学稽要,同时忌寡闻,多切磋,习论文。颜延之在立论的同时设象自喻,攻难假设,言辞辨恰,说理充分。对此,颜之推全部吸收,并往往引经书以证。故颜延之是典型的儒士,其生平极重礼教,曾斥责其子颜竣傲慢无礼。《南史》卷三十四《颜延之传》:"尝早候竣,遇宾客盈门,竣方卧不起,延之怒曰:'恭敬撙节,福之基也。骄佷傲慢,祸之始也。况出粪土之中,而升云霞之上,傲不可长,其能久乎?'"①颜延之不喜富贵,居身清约,"子竣既贵重,权倾一朝,凡所资供,延之一无所受,器服不改,宅宇如旧"②。又常常结交素友、栖志方外、不求闻达,是其能够置身朝权跌宕的政局又能保全其身的处世哲学。因此,颜延之是敦经守儒的颜氏家族文化的继承者与践行者。颜真卿赞其家族曰:"世忠义,叠规矩。翟鸾皇,炳龙虎。文雎涣,学邹鲁。赫才明,振区宇。"(《颜公大宗碑》)颜延之可谓典范之一!

2. 陈郡谢氏丘壑风流的承继

谢灵运,陈郡阳夏人。自始祖谢衡南迁浙江上虞东山,渐渐开启了六朝谢氏家族兴盛的辉煌史。据周淑舫统计,谢氏一门在南朝名列公侯者达 19 人。自东山谢氏始祖十代之间的家族世系表可参考周淑舫《六朝东山谢氏家族文化研究》。

谢氏家族具有丰厚的文化积淀和显著的文学成就,这与谢氏家族文化的本质特征是分不开的。谢灵运《述祖德诗》中歌咏其祖康乐公谢玄"兼抱

---

① (唐)李延寿,撰.南史[M].北京:中华书局,1975:881.
② (梁)沈约,撰.宋书[M].北京:中华书局,1974:1903.

济物性,而不缨垢氛",揭示济世、素隐为其家族典型的文化特征。始祖谢衡是典型的儒士大家,生平"以儒素显"①,被称为"硕儒"。长子谢鲲爱好《庄》《易》之学,动无喜怒之色,任诞通达。遇国无道,便与名士纵酒优游度日。《晋书》载谢鲲优游从生,不屑政事,常与阮放、桓彝、羊曼、阮孚等纵酒。谢鲲名甚高,司马绍甚相亲重,曾问曰:"论者以君方庾亮,自谓何如?"答曰:"端委庙堂,使百僚准则,鲲不如亮。一丘一壑,自谓过之。"②可以说,谢鲲以一位名士的姿态开启了谢氏丘壑风流,提升了陈郡谢氏的名望和地位,同时也奠定了谢氏文化的精髓。相对而言,谢鲲之弟谢裒,好儒学、经史、辞赋,继承其父儒学之道,官至太常卿。谢鲲之子谢尚,袭父爵咸宁侯,性笃孝,又善清辩,王导比之竹林七贤王戎谓之"小安丰"。通文武之才,晋穆帝谓其股肱之臣,官至镇西将军。谢安,谢裒之第三子,谢尚从弟。自幼风神秀彻,识断机敏,为王导赏识。清言风雅,有高逸之风,其"寓居会稽,与王羲之及高阳许询、桑门支遁游处,出则渔弋山水,入则言咏属文,无处世意"③。年四十入仕,得桓温重用。有将相之才,时人比之王导。在抗击苻坚淝水战役中,领导族人谢玄、谢石、谢琰等人征讨,大破之,谢氏一门四封,家族显赫,贵极一时。谢安十分重视培养族子的文学造诣,《世说新语·言语第二》载:"谢太傅寒雪日内集,与儿女讲论文义,俄而雪骤,公欣然曰:'白雪纷纷何所似?'兄子胡儿曰:'撒盐空中差可拟。'兄女曰:'未若柳絮因风起。'公大笑乐。"④谢玄,谢灵运祖父。幼颖悟,为谢安赏重,安曾"问族子侄:'子弟亦何豫人事,而正欲使其佳?'诸人莫有言者。玄答曰:'譬如芝兰玉树,欲使其生于庭阶耳。'"⑤玄有经国才略,以淝水之战功封康乐公。谢混,谢安之孙,谢琰之子,灵运族叔。早有美誉,尚晋陵公主。混善属文,《游西池》一诗风华名明丽,沈约称其诗"变太元之气",钟嵘称其诗"得风流媚趣"。谢混的文义得益于体现了学在家族的文化特征,担起培养族子的责任,常组织谢灵

---

① (唐)房玄龄,等撰.晋书[M].北京:中华书局,1974:1377.
② (唐)房玄龄,等撰.晋书[M].北京:中华书局,1974:1378.
③ (唐)房玄龄,等撰.晋书[M].北京:中华书局,1974:2072.
④ (宋)刘义庆,著.(梁)刘孝标,注.余嘉锡,笺疏.世说新语笺疏[M].北京:中华书局,2015:143.
⑤ (宋)刘义庆,著.(梁)刘孝标,注.余嘉锡,笺疏.世说新语笺疏[M].北京:中华书局,2015:160.

运、谢瞻、谢弘微等进行乌衣之游,切磋文义。谢混特爱重灵运,曾评价云:"康乐诞通度,实有名家韵。"谢鲲丘壑风流、谢安东山高卧、谢道韫冬日咏雪、乌衣之游等等成为中国文化史上世代流传的美谈,谢氏名流在南朝世代辈出,《世说新语》记谢氏一门清谈、文学着墨颇多,亦可看出谢氏在文学、文化上一枝独秀的优越地位。总言之,谢氏家族具有建功扬名、谈玄论文、山水高情等突出的文化特征和传统。

谢灵运才资颖悟,向来顺从性情,其一生行迹与思想显示出对家族文化精神的认同和回归。谢灵运始终以祖宗济世的事业为豪,"万邦咸震慑,横流赖君子",以积极的心态入仕,《上北伐书》欲继承祖父未竟的事业;又追逐东山高卧之志,退隐山林,有出世之怀;大量写作山水诗,寄寓思想和志气,赢得诗歌史上划时代的成就。谢灵运的个性与才华莫不是受家族文化的浸染和引导。

(二)颜、谢之生平仕历简述

1. 陪侍皇侧的宦海生涯

颜延之生于晋孝武帝太元九年(384),少孤贫,好博览群书,文义之美冠绝当时。年21岁时,即晋安帝义熙元年(405)初仕任吴郡内史刘柳行参军。颜延之出仕的时间,有三说:31岁、32岁、20岁。缪钺《颜延之年谱》系于32岁;曹道衡、沈玉成《中古文学史料丛考》认为颜延之出仕时为弱冠之年;谌东飚《颜延之研究》将其出仕时间系于31岁。三家争论的焦点在吴国内史刘柳以为行参军、主簿,豫章公世子中军行参军的时间。按,刘柳任会稽太守时间在元兴初,"刘柳访谢道韫,与其清谈"可以为据;元兴二年(403)、三年(404)至义熙间刘柳由会稽太守转吴郡任职;义熙三年(407)刘柳由吴郡转尚书右仆射;义熙八年(412),江州刺史孟怀玉卒,刘柳于兹年继任;义熙十二年(416)除尚书令,未拜,卒于江州。由此可知,颜延之初任刘柳行参军,当在刘柳任职吴郡期间,即元兴二、三年至义熙三年。又,《宋书·颜延之传》载:"晋恭思皇后葬,应须百官,皆取义熙元年除身。以延之兼侍中,邑吏送札,延之醉,投札于地曰:'颜延之未能事生,焉能事死?'"[1]元嘉十三年

---

[1] (梁)沈约,撰.宋书[M].北京:中华书局,1974:1893.

(436),颜延之正处于屏居里巷,此时无官在身。传中所称"以延之兼侍中",盖是因为其为晋义熙元年入仕之官,而欲起为皇后之葬礼之职。故颜延之初仕时间当在义熙元年,即 22 岁。义熙十一年(415),颜延之随刘柳至江州,曾造访密友陶渊明,情款深密。义熙十二年(416),因刘柳卒,颜延之转为豫章公世子中军行参军。故颜延之在刘柳幕下供职时长约十年,而且官位甚卑。

颜延之仕历的转机伴随着朝政权柄的交替。义熙十二年(416),刘裕有宋公之授,颜延之受府命前往洛阳恭庆殊命,途中作《北使洛》《还至梁城作》二诗,得到了谢晦、傅亮的称赏。宋受禅,颜延之转为太子舍人。颜官位虽卑,却学富辩恰,受到武帝的赏识。时,雁门人周续之以儒学见称,开馆讲义,宋武帝使颜延问之《礼记》"傲不可长""与我九龄""射于矍圃"三义,颜驳之简要,释义清通。颜延之性偏激,自恃文义之美,受到大臣傅亮的嫉恨。太子志凶,武帝次子庐陵王刘义真赏好文士,颜、谢与之结交甚厚,常相往来。义真器重颜、谢,肆言得志之时任二者为宰相,由此遭受当时执政大臣徐羡之等人的忌惮。永初三年(422),武帝薨,少帝继位,颜延之转为正员郎,兼中书。不久因权臣徐羡之等谋弑立被外放始安太守。途经湘州,受邀作《祭屈原文》以寄己意。过浔阳,再次造访陶渊明。在始安郡三年方还。

颜延之自元嘉三年(426)被征召回京,起为中书侍郎,不久便为太子中庶子,后又转领步兵校尉。时徐羡之、傅亮、谢晦已伏诛,王华、刘湛、王昙首、殷景仁居重任。颜延之性疏诞,见官专权,愤激而言:"天下之务,当与天下共之,岂一人之智所能独了!"[①]语词激扬,每每触犯权要。刘湛联合司徒刘义康奏之,贬为永嘉太守。颜延之作《五君咏》以泄其愤,司徒刘义康大怒欲黜远郡,文帝则令在里间思过。七载的时光令颜延之明确选择了急流勇退、明哲保身的处世哲学。颜延之结交释僧,通明佛学,撰文论义,切磋佛理。《庭诰》一文亦在此期间作成,从仁义道德、读书交友、名实修养等诸方面来训诫子弟。

颜延之于元嘉十七年(440)起官为始兴王浚后军咨议参军,不久任御史中丞、国子祭酒、司徒左长史。因买人田不还钱遭尚书左丞荀赤松奏弹免

---

① (梁)沈约,撰.宋书[M].北京:中华书局,1974:1893.

官。又为秘书监,光禄勋,太常。元嘉二十九年(452)因年衰多病辞官不许。刘劭弑立任光禄大夫。世祖登祚任金紫光禄大夫,从二品,领湘东王师。这是颜延之一生中最为显贵的官职,此时颜延之年已古稀,在任三年卒。

晋宋之际,颜延之出仕为刘柳幕府下的一名小吏将近十年光景,为此颜延之后来对刘湛愤慨道:"吾名器不升,当由作卿家吏。"[①]自刘宋禅代,主上爱文,颜延之始受赏识,一直供职于太子幕府和帝皇之侧。在此期间两次流放的经历,令颜延之审时度势,选择了"服爵帝王,栖志云阿"的处世哲学。颜延之在元嘉中后期在文帝身边扮演了一位称职的馆阁文臣,服务帝王,应制作文,最后得以善终。

2. "文义之臣"和"山栖之士"

谢灵运袭康乐公爵,起家为员外散骑侍郎,未至任。义熙元年(405),与同族兄弟谢瞻、谢弘微等任琅邪王大司马行参军。约八年后,谢灵运转为刘毅幕府作卫军从事中郎。刘毅伏诛,任刘裕太尉参军。次年谢灵运从刘裕自江陵还京,任秘书丞,坐事免官。不久任咨议参军,又转任中书侍郎。义熙十二年(416),同颜延之一起转入豫章公世子幕府,任中军咨议,黄门侍郎。时武帝北伐至彭城,谢灵运奉命使彭城劳军,次年返京途中应感而作《撰征赋》。义熙十四年(418),刘裕始受相国、宋公、九锡之命。谢灵运乃任宋国黄门侍郎,又迁为相国从事中郎。不久便任世子左卫率,因杀门生而免官。

15年的浮沉辗转,迎来的本以为是柳暗花明。但刘宋践祚后,情势愈发不容乐观。谢灵运由公降为侯,食邑由两千户降为五百户。起官为散骑常侍,又转太子左卫率。谢灵运本为贵家公子,又恃才傲物,原以为会受重用,却只为文义装点,"朝廷唯以文义处之,不以应实相许。自谓才能宜参权要,既不见知,常怀愤愤"[②]。时庐陵王刘义真赏好文义,谢灵运推心置腹与之结交,与颜延之、慧琳等游宴,被执政大臣徐羡之等忌惮。不久便以构陷异同的罪名将这一团体遣散殆尽。谢灵运由此被流放做永嘉太守。

永初三年(422)七月十六日,谢公出发前往永嘉,途经岭门山、七里濑等

---

① (梁)沈约,撰.宋书[M].北京:中华书局,1974:1893.
② (梁)沈约,撰.宋书[M].北京:中华书局,1974:1753.

风景秀逸之地,谢灵运便以诗纪行,吟咏山水。至郡不理政务,唯耽山水,"郡有名山水,灵运素所爱好,出守既不得志,遂肆意游遨,遍历诸县,动逾旬朔,民间听讼,不复关怀。所至辄为诗咏,以致其意焉"①。在郡一年,便辞职归乡,回会稽始宁别墅,开始了幽居山林的隐逸生活,招揽僧人,诵经听鼓,又常与隐士王弘之、孔淳之等疏放为乐,吟咏作诗,"每有一诗至都邑,贵贱莫不竞写,宿昔之间,士庶皆遍,远近钦慕,名动京师"②。

元嘉四年(427),谢灵运被征召回京,任秘书监。谢灵运工诗书,文帝甚是赏重,却只与之谈赏文义,始终未让他掌廊庙之权。当时执政者名位皆不及谢,谢心有不忿,于是"多称疾不朝直。穿池植援,种竹树菫,驱课公役,无复期度。出郭游行,或一日百六七十里,经旬不归"③。次年,便赐假东归。在始宁别墅,谢灵运仍旧游宴不已,又为御史中丞傅隆所奏,免官。谢灵运率领僮仆门生数百,伐山开径,寻幽造隐,阵仗非凡。又求决湖以为田,会稽太守孟顗不肯,遂构仇隙。孟顗因灵运横恣,乃表其有异志。灵运奔京辩诬,作《自理表》。文帝知其见诬,不使东归,乃为临川内史。

元嘉八年(431),谢灵运启程,赴任临川内史。临川亦有佳山水,谢灵运游娱不已,一往如前,为有司所纠。临川被收时,谢灵运兴兵反抗,被廷尉奏弹论斩,文帝爱其才,遂免死,流放广州。途中,谢灵运密付其党截取,不果。被依法收治,最终诏于广州行弃市刑。

谢灵运以国公例起家为官,晋宋之际又多辗转,宋践祚后始终以文义见赏,不委重任。子曰:"用之则行,舍之则藏。"(《论语·述而》)谢灵运欲践行士大夫应有的姿态,不受任用之时选择退隐。故其一生寻幽造隐,吟咏山水。虽有高世之情,谢灵运却始终不能忘俗。退隐,是士大夫、名士的一种处世哲学,尤其是人物评论盛行的南朝,也是一种为自己赢得名誉、步入仕途的方式。谢灵运自然怀抱着建功立业之志,实现不了人生价值便选择退隐山林,并将不遇的苦闷转化为对山水的游赏。但退隐并没有赢得德行上的名声,却意外取得了山水诗的成功。

---

① (梁)沈约,撰.宋书[M].北京:中华书局,1974:1753—1754.
② (梁)沈约,撰.宋书[M].北京:中华书局,1974:1754.
③ (梁)沈约,撰.宋书[M].北京:中华书局,1974:1772.

(三)颜、谢对刘宋政权的态度

1. 合作与半合作

颜延之较谢灵运年长一岁,同生于易代之际。从颜、谢二人生平仕历来看,可以明显得知颜延之对刘宋政权采取了合作的友好态度,而谢灵运始终在出仕与退隐之间徘徊辗转,既欲高蹈世外,又心存不遇于世的愤慨,对刘宋新朝既抱有希望又无视其权威,因此从一方面看,谢灵运采取了半合作的政治态度。

晋末,颜延之在江州刺史刘柳幕府中做了近十年的无名小吏,当时其已文名渐显,却沉寂下僚得不到赏识。新朝建立,爱文之世到来,颜延之迎来了契机,其以博学多识、文义之美自然而然侍立于皇帝、太子之侧。虽然官名一度卑微,但是武帝、文帝对颜延之的赏爱是十分深厚的。颜延之性虽然褊狭,但是对宋朝礼让文士的态度在很大程度上是感到满足的。因此,他安心做一位装点朝政、歌功颂德的文义之臣,这与颜氏家族不求闻达的家族文化不无关系。当然,作为一位名儒,颜延之的济世之心始终存在。永初年间,太子志凶,颜延之主动结交庐陵王刘义真的背后,其实心存一番有作为的政治理想。又,元嘉初四臣专政的局面令颜延之一度为国家感到不安,因此他大胆直言反抗,即使受到当政者的贬黜,依然作《五君咏》寄寓不满与愤恨,表达自己的不渝之志。在寓居里巷七年间,命颜延之侍奠礼,其愤辞曰:"未能事生,焉能事死!"表示自己不用于世的愤懑。闲居之际,颜延之作《庭诰》时已年过半百,四儿一女已渐渐成人,长子颜竣也到了入仕之年。此时颜延之训诫门庭亦想后代能够以修身立诚为要,自此之后颜延之选择了明哲保身的处世态度。

谢灵运起家做官位比颜延之高,晋世之末谢氏家族谢混、谢晦等在政权中处于优势地位,故谢灵运与族兄弟同时被安排至琅邪王大司马府中,后来又转到势占一方的刘毅府中。以谢灵运早期与族兄弟之间的四言赠答诗来看,谢灵运并不热衷于政治,反而具有隐世的志向。据谢灵运《山居赋》所载,早年欲从慧远为师,未果。直至永初三年贬往永嘉太守,谢灵运似乎如释重负,即将遂愿的踏实,其曰"从来渐二纪,使得傍归路"(《永初三年七月十六日之郡初发都》)、"牵丝及元兴,解龟在景平。负心二十载,于今废将迎"(《初去郡》)。尤其是谢灵运的山水诗中阐发玄理和歌咏性情,成就了其高于世外之情的风流。实际上,谢灵运同时具有强烈的政治抱负,他歌咏祖父平复家园的功德,又想继承其祖未竟的北伐事业,向文帝上书北伐之事,其书曰:"臣卑贱侧陋……久欲上陈,惧在触置,蒙赐恩假,暂违禁省,消渴十年,常虑朝露,抱此愚志,昧死以闻。"[1]其济世之心、志士抱负昭然若揭。然而,刘宋朝廷只是将谢灵运看作与颜延之无差别的文士,谢灵运对此是不能接受的。既然做不了股肱之臣,何不做山水中的自由人?谢灵运选择吟咏山林间,以遗忘不遇的愤懑。至于临川被收时兴兵叛逆,流放广州时买兵自救,我们先不说叛逆之心,至少从心灵上,这是谢灵运保护自我、捍卫自由的孤傲之气。从本质上,谢灵运是接纳新朝刘宋的,只是晋时谢氏家族的高贵与自主在此时已经黯然失色,这点上谢灵运是不接受的。因此,谢灵运心理上采取的是半合作的态度。

2. 政治理想的交织与分离

晋宋禅代之际,直至刘宋初建,颜、谢供职于太子(宋禅代前称"世子")幕府长达三年。最能表露二人政治理想的当属永初年间与庐陵王刘义真的文学交游,实际上这种交游颇含政治意味。沈玉成就认为这场文义赏会显然是一种政治性的活动(《中国历代著名文学家评传·谢灵运》)。宋武帝践祚不久,便一病不起,因长子不器,曾有意传位于庐陵王刘义真。刘义真十分欣赏颜延之、谢灵运,还有当时的沙门慧琳。曾肆言得志时任颜、谢为宰相,正是因为刘义真的赏识,颜、谢便将政治怀抱和理想寄寓其身也不无道理。少帝即位后,颜、谢便因"构扇异同、非毁执政"的罪名被贬,颜被贬往始安,谢被贬往永嘉。这是其在政权更迭中政治理想的失意。

文帝廓祚,于元嘉四年(427)召还颜、谢。颜延之自此便成为刘宋庙堂文臣,虽然间有对执政者的不满和愤懑,但始终忠于并歌颂南朝的皇权和王国。田晓菲称其应诏诗如《车驾幸京口侍游蒜山作》对皇权和王国的表现达到了完美的高度,并且认为:"颜延之的诗意视野再现了南朝。从这个意义上说,他是南朝第一位真正的宫廷诗人。"[2]谢灵运显然不同于颜延之,他自

---

[1] (清)严可均,校辑. 全上古三代秦汉三国六朝文[M]. 北京:中华书局,1958:2611.
[2] Tian X. Representing Kingship and Imagining Empire in Southern Dynasties Court Poetry[J]. *T'oung Pao*,2016:52.

恃有名望,渴望建功立业,观其《上书劝伐河北》便可知。文帝唯以文义相许,不予重用,落实了谢灵运政治理想的第二次失意。于是他便寻幽造隐、伐木开径、游历山泽,这些经验成为其山水诗的素材与灵感来源,同时其抱负无门的愤懑和反抗,在山水诗中都凝结为玄言的理趣。心理上进与退的矛盾、性格上的孤与傲,成为谢灵运悲剧命运的催化剂。

颜延之对刘宋王朝的忠诚和处世的淡泊,是安于禄位的平常;与谢灵运强烈的仕隐难立的矛盾心理形成对比,这大概可以成为二者在元嘉年间罕见交游、颜之安享晚年与谢之广州弃世命运分截的主要原因。

四、颜、谢的著述与思想

(一)颜、谢著述统略

在刘宋重视文学以及文化建设的时代思潮下,颜、谢不仅创作了名冠当时的诗文赋等文学作品,而且还在儒学、佛学、玄学等各个领域发表独创性的言论及论著,不仅引领思想界的百家争鸣,留下了宝贵的文献资料,而且彰显了刘宋文士在三教圆融思想背景下多元的精神文化特征。

颜、谢著述遍及经史子集,其中尤以经学、文学、佛学为著,于思想界、文学界均产生了不可计量的影响。颜、谢皆重视以博览群书来增长闻识,颜延之好读书,无所不览,常常以"学而贵博""博而能要"勉励子弟,谢灵运亦博涉六艺、九流、史传、篇章、论难、兵技、卜易、算数、律历之书,中年以后便偏重老庄。相比之下,颜延之继承家风,以儒学为务,熟谙礼学、小学、注疏等,论著颇丰而且常被推重。谢灵运虽以玄道为务,但亦不费"仰仪前修,绸缪儒史",对于小学、音韵等精通并娴熟应用,以十四音来解胡音,继而润色《大般涅槃经》,注释《金刚经》等。二者在文学别集和总集上的贡献尤其突出,谢灵运撰文学总集,可以视作一次较大规模的对前代文学的总结和学习,其文体包括甚广,诗、文、赋、设论、七集、回文、乐府等等(见表1-3),无不具有开拓性的价值,不仅为刘宋文人学习和创作提供全面、丰富的文献资料,而且开启了大规模的南朝梁文论和文学总结。佛学的浸染,活跃了刘宋士人的思想,士人不独以访山林隐士为趣,亦争相以造访佛学名师、辩论佛法为时尚。颜延之《达性论》、谢灵运《辨宗论》均为当时与士人、释僧论辩的成果,产生了佛学中两场重要的思想争鸣。从颜、谢著述的简单梳理中,可以看出二人的思想显示出儒和释合流的多元的时代文化特征。此时的佛学已渐渐融合玄学,被士人更好地理解和吸收,道玄思想在二人身上也有集中的体现,察二人生平及诗文集便一望可知。故三教圆通的思想代表了刘宋士人思想的基本风貌,而对于个体,自然亦有所偏重。

表 1-3　颜、谢著作概览

分类	颜延之		谢灵运	
	目录	文献存录情况	目录	文献存录情况
经	《逆降义》①（《隋书·经籍志》归入"礼类"）	《隋书·经籍志》:"《逆降义》三卷,宋特进颜延之撰,亡。" 《旧唐书·经籍志》作《礼论降议》。 《新唐书·艺文志》作《礼逆降议》。 清马国翰辑《逆降义》一卷,收入《玉函山房辑佚书补编》"经编"。		
	《论语颜氏注》②	清马国翰从梁皇侃《论语义疏》中辑得颜延之注《论语》15条,编成一卷,题为《论语颜氏说》。		

---

① 杨晓斌《颜延之〈逆降义〉钩沉》(2011 年发表于《文史哲》第 6 期)梳理了著录其题名、类别与卷数,并指出其内容是讲述有关礼制的问题,如丧礼中卒敛时的进退顺序,服丧时服丧主体与服丧对象、服制的关系等。

② 颜延之注《论语》内容多及孝、仁、义、治国、修身等,兹举二则:1.《公冶长第五》,子曰:"清矣。"曰:"仁矣乎?"曰:"未知,焉得仁?"颜延之曰:"每适又违,洁身也云。"2.《泰伯第八》,君子所贵乎道者三:"动容貌,斯远暴慢矣;正颜色,斯近信矣;出辞气,斯远鄙倍矣。"颜延之云:"动容,则人敬其仪,故暴慢息也;正色,则人达其诚,故信者立也;出辞,则人乐其义,故鄙倍绝也。"

续表

分类	颜延之		谢灵运	
	目录	文献存录情况	目录	文献存录情况
经	《纂要》① (《隋书·经籍志》归入子部杂家;新旧《唐书》归入"小学类")	《隋书·经籍志》载:"《纂要》一卷,戴安道撰,或云颜延之撰。" 《旧唐书·经籍志》载颜延之《纂要》六卷,《新唐书·艺文志》《通志·艺文略》《兖州府志·典籍志》《山东通志》同。 清马国翰《玉函山房辑佚书》辑录16条。	《要字苑》 (《隋书·经籍志》归入小学类)	《隋书·经籍志》载:"宋豫章太守谢灵运撰《要字苑》一卷。"
	《诂幼文》 (《隋书·经籍志》归入"小学类")	《隋书·经籍志》载:"梁有《诂幼文》两卷,颜延之撰。" 《旧唐书·经籍志》载《诂幼文》三卷,《新唐书·艺文志》《通志》《(嘉靖)山东通志40卷》同。 清马国翰《玉函山房辑佚书》辑4条。② (清)姚振宗撰《隋书经籍志考证40卷》卷十经部十,马氏玉函山房辑本序曰:《七录》有《诂幼》二卷,颜延之撰。《广诂幼》一卷,荀楷撰。唐志复有《诂幼文》三卷而皆无《庭诰》之目;《艺文类聚》《初学记》《太平御览》均引颜延之《庭诰》言心性、学品及《诗》《易》《春秋》之要,与颜之推《家训》相似,亦其诰诫子弟之书也。又,按两唐志《诂幼文》三卷……本志作《诂幼》,唐志作《诂幼》似皆诰幼之误,诰幼亦似庭诰异名。		

---

① 《纂要》,见李善注《文选》引七则,兹举二则:1."偃蹇夭矫婉"(张衡《思玄赋》),《纂要》曰:"齐人谓生子曰娩";2."白华朱萼被于幽薄"(潘岳《怀旧赋》),《纂要》曰:"草丛生曰薄";故《纂要》是一部小学性质的书。

② 1.虮,虮蟊也,善跳。蟊,音猛。2.骗,呼县反。3.努,矢也。4.罗唝,歌曲。按,其内容多为释音释义,归入小学类为宜。

续表

分类	颜延之		谢灵运	
	目录	文献存录情况	目录	文献存录情况
史			《晋书》	《隋书·经籍志》载:"《晋书》三十六卷,宋临川内史谢灵运撰。"《旧唐书·经籍志》载三十五卷。《新唐书·艺文志》载三十五卷,又录一卷。
			《名山志》《居名山志》(《隋书·经籍志》归入"史"部)	《隋书·经籍志》各载一卷。
			《四部目录》	《隋书·经籍志》载:"元嘉八年(431)秘书监谢灵运造《四部目录》,大凡六万四千五百八十二卷。"《旧唐书·经籍志》载:"宋谢灵运造《四部书目录》凡四千五百八十二卷。"

续表

分类	颜延之		谢灵运	
	目录	文献存录情况	目录	文献存录情况
集	《颜延之集》①	《隋书·经籍志》载《颜延之集》二十五卷,梁三十卷。《旧唐书·经籍志》载三十卷,《新唐书·艺文志》同。明刻本《汉魏诸名家集》载《颜延之集》一卷。《颜氏传书》载《颜光禄集》三卷。《七十二家集》载《颜光禄集》五卷。《汉魏六朝百三名家集》卷六十七辑《颜光禄集》。《汉魏六朝名家集初刻》,《颜延年集》四卷。	《谢灵运集》	《隋书·经籍志》载:"《谢灵运集》十九卷,梁二十卷,录一卷。"《旧唐书·经籍志》载:"《谢灵运集》十五卷。"《新唐书·艺文志》同。《七十二家集》载《谢康乐集》八卷。《汉魏六朝名家集》载五卷。《汉魏六朝百三名家集》卷六十五辑二卷。
	《元嘉西池宴会集》	《旧唐书·经籍志》载《元嘉西池宴会诗集》三卷。《新唐书》《通志》《国史》同。	《晋元氏宴会游集》	《旧唐书·经籍志》载伏滔、袁豹、谢灵运等撰《晋元氏宴会游集》四卷。《新唐书》同,增《晋元正宴会诗集》四卷。

---

① 杨晓斌《〈颜延之集〉版本源流考论》(《古籍整理研究学刊》2012 年第 1 期)将《颜延之集》流传版本分为四个系统:黄辑汪校本系统、《七十二家集》本系统、《名家集初刻》本系统、《颜氏传书》本系统。

续表

分类	颜延之		谢灵运	
	目录	文献存录情况	目录	文献存录情况
集			《赋集》	《隋书·经籍志》载："《赋集》九十二卷，谢灵运撰。"《通志》《国史经籍志》同。
			《诗集》	《隋书·经籍志》载："《诗集》五十卷，谢灵运撰。梁五十一卷。又有宋侍中张敷、袁淑补谢灵运《诗集》一百卷。"《旧唐书·经籍志》《新唐书·艺文志》载五十卷。
			《杂诗钞》	《隋书·经籍志》："梁有《杂诗钞》十卷，录一卷，谢灵运撰，亡。"《隋书·经籍志》考证："案此似即前条《诗集钞》十卷之本，故唐志不别出。"

第一章　颜延之与谢灵运的诗歌创作形成背景 | 73

续表

分类	颜延之		谢灵运	
	目录	文献存录情况	目录	文献存录情况
集			《诗集钞》	《隋书·经籍志》载："《诗集钞》十卷，谢灵运撰。"《旧唐书·经籍志》《新唐书·艺文志》同。
			《诗钞》	《通志·艺文略》载，《诗钞》十卷，谢灵运集。
			《诗英》	《隋书·经籍志》载："《诗英》九卷，谢灵运集，梁十卷。"《旧唐书·经籍志》载十卷。
			《回文集》	《隋书·经籍志》载："《回文集》十卷，谢灵运撰。"《新唐书》载《回文诗集》一卷。
			《七集》	《隋书·经籍志》载："《七集》十卷，谢灵运集。"《新唐书》同。

续表

分类	颜延之		谢灵运	
	目录	文献存录情况	目录	文献存录情况
集			《连珠集》《设论集》	《隋书·经籍志》载："陆缅注,梁有《设论、连珠》十卷,谢灵运撰。"《旧唐书》载："《连珠集》五卷,谢灵运撰。"《新唐书》载："谢灵运《设论集》五卷,又《连珠集》五卷。"《通志》同。
			《新撰录乐府集》	《旧唐书·经籍志》载："《新撰录乐府集》十一卷,谢灵运撰。"《新唐书》："《新录乐府集》十一卷。"《通志》同。
			《策集》	《旧唐书》载："《策集》六卷,谢灵运撰。"

续表

分类	颜延之		谢灵运	
	目录	文献存录情况	目录	文献存录情况
佛释	《通佛影迹》《通佛顶齿爪》《通佛衣钵》《通佛二叠不燃》《书与何彦德论感果生灭五往反》《论检》《答或人问》《颜延年释何五往反》《离识观》	《出三藏记集15卷》	《金刚般若经注》	《文选》卷五十九《头陀寺碑文》李善注
	《妄书禅慧宣诸弘信》《释慧琳难广何》《颜重与何书》	《大唐内典录10卷》	《大般涅槃经》《十四音训叙》①	《高僧传》
			《辨宗论》	《出三藏记集15卷》载:"谢康乐灵运《辨宗》述顿悟。"

---

① 逯钦立《四声考》辑录一段逸文,王邦维《谢灵运〈十四音训叙〉辑考》、[日]平田昌司《谢灵运〈十四音训叙〉系谱》辑录颇多。如,谢灵运云:"《大涅槃经》中有五十字,以为一切字本。牵彼就此,反语成字。其十二字,两两声中相近。就相近之中,复有别意。前六字中,前声短,后声长。后六字中,无有长短之意。但六字之中,最后二字是最前二字中余声;又四字非世俗所常用,故别列在众字之后。其三十四字中,二十五字声从内出,转至唇外;九字声从外还内。凡五字之中,第四与第三字同,而轻重微异。凡小字皆旦半字。其十二字譬如此间之言,三十字譬如此间之音。以就言,便为诸字。要如诸字,两字合成,名满字。声体借字,以传胡音,后别书胡字……"可见,谢灵运不仅通胡音,亦精通小学、训诂等。

(二)三教合流的思想

颜、谢不仅富于刘宋时代三教圆通多元的精神文化心态,而且分别在儒学、佛学、玄学等领域以不同文体的形式留下了丰富的言论和著作。从二人著作类型、数量、内容上,颜、谢在三教圆融的浪潮中凸显出鲜明的家族文化印记,又体现出迥异的个体精神风尚。

1. 颜敦儒守经,兼融佛玄

颜延之对琅琊颜氏精神文化的体认,主要体现在德行立政、孝悌为本、好学内省、名实如一等诸多正统的儒家思想。《庭诰》开篇曰:"道者识之公,情者德之私。"[1]颜延之提出作为一名"善士"的必要条件,要讲求公正德行,毋徇个人情感。这是对颜氏家族子弟立身于政提出的首条也是提纲挈领般的训诫,即要积极做一个济世之"士",且是一个关怀现实和国家、富有道德和公正的士。颜延之进一步阐释《论语》中的三类士,上士能够"渊泰入道,与天为人",不求闻达;中士既能"敬慕谦通",又具文理、言论之才。能做到以上两点实属可贵,毋作沽名钓誉之士。同时,要修身养德,能够"树德立义、收族长家",是颜延之对后代寄予的期望。首先以孝悌为本。孝悌之方是父母慈爱,兄弟友爱,"虽孝不待慈,而慈固植孝,悌非期友,而友亦立悌"。如此家庭方能生和。其次,好学博涉,内省其心。颜延之主张博览群书以提高学识素养,同时又能掌握扼要之处,所谓"观书贵要,观要贵博,博而知要,万流可一"[2]。并且要常与人切磋,增长论辩之才,"校之群言,通才所归,前流所与"[3]。颜延之常常反省内心,"日省吾躬,月料吾志,宽嘿以居,洁静以期"[4]。比如对富贵的态度,颜延之主张理性对待。其认为富贵如同贫薄一般,都是合乎天道的存在,因此要正确对待个人的富贵或贫薄。即使处于富裕,也要常想仁德。颜延之一生喜结交素友,居身清约,认为"浮华怪饰,灭质之具,奇服丽食,弃素之方"[5]。再次,要修身立诚,名实合一。颜延之素

---

[1] (清)严可均,校辑. 全上古三代秦汉三国六朝文[M]. 北京:中华书局,1958:2634.
[2] (清)严可均,校辑. 全上古三代秦汉三国六朝文[M]. 北京:中华书局,1958:2637.
[3] (清)严可均,校辑. 全上古三代秦汉三国六朝文[M]. 北京:中华书局,1958:2634.
[4] (清)严可均,校辑. 全上古三代秦汉三国六朝文[M]. 北京:中华书局,1958:2636.
[5] (清)严可均,校辑. 全上古三代秦汉三国六朝文[M]. 北京:中华书局,1958:2635.

来重视修身立义，曾注《论语》曰："动容，则人敬其仪，故暴慢息也；正色，则人达其诚，故信者立也；出辞，则人乐其义，故鄙倍绝也。"①他极为反对"朝吐面誉，暮行背毁，昔同稽款，今犹叛戾"②等言行不一、行止过礼之人。颜延之特别重视礼之正名说，作《逆降义》以明礼，称呼亦要合乎礼仪。一望而知，颜延之敦经守儒的思想观念十分深厚。

颜延之浸染时代兴盛而起的佛学思想，深明佛理并形成了系统的佛学理论，主要体现于元嘉年间与何承天往返论辩的三篇书信，统称《折达性论》，主要围绕众生之辩、形神之辩、因果报应之辩三个大问题展开。首先针对何承天反对"飞沉蠉蠕"等动物与人并称众生，颜延之则主张动物与人等一切生命者皆为"众生"，其云："且大德曰生，有万之所同，同于所方万，岂得生之可异？不异之生，宜其为众。"③生是合于德且无差别，故动物与人同为众生。但众生愚智有差，故才设候物之较，以期达到自然和谐。又，圣人与庶民亦为众生之列，无有差别，"夫不可谓之众人，以茂人者神明也。今已均被同众，复何讳众同，故当殊其特灵，不应异其得生"④。其次针对何承天"形毙神散""三后在天""精灵升霞"之说，颜延之反驳曰："然神理存没，倘异于枯荄变谢，就同草木，便当烟尽，而复云三后升遐，精灵在天？若精灵必在，果异于草木，则受形之论，无乃更资来说。将由三后粹善，报在生天邪？欲毁后生，反立升遐，当毁更立，固知非力所除。若徒有精灵，尚无体状，未知在天，当何凭以立？"⑤"三后在天"，就承认了神理的客观存在。精灵在，则将受之有形，继而得形之后生，乃佛家生死轮回之说。如果精灵无形，则不当言其升霞在天。因此，颜延之以何承天所举的儒家有神论的矛盾点出发，论证了佛家后生之说。最后以儒家之气数来阐释佛教中的因果报应之说。因果报应乃应气而生，"凡气数之内，无不感对，施报之道，必然之符"⑥。福报亦是气数当中的必然，因果报应如果不存在，那么气数也谈不上存在了，"近释报施，首称气数者……福应非他，气数所生，若灭福应，即无

---

① （南北朝）皇侃，撰.论语义疏[M].卷四，清知不足斋丛书本.
② （清）严可均，校辑.全上古三代秦汉三国六朝文[M].北京：中华书局，1958：2636.
③ （清）严可均，校辑.全上古三代秦汉三国六朝文[M].北京：中华书局，1958：2640.
④ （清）严可均，校辑.全上古三代秦汉三国六朝文[M].北京：中华书局，1958：2641.
⑤ （清）严可均，校辑.全上古三代秦汉三国六朝文[M].北京：中华书局，1958：2641.
⑥ （清）严可均，校辑.全上古三代秦汉三国六朝文[M].北京：中华书局，1958：2641.

气数矣"①。颜延之汪汪论辩,深得宋文帝赏识,文帝信佛即从颜延之、宗炳、何承天之辩佛开始。

颜延之的玄学思想,主要体现在元嘉中欲立王弼之说。《南齐书》卷三十九《陆澄传》载:"元嘉建学之始,玄、弼两立。逮颜延之为祭酒,黜郑置王,意在贵玄,事成败儒。"②郑玄乃汉经学大家,王弼为玄学的代表,颜延之此时立王,明显有尚玄的思想。此时玄学馆已正式成立,何尚之于南郭招生讲学,谓之南学。颜延之与何尚之少好相狎,或受其影响。另,颜延之注阮籍文集,更是心理上对玄学思想的认同。唐长孺《魏晋玄学之形成及其发展》认为东晋以后的学风是礼玄双修,"玄学家往往深通礼制,礼学专家也往往兼注三玄"③。颜延之深谙礼学,精通玄学,又明佛理,是以儒学为积淀、融通佛玄的儒士典型。

2. 谢体道谈玄,兼通儒佛

谢灵运的思想颇为复杂,但总体来说,道家与玄学思想始终占据主流。灵运4岁便寄住钱塘江杜明师处,15岁方还建康。杜明师,本名昺,字叔恭,吴国钱塘人,谥曰明师。《南史》卷五十七载:"(杜)通灵有道术,东土豪家及都下贵望并事之为弟子,执在三之敬。"④《云笈七签》载:"杜昺,字叔恭,吴国钱塘人也。……每入静烧香,能见百姓三五世祸福,说之了然。章书符水,应手即验。远近道俗,归化如云。"⑤杜明师道术显通,能预见祸福,灵验无比。晋太傅谢安、大司马桓温、车骑将军谢玄都曾往杜明师处问吉凶,可见其在时下的声望已非同凡响。灵运寄养杜明师处约十载光阴,固以养生为本,而所习所闻,当沾溉道家气颇多。谢灵运隐居始宁后,专营老庄之学,其余弃诸,可见其顺性无为、养生乐道的决心和追求,其《山居赋》云:"或平生之所流览,并于今而弃诸。验前识之丧道,抱一德而不渝。"⑥谢灵运明确表达自己对老庄的追尚,可以说,道玄思想支撑起谢灵运整体的生命

---

① (清)严可均,校辑.全上古三代秦汉三国六朝文[M].北京:中华书局,1958:2641—2643.
② (梁)萧子显,撰.南齐书[M].北京:中华书局,1972:684.
③ 唐长孺.魏晋南北朝史论丛[M].北京:生活·读书·新知三联书店,1955:338.
④ (唐)李延寿,撰.南史[M].北京:中华书局,1975:1405.
⑤ (宋)张君房,撰.云笈七签[M].四部丛刊景明正统道藏本.
⑥ (清)严可均,校辑.全上古三代秦汉三国六朝文[M].北京:中华书局,1958:2608.

重量。因此,即使在初仕时仍然高咏顺性守道的精神,其《答中书》曰:"守道顺性,乐兹丘园。"植根心底的道玄思想并没有随着入仕的年份而减淡,相反却愈演愈烈。特别是当谢灵运的政治生涯遇到打击时,此种心理昭示得更为浓厚。当谢灵运第一次贬往永嘉任太守时,虽然内心表现出惶恐、喟伤,却也掩盖不了自己遂志的心安,其《永初三年七月十六日之郡初发都》曰:"从来渐二纪,始得傍归路。将穷山海迹,永绝赏心悟。"官场徜徉二十四年,终于能够踏上隐幽山水的归途,实属对生命的安顿。谢灵运怡情山水、想象山水,并常常借山水的灵气或谈玄说理,如曰:"幽人常坦步,高尚邈难匹……恬如既已交,缮性自此出。"(《登永嘉绿嶂山》)山水之音、清净之境令谢灵运更加理性地看待世道的浮沉,"荣悴迭去来,穷通成休戚"。因此,不如归去,顺从心意,"未若长疏散,万事恒抱朴"(《过白岸亭》)。在有生之年韬光贵生,求仙问道,何乐不为呢?其《登江中孤屿》曰:"表灵物莫赏,蕴真谁为传?想象昆山姿,缅邈区中缘。始信安期术,得尽养生年。"谢灵运虽然常企盼与仙人等并肩,"冀浮丘之诱接,望安期之招迎"(《山居赋》)。但处于山水之境,往往又能够跳出升仙之遐想,聚焦于山水本身之美,领悟现实人生之有限与无穷,如:"羽人绝仿佛,丹邱徒空筌……恒充俄顷用,岂为古今然!"(《入华子岗是麻源第三谷》)可以说,谢灵运的山水寄寓了自己顺性贵生的人生理想和思想志趣,其中道玄思想始终占据支配地位。

谢灵运的佛学造诣非常高深。年15时,便有志于作慧远大师的门徒,未成。谢灵运《庐山慧远法师诔并序》:"予志学之年,希门人之末。惜哉,诚愿弗遂。"[1]谢灵运十分钦服慧远,还应慧远之请作《万影铭》。又,隐居始宁时,建石壁精舍,立禅室列僧房,招致僧人释昙隆、释法流,听法鼓清音、讲经说法。元嘉初,谢灵运作《和从弟谢惠连无量寿颂》,对西方净土宗无量寿佛表示了崇高的敬仰以及对极乐世界的钦慕,曰:"净土一何妙,来者皆菁英。颓年欲安寄?乘化必晨征。"远离世间疾苦,向往极乐世界,恰恰可以拯救谢灵运不遇于世的愤懑,使其解脱。故谢灵运自然尊尚净土宗,其《过瞿溪山饭僧》曰:"望岭眷灵鹫,延心念净土。若乘四等观,永拔三界苦。"同时,谢灵运赞成竺道生"顿悟说"。竺道生"顿悟成佛""人皆得成佛"等说,在京受众

---

[1] (清)严可均,校辑.全上古三代秦汉三国六朝文[M].北京:中华书局,1958:2619.

非议,乃前往虎丘。而谢灵运独排众议,赞成"顿悟成佛"说,主要体现在与僧维、僧勖、慧琳、竺法纲、王弘等诸僧人《辨宗论》一书中。谢灵运试图折中佛释中"渐悟"与儒学中"一极",以声援竺道生"顿悟说"。其曰:"今去释氏之渐悟,而取其能至,去孔氏之殆庶,而取其一极。"①此处"新论",即竺道生"寂鉴微妙,不容阶级,积学无限,何为自绝?"之论,即人人皆可成佛,没有阶级之分;顿悟得道,不用积学至。谢灵运提出顿悟要去累,积学不是顿悟,而是达成顿悟的凭借。汤用彤先生肯定了谢灵运《辨宗论》在南朝佛法兴盛中的重要影响,其曰:"夫康乐著《辨宗论》申顿悟,而江南各地皆有论列,亦可见其于佛法之广大有力也。"②

谢灵运的儒家思想游离于佛玄道的边缘,藏匿在其思想的深处。陈郡谢氏本世家望族,向来追求功名闻达,谢灵运也不例外,其一生任诞山水,游玄求道,其实可以视作不遇于世的反抗。谢灵运有极高的人生抱负,首先要在三不朽中立言,"作赋《撰征》,俾事运迁谢,托此不朽"③。元嘉时谢灵运也有心关注民生和政教,其在永嘉时所作《白石岩下径行田》曰:"知浅惧不周,爱深忧在情。"可以看出放浪不羁的贵公子也有对人民生活的关心的一面,并通过兴修水利励志改善现状,"虽非楚宫化,荒阙亦黎萌。虽非郑白渠,每岁望东京"。元嘉中,谢灵运上书劝伐河北,收复失地,言辞恳切,条理俱昭,亦可为谢灵运儒家思想中济世之心的力证。

谢灵运以道玄思想为根基,并融通儒佛,这种多元灵活的思维对于其山水诗的写作奠定了重要的思想基础。尤其是,顺从性情的思想不但成就了谢氏家族中一名风流公子,而且成就了山水诗作的生意源泉。

(三)"士"的个体自觉

颜、谢延续了魏晋以来士人精神,体现出个体的高度自觉。余英时在《士与中国文化》中指出士的个体自觉体现在多个方面,较突出的是人物评议,对生命精神的珍惜,置身山水的审美体验,另外还有对艺术的发现与追

---

① (清)严可均,校辑.全上古三代秦汉三国六朝文[M].北京:中华书局,1958:2612.
② 汤用彤.汉魏两晋南北朝佛教史[M].上海:上海人民出版社,2015:305.
③ (清)严可均,校辑.全上古三代秦汉三国六朝文[M].北京:中华书局,1958:2600.

求等。颜、谢身上也具有以上诸种鲜明的个体特征。

1. 善人物评论与谈玄清辩

颜、谢延续汉末人物清议与魏晋清谈的风气。颜延之性偏激,直言不讳,无所回隐,人称之"颜彪"。在人物品评上,也是延续魏晋以来的对比论,如评价王奂"阿奴始免寒士"①。颜延之评价人物的标准以德行为先,其《吊张茂度书》曰:"贤弟子少履贞规,长怀理要。清风素气,得之天然。"②其性喜与人谈玄,亦乐意听人谈玄。"镜少与光禄大夫颜延之邻居,颜谈义饮酒,喧呼不绝,而镜静默无言声。后镜与客谈,延之从篱边闻之,取胡床坐听。辞义清玄,延之心服,谓客曰:'彼有人焉!'由是不复酬叫。"③颜性喜结交素友,慕名士之流,《南史·关康之传》载:"特进颜延之等当时名士十许人入山候之,见其散发被黄布帊,席松叶,枕一块白石而卧,了不相眄。延之等咨嗟而退,不敢干也。"④从颜延之对其邻居张镜的钦服尊重,对名士的高度理解与认同,都可看出颜之性情极真,赏识名士,骨子里"贵玄"的情怀。

谢灵运爱臧否人物。尤其是对文士诗文的评价,往往精卓。如:"天下才共有一石,子建独得八斗"⑤,"安仁、士衡才为一时之冠,方之公干,本自辽绝"⑥,"长瑜当今仲宣"⑦,"左太冲诗,潘安仁诗,古今难比"⑧,"张公虽复千篇,犹一体耳"⑨,"若殷仲文读书半袁豹,则文才不减班固"⑩等,这些都成为后世诗论家的重要的援引资料。不仅是文人,还有当时事佛者会稽太守孟𫖮,曾被谢灵运轻蔑,曰:"丈人生天当在灵运前,成佛必在灵运后。"⑪谢灵运臧否人物的嗜好,为族叔谢混所担忧不已,"使瞻与灵运共车。灵运登车便商较人物,瞻谓之曰:'秘书早亡,谈者亦互有同异。'灵运默然,言论自

---

① (唐)李延寿,撰.南史[M].北京:中华书局,1975:638.
② (梁)沈约,撰.宋书[M].北京:中华书局,1974:1664.
③ (唐)李延寿,撰.南史[M].北京:中华书局,1975:804.
④ (唐)李延寿,撰.南史[M].北京:中华书局,1975:1871.
⑤ (五代)李瀚,撰.蒙求,集注[M].北京:中华书局,1985:91.
⑥ (唐)李延寿,撰.南史[M].北京:中华书局,1975:526.
⑦ (唐)李延寿,撰.南史[M].北京:中华书局,1975:539—540.
⑧ (梁)钟嵘,著.曹旭,集注.诗品集注增订本[M].上海:上海古籍出版社,2011:193.
⑨ (梁)钟嵘,著.曹旭,集注.诗品集注增订本[M].上海:上海古籍出版社,2011:275.
⑩ (唐)房玄龄,等撰.晋书[M].北京:中华书局,1974:2605.
⑪ (梁)沈约,撰.宋书[M].北京:中华书局,1974:1775—1776.

此衰止"①。谢灵运与颜延之同样钦慕隐士清节,或更甚之,且在实践行动上得到了声援,谢之五言山水诗往往结尾清谈玄理,成为一种特定的结构模式。

2. 修养生命与追求性情

生命固贵乎天,因此任情不羁。颜、谢不仅在思想上宪章魏晋名士,而且行动上效法饮酒啸歌,裸身佯狂。如颜延之,"文帝尝召延之,传诏频不见,常日但酒店裸袒挽歌,了不应对,他日醉醒乃见"②。如谢灵运曾经与王弘之等人于千秋亭饮酒大呼,会稽太守孟𫖮不堪忍受,乃遣信告之,灵运大怒曰:"身自大呼,何关痴人事?"③

颜、谢对魏晋名士风流的效法,还体现在修养生命。颜延之《庭诰》中训诫子弟要酌酒有道,明性㨂欲,举止有度等诸类,另外,提出道家炼形、佛家治心的主张,其曰:"炼形之家,必就深旷"④,"治心之术,必辞亲偶"⑤。能以融通的方式辨明义理,最终指向修身养性的目的,以上都体现出他对生命性灵的重视。

谢灵运的生平早已奠定了顺从性情、尊重生命的基调。其《山居赋》:"仰前哲之遗训,俯性情之所便。奉微躯以宴息,保自事以乘闲。"⑥谢灵运性本爱山水,加上自身患消渴症,更加珍重生命,"贱物重己,弃世希灵。骇彼促年,爱是长生"⑦。隐居始宁别墅,建立僧室禅房,种植灵芝草药,遗世忘俗,顺性而为:"艺菜当肴,采药救颓。自外何事,顺性靡违。法音晨听,放生夕归。研书赏理,敷文奏怀。"⑧山栖以来,赏文论义,以通神为要,平日研析庄老养生之义,"乘摄持之告,评养达之篇"。其文学创作处处强调以情赏为美,这是其重要的文学观念,亦为人生的追求。

---

① (梁)沈约,撰.宋书[M].北京:中华书局,1974:1558.
② (唐)李延寿,撰.南史[M].北京:中华书局,1975:879.
③ (唐)李延寿,撰.南史[M].北京:中华书局,1975:540.
④ (清)张玉书,撰.佩文韵府[M].清文渊阁四库全书本.
⑤ (清)严可均,校辑.全上古三代秦汉三国六朝文[M].北京:中华书局,1958:2637.
⑥ (清)严可均,校辑.全上古三代秦汉三国六朝文[M].北京:中华书局,1958:2604.
⑦ (清)严可均,校辑.全上古三代秦汉三国六朝文[M].北京:中华书局,1958:2607.
⑧ (清)严可均,校辑.全上古三代秦汉三国六朝文[M].北京:中华书局,1958:2608.

3. 怡情山水与想象山水

晋世著名的竹林之游、兰亭集会使士人将目光伸展至自然山水,同时渐渐开启对山水的审美艺术自觉。至刘宋,自觉打开对山水的审美,寓目即景、即景铺情、以形写形、以色写色的艺术手法,将山水从寡淡无味的玄言诗中解放出来,这是颜、谢等刘宋诗家共同努力的成果,尤其是谢灵运,泄愤山水、怡情山水、想象山水,促成了山水诗的崛起。颜延之五言诗对山水的摹画,亦是清丽可喜、佳句丛生。"对自然山水的欣赏,是魏晋以来士大夫的共同的审美体验,能以山水之美入诗则为'划时代的成就'。"①

山水诗的兴起离不开士大夫优裕的经济条件和闲居心境。颜延之在始安时咏独秀峰,于京都咏游宴船队,其优裕可想而见。谢灵运《山居赋》:"昔仲长愿言,流水高山;应璩作书,邙阜洛川。"②谢游山水,一方面继承谢氏家族好为山林吟咏的传统,一方面则是对仲长统、应璩等山居的钦慕。从闻名京师的"乌衣之游",到"四友"山泽之游的文章赏会,到肆意遨游,纵放为娱的出郭远游,都在表现自己纵情山水的放浪形骸。谢灵运隐居始宁别墅,尽山居之美,与隐士、僧侣、文友等周览山泽,寻幽造隐,咏老庄之趣,得养生之道,同时也成就了山水诗。谢灵运山水诗,将山水作为客观的审美对象,夹叙时间和行迹,是流动的山水诗。诗中,山水不仅表现出自然清丽的本性,而且在诗人巧妙的书写中彰显出声音、色彩、情感等,由此山水具有了生命,山水诗具有了真情。这就是想象的力量,怡情山水自古有之,但想象山水则自谢灵运始。因此,谢灵运山水诗具有划时代的意义,也具有亘古不衰的生机和力量。

除上述之外,颜、谢还重视自身的艺术修养。颜、谢书法、音乐、绘画等皆精通,尤其是谢灵运除诗歌外,书法亦独绝,文帝谓之二宝。晚唐张彦远《法书要录》中列谢灵运书法为"翰墨之妙可入品流者"③。同时,谢在服饰上亦十分讲究,兴起一股新潮,"性奢豪,车服鲜丽,衣裳器物,多改旧制,世共宗之,咸称谢康乐也"④。

---

① 余英时.士与中国文化[M].上海:上海人民出版社,2003:293.
② (清)严可均,校辑.全上古三代秦汉三国六朝文[M].北京:中华书局,1958:2604.
③ (唐)张彦远,撰.法书要录[M].清文渊阁四库全书本.
④ (梁)沈约,撰.宋书[M].北京:中华书局,1974:1743.

总言之，颜、谢位于魏晋风流的延长线上，行为和思想上彰显对世俗的傲视，对生命的思考，对人生之道的追求，可谓士大夫个体自觉意义的思想者和践行者。颜、谢是个体觉醒的士人代表，从而能够在三教合流的时代思潮下自觉融入和吸收，促进文学的独立以及四学的并建。

第二章　颜延之、谢灵运生平交游考略

　　颜延之与谢灵运二人生平交游甚广,涉及王公诸侯、儒官文人、隐逸名士、释僧佛徒等诸多人士群体。颜、谢皆以性情与之相交,或创作出优秀诗文,或留下了清名佳话,呈现出多元的、立体的刘宋士人性格特征,体现三教圆融的思想文化内涵。本章以颜延之与谢灵运之间的交游为经,以二人的交游圈为纬,分类考察二人的交游概况,从而为了解颜、谢生平及其思想奠定基础。

一、颜延之与谢灵运交游考略

　　颜延之、谢灵运同为元嘉诗坛的代表,是晋末文坛转关、齐梁诗运开启的关键。而颜、谢交游情况、交情疏密亦是考察元嘉诗坛的不可或缺的问题。本章从二人的仕宦交集、文义赏会、诗歌赠答与诗艺切磋等四个方面,力图呈现出二人交游的全貌,由此可知颜延之是赞赏并尊重谢灵运诗文的,颜延之的优劣之问,则开启了文学批评史上评论颜、谢优劣的历程。

　　作为元嘉诗坛以及刘宋文学的代表,颜、谢二人有过密切的交游,并且有着深厚的友谊。兹从四个方面来具体论证。

(一)仕宦交集

1. 义熙十二年(416)八月至十一月

　　八月,颜延之任豫章公世子中军行参军,谢灵运任世子中军咨议。

　　豫章公世子即宋少帝刘义符,义熙十二年(416)年十岁,拜豫章公世子。八月,为中军将军。见《宋书·少帝纪》(卷四):"义熙二年,帝生于京口……

年十岁,拜豫章公世子。"①又,《宋书·武帝纪》(卷二):"八月丁巳,(刘裕)率大众发京师。以世子为中军将军,监太尉留府事。"②颜、谢应于此时在世子幕府拜官。此前,颜延之在吴郡太守刘柳幕府任职十余年。谢灵运则先在刘毅幕府任职,毅被诛后转至刘裕幕府,任太尉参军、秘书丞,后免官。寻为骠骑将军刘道怜咨议参军,又转中书侍郎。于兹年入世子幕府,为中军咨议、黄门侍郎。兹为颜、谢首次同府就职。就其官衔来讲,按《宋书·百官志》,"参军"属七品,"黄门侍郎"属五品。

十一月,刘裕北伐至彭城,谢灵运奉命往彭城劳军,作《撰征赋》。由《撰征赋》序"仲冬就行,分春返命"③可知,灵运劳军时间为十一月。④

十二月,刘裕有宋公之授,颜延之奉命使洛阳,途中作《北使洛》《还至梁城作》二诗,声名始盛。《南史·颜延之传》卷三十四:"周视故宫室,尽为禾黍,凄然咏《黍离篇》。道中作诗二首,为谢晦、傅亮所赏。"⑤

此次同府供职的时间从八月至十一月,共三个月之久。在此期间,二者虽无来往的诗文和史料,但亦不排除二者认识的可能性。

2. 元熙元年(419)初至十二月

义熙十四年(418)六月至景平二年(424),颜延之为世子舍人,一直任职刘义符幕府。元熙元年(419),谢灵运为世子左卫率,十二月免官。

六月,刘裕始受相国、宋公、九锡之命。郑鲜之为奉常,举荐颜延之为博士,仍迁世子舍人。见《宋书·颜延之传》(卷七十三):"宋国建,奉常郑鲜之

---

① (梁)沈约,撰.宋书[M].北京:中华书局,1974:63.
② (梁)沈约,撰.宋书[M].北京:中华书局,1974:36.
③ (梁)沈约,撰.宋书[M].北京:中华书局,1974:1744.
④ 据《资治通鉴》(卷一百一十七),义熙十二年八月,刘裕发建康,至彭城;王镇恶、檀道济攻克许、洛;王仲德克滑台;十月,围金墉,秦阳城、荥阳二城皆降;十二月,壬申,诏以裕为相国、宋公,不受。义熙十三年正月,刘裕引水军发彭城。三月,自淮、泗入清河,将溯河西上;五月在洛;七月,至陕;辛丑至潼关;九月,至长安,十一月,闻刘穆之卒乃东还。十二月,庚子,发长安,自洛入河,开汴渠以归。义熙十四年春正月壬戌,至彭城,解严,琅邪王德文先归建康。六月,受相国、宋公、九锡之命。由此可知,义熙十二年八月至义熙十三年正月,义熙十四年正月之后,刘裕均在彭城。《撰征赋》序中所言劳军的背景及寄言凯旋的愿景中可得知,灵运奉命于义熙十二年仲冬出发,行至彭城劳军,于次年春刘裕领军北上之后返京。《撰征赋》则在次年春即义熙十三年春作。亦可参考宋红《谢灵运年谱汇考》。
⑤ (唐)李延寿,撰.南史[M].北京:中华书局,1975:877.

举为博士,仍迁世子舍人。"①谢灵运任宋国黄门侍郎,迁相国从事中郎。元熙元年(419),任世子左卫率。七月,宋公刘裕入朝晋爵,谢灵运随宋公由彭城返回建康,因杀门人而免官。见《宋书·谢灵运传》(卷六十七):"仍除宋国黄门侍郎,迁相国从事中郎,世子左卫率。坐辄杀门生,免官。"②又,《晋书·谢玄传》(卷七十九):"(玄)子瑛嗣,秘书郎,早卒。子灵运嗣。……永熙(案,晋无永熙,应为元熙。)中为刘裕世子左卫率。"③

颜、谢同府供职的时间当以谢灵运任世子左卫率的时长为限。世子刘义符在元熙元年(419)十二月进为太子,《宋书·少帝纪》(卷四):"元熙元年,进为宋太子。"④《宋书·武帝纪》(卷二):"十二月,天子命王冕十有二旒,建天子旌旗……进王太妃为太后,王妃为王后,世子为太子,王子、王孙爵命之号,一如旧仪。"⑤故,可以说谢灵运在整个元熙元年皆任职世子左卫率。在此期间,谢灵运坐杀门生免官,应在七月返建康故里至十二月之间。故,谢灵运任职刘义符世子左卫率的时间至少长达七个月。即,颜、谢第二次同府供职的时长至少有七个月。

3. 永初元年(420)至永初三年(422)

永初元年(420)六月,颜延之补为太子舍人,谢灵运为太子左卫率。

永初元年(元熙二年)六月,晋安帝禅位于宋王刘裕。武帝践祚,颜延之补为太子舍人。谢灵运降公为侯,食邑由两千户降为五百户。转太子左卫率。"太子舍人"官七品,"太子左卫率"官五品。

永初三年(422)五月,武帝薨。太子刘义符即帝位。七月,安葬武帝于初宁陵。《资治通鉴》(卷一百一十九):"(五月)癸亥,帝殂于西殿。"⑥"七月,己酉,葬武皇帝于初宁陵,庙号高祖。"⑦《宋书·少帝纪》(卷四):"永初三年五月癸亥,武帝崩,是日,太子即皇帝位。大赦。"⑧颜延之迁正员郎,官

---

① (梁)沈约,撰.宋书[M].北京:中华书局,1974:1891—1892.
② (梁)沈约,撰.宋书[M].北京:中华书局,1974:1753.
③ (唐)房玄龄,等撰.晋书[M].北京:中华书局,1974:2085—2086.
④ (梁)沈约,撰.宋书[M].北京:中华书局,1974:63.
⑤ (梁)沈约,撰.宋书[M].北京:中华书局,1974:45.
⑥ (宋)司马光,编著.(元)胡三省,音注.资治通鉴[M].北京:中华书局,1956:3744.
⑦ (宋)司马光,编著.(元)胡三省,音注.资治通鉴[M].北京:中华书局,1956:3747.
⑧ (梁)沈约,撰.宋书[M].北京:中华书局,1974:63.

五品。兹年七月,颜延之作《武帝谥议》、谢灵运作《宋武帝诔》。

时颜延之、谢灵运与庐陵王刘义真、释慧琳等同游,遭时忌。刘义真德轻于才,非人主。七月出镇历阳。与此同时,谢灵运七月出为永嘉太守。① 《宋书·谢灵运传》(卷六十七):"少帝即位,权在大臣,灵运构扇异同,非毁执政,司徒徐羡之等患之,出为永嘉太守。"② 从《永初三年七月十六日之郡初发都》诗题可知,贬永嘉时在七月。颜延之于景平二年(424)外放始安太守。③ 慧琳被调往虎丘。至此,庐陵王以赏知为名的文学集团被顾命大臣遣散殆尽。

永初元年(420)六月至三年(422)五月,在将近两年的时间里,颜、谢依然供职于太子幕府中。与此同时,二者皆见知于赏好文义的庐陵王刘义真,与其情款而致祸。颜、谢二者仕途相似,官品等齐,皆披才华,至此应不仅仅为同僚之情谊,亦有赏知爱好之友情。

----

① 谢灵运赴永嘉,诗作颇丰。七月赴永嘉途中,作《永初三年七月十六日之郡初发都》《邻里相送至方山》《过始宁墅》《游岭门山》《富春渚》《初往新安至桐庐口》《七里濑》《夜发石关亭》《答弟书》。八月十二日至永嘉,恣意遨游,主要诗作有《晚出西射堂》《登永嘉绿嶂山》《游岭门山》《斋中读书》等。

② (梁)沈约,撰.宋书[M].北京:中华书局,1974:1753.

③ 颜延之出始安太守。作《祭屈原文》《祭虞帝文》。《宋书·颜延之传》(卷七十三):"少帝即位,以为正员郎,兼中书,寻徙员外常侍,出为始安太守。领军将军谢晦谓延之曰:'昔荀勖忌阮咸,斥为始平郡,今卿又为始安,可谓二始。'黄门郎殷景仁亦谓之曰:'所谓俗恶俊异,世疵文雅。'延之之郡,道经汨潭,为湘州刺史张纪祭屈原文以致其意。"案,缪钺《颜延之年谱》将颜公出始安记于永初三年;季冰《颜延之年谱》记于景平元年;曹道衡、沈玉成《中古文学史料丛考》考证为景平二年,谌东飙《颜延之研究》从之。笔者亦从"景平二年"说:1. 颜、谢因与刘义真款密,灵运永初三年外放永嘉,并有作品为证。延之外放并无文章佐证。2. 延之《祭屈原文》:"惟有宋五年……"而《宋书·武帝纪》(卷三):"(永初三年)又分荆州十郡还立湘州,左卫将军张纪(案:应为'卲'字)为湘州刺史。"缪钺先生认为"有宋五年"当为"有宋三年"之误,故系于与灵运同时。案,祭典不必非于张卲任荆州刺史当年不可,亦可在百业俱兴,修缮完成之若干年内。景平二年据湘州之建有二年,颜延之放始安途经湘州,恰可参与祭典及祭文的撰写。3. 延之《阳给事诔》:"惟永初三年十一月十一日,宋故宁远司马、濮阳太守彭城阳君卒。……景平之元,朝廷闻而伤之,有诏曰:'……'逮元嘉廓祚……而为之诔。"可知,景平、元嘉初,延之在建康都城内。4. 庐陵王刘义真此年先被废庶,六月被杀。《资治通鉴》(卷一百二十)载于景平二年。案,延之被贬,当与徐羡之谋杀刘义真同时。曹、沈二先生以此则材料作为延之外放于景平二年之论据之一,实有不妥。若是,灵运出为永嘉太守,亦于兹年乎?不知《资治通鉴》录于兹年,是追述刘义真之性情,抑或其他,不甚详明。5. 颜延之外放晚于谢灵运、慧琳两年,可谓众家认为外放于永初三年的矛盾所在。本谱认为,颜延之外放之所以晚两年,一方面是因为其在少帝刘义符幕府任职长达六年(自义熙十二年至景平元年),少帝有所庇护未为不可;另一方面,少帝、庐陵王于兹年相继被降废、谋害,颜延之随之被贬为始安太守,亦顺理成章。

4. 元嘉三年(426)至元嘉四年(427)

三月,颜延之起为中书侍郎,谢灵运为秘书监。

正月,文帝以废弑之罪,下诏诛徐羡之、谢晦、傅亮等。三月,召回颜延之、谢灵运、慧琳等。元嘉元年(424),文帝下诏恢复庐陵王刘义真先封,迎其灵柩,及孙修华、谢妃还建康。兹年,颜延之、谢灵运、慧琳①皆被召回,赏遇甚厚。颜、谢此次各从始安、永嘉被召回,任职于京都,有相互赠诗。

颜延之为中书侍郎。自始安返京途中撰《始安郡还都与张湘州登巴陵城楼作诗》,此年作《和谢监灵运诗》。《宋书》卷七十三《颜延之传》:"元嘉三年(426),羡之等诛,征为中书侍郎,寻转太子中庶子。顷之,领步兵校尉,赏遇甚厚。"②谢灵运为秘书监。文帝再三征召,故友范泰敦奖,方出就职。返京途中作《庐陵王墓下作》一首,到京作《庐陵王诔》《初至都》《还旧园作,见颜、范二中书》。《文选》李善注:"后有谮灵运欲立庐陵王,遂迁出之,后知其无罪,追还,自曲阿过丹阳。文帝问曰:'自南而来,何所制作?'对曰:'过庐陵王墓下,作一篇。'"③谢灵运之赠范泰、颜延之诗《还旧园作,见颜、范二中书》云:"夫子照情素,探怀授往篇",除赠诗之外,灵运亦将出为永嘉太守期间以及辞官归隐东山所作诗篇送予范泰欣赏。同时,颜延之在答诗中对谢集作了很高的评价,其《和谢监灵运诗》云:"芬馥歇兰若,清越夺琳珪。"从其互相赠诗、披览诗集的交往可知,颜延之、谢灵运、范泰三人的关系应十分密切。顾绍柏称其为密友,不为过也。寻,谢灵运迁侍中,自认为是名臣之后,应参时政,才居要任。而文帝惟以文义赏之,心怀愤恨,由是肆意游行。元嘉四年(427),赐假东归。从元嘉三年(426)三月召还,至元嘉四年(427)赐假东归,谢灵运在京一年有余。颜延之、谢灵运由于相同的政治遭遇被远放,而今重返旧园,就职京都,相见追叙,良多感慨,相互赠诗。因此,我们就不能认为二者之间仅仅有同僚的宦游之情,而应当多加一层命运同慨的共鸣。

---

① 慧琳亦被文帝赏遇。《宋书·蛮夷传》:"慧琳者,秦郡秦县人,姓刘氏。……尝著《均善论》……论行于世。旧僧谓其贬黜释氏,欲加摈斥。太祖见论赏之,元嘉中,遂参权要,朝廷大事,皆与议焉。……注《孝经》及《庄子逍遥篇》、文论,传于世。"
② (梁)沈约,撰.宋书[M].北京:中华书局,1974:1893.
③ (梁)萧统,编.(唐)李善,等注.六臣注文选[M].北京:中华书局,2012:432.

(二)文义赏会

义熙年间(405—418),谢混、殷仲文乃是文坛之秀。谢混之"景昃鸣禽集,水木湛清华"(《游西池》)、殷仲文之"独有清秋日,能使高兴尽"(《南州桓公九井作》),一扫玄言诗的寡淡恬薄、千篇一律,可谓有滋味之作,沈约谓其"大变太元之气"[1]。义熙末,政坛风云变幻,谢、殷相继被诛。颜、谢振起,孤标一世。永初中,颜、谢辞藻盛名,已擅当时,是继谢混、殷仲文之后,擅场江左,开启元嘉诗坛的双星。初,颜延之奉使洛阳,写下《北使洛》《还至梁城作》等两首五言诗名篇,为谢晦、傅亮所赏。沈约称之"文辞藻丽",钟嵘《诗品》称之"五言之警策者""篇章之珠泽,文采之邓林"。谢灵运少有才悟,为祖父谢玄所赏爱。及长,参加族叔谢混之"乌衣之游",混甚是知爱,混称之"有名家度"。谢灵运性豪奢,衣物器服,多改旧制,有名士之风,世人宗之,皆称"谢康乐"也。其《撰征赋》即在山水诗的首倡者谢混的影响下,对赋体做出了新的发展。因此,颜、谢二人已然擅名当时。

武帝时期,二者共同参加有两场皇室组织的文学活动。

1. 西池宴会雅集

永初二年(421)三月三日,高祖宴群臣于西池,共为曲觞之饮。颜、谢预宴赋诗。颜延之作《三月三日诏宴西池诗》、谢灵运作《三月三日侍宴西池》。二诗同用四言雅体,歌颂了刘裕禅位、政化四方以及暮春物长、宴集和乐的气象。二诗结构、内容与思想皆极其相似,首句上征圣贤,以证禅位之势,中叙宋皇刘裕德化天下、泽被四方,结尾点明宴集之盛,其典雅正则,故为颜、谢二人共同侍宴西池应制之作。

盛会雅集,往往伴随文学的产生,催生出流芳的作品。如晋世有张华《三月三日后园会诗》(四言)、《上巳篇》(五言),王济平《平吴后三月三日华林园诗》(四言),潘尼《三日洛水作》(五言),闾丘冲《三月三日应诏诗》(四言),阮修《上巳会》(四言),王赞《三月三日诗》(四言),孙绰《三月三日诗》(四言),庾阐《三月三日诗》(五言)、《三月三日临曲水诗》(五言)等,以上诸诗多为应诏而作,歌颂皇德,恩泽溉世,称赞佳时,赏游觞饮,诗歌典雅正统

---

[1] (梁)沈约,撰.宋书[M].北京:中华书局,1974:1778.

的风格,呈现出嘉宾宴集的富贵祥和气象。颜、谢二诗承袭传统,未脱窠臼。三月三日赏会,并不仅存于皇室,士大夫同样可以自行组织,地点也不必拘泥于京都。其中享有盛名者当属晋王羲之在会稽组织的兰亭集会,谢安、孙绰、王凝之、王徽之、王献之等40多位名士与会,酬得诗作37首。其中以王羲之《三日兰亭诗序》冠绝当时,播名遐迩。而后世出佳作,如宋颜延之《三日曲水诗序》、齐王融《三日曲水诗序》等。刘裕在位三年,于永初元年(420)六月即帝位,永初三年(422)三月不豫,服医药养病,五月薨于殿。故,颜、谢侍游西池之事当为永初二年(421)无疑。

2. 颜、谢同为庐陵王刘义真赏会

永初末,颜、谢服官京师,与庐陵王刘义真往来甚密。颜、谢二人此时已名誉京都,庐陵王又好文义,与颜、谢、慧琳等接洽甚欢,共为赏好之友。《宋书·颜延之传》:"庐陵王义真颇好辞义,待接甚厚。"《宋书·谢灵运传》:"庐陵王义真少好文籍,与灵运情款异常。"① 《宋书·蛮夷传》:"慧琳者,秦郡秦县人,姓刘氏。少出家,住冶城寺,有才章,兼外内之学,为庐陵王义真所知。"② 《宋书·武三王传》(卷六十一)载:"徐羡之等嫌义真与灵运、延之昵狎过甚,故使范晏从容戒之。义真曰:'灵运空疏,延之隘薄,魏文帝云鲜能以名节自立者。但性情所得,未能忘言于悟赏,故与之游耳。'"③ 刘义真称其交游乃出于性情,为赏悟之友。庐陵王聪慧,好文义,颜、谢各擅辞藻,慧琳学通内外,自然志同道合。四者之性情相近,颇好文义,皆又疏狂傲世,追慕名士风流。刘义真风神秀彻,轻动少虑,又好慕古。谢灵运归隐故乡始宁期间作《与庐陵王义真笺》,举王弘之、孔淳之、阮万龄等以为幽栖之志笃者,盛赞其远同羲、唐,继之曰:"殿下爱素好古,常若布衣。每意昔闻,虚想岩穴,若遣一介,有以相存,真可谓千载盛美也。"可见二者同好隐逸之风流。颜延之好酒疏诞、忿折袁淑、语激权要、醉怼诏令、裸袒挽歌等等,其狂也无疑;谢灵运好车服鲜丽,衣物多改旧制,为性偏激,多忿礼度,放荡山娱,裸身饮酒等等,其诞也亦可称;慧琳俳谐好语笑,性傲诞,颇自矜伐,无视俗礼等等,其傲也可见。四者皆有魏晋名士效慕之心,可惜,四者游宴赏会时并没

---

① (梁)沈约,撰.宋书[M].北京:中华书局,1974:1753.
② (梁)沈约,撰.宋书[M].北京:中华书局,1974:2388.
③ (梁)沈约,撰.宋书[M].北京:中华书局,1974:1636.

有留下相应的文学作品。

颜延之、慧琳二人与庐陵王之间的交情并无其他文献可征,而谢灵运对庐陵王却心存深厚的赏知之恩。元嘉元年(424)庐陵王卒,元嘉三年(426)谢灵运被征召京师,过丹徒,作《庐陵王墓下作》诗一首。诗歌悲慨苍凉,音节铿锵百转,"眷言怀君子,沉痛结中肠"表达了谢灵运对庐陵王之早殒的悲痛和沉悼。而后又作《庐陵王诔》一篇,重陈悲情昭雪、重获封号以及深深的悼念。《拟邺中集八首》更是寄予庐陵王义真深厚的赏知之情。顾绍柏《谢灵运集校注》:"……(灵运)不受重用,意甚不平,盖由此而回忆起永初年间与庐陵王刘义真以及颜延之等朝夕相处的一段美好生活,自不免感慨良多,遂拟诗八首以寄其意。诗序云:'岁月如流,零落将尽,撰文怀人,感往增怆!'这分明是为义真遇害而发。"①

从颜、谢参与的两场皇室文学雅集中,我们可以略知二者辞章之美,元嘉初已冠名京都。再者,颜、谢同被庐陵王赏知,而后又同被文帝厚遇,一为性情所赏,一为文义所遇,可谓命运连枝。自元嘉三年(426)被诏回,任职京都,互赠诗歌之后,直至灵运之死,短短的七年内,二者虽然再无交游之迹,但其在性情上何其相似。颜、谢同为文士,服命君侧,权当文饰馆臣,不为帝重,各以"狂"的方式昭示心中之愤懑与不平。颜延之怒斥当权,被黜永嘉太守,作《五君咏》泄愤。未拜而免官,屏居里巷,不豫人间七载(以上事皆于灵运卒后不久);谢灵运肆意遨游,遍历名山,远涉佳水,东归始宁三载。又为临川内使,不复听政,仍执意访幽,山水名篇,声动内外。"不平则鸣",正是颜、谢二者对世俗、对命运极力反抗的异样演绎。

(三)赠答与切磋

颜、谢已擅名当时,既有同僚之谊,又尝为赏好者游,但考诸文献,其相互赠答诗仅存二首,即谢灵运《还旧园作,见颜、范二中书》与颜延之《和谢监灵运》两首诗。二诗写作时间在元嘉三年(426),文帝诛徐羡之、傅亮、谢晦等,涤荡阴霾,政和国通。颜、谢俱被召回京都任职。

---

① 顾绍柏.谢灵运集校注[M].郑州:中州古籍出版社,1987:137.

1. 诗歌赠答

谢灵运《还旧园作,见颜、范二中书》:

辞满岂多秩,谢病不待年。偶与张邴合,久欲还东山。
圣灵昔回眷,微尚不及宣。何意冲飙激,烈火纵炎烟。
焚玉发昆峰,余燎遂见迁。投沙理既迫,如邛愿亦愆。
长与欢爱别,永绝平生缘。浮身千仞壑,搅辔万寻巅。
流沫不足险,石林岂为艰!闽中安可处,日夜念归旋。
事踬两如直,心慊三避贤。托身青云上,栖岩挹飞泉。
盛明荡氛昏,贞休康屯邅。殊方咸成贷,微物豫采甄。
感深操不固,质弱易版缠。曾是反昔园,语往实款然。
襄基即先筑,故池不更穿。果木有旧行,壤石无远延。
虽非休憩地,聊取永日闲。卫生自有经,息阴谢所牵。
夫子照情素,探怀授往篇。

颜延之《和谢监灵运》:

弱植慕端操,窘步惧先迷。寡立非择方,刻意藉穷栖。
伊昔遘多幸,秉笔侍两闱。虽惭丹雘施,未谓玄素睽。
徒遭良时波,王道奄昏霾。人神幽明绝,朋好云雨乖。
吊屈汀洲浦,谒帝苍山蹊。倚岩听绪风,攀林结留荑。
跂予间衡峤,曷月瞻秦稽。皇圣昭天德,丰泽振沈泥。
惜无雀雉化,伫用充海淮。去国还故里,幽门树蓬藜。
采茨葺昔宇,剪棘开旧畦。物谢时既晏,年往志不偕。
亲仁敷情昵,兴玩究辞凄。芬馥歇兰若,清越夺琳珪。
尽言非报章,聊用布所怀。

谢灵运回京,被征为秘书监,初不就;再征之,亦不就。文帝乃遣光禄大夫范泰敦奖之,灵运方出就职。此诗即谢灵运在京任秘书监,见颜、范二人,返故居乌衣巷时有感而作。谢灵运出仕的矛盾心态亦隐隐约约体现在此诗中。同时,颜延之则被征为中书侍郎,不久转为太子中庶子,寻领步兵校尉。

结构上,谢诗前四句抒发平生之志,乃慕幽栖。继而述其因蒙泽,出仕庙堂。接着，自叙遭时乱，乃远黜京师。进而，抒发思归之情，对高蹈品行的坚守以及隐逸之趣的向往；直至文帝扫荡昏晦，涤荡氛埃，自己再次蒙眷出仕，而感慨自己操守易于变更，违背了隐逸的初衷。今岁回到故园，景致依旧可达生，诸多感慨书于纸上，与诗集一同寄予故交相赏。诗歌的结构大致可提炼为：述平生志—蒙恩出仕—昏世见迁—思隐愈强—泰时召还—归园写意。颜延之答诗在结构和写意上，大致同谢灵运赠诗类似，可总结为：述志—出仕—见迁—思归—召还—归园写意。

思想感情上，谢诗中曾三次致意归隐，表达幽栖之志。在此期间，出仕与归隐的矛盾心理，终于在重返故园后得以豁然，从而坚定了"卫生自有经，息阴谢所牵"的超脱俗累的人生态度。相比谢灵运之思归幽栖的情趣，颜延之表达更多的是思归之情以及对"年往志不谐"的感慨，少了谢灵运脱俗的秀逸和气度。森野繁夫称谢灵运第二次隐居始宁的原因是"为了捍卫生命我有自己必须遵守的道路。我为了抹掉自己的影子，打算避开世上的烦恼"，并注云："谢灵运从都城回到始宁之后，不用再顾虑朝廷，便开始着手扩大庄园的经营，行为随心所欲。性格极为'偏激'。与此相对，谨慎小心的颜延之无法消除这种顾虑，才没有留下任何值得别人怀疑自己与谢灵运关系的书面资料。"[①]

艺术风格上，二诗具有抒情兼自叙的特征。谢诗敷写直陈，蓄意良多，借典自况，对偶成行。抒愤，乃如喷薄之势，流宕激越。述志，则如云卷舒，开阖自然。颜诗和之，自然亦有异曲同工之妙。相对于谢诗清越秀逸，颜诗稳练有则，沉郁老成，颜诗不比谢诗流响，却也不伤雅调。二诗皆用五古，铺写情志，成熟流利，浑然气古，谢诗自然清雅，颜诗亦高古浑厚，二者各得其妙。

从颜、谢赠答诗中，我们可以得知，二者已然有着密切的交情，也曾有相

---

① [日]森野繁夫.谢灵运与颜延之[C]//中国中古文学研究——中国中古（汉—唐）文学国际学术研讨会论文集.北京：学苑出版社，2005：370、373.案，森田野夫此处"颜延之谨慎、不留资料"之言实欠妥。颜延之性孤傲，行任诞，是伴随其一生的。不过，于元嘉十年灵运卒后，颜延之因触怒当权，屏居里巷达七年之久，于世事有所深省，故作《庭诰》之文以训子弟，同时也是对人世情态深沉的反思。此文应在屏居年间素蓄而成。其谨言慎行亦应在灵运卒后、屏居期间。此是其一。其二，颜、谢赠答之后，再无其他文字往来的原因有很多，比如颜在庙堂，谢在山林，志趣归属已然不同，也就没有赏知之事可以交往。其三，从颜延之答诗中，可知颜延之对同命运、同志趣、真挚的怀抱的抒发，以及对谢灵运诗文由衷的赞赏。诸如此类，我们都不能认为颜延之有畏祸之心，有意不存与谢交往的书面材料。

同的志趣,加上二者命运与共的仕历,更增深了相知相赏的同情。颜、谢二者共为文帝赏接,自然因其才情,故在京时二者亦有过诗义切磋。

2. 同奉召应制

颜、谢尝奉召共拟乐府《苦寒行》。《南史·颜延之传》(卷三十四)载:"文帝尝各敕拟《乐府》'北上篇',延之受诏便成,灵运久之乃就。"①

颜、谢受诏拟乐府的时间,应于元嘉三年(426)同被召回京都,文帝赏遇之时。自元嘉三年(426)至十年(433)广州弃世,谢灵运在京都共有两次,在此期间,颜延之始终在京。第一次,在元嘉三年(426)召回至赐假东归之前。文帝召回颜、谢,因文义赏遇甚厚。元嘉四年(427),灵运因朝廷惟以文义赏之,不居要任,由是心怀愤恨,不闻政事,肆意游行,经旬不归,次年便赐假东归。第二次,便是谢灵运进京辩诬之时,即元嘉八年(431)。兹年,谢灵运求决湖以为田,会稽太守孟𫖮不肯,遂构仇隙。孟𫖮因灵运横恣,乃表其有异志。灵运奔京辩诬,文帝知其见诬,不使东归,乃为临川内史。十二月便往临川。②《宋书·谢灵运传》(卷六十七)载:"会稽东郭有回踵湖,灵运求决以为田,太祖令州郡履行。此湖去郭近,水物所出,百姓惜之,𫖮坚执不与。灵运既不得回踵,又求始宁岯嵑湖为田,𫖮又固执。灵运谓𫖮非存利民,正虑决湖多害生命,言论毁伤之,与𫖮遂构仇隙。因灵运横恣,百姓惊扰,乃表其异志,发兵自防,露板上言。灵运驰出京都,诣阙上表曰……太祖知其见诬,不罪也。不欲使东归,以为临川内史,加秩中二千石。"③因此,此次回京,乃为辩诬,文帝不罪,且任为临川内史,一方面是爱其才,另一方面则是防止其在东山恣意妄为。另,元嘉三年(426)五月,文帝派使巡行四方以观民风,诏曰:"夫哲王宰世,广达四聪,犹巡岳省方,采风观政。……今氛昆祛荡,宇内宁晏,旌贤弘化,于是乎始。可遣大使巡行四方。……博采舆诵,广纳嘉谋,务尽衔命之旨,俾若朕亲览焉。""采风观政"则与汉朝采诗以讽上的社会功用一致。文帝励精图治,有此举措,敕颜、谢拟乐府便顺理成章。综合来说,颜、谢受诏拟乐府,时在元嘉三年(426)赏遇之初为宜。

"北上篇",即乐府《苦寒行》。曹操《苦寒行》开篇曰:"北上太行山,艰哉

---

① (唐)李延寿,撰.南史[M].北京:中华书局,1975:881.
② 诗有《初发石首城》。可知灵运在本年十二月启程,前往临川赴任。
③ (梁)沈约,撰.宋书[M].北京:中华书局,1974:1776—1777.

何巍巍。"陆机亦有《苦寒行》,《文选》注云:"或曰北上行。"宋郭茂倩《乐府诗集》卷三十三"相和歌辞·八·清调曲一""魏武帝《苦寒行二首》"下《乐府解题》曰:"晋乐奏魏武帝《北上篇》,备言冰雪溪谷之苦。其后或谓之《北上行》,盖因武帝辞而拟之也。"①颜延之"北上篇"今已不传,谢灵运《苦寒行》现存十句,云:

岁岁层冰合,纷纷霰雪落。
浮阳减清晖,寒禽叫悲壑。
饥爨烟不兴,渴汲水枯涸。
又: 樵苏无凤饮,凿冰煮朝餐。
悲矣采薇唱,苦哉有余酸。

诗中极言行役之苦,层冰、霰雪、寒禽、悲壑、凿冰等一系列冰寒的意象交织,渲染了寒烈煞冷的气氛,在此极端恶劣的环境下,诉说行役中饥寒交迫的悲苦和艰难。谢诗在写作技巧以及艺术风格上实则直接承袭了曹操与陆机。现将曹、陆二乐府原文摘录于此以作参比:

曹操《苦寒行二首》:

北上太行山,艰哉何巍巍!羊肠阪诘屈,车轮为之摧。
树木何萧瑟!北风声正悲。熊罴对我蹲,虎豹夹路啼。
溪谷少人民,雪落何霏霏!延颈长叹息,远行多所怀。
我心何怫郁?思欲一东归。水深桥梁绝,中路正徘徊。
迷惑失故路,薄暮无宿栖。行行日已远,人马同时饥。
担囊行取薪,斧冰持作糜。悲彼东山诗,悠悠使我哀。

陆机《苦寒行》:

北游幽朔城,凉野多险难。俯入穹谷底,仰陟高山盘。
凝冰结重磵,积雪被长峦。阴云兴岩侧,悲风鸣树端。
不睹白日景,但闻寒鸟喧。猛虎凭林啸,玄猿临岸叹。
夕宿乔木下,惨怆恒鲜欢。渴饮坚冰浆,饥待零露餐。
离思固已久,寤寐莫与言。剧哉行役人,慊慊恒苦寒。

---

① (宋)郭茂倩,编撰.乐府诗集[M].北京:中华书局,1979:496.

诗中画直线处，乃是曹、陆、谢三者意象和取意相似之处，画曲线处乃曹、陆二者取意相似之处。由此即知，陆机在曹操古辞的基础上，将意象重新组合添加，形成对偶，连贯成章。在描述景象处用力，几乎做到了句句对仗，整齐划一，加深了行役之环境的苦寒与气氛的悲戚。谢灵运径直学习陆机乐府，在意象和风格上并未突破，但是其在句法上作出了一定的发展，合、落、减、叫、煮等动词的运用，增加了意象的主体性，丰富了意象的生命。

总体来说，乐府诗并非谢灵运突出之作，且模拟之迹甚是明显，艺术成就不高，因此《文选》于十八首乐府中只录一首。现颜延之集中乐府诗不存，故无法将二者乐府进行比照。《南史》记此本事颇有兴味，其提出了才思迟与速的问题，宋葛立方继书颜、谢之迟速后，以梁元帝之语作为的评，《韵语阳秋》载："梁元帝曰：'诗多而能者沈约，少而能者谢朓，虽有迟速多寡之不同，不害其俱工也。'"①方东树《昭昧詹言》曰："史言灵运居永嘉西堂，思诗竟日不就，又与颜延之受诏拟乐府，久之乃就，可见其得之苦艰不易也。"②颜、谢二者才虽有迟速之分，但其诗文在刘宋是齐名的。

（四）颜、谢优劣论的肇端——余声

1. 颜延之的自负与对谢灵运的称许

颜延之对自己的文辞是颇为自负的。武帝时，傅亮主表策文诰，可谓名擅一时。《宋书》本传载："亮博涉经史，尤善文词……高祖登庸之始，文笔皆是记室参军滕演；北征广固，悉委长史王诞；自此后至于受命，表策文诰，皆亮辞也。"③颜延之时任太子舍人，自认为可与其比肩，《宋书·颜延之传》（卷七十三）："时尚书令傅亮自以文义之美，一时莫及，延之负其才辞，不为之下。"④颜延之孤傲自负，不肯居人之下，亦不顾年辈。袁淑少富才学，《宋书》卷七十载，袁淑十余岁便"博涉多通，好属文，辞采遒艳，纵横有才辩"⑤。元嘉年间与颜延之俱事东宫，袁小延之二十余岁，故不甚推服，延之乃于众

---

① （宋）葛立方.韵语阳秋[M].北京：中华书局，1985：79.
② （清）方东树，著.汪绍楹，校点.昭昧詹言[M].北京：人民文学出版社，1961：131.
③ （梁）沈约，撰.宋书[M].北京：中华书局，1974：1336—1337.
④ （梁）沈约，撰.宋书[M].北京：中华书局，1974：1892.
⑤ （梁）沈约，撰.宋书[M].北京：中华书局，1974：1835.

忿折袁淑,怒曰:"昔陈元方与孔元骏齐年文学,元骏拜元方于床下,今君何得不见拜?'"①袁淑无以言对。魏文帝曰文人相轻,自古而然。孝武帝时,南平王铄献赤鹦鹉,诏群臣为赋。时袁淑文冠当时,见谢庄赋而隐己赋,尝叹:"江东无我,卿当独秀。我若无卿,亦一时之杰也。"②(《南史·谢庄传》卷八十五)可见,谢庄文赋颇美。颜延之亦有轻语,唐代孟棨《本事诗》嘲戏第七载:"宋武帝尝吟谢庄《月赋》,称叹良久,谓颜延之曰:'希逸此作,可谓前不见古人,后不见来者。昔陈王何足尚邪?'延之对曰:'诚如圣旨。然其曰"美人迈兮音信阔,隔千里兮共明月",知之不亦晚乎!'帝深以为然。及见希逸,希逸对曰:'延之诗云"生为长相思,殁为长不归",岂不更加于臣邪!'帝拊掌竟日。"③其孤傲如此!颜延之秉承诗三百篇的雅正精神,其《清者人之正路》曰:"采风谣以达民志,《诗》为之祖。"又借荀爽之言,主张雅声与弘丽,盛赞曹植之作兼美。与鲍照齐名之惠休,多民歌之制,抒儿女之情,钟嵘谓之"淫靡""情过其才",故颜延之直斥薄惠休之诗为"委巷歌谣","贻误后生"(《南史·颜延之传》)。傅亮、袁淑、谢庄、惠休等皆词义善美之人,颜延之皆不钦服赏接,可见其正如庐陵王刘义真所言"隘薄",且恃才孤傲。

考现存文集中,颜延之称赞的共有两位文人,一则陶渊明,其作《陶征士诔》称之"文取指达";二即谢灵运,其诗《和监谢灵运》称谢诗文曰:"芬馥歇兰若,清越夺琳珪。"李周翰注:"兰若,香草;琳珪,美玉也。言灵运之诗芬芳清越,可以夺美玉香草之音气。"④"芬芳清越"之语,可谓的评!

2. 颜、谢优劣论的形成

值得注意的是,颜延之曾问鲍照自己与谢灵运的优劣,《南史·颜延之传》卷三十四载:

> 延之尝问鲍照己与灵运优劣。照曰:"谢五言如初发芙蓉,自然可爱;君诗若铺锦列绣,亦雕缋满眼。"⑤

刘宋时期惠休曾对颜、谢二人诗歌的艺术风格做过类似的评价,见钟嵘

---

① (唐)李延寿,撰.南史[M].北京:中华书局,1975:878.
② (唐)李延寿,撰.南史[M].北京:中华书局,1975:553—554.
③ (唐)孟棨,等.本事诗本事词[M].上海:古典文学出版社,1957:22.
④ (梁)萧统,编.(唐)李善,等注.六臣注文选[M].北京:中华书局,2012:483.
⑤ (唐)李延寿,撰.南史[M].北京:中华书局,1975:881.

《诗品》"颜延之"条:

> 汤惠休曰:"谢诗如芙蓉出水,颜如错彩镂金。"颜终身病之。①

惠休指出了颜、谢二人诗歌的根本性差异,颇为准的。鲍照与惠休交好,亦有相似的论断。评谢诗"初发芙蓉,自然可爱",评颜诗"铺锦列绣,雕缋满眼",恰如其分地指出了颜、谢诗风的差异所在。休、鲍二论主要从颜、谢诗歌艺术风格的总体特征评价,即自然与雕饰,可以作为同时代刘宋时期对颜、谢诗歌评价的代表。因而,我们可以说颜延之是十分赞赏谢灵运的,所以才会有此优劣之问,从而开启了著名的颜、谢优劣论。

南朝齐高帝萧道成主张写诗要学颜不学谢,见萧子显《南齐书》卷三十五:

> 晔刚颖俊出,工弈棋,与诸王共作短句诗,学谢灵运体,以呈上,报曰:"见汝二十字,诸儿作中最为优者。但康乐放荡,作体不辨有首尾,安仁、士衡深可宗尚,颜延之抑其次也。"②

萧道成称"灵运放荡,作体不辨有首尾"主要还是从谢灵运诗作的艺术技巧来评价。谢灵运文章舒缓萧散,结构散漫不谨严,有佳句但少佳篇。于此,清汪师韩指摘谢诗中"不成句法""拙劣强凑""了无生气"之处有50余条,见《诗学纂闻·谢诗累句》。因此,对于初步学习作诗的诸王来说,谢灵运不宜法,而潘、陆、颜等诸家体裁明密的诗人可以作为学习对象。再者,萧道成主张子弟们宗尚潘陆,除却潘岳、陆机之文才之外,《萧道成与齐代文学风尚》为我们指出了另外一种可能性,即:"从帝王的角度来看……提倡这样的诗风自然有利于巩固帝王基业。"③认可潘、陆二者臣服之心更多的是基于政治的考虑。故作为统治者的萧道成,教导子弟应该树立儒家正统雅正的文学观,作诗学潘、陆、颜,不学谢。

南朝梁沈约《宋书》有意识将颜、谢二者并举,曰:"爰逮宋氏,颜、谢腾声。颜延之体裁明密,谢灵运兴会标举,并方轨前秀,垂范后昆。"④沈约公

---

① (梁)钟嵘,撰.曹旭,集注.诗品集注增订本[M].上海:上海古籍出版社,2011:351.
② (梁)萧子显,撰.南齐书[M].北京:中华书局,1972:624—625.
③ 刘志伟,史国良,李永祥.齐梁萧氏文化概论[M].上海:上海古籍出版社,2015:192—193.
④ (梁)沈约,撰.宋书[M].北京:中华书局,1974:1778—1779.

允地提出颜、谢诗歌发展中并肩的地位,并且指出颜公"明密"、谢公"兴会"的诗体风格,成为后世颜、谢之评的重要术语。

颜、谢优劣论正式提出则始于钟嵘,其《诗品》称谢灵运为元嘉之雄,颜延之为辅,将谢灵运列为上品,将颜延之列为中品。钟嵘对谢灵运的评价极高,谓其"才高""辞盛""富艳",且将其与建安以来曹植、陆机等并驾齐驱,同为上品,代表了元嘉诗体的最高成就。钟嵘《诗品》诗品上"谢灵运"条:

> 宋临川太守谢灵运诗,其源出于陈思,杂有景阳之体。故尚巧似,而逸荡过之,颇以繁芜为累。嵘谓:若人学多才博,寓目辄书,内无乏思,外无遗物,其繁富宜哉!然名章迥句,处处间起;丽曲新声,络绎奔发。譬犹青松之拔灌木,白玉之映尘沙,未足贬其高洁也。①

曹植是钟嵘推崇备至的人物,亦是其标举的理想诗风,即"骨气奇高,辞采华茂,情兼雅怨,体被文质"。钟嵘谓"曹植"入室,"景阳、潘、陆可坐于廊庑之间",可以看出曹植、张协、潘左等虽同在上品,实则在钟嵘人物品评中有地位的高下之分。② 其中称张协"旷代之高才""词彩葱蒨,音韵铿锵"等,故谢灵运秉承曹植、张协之脉,其兴多,其才高,其华茂,其巧似,其声丽。但谢灵运亦有其"逸荡""繁芜",此与上文齐高帝斥灵运"放荡"可互作印证。就此,钟嵘亦有回护,以"未贬高洁"四字为灵运之品评作结,足以诠释为何有宋一代独有灵运居上品。

再看《诗品》对列为中品的颜延之的品评:

> 宋光禄大夫颜延之诗,其源出于陆机,故尚巧似,体裁绮密,然情喻渊深,动无虚发,一句一字,皆致意焉。又喜用古事,弥见拘束。虽乖秀逸,固是经纶文雅。才减若人,则蹈于困踬矣。汤惠休曰:"谢诗如芙蓉出水,颜诗如错彩镂金。"颜终身病之。③

---

① （梁）钟嵘,撰.曹旭,集注.诗品集注增订本[M].上海:上海古籍出版社,2011:201.

② 曹旭.《诗品》中诗人的排列次序问题[J].复旦学报,1998(6)."为了显现优劣,钟嵘采取了很大的灵活性,三品区别对待:在上品中,对不同世代的诗人,'略'变动诗的排列次序;对同一世代的诗人,则基本上'以优为铨次';因为上品诗人已可以代表时代的优劣,中、下品则用了不同的原则。"

③ （梁）钟嵘,撰.曹旭,集注.诗品集注增订本[M].上海:上海古籍出版社,2011:351.

颜、谢皆博文高才,但颜延之五言诗与谢灵运风格迥异,除却"尚巧似"为刘宋时期诗人共同突出的风格特征之外,其差异性是相当突出的:灵运之"逸荡",颜延之"绮密";灵运之"酷不入情",颜延之"情喻渊深";灵运之"芙蓉出水",颜延之"错彩镂金"等。

南朝梁萧子显在《南齐书》中将时下的文章略分为三体:

> 一则启心闲绎,托辞华旷。虽存巧绮,终致迂回。宜登公宴,本非准的。而疏慢阐缓,膏肓之病。典正可采,酷不入情。此体之源,出灵运而成也。

> 次则缉事比类,非对不发,博物可嘉,职成拘制。或全借古语,用申今情。崎岖牵引,直为偶说。唯睹事例,顿失清采。此则傅咸五经,应璩指事,虽不全似,可以类从。(当今学者认为亦有颜延之、谢庄一脉)

> 次则发唱惊挺,操调险急,雕藻淫艳,倾炫心魂。亦犹五色之有红紫,八音之有郑、卫。斯鲍照之遗烈也。[1]

针对当下学习元嘉体的诗风,萧子显在指出流弊的同时,亦恰恰指出颜、谢、鲍等各自擅长的艺术技巧。萧指出谢诗辞华巧绮,而有疏慢阐缓之病,虽曰典正,但酷不入情。相比钟嵘偏爱之评,萧子显则一针见血地指出了谢之所短,虽然有些许苛刻,但不得不说有独具慧眼处。就如钟嵘所评其"繁富"所言"兴多才高,寓目辄书,内无乏思,外无遗物",所任笔墨,泼洒自然,着力于寓目之物,自然书写外景之繁,写意处不免匮乏。而对于钟嵘言颜延之"喜用古事"的特征,萧子显亦进行了补充,事对、物对、借古语等修辑辞藻之事,皆为颜延之诗歌突出的艺术表现手法。可以说,钟嵘、子显之评可以说代表了南北朝以至后世对颜谢文章的整体观点。翻阅颜、谢本集不难发现,二者诗歌对偶、用典均大大超越了前代。据陈桥生统计,以《文选》录元嘉三大家之诗以及李善注为据,颜用典比例为 61.5%、谢用典比例为 49.6%、鲍用典比例为 60%。[2] 宋张戒称:"诗用事之博,始于颜光禄。"[3]诚

---

[1] (梁)萧子显,撰.南齐书[M].北京:中华书局,1972:908.
[2] 陈桥生.刘宋诗歌研究[M].北京:中华书局,2007:159.
[3] 丁福保,辑.历代诗话续编[M].北京:中华书局,1983:452.

哉斯言！李光哲《谢诗用典之探析》称："用典是灵运作诗的重要技巧之一，他又刻意经营典故而把他们别出心裁地布置于诗里，以此形成其'富艳难踪'的风格。"[1]正如刘勰《文心雕龙·明诗篇》称："宋初文咏，体有因革，庄老告退，而山水方滋。俪采百字之偶，争价一句之奇，情必极貌以写物，辞必穷力而追新。"[2]尚巧似、善对偶已经成为刘宋时期共同的诗歌特征，目的就是追新猎奇，用典则是其中相当重要的方法。加之同时代谢瞻、鲍照、谢庄等人的努力，成就了刘宋一代突出的诗风。

颜、谢重返京都，互赠诗歌，诗中抒发了真挚的情志与怀抱，流露出珍贵的友谊、尊重与知赏，让同命运的两颗巨星更加熔铸了诚挚的相惜的交情。而后，俱以才华文义见遇的颜、谢二者，进行文义切磋，更是充实了元嘉时期的诗坛佳话。谢卒后，颜延之以谢来作比照对象，一方面是对谢灵运取得的诗歌成就的认同，另一方面，颜、鲍之问答，开启了文学史上著名的颜、谢优劣论。

颜、谢二人同时仕历四帝，即晋安帝、宋武帝、宋少帝、宋文帝。同时，二者供职同一幕府长约四年之久，同宦期间虽无交游的记载，但二者的名声当时已然远播上下，可谓相互知晓。武帝时期，二者俱就职在京，因文义之美并为庐陵王赏好同游。从其交游，我们可知颜、谢又同是性慕名士风流，俱存幽栖之志与隐逸之趣。颜、谢性子里都存一个"狂"字，然二者之狂各自迥异。灵运之狂在于不羁，在于言语行为上的强烈表达与释放，在于对俗世生活的不屑一顾与刻意无视，还在于对名士风流的自我认同与执着相守。颜延之虽然言语上轻狂，行为上醉酒，但实则是对俗世的一种凝重的反思与偶尔的嘲讽。颜亦追慕名士高风，但其更重在俗世的人格的完善与礼义的恪守。做《庭诰》以训子弟，作刘宋政权的宫廷文人，赋赞铭诔策文，其典雅堂皇，富丽明密，歌功颂德，宣誓忠诚，士大夫的强烈的正统精神顽固地占据着颜延之的性情。"狂"而有羁，是其真正的性情所在。永初、景平各自被黜，直至元嘉召还，二者之间的情意，因命运同慨而又大大加深，从其赠诗中流露的相互尊重与赏鉴，可知二者的友谊得到了升华。元嘉年间的文义切磋以及后来的颜、鲍之问，使我们对颜、谢二者绽放异彩的诗歌精神得到高度

---

[1] ［韩］李光哲，撰.谢诗用典之探析[C]//宋红，译.日韩谢灵运研究译文集.桂林：广西师范大学出版社，2001：202.

[2] （梁）刘勰，著.范文澜，注.文心雕龙注[M].北京：人民文学出版社，1958：67.

的认知和关注,为后世的颜、谢优劣论奠定了基调。

二、颜、谢生平交游述略

颜、谢生平所交之友广泛,可大致分为王公诸侯、儒官文士、隐逸名士、释僧佛徒等诸类。类别只为叙述之便,各类之间并不严格设界,每类人物选取关系相近或影响较大者,同时叙述以人物小传为先,其次再对其交游作简要考述。因二人所交亦有重合者,故本节先述重合人物,再分述其他。

(一)王公诸侯

刘义真(407—424),武帝第二子。美仪貌,通才颖悟。初封桂阳县公,年十二从高祖伐长安,留守柏谷坞。刘宋禅代,封庐陵王,食邑三千户。武帝践祚,义真露出不悦之色,侍读博士蔡茂之询问原因,义真曰:"安不忘危,休泰何可恃?"[1]性多轻躁,谢晦谓之"德轻于才,非人主也"[2]。又爱文义之美,永初中与颜延之、谢灵运、慧琳以性情相赏,游宴非常,为徐羡之等忌惮。永初三年(422),出镇历阳。未至任,武帝薨。时执政大臣徐羡之等密谋废立,以义真无德才将其废为庶人,徙新安郡。六月,见杀于郡所,年十八。元嘉三年(426),徐羡之、傅亮、谢晦伏诛,追赠为侍中、大将军,庐陵王如故。义真无子,以第五子绍为继。事见《宋书》卷六十一、《南史》卷十三。

永初年间,颜延之与谢灵运同被爱好文义的庐陵王刘义真赏重,又因性情相投,结下深厚的友谊。刘义真本有摄政大统的可能,正值势盛之时,肆言得志之日任颜、谢为宰相。但终究因为其人德不配位,与权杖失之交臂。高祖将之出镇历阳,刘义真出镇之时,与颜延之、谢灵运、慧琳等一同于东府前检阅部伍。高祖薨,有国哀,义真所乘之船舫简素无华,不及母后孙修仪所乘之舫。当时,义真与颜、谢在船舫内设宴,并使左右剔除母后船舫内函道,用来装饰自己之舫。可见其轻动无德。执政大臣徐羡之嫌其狎昵过甚,

---

[1] (梁)沈约,撰.宋书[M].北京:中华书局,1974:1635.
[2] (唐)李延寿,撰.南史[M].北京:中华书局,1975:365.

又谏之不从,于是将颜延之黜为远郡始安,谢灵运被贬往永嘉,慧琳被遣送到虎丘等,这个以赏知为名的文学小集团于是遣散殆尽。谢灵运曾作《庐陵王墓下作》诗一首、《庐陵王诔》文一篇,专门悼念刘义真,又作《拟邺中集八首》怀念昔日游宴之情。可见谢灵运对刘义真报以深沉、真挚的赏遇之情。

(二)儒官文士

1. 颜延之交游考述

郑鲜之(364—427),字道子,荥阳开封人。年少好读书,绝交游。初为桓伟辅国主簿,转补功曹,累迁员外散骑侍郎,司徒左西属,又为琅邪王录事参军,迁御史中丞。性刚正不阿,不畏权贵,执法公正不枉。刘毅为其外甥,势倾一时,时人多与附之,唯郑鲜之尽心侍奉刘裕。刘宋践阼,官至太常,都官尚书。因从武帝北伐之功,封龙阳县五等子。永初二年(421),出为豫章太守。元嘉三年(426),为尚书右仆射。次年,卒于官,年64。追赠散骑常侍、金紫光禄大夫。文集传于世。事见《宋书》卷六十四、《南史》卷三十三《郑鲜之传》。

郑鲜之于颜延之有知遇之恩。宋国初建,郑鲜之举荐颜延之为博士。而后,颜延之在东宫中供职,与郑鲜之亦有诗歌赠答,即《直东宫答郑尚书道子诗》。诗中表达对郑鲜之的德行高洁如松的赞美之情,同时对郑君的问候表示感谢和思念。郑鲜之大颜延之21岁,遵守儒家名教,好议论,又通达佛理,曾著《神不灭论》,与颜延之《折达性论》互通。故不论性情、学养抑或文学,二人皆志趣相投,可谓忘年之交。

何承天(370—447),东海郯城人。少好学,师从徐广,博览经史百家。曾为抚军将军刘毅行参军,又转刘裕太尉行参军,寻除太学博士。宋台建,刘裕召为尚书祠部郎,同傅亮一同掌管朝议。元嘉初,为卫将军谢晦咨议参军,领记室。元嘉三年(426),谢晦遇讨,欲先斩除异己者如湘州刺史张邵、益州刺史萧摹之等,何承天皆尽力营救,得免。元嘉七年(430),任到彦之右军录事,彦之北伐败,以非军旅之才免责,补尚书殿中郎,兼左丞。为性刚愎,不屈于时,忤逆尚书左仆射殷景仁,出为衡阳内史。元嘉十六年(439),除著作佐郎,上召撰国史,未成。不久转太子率更令,著作如故。元嘉十九年(442),值国子学立,承天领国子博士。寻迁御史中丞。元嘉二十年

(443),领国子祭酒,作《上元嘉历表》《奏改漏刻简》。删减并合《礼论》,以类相从,凡为三百卷。《隋书·经籍志》载其撰《分明士制》三卷、《春秋前传》十卷、《注孝经》一卷、《合皇览》五十卷、《宋元嘉历》二卷等。另有文集二十卷,梁有三十二卷。以上均不存。事见《宋书》卷六十四、《南史》卷三十三《何承天传》。

元嘉十一年(434),颜延之寓居里巷。时沙门慧琳诋毁佛教,何承天与慧琳相狎,作《达性论》一同毁法轻佛,颜延之与何承天反复辩难,如是者三。何承天著《达性论》,颜延之作《释何衡阳达性论》;何承天作《答颜永嘉》,颜延之作《重释何衡阳》;何承天再作《答颜永嘉》,颜延之再作《又释何衡阳》等。事俱见《弘明集》。元嘉二十二年(445),颜延之与何承天供职于太子幕府,时太子讲《孝经》,与颜延之同为执经。

何尚之(382—460),字彦德,庐江郡灊县人。父叔度,晋金紫光禄大夫,以清身洁己见称。尚之少轻薄,但以操行而立,为谢混所赏。起家为临津令,又为刘裕府主簿,从征长安,以劳赐爵都乡侯。少帝时,为中书侍郎。文帝时,出为临川内史,又入为黄门侍郎,尚书吏部郎,左卫将军。以父忧去职,后复为左卫,又领太子中庶子。尚之好文义,为文帝赏重。元嘉十二年(435),迁侍中,中庶子如故。寻领游击将军。元嘉十三年(436),何尚之为丹阳尹,置玄学,慕而学者多,谓之南学。王球称"尚之西河之风不坠",尚之亦对曰"球正始之风尚在"[①]。元嘉二十三年(446),文帝立玄武湖,又欲造方丈、蓬莱、瀛洲三神山,尚之力谏乃止。元嘉二十五年(448),迁左仆射,领汝阴王师,孝武即位,领吏部,迁侍中、左光禄大夫,领护军将军。大明二年(458),为左光禄、开府仪同三司,侍中如故。大明四年(460),卒于官。追赠司空。事见《宋书》卷六十六、《南史》卷三十。《隋书·经籍志》载其《何尚之集》十卷。

颜延之与何尚之性情相投,交往最为频繁,且更为随性亲近。二人爱好文义,经常互相狎玩。二人身材皆短小,何尚之嬉笑颜延之为猿,延之称尚之为猴。又,二人常议论往返,如"有人尝求为吏部郎,尚之叹曰:'此败风俗也。官当图人,人安得图官?'延之大笑曰:'我闻古者官人以才,今官人以

---

① (唐)李延寿,撰.南史[M].北京:中华书局,1975:782.

势,彼势之所求,子何疑焉?'"①辩论如此,流传于世。

　　王僧达(423—458),琅琊临沂人。东晋名相王导五世孙,宋太保王弘少子,娶临川王刘义庆女。自幼机敏,好读书,有文章之美。起官为始兴王浚后军参军,又迁太子舍人,寻转太子洗马,因母忧去职。服阕,除为宣城太守。元嘉二十八年(451),索虏威逼都邑,僧达请求保卫京师。虏退,除宣城太守,又徙任义兴太守。元嘉三十年(453),元凶弑立时南奔世祖,被命为长史。孝武即位,除尚书右仆射,转使持节、南蛮校尉,加征虏将军。僧达自负有才能,不屈为护军,乃启求徐州。不许。后为吴郡太守。僧达不得意,在吴郡立宅,颇费公役,坐免官。孝建三年(456),僧达除为太常,意不满,遂上表解职,因词不逊而免官。不久又除为江夏王义恭太傅长史、临淮太守,寻转为太宰长史。大明元年,转左卫将军,领太子中庶子。大明中,以归顺功,封宁陵县五等侯。受高闍等人诳惑,信鬼神龙凤之说,与党谋乱,起兵乱宫。事发,上敕收付廷尉,于狱赐死。年 36。事见《宋书》卷七十五、《南史》卷二十一《王僧达传》。

　　颜延之比王僧达年长 38 岁,二者可谓忘年之交,曾在孝建年间互赠诗作。颜有《赠王太常僧达诗》,王僧达《答颜延年诗》,从文章、德行、操守等诸多方面予以钦赏,互表情谊。孝建三年,颜延之卒,王僧达撰《祭颜光禄文》以悼念,此文亦可视作颜延之的生平小传。

　　张茂度(376—442),名裕,避讳以字行。吴郡人,张良后也。晋时为刘裕太尉主簿、扬州中从事、别驾,后出为都督、广州刺史、平越中郎将。元嘉中,为侍中、都督、益州刺史。因脚疾出为义兴太守。转为都官尚书,因疾拜光禄大夫,加金章紫绶。元嘉十八年(441),除会稽太守。次年,卒于官,时年 67 岁,谥曰恭子。张镜,茂度之子。与其兄演,弟永、辩、岱四人齐名于时,时人谓之张氏五龙。颜延之家与张镜为邻,颜常饮酒为乐,亦好谈玄,喧嚷不绝,镜不以为然,仍静默无言。一次,镜家集客,谈论清畅,颜延之过门篱闻之,听之辞旨玄达,遂取胡床坐听,心甚服,顾谓自己门客,彼门内有人,遂罢喧嚷声。事见《宋书》卷五十三、《南史》卷三十一《张茂度传》。

　　张邵,茂度之弟,字茂宗。初为晋琅邪内史府功曹,事主忠诚。后转扬

---

①　(唐)李延寿,撰.南史[M].北京:中华书局,1975:785.

州刺史王谧主簿。有识见,曾谓刘裕为人杰,遂被赏遇,为太尉参军。又补州主簿,后累迁世子录事参军、中军、咨议参军,领记室。又为荆州刺史刘义隆司马,领南郡相,决策皆请示邵。武帝践祚,以佐命功封邵临沮伯。又分划荆州立湘州,以邵为湘州刺史。元嘉初转征虏将军,又领宁蛮校尉、雍州刺史,加都督。及江夏王镇江陵之时,以其为抚军长史,持节、南蛮校尉。后因贪赃免官削爵,不久起为吴兴太守,卒于官。复邵爵邑,谥曰简伯。事见《宋书》卷四十六、《南史》卷三十二。张邵任湘州刺史期间,颜延之曾造访邵。景平年间,颜延之贬往始安太守,途经湘州,时值祭奠屈原,作《祭屈原文》《祭虞帝文》以致意。元嘉三年(426)从始安返回京都途中又过湘州,与张邵同登巴陵城楼,作《始安郡还都与张湘州登巴陵城楼作诗》。

张敷,字景胤,张邵之子。母早卒,敷见其遗物哀思至毁,至孝者也。好读玄书,爱好文论,少便有盛名。高祖赏爱,以之为世子中军参军。其父去湘州刺史,敷请辞官随行侍奉。后文帝命为西中郎参军,又为员外散骑侍郎,秘书丞。江夏王镇江陵,以之为抚军功曹,转记室参军。赴任时,文帝遣一僧人伴行,张敷拒绝,谓不喜心杂之人。后转正员郎、黄门侍郎,又为始兴王濬后军长史,司徒左长史,未及拜官,父邵卒。服丧十余日,始进水浆,不吃有盐之菜,形容贫瘠。叔父张叔度屡劝不止,张敷哀毁更甚。不到一年,卒,年41岁。孝武帝感其孝德,改其居为孝张里。事见《宋书》卷六十二、《南史》卷三十二《张敷传》。

颜延之写书安慰张茂度,书曰:"贤弟子少履贞规,长怀理要,清风素气,得之天然。言面以来,便申忘年之好,比虽艰隔成阻,而情问无睽。薄莫之人,冀其方见慰说,岂谓中年,奄为长往,闻问悼心,有兼恒痛。足下门教敦至,兼实家宝,一旦丧失,何可为怀!"书中所言"忘年之好",大概于景平年间颜延之途经湘州时,与张邵、张敷结交情款,后来虽相隔甚远,仍常以书信往来问候。然,张敷卒于颜延之之前,颜延之悲痛至极,写此信一为书写张敷之德,二为慰问其友。总言之,颜延之对吴郡张氏的操行修养十分钦慕,同时也可以看出其结交之情也是十分深厚的。

2. 谢灵运交游考述

范泰(355—428),字伯伦,顺阳山阴人。初为太学博士,又为谢安、司马道子将军府参军,转为骠骑咨议参军,又诏为中书侍郎。以父忧去职,遂袭阳遂乡侯，因居丧无礼免官。又起为黄门郎，御史中丞，坐事迁东阳太守。卢循起义，范泰发兵援助，刘裕加其为振武将军，后转太常。谢混称其可比拟"王元太一流人"。刘宋践祚，拜金紫光禄大夫，又加散骑常侍。次年议建国学，领国子祭酒。景平初，加特进。次年辞官，解国子祭酒。少帝失德，在位极谏，不纳。时徐羡之、傅亮等主掌朝政，范泰素不与之。好酒，不拘小节，任达率性，轻舟游玩。叙、傅等伏诛，进泰侍中、左光禄大夫、国子祭酒，又领江夏王师，特进如故。泰好博览群书，善作文章；并奖掖后生，孜孜不倦。好礼佛，晚年立祇洹精舍，事佛甚笃。撰《古今善言》二十四篇及文集二十卷。事见《宋书》卷六十、《南史》卷三十三《范泰传》。

　　谢灵运与范泰交情笃厚。元嘉初，文帝诏灵运为官，不起，范泰屡次敦奖开怀乃行。二者为忘年之交，性情上嗜好饮酒，行为上任达不拘，同时皆为好佛者。范泰晚年在宅西建立精舍供奉佛像，并作《祇洹像赞》赠谢灵运。谢灵运作《和范光禄祇洹像赞》三首并序，并寄予书信，其《答范光禄书》曰："忽见诸赞，叹慰良多……"云云，并连同将从弟谢惠连《无量寿颂》一并呈送范泰，其《书》曰："从弟惠连，后进文悟，衰宗之美，亦有一首，并以远呈。"

　　乌衣之游——谢氏家族的文义赏会。谢灵运从钱塘杜明师治所返回京都，时年15岁，居住乌衣巷。父亲早卒，遂常受教于叔父谢混。

　　谢混，谢灵运从叔。字叔源，小字益寿，谢安之孙。少有美誉，兼善文章。袭爵，婚尚晋陵公主。历任中书令、中领军、尚书左仆射、领选等。因党附刘毅，被刘裕诛杀。刘宋践祚，武帝叹不得见其风流。《游西池》一诗，风华崛起，沈约谓其大变玄气，钟嵘谓其得风流媚趣。时羊欣拜访谢混，混改新服接见，谢灵运亦在座，退而告族兄谢瞻，欣由是更为出名。谢混性本高峻，所结交者，皆为族内兄弟，如从弟灵运、瞻、曜、弘微等，常组织文义赏会，于所居乌衣巷设宴游集，极尽盛名。谢混尝作五言诗曰"昔为乌衣游，戚戚皆亲侄"。俱见《宋书》卷五十八、《晋书》卷七十九《谢混传》、《南史》卷三十六《羊欣传》。

　　谢瞻，字宣远，谢晦第三兄。6岁善为文，作《紫石英赞》《果然诗》，时人莫不惊叹其才。初仕为桓伟参军，楚台秘书郎。因父母早亡，由叔母抚养，谢瞻兄弟事之至亲。叔母弟刘柳作吴郡太守，叔母随往，谢瞻便辞职侍养。转为刘柳建威长史，又迁高祖镇军，转琅邪王大司马参军、主簿、安成相，宋国建,转中书、黄门侍郎,从事中郎。谢瞻清淡谦退,其弟晦权重一时,为此惶恐难安,遂向高祖请求降职。永初二年(421),病笃,遣晦书以勉励,兹年病卒,年35岁。《宋书》卷五十六、《南史》卷十九《谢瞻传》。

谢密,字弘微,谢灵运从兄。幼聪慧过敏,谢混特重之,号曰微子。义熙初,袭从叔峻爵建昌县侯。弘微家贫,嗣继过盛,唯取书数千卷,财物禄位一概不受。起家拜员外散骑,转琅邪王大司马参军。义熙八年谢混见诛,晋陵公主遂以家业委托弘微。弘微治家,条理井然。义熙九年(413)后,公主迁为东乡君,还谢家,见家门如谢混生时,感弘微之义,谓谢混未亡。弘微性严正,举止守礼。文帝为郡王时,召弘微为文学;即位,则与王华、王昙首、殷景仁、刘湛等号曰五臣。性好简约,不喜华服,但饮食多讲究丰美。兄曜,任御史中丞,又为义康骠骑长史,于元嘉四年(427)卒。弘微重孝悌之义,以兄为父,哀毁过礼。谢曜好臧否人物,弘微从不议论短长。元嘉九年(432),东乡君薨,资产园宅千万,弘微一无所取。元嘉十年(433)卒,时年42岁。追赠太常。沈约谓其名臣。事见《宋书》卷五十八、《南史》卷二十《谢弘微传》。

谢灵运之父早卒,谢混对于青少年的灵运实则具有长辈的教导与关爱,批评谢灵运"博而无检",并作韵语以奖劝灵运等曰:"康乐诞通度,实有名家韵,若加绳染功,剖莹乃琼瑾。"[1]而谢弘微、谢瞻、谢曜等也成为此时亲密的伙伴。因此,后来三人同在琅邪王大司马中任行参军,彼此之间有过诗歌赠答。谢灵运《答中书》:"偕直东蜀,密勿游从。"即指与谢瞻同职司马参军事。谢瞻亦有《答康乐秋霁诗》《于安城答灵运诗》。永初三年(422)谢灵运贬往永嘉任太守,在郡一年便欲去职归隐,从弟谢晦、曜、弘微等皆曾写书信劝阻。由此可见,家族门内、族兄族弟之间对谢灵运的关怀。

谢惠连,谢灵运族弟,小灵运20岁。幼聪慧敏捷,10岁能作文,深为灵运赏识。性多轻薄,赏爱会稽郡杜德灵,丁父忧期间,撰写五言诗十余首寄之,故官位不得显著。殷景仁爱其才,为其求情,后乃为司徒彭城王义康法曹参军。义康于东府城堑中得古冢,为之改葬,令惠连撰祭文,其文甚美。《雪赋》作成,奇丽高致。元嘉十年(433),惠连卒,年27。事见《宋书》卷五十三、《南史》十九《谢惠连传》谢惠连尤善以民歌入五言诗,婉转多致,如《秋

---

[1] (梁)沈约,撰.宋书[M].北京:中华书局,1974:1591.

怀》《捣衣》，钟嵘谓其"风人第一"，并列入中品。

谢灵运与谢惠连结交于元嘉元年，时灵运辞职归隐东山，曾造访叔父谢方明（惠连之父），见惠连才悟机敏，而不为其叔父看重，遂将惠连携带始宁处。谢灵运十分赏知惠连，惠连每成文，灵运叹"张华复生，不能易也"①。而且，灵运每见其人辄生佳语，《登池上楼》一诗相传为梦见惠连之作。元嘉七年（430）谢惠连征为刘义康法曹参军，途中遇风，作《西陵遇风献康乐》以寄，灵运作《酬从弟惠连》以作答，抒发了分离的苦悲与相思。谢灵运携带族弟惠连归始宁时，连带其教书先生何长瑜。谢灵运亦看重何之才，谓其当今王粲。在始宁，谢灵运常组织谢惠连、何长瑜、荀雍、羊璿之等四人进行山泽之游，共同谈赏文义，时人谓四友。荀雍，字道雍，颍川人。官至员外散骑郎。羊璿之，字曜璠，泰山人。作临川内史，为竟陵王诞所遇，后诞败坐诛。何长瑜，东海人。其才低于惠连，高于雍、璿。曾为临川王义庆国侍郎，又转平西记室参军。因用韵语讥嘲义庆州府同僚陆展，谪为广州所统曾城令。后任庐陵王绍行参军，掌书记。途中遇暴风，溺死。事见沈约《宋书》卷六十七、《南史》卷十九《谢灵运传》，钟嵘《诗品》将羊、何列入下品。

（三）隐逸名士

1. 颜、谢共同交游

王弘之，琅琊临沂人。性本好山水，自求为乌程令，因病归家。后为桓廉卫军参军、桓伟南蛮长史。义熙初，为何无忌右军司马。后屡次召官，不就。元嘉四年（427），文帝征为通直散骑常侍，不就。好垂钓于上虞江三石头处。始宁山水尤佳，王弘之依岩筑室，尽幽居之美。元嘉四年（427）卒，时年63岁。事见《宋书》卷九十三《隐逸传》。

颜、谢共相钦慕王弘之。谢灵运出为永嘉太守时，与隐士王弘之等游娱山水间，且盛赞其幽栖之志，见《与庐陵王笺》："……至若王弘之拂衣归耕，逾历三纪……既远同羲、唐，亦激贪厉竞……"②颜延之则欲为之谏而不成，

---

① （唐）李延寿，撰. 南史[M]. 北京：中华书局，1975：537.
② （清）严可均，校辑. 全上古三代秦汉三国六朝文[M]. 北京：中华书局，1958：2611.

曰:"但恨短笔,不足书美。"①从中可见颜、谢咸慕隐逸之风,谢灵运在行动上昭然践行,虽然其一生在仕与隐的矛盾中挣扎,但终究还是体悟了隐逸之趣。颜延之虽为儒士,但亦贵玄,慕名士风流,从其与陶渊明之深交便可知其志趣,只是一生中从未有心践行罢了。

2. 颜延之交游考述

陶潜,字渊明,名元亮,浔阳柴桑人。曾作《五柳先生传》以自传。家贫,起家为州祭酒,在职数日乃去。又州召主簿,不就。以躬耕自给,后复为刘裕镇军参军、建威参军。性情高蹈,任彭泽县令时,"郡遣督邮至,县吏白应束带见之。潜叹曰:'我不能为五斗米折腰向乡里小人!'"②遂解印绶去职,赋《归去来》自乐。自此开启了隐居生涯,颜延之两次造访陶渊明,酣饮情款,时时留酒钱于潜。元嘉四年(427),陶潜卒。事见《宋书》卷九十三、《南史》卷七十五《隐逸传》。颜延之作《陶征士诔》,谓之"文取指达",作为当时颜延之对陶渊明的文学评价,虽简薄亦有真意,而后继之"高蹈独善""亦既超旷,无适非心",可谓中评。颜延之与时人为之取谥号"靖节先生",世称"陶靖节"。散文辞赋,语辞清省,情意真笃。钟嵘《诗品》曰:"文体省净,殆无长语。笃意真古,辞兴婉惬。每观其文,想其人德。世叹其质直。至如'欢颜酌春酒',"日暮天无云",风华清靡,岂直为田家语邪?古今隐逸诗人之宗也。"③

颜延之生平共两次造访陶潜:义熙十一年(415),颜延之任江州刺史刘柳后军功曹,至浔阳造访陶渊明,二人情款深密。《宋书·陶潜传》(卷九十三):"颜延之为刘柳后军功曹,在寻阳,与潜情款。"④刘柳任江州刺史,当为义熙十一年(415)。义熙十二年(416)转为尚书令,未离开江州而卒。义熙十二年(416),刘柳卒后,颜延之为豫章公世子中军行参军。故颜延之在任功曹时,与陶潜交往前后大约有一年的时间。景平二年(424),颜延之贬始安太守,途经浔阳,第二次造访陶潜,日夜酣饮为乐。陶渊明性情真善笃厚,生活简淡而富有隐逸之趣,实质上代表了士大夫向往的一种生活典型。颜

---

① (梁)沈约,撰.宋书[M].北京:中华书局,1974:2283.
② (梁)沈约,撰.宋书[M].北京:中华书局,1974:2287.
③ (梁)钟嵘,撰.曹旭,集注.诗品集注增订本[M].上海:上海古籍出版社,2011:336—337.
④ (梁)沈约,撰.宋书[M].北京:中华书局,1974:2288.

延之将陶渊明视作知己,不仅仅是真诚交往的情谊,而且象征着颜延之的人生追求。

王球,字倩玉,琅邪临沂人,东晋名相王导曾孙。少与王惠齐名,仪容俊美,举止优雅。起为著作郎,不拜。为琅邪王大司马行参军,转主簿,又初豫章公世子中军功曹。宋台建,为世子中舍人。宋践祚,为太子中舍人,又转咨议参军,以疾去职。元嘉四年(427),为义兴太守。寻转太子右卫率,又为侍中,领冠军将军、本州大中正,徙中书令,侍中如故。又迁吏部尚书。后迁光禄大夫,加金章紫绶,领庐陵王师。元嘉十七年(440),为太子詹事,又为尚书仆射,王师如故。元嘉十八年(441)卒,年49。追赠特进、金紫光禄大夫,加散骑常侍。事见《宋书》卷五十八、《南史》卷二十三《王球传》。

王球性简至清,不喜交友,尤爱好文义,唯独与琅琊颜延之为善,雅爱其才。元嘉中,颜延之寓居里巷数载,王球多次造访并供给物资。颜延之亦钦慕王球遗忘俗外之高志,二人结交甚厚。王球卒后,颜延之撰《王球石志》以纪其德。

徐伯珍,字文楚,东阳太末人。少孤贫,好读书,无书纸,常以竹、箬等画地学书。村中发洪涝,仍读书不辍。叔父徐璠之与颜延之交情笃厚,在祛蒙山建立精舍讲授儒学经义,伯珍去精舍从颜延之学习。学习近10年,游学者多从之师学。官府多以礼辟之,应诏便退,若此者十二。善谈论,辩经义理,儒者多宗之。又好佛释、《老》《庄》,兼明道术。占卜有雨,雨如期而至。早岁丧妻,不重婚娶。隐居宅南高山,时木生连理,梓树合抱,壁生赤光不灭,户常栖白雀一双,时人论其有隐逸之德。兄弟四人皆白首以对,时人谓之"四皓"。卒于建武四年(497),年84岁,受业者千人。见《南史》卷七十六《隐逸传》《南齐书》卷五十四《高逸传》。徐伯珍,高逸者也。从颜延之受业,儒学高成,兼通释道,亦可以揭橥颜延之学养在当时儒学中的重要地位。

(四)释僧佛徒

1. 颜、谢共同交游

释慧琳,秦郡秦县人。俗姓刘氏,年少出家。善文章,兼内外之学。元嘉年间,著《均善论》诋呵佛法,颜延之与宗炳与之辩驳万言。宋文帝见慧琳之论,大加赞赏。元嘉中,参预要政,宾客满座,四面贿赂相继成风,权倾一时。会稽孔顗谓之"黑衣宰相",颜延之斥之"刑余"。曾注《孝经》《庄子·逍遥篇》。事见《宋书》卷九十七、《南史》卷七十八《慧琳传》。

永初年间,颜延之、谢灵运与慧琳一同被庐陵王刘义真赏遇。谢灵运被贬永嘉时期,与慧琳亦有书信往来,作有《答纲、琳二法师并书》《答琳公难》。可见,二者对于谢灵运之"顿悟义"有一场释难。从《答纲、琳二法师书》"披览双难,欣若暂对。藻丰论博,蔚然满目,可谓胜人之口"可知,谢灵运、慧琳二者之间辩论并非敌对,而是友善性的释难。

颜延之与慧琳于元嘉年间交恶。元嘉三年(426),文帝诛徐羡之等,迎义真灵柩回京,追封号,颜、谢、慧琳等同被召回,任职京师。颜延之为中书侍郎,谢灵运为秘书监,慧琳被文帝赏遇甚厚。《宋书·蛮夷传》:"慧琳者……宾客辐辏,门车常有数十辆,四方赠赂相系,势倾一时。"[1]时人称为黑衣宰相,颜延之更斥之为"刑余",因醉语上:"此三台之坐,岂可使刑余居之?"[2]元嘉十二年(435)左右,慧琳作《白黑论》,诋诃释教,颜延之驳论万余言。《高僧传·释道渊传》:"后著《白黑论》乖于佛理……诋呵释教。颜延之及宗炳捡驳二论各万余言。"[3]由以上材料可知,二者交恶或许由于慧琳势倾朝野,颜延之正统的儒家思想让其反对僧道当政。

2. 颜延之交游考述

释慧亮,俗名董显亮,为东阿靖公弟子,年少便有清誉,时人谓靖为大师,慧亮为小师。亮虽年望不及靖公,而风轨早已承袭。后来于临淄立寺讲经,如《法华》《大小品》《十地》等,其听徒云集,千里奔相竞学。后过江止何园寺,颜延、张绪慕名而来,听经明义,流连忘返,每每长叹:"安汰吐珠玉于前,斌亮振金声于后,清言妙绪,将绝复兴!"[4]安,即道安,东晋名僧。所注诸经,"序致渊富,妙尽深旨;条贯既叙,文理会通。经义克明,自安始也"[5]。汰,即法汰,少与道安同学,后居瓦官寺讲经,王侯公卿莫不毕集,听众达上千人。此处列举安、汰二人,是以标举慧亮、慧斌之讲经义理清畅,有晋时

---

[1] (梁)沈约,撰.宋书[M].北京:中华书局,1974:2388—2391.
[2] (梁)沈约,撰.宋书[M].北京:中华书局,1974:1902.
[3] (梁)释慧皎,撰.汤用彤,校注.汤一玄,整理.高僧传[M].北京:中华书局,1992:268.
[4] (梁)释慧皎,撰.汤用彤,校注.汤一玄,整理.高僧传[M].北京:中华书局,1992:292.
[5] (梁)释慧皎,撰.汤用彤,校注.汤一玄,整理.高僧传[M].北京:中华书局,1992:179.

安、汰讲经之风华。太始初,庄严寺内大集,义士数千人,以慧亮与慧斌为法主,当时无与比肩者。宋元徽中卒,享年63岁。著《玄通论》,行于世。事见《高僧传》卷七。

3. 谢灵运交游考述

慧远(334—416),俗姓贾,雁门人。幼好读书,聪慧过人。年13随舅父游学许、洛,故年少便为诸生。博通儒学六经,尤善《老》《庄》之学。年21欲适江左,不行。乃于关左遇道安大师,入为弟子。勤勉好学,精研佛法,神明超越。后迁浔阳建立精舍,傍山泉松壑,集众行道。闻天竺有佛影应感,于精舍无量寿像前,与刘遗民、宗炳等120人建斋立誓,共期西方净土。因寺前种植白莲,故称"白莲社"。远常叹教缺,遂命弟子远求众经,并常延请名僧译经,请僧迦提婆重译《阿毗昙经》《三法度论》,二学乃兴一时。故时经书禅法皆庐山出。时人谓远"大乘道士"。桓玄欲简汰沙门,与慧远论沙门不敬王者反复,慧远著《沙门不敬王者论》致意。居庐山三十载,不入世俗,义熙十二年(416)卒于庐山精舍,年83。事见《高僧传》卷六《释慧远传》、《出三藏记集·慧远法师传》。

谢灵运傲视疾俗,唯钦服慧远。自称早岁欲拜远为师,不果。史料记载,谢灵运曾参加白莲社,唐飞锡《念佛三昧宝王论》载有谢公。① 唐少康等《往生西方净土瑞应传》、唐法照《净土五会念佛诵经观行仪》亦如是记载。又,《佛祖统纪》曰:"谢灵运,为凿东西二池种白莲,因名白莲社。"② 义熙八年(412),慧远为佛影立台,著有《万佛影铭并序》,令谢灵运作《佛影铭》,其《佛影铭》序曰:"道秉道人远宣旨意,命余制铭,以充刊刻。"慧远卒后,谢灵运作《庐山慧远法师诔并序》,又"为造碑文,铭其遗德"③。有关慧远卒年,有二说:一、据灵运诔文"春秋八十有四,义熙十三年秋八月六日薨",而灵运碑文却述"春秋八十三,命尽绝岭",其诔文概传抄有误哉。二、《高僧传》:"义熙十二年八月六日终","春秋八十三"。④ 学界以《高僧传》为是。因此,慧远大师的般若观、禅法等佛学思想对谢灵运的影响是显著的。

---

① (唐)释慧琳,撰.一切经音义[M].日本元文三年至延享三年狮谷白莲社刻本.
② (宋)释志磐,撰.佛祖统纪[M].大正新修大藏经本.
③ (梁)释慧皎,撰.汤用彤,校注.汤一玄,整理.高僧传[M].北京:中华书局,1992:222.
④ (梁)释慧皎,撰.汤用彤,校注.汤一玄,整理.高僧传[M].北京:中华书局,1992:221.

谢灵运与佛教僧徒的往来比较频繁，尤其在隐居东山时，曾因仰慕僧释镜的德行而向他表达敬意。谢灵运钦重昙隆、法流道人苦节过人，遂延请东山，共游幽林。而后昙隆亡，谢灵运为之作诔并序。亦与法流、法勖、僧维、惠骃等诸僧往返辩论佛法。因此，谢灵运与僧人之间的交流不仅有思想上高于世俗、遁隐山林的逸情，而且还有佛法经义上的切磋学习、交流辩论。

另，谢灵运与道教人物杜昺有很深的渊源。史书中并未具体叙述二者之间的交流，但很明显，谢灵运思想中的道教成分也颇为浓厚。故亦列于此处。杜昺，字叔恭或子恭，谥号明师，南朝人敬称杜明师，吴郡钱塘人。据传能通灵，且道术颇高。烧香入定，能见祸福吉凶；画符咒水，往往应验如许。故远近道俗，受其教化多达万人。高门望族前来拜师礼敬者如云，时晋太傅谢安、司马桓温、车骑将军谢玄等皆曾拜询杜明师，或占星象，或问战况，往往应验。王羲之病笃，杜明师言无可救治，十日果卒。孙恩叔父孙泰从杜明师学习秘术，妖惑众生，受其害者甚众。杜明师有感大限之日将至，遂宴集纵乐一日，便令小吏置买凶具，使家人作衣衾，并谓人曰命将于三月二十六日逝。果然，不久其体转虚，于是日去，尸柔气洁，其道人弟子为之立碑，并取谥号"明师"。事见《云笈七签》卷一百一十一《洞仙传·杜昺传》。谢灵运被送至钱塘杜明师治所抚养时年仅4岁，时祖父康乐公谢玄卒，谢玄一脉一直单传，家人忧子孙难得，遂将灵运送至杜明师治所寄养，直至15岁方返回京都建康，因而又名客儿。晋刘敬叔《异苑》卷七载，一晚，杜明师夜间梦见东南方有人入道馆，就在此日，谢灵运便诞生于会稽。其事不免玄虚，也为谢灵运与杜明师、道教之间的因缘增添了几分神秘色彩。

小　结

从其交游，知其为人。颜、谢所交诸友遍及儒释道玄等各类人物，其中颜延之所交人物以儒士、名士、佛僧等居多，谢灵运则多与文人、隐士、佛僧为友，从其交游可以看出二人生平志趣所在。简贵淡交的王球、文义相赏的刘义真、恬淡率真的陶渊明等，颜延之所交俱为高洁之士，其情也真，其交也深。其友王球素来清简，姻亲也不往来，但与颜延之交好，可见其与颜延之乃志同道合一辈。颜延之见重王球,无乃因其至淡、至清、至真哉！王球殁后,颜延之冒其时礼之不韪为其作石志,亦可见其用心之深。颜延之慕文义,亦慕陶潜之高蹈。其作《陶征士诔》,情真意切,处处生辉,是当下研究陶渊明较为珍贵的资料,亦为颜延之思想及心迹的倾诉与展露。从其交游,亦可得知颜延之高洁的品行。谢灵运结交人士慧远、义真、惠连等皆为其生命中对其影响至深、情感最真的人物,可以想见谢灵运的人生追求是顺从性情。二人所结交之儒士亦多为名士,而佛僧多通儒学、老庄等,可以说三教圆融的思想在刘宋时代已然成风,颜、谢正是在此风气中成就了品行和学问。

第三章 颜延之与谢灵运诗歌内容与艺术比较

颜、谢创作的诗歌题材种类丰富,依《文选》诗歌分类,有公宴、游览、哀伤、赠答、行旅、述德、咏史、郊庙、乐府、杂拟等,共入选颜延之17题18首、谢灵运32题37首,尤以前5类题材艺术成就突出。至于颜、谢诗歌艺术风格对比,自南朝梁钟嵘《诗品》引鲍照谓颜诗如"错彩镂金"、谢诗如"出水芙蓉",后世乃以之为圭臬,当今学界论者亦不出其右,如王瑶先生《颜、谢诗歌比较》便以钟嵘《诗品》评语为准展开简要阐释。综观颜、谢之诗歌创作,将二者同一题材、同一类型的诗歌进行比较,在此基础上对其诗歌艺术进行分析、归纳、总结,最后从诗歌风格上进行宏观的把握和微观的甄别,由此可以对颜、谢诗歌的比较得到更加客观、周全、细致的认识。

一、内容题材多样性

颜、谢诗歌题材众多,按照《文选》选诗题材标准划分,二者选入同类题材共有五种类型,分别为公宴诗(颜2首、谢1首)、游览诗(颜3首、谢9首)、哀伤诗(颜1首、谢1首)、赠答诗(颜4首、谢3首)、行旅诗(颜3首、谢10首)等。兹将二者同类题材中选出有代表性的诗歌作比较,从其写作背景、篇章结构、内容题旨、意象境界等诸多方面,窥见其诗歌创作的艺术水平和诗中反映出诗人的人生旨趣。

(一)公宴诗:歌皇恩/抒怀抱

颜延之《应诏宴曲水作诗》作于元嘉十一年(434)三月三日,时宋文帝于乐游苑举行禊饮集会,命与会者作诗,颜应诏而作此诗。李善于诗题下引裴子野《宋略》作注，其曰："元嘉十一年三月丙申，禊饮于乐游苑，且祖道江夏王义恭、衡阳王义季，有诏会者赋诗。"①《文选》将其分为八章：其一，自"道隐未形，治彰既乱"至"仁固开周，义高登汉"，谓文帝受命于天，匡正内乱，其恩泽化及万物，高义同于周汉之德；其二，自"祚融世哲，业先列圣"至"惠浸萌生，信及翔泳"，继之言文帝的德政位及前代圣贤，恩惠遍及万物鱼鸟；其三，自"崇虚非征，积实莫尚"至"航琛越水，辇赆逾嶂"，言四方之国慕文帝之德，前来纳贡以结友好之义；其四，自"帝体丽明，仪辰作贰"至"柔中渊映，芳猷兰秘"，言文帝立储君，太子的德行犹如明玉芳兰；其五，自"昔在文昭，今惟武穆"至"宁极和钧，屏京维服"，言昭穆符合周礼，王公刘义康、义恭、义季等有辅佐君王、镇守藩郡之功；其六，自"胐魄双交，月气参变"至"伊思镐饮，每惟洛宴"，言三月的禊饮，彰显皇恩浩荡；其七，"郊饯有坛，君举有礼"至"豫同夏谚，事兼出济"，言在座者沐浴恩德，参与流觞之趣；其八，"仰阅丰施，降惟微物"，感慨自己三任东宫、五列朝官的宦海浮沉，有愧于王恩。全诗共8章64句，采用雅正四言，章章弦扣，字字珠玑，语辞典正精简，句句彰显文帝的美德，整饬华美。最后一章，表明诗人内心期望做一个济世有功的臣子，以无愧于深厚的皇恩。颜延之此诗不仅为公宴诗的典范之作，而且其为曲水集诗所作之序《三月三日曲水诗序》亦颇有声价。南齐王融文辞藻丽，曾应制作《曲水诗序》，时人誉之。"接房使房景高、宋弁。弁见融年少，问主客年几？融曰：'五十之年，久逾其半。'因问：'在朝闻主客作《曲水诗序》。'景高又云：'在北闻主客此制胜于颜延年，实愿一见。'融乃示之。"②另一篇公宴之作《皇太子释奠会作》亦采用四言正体，9章72句，叙太子之德，有异曲同工之妙，兹不赘述。

  谢灵运《九日从宋公戏马台送孔令诗》作于东晋义熙十四年（418）九月九日，刘裕始受相国、宋公之命，于戏马台饯别孔季恭，命群僚赋诗。谢灵运当时任职于宋国黄门侍郎，亦预宴作此诗。诗歌共22句，采用五言体式，可分为四章。开篇四句交代了时令："季秋边朔苦，旅雁违霜雪。凄凄阳卉腓，皎皎寒潭洁"，用"雁""霜雪"的意象和"寒""凄"等冷硬的字眼来突出深秋的

---

① （梁）萧统，编.（唐）李善，等注.六臣注文选[M].北京：中华书局，2012：377.
② （梁）萧子显，撰.南齐书[M].北京：中华书局，1972：821.

萧瑟。紧接着笔锋一转,歌颂良辰圣心与饯别之宴的和美,谓"在宥天下理,吹万群方悦"。第三章,便向主人公孔季恭即将辞职归隐的高风敬酒颂美,"归客遂海隅,脱冠谢朝列","归客"隐含自己对归隐的向往,如今与之离别,内心有所惭愧,诗曰"宿心愧将别",清黄杰《谢康乐诗注》云:"孔以养素为荣,而己以恋位为辱。故云愧也。"[1]最后一章则直抒己志,谓"彼美丘园道,喟焉伤薄劣",未能归隐丘壑的高风亮节,喟叹自己信用薄弱、才华拙劣却仍忝列为官。谢诗虽是公宴诗作,但明显表露自己心迹之处着墨颇多,与同时预宴赋诗的谢瞻《九日从宋公戏马台送孔令诗》一作比较便知,谢瞻之诗多着眼于时令佳节、欢宴圣心的摹写,一句"巢幕无留燕,遵渚有来鸿"使其成为宴上赋诗之冠。可知,谢灵运并非严格按照公宴诗的体制,而是根据自己的怀抱和情感来作诗。

颜、谢虽各自采用不同的诗歌体式作公宴诗,但隐约可以看出二者的性情和怀抱。颜延之是典型的应制文臣,其用辞、谋篇均体现出宏大典雅的宫廷风格,谢灵运则以自我为中心,用语造词、风格体式显然体现出真与美的文人色彩。公宴诗可以追溯至建安时期,邺中文人曹植、王粲、刘桢、应场均有创作,皆采用五言的体式。到了晋代,陆机、陆云兄弟的公宴诗则采用四言体式,陆机《皇太子宴玄圃宣猷堂有令赋诗》四言 44 句,其恢宏之气无不领颜延之先,但是在用词上,颜诗更加华美整饬,陆诗相对古朴。颜延之四言诗仅两首公宴诗和两首郊庙诗,余皆五言诗作。谢灵运早期诗歌有作四言赠答诗三首,入宋后的诗歌均以五言为主。这表明,刘宋之时四言体隐,五言盛行。四言作为诗歌的正统地位,于晋时沦为谈玄说理的载体,陶渊明有作四言诗,成为四言诗发展中最后的辉煌。颜、谢四言之作俱有振兴之势,但最终被五言诗的强流冲淡。

(二)游览诗:颂王游/苞名理

颜、谢的游览诗均为五言诗中的名作,采用精妙的艺术手法,有异曲同工之妙,但抒发的旨趣却大相径庭。

颜延之《应诏观北湖田收》作于元嘉十年(433),李瀚注《文选》曰:"延年

---

[1] 黄节,注.谢康乐诗注[M].北京:人民文学出版社,1958:24—25.

从宋文帝游曲阿北湖,观收田勤苦应诏作此诗也。"①全诗共 5 章 26 句,开篇四句点名题旨:"周御穷辙迹,夏载历山川。蓄轸岂明懋,善游皆圣仙。"以前代贤君夏禹、周穆王善游天下者均为圣仙,为宋文帝巡游打下了一个神圣、庄严的旗号。第二章言登上北湖,八方之景尽收眼底,最为醒目之处乃随从皇上出行的车驾仪仗奔腾不绝,似与神明同行:"飞奔互流缀,缇毂代回环。神行埒浮景,争光溢中天。"次章摹写开冬时节的自然景观:"阳陆团精气,阴谷曳寒烟。攒素既森蔼,积翠亦葱芊。"团、曳、攒、积等四组动词的使用,使原本生硬、阴冷的自然景物焕发出别样的生机,同时亦为刻板的应制诗注入了新鲜血液。最后一章以谦逊的姿态收尾,与其公宴诗相类。

此诗为颂王游的开端,而作于元嘉二十六年(449)的《车驾幸京口侍游蒜山作》《车驾幸京口三月三日侍游曲阿后湖作》二诗可谓颂王游的成熟之作。《车驾幸京口侍游蒜山作》一诗与《应诏观北湖田收》体式大致相同,亦为 5 章 26 句。但从内容题旨上跳出歌颂王游、感皇恩的藩篱,转而专门摹刻蒜山优越的地理位置,从而实现在境界上的超越。开篇 12 句描述蒜山优越的自然地理以及人文地理条件:

元天高北列,日观临东溟。入河起阳峡,践华因削成。
岩险去汉宇,襟卫徒吴京。流池自化造,山关固神营。
园县极方望,邑社总地灵。宅道炳星纬,诞曜应辰明。

首句将蒜山地势之高比之于可见四周星辰之元天山和东岳泰山,将其地势之险比之于阳山、峡山、华山之峻峭,要比汉代城塞还要严峻。此种得天独厚的自然位置可谓神营,张铣注曰:"因流为池,据山为城,若化造神营,非人力能致。"②京口蒜山的人文优势更为显著,所居北辰,符合刘宋之水德,且能够祭祀四方群神、日月星辰、地祇神灵等,足见其地势之优越。紧接着,便进入颂王游的经典书写:

陟峰腾辇路,寻云抗瑶甍。春江壮风涛,兰野茂荑英。
宣游弘下济,穷远凝圣情。岳滨有和会,祥习在卜征。

---

① (梁)萧统,编.(唐)李善,等注.六臣注文选[M].北京:中华书局,2012:412.
② (梁)萧统,编.(唐)李善,等注.六臣注文选[M].北京:中华书局,2012:413.

此诗描摹巡驾的仪仗不如公宴诗之浩荡,但更加富有次序,游览视角由上及下,先叙其登峰之高,后将视野转向峰下之江涛、兰野等自然景观;从实到虚,由眼前之巡游而及齐桓公和会,四方之宾莫不来服之事,进而指出文帝之游乃顺天而行。末章仍以谦虚姿态收尾,"周南悲昔老,留滞感遗氓。空食波廊肆,反税事岩耕",李周瀚注曰:"言己素餐疲倦于廊庙之列,今欲反输国税,事耕岩石之下。此延年之谦辞也。"①此诗较《应诏观北湖田收》,歌颂的不只是皇泽之厚,更是宋朝皇权的神圣性与不可侵犯性,因此在广度上、境界上远远高于后者。

颜延之游览诗在艺术上取得突出成就的当属《车驾幸京口三月三日侍游曲阿后湖作》,其中对皇家巡游船阵的恢宏气势描摹得异常精彩:

> 山祇跸峤路,水若警沧流。神御出瑶轸,天仪降藻舟。
> 万轴胤行卫,千翼泛飞浮。凋云丽璇盖,祥飙被彩斿。

此处"山祇""水若"不单单指自然中的山水,张铣注《文选》谓之山神、水神也。文帝的皇家出游仪仗仿佛有山神、水神相助礼让,皇家仪仗亦赋予了神圣的色彩,颜延之想象其来自神御和天仪。颜将车谓之瑶轸、万轴,将行船谓之藻舟、千翼,不惜用八句整齐划一的动宾句式来修饰车驾行舟的排场,尤其是每句中八个动词的使用,生新出奇。相同的艺术技巧亦表现在此诗的下章对皇恩广被四方、兵甲鼓吹之盛的讴歌:

> 江南进荆艳,河激献赵讴。金练照海浦,茄鼓震溟洲。
> 藐眄觏青崖,衍漾观绿畴。民灵骞都野,鳞翰耸渊丘。
> 德礼既普洽,川岳遍怀柔。

此诗可谓极尽对偶之势,整饬华丽,不厌其词,繁缛典雅。尤其在用词上,较多地使用实词,并且多用偏正结构的语词,比如瑶轸、藻舟、青崖、绿畴等,在语言精练的同时又容纳多重的词语,抛开古诗对虚词的使用,实现对传统意象的拓展。以上三首游览诗章法有序,着重突出皇帝巡游的神圣意义和阵仗的恢宏之气,开启了后代颂王游的传统。

谢灵运的游览诗艺术成就和价值具有划时代意义。其《从游京口北固

---

① (梁)萧统,编.(唐)李善,等注.六臣注文选[M].北京:中华书局,2012:413.

应诏》作于宋永初年间,作为应制诗在体式上与颜所作游览诗有异曲同工之妙,但在题旨上摆脱颜延之成篇成章对颂王游的讴歌,转向对人与自然的真实写照。此诗五言22句,可以分为三章:首章"玉玺戒诚信,黄屋示崇高……"六句,谓宋王之游有出尘脱俗之意,次章八句描写巡游的自然美景:

鸣笳发春渚,税銮登山椒。张组眺倒景,列筵瞩归潮。
远岩映兰薄,白日丽江皋。原隰荑绿柳,墟囿散红桃。

与颜诗一样,谢诗也注意对动词的提炼,但相对于颜诗对景物的摹写比较华丽典雅,谢诗显现得更加有色彩、天然。而且,谢诗对皇泽的赞颂以一句匆匆了结,便即刻转向对自己怀抱的抒发:"工拙各所宜,终以反林巢。曾是萦旧想,览物奏长谣。"因此,可以说,谢灵运是一个重真性情的人物,他的应制诗往往以抒发己志为重,歌功颂德的色彩十分淡薄。真正体现谢灵运游览诗的艺术成就便是其出为永嘉太守、隐居东山始宁的山水诗作,如《晚出西射堂》《登池上楼》《游南亭》等。

《晚出西射堂》作于永嘉太守任上西射堂居处,是谢灵运初至永嘉心理上落寞、忧戚的真实写照:

步出西城门,遥望城西岑。连鄣叠巘崿,青翠杳深沉。
晓霜枫叶丹,夕曛岚气阴。节往戚不浅,感来念已深。
羁雌恋旧侣,迷鸟怀故林。含情尚劳爱,如何离赏心?
抚镜华缁鬓,揽带缓促衿。安排徒空言,幽独赖鸣琴。

起句宪章曹植《送应氏》:"步登北邙阪,遥望洛阳山。"刘桢《赠徐干》:"步出北寺门,遥望西苑园。"如此言步行游览颇有高古之致,继之言游览寓目所见:远处望去山峦层层叠叠,崖上本青翠可见的树林却渐渐染上了深色。近处,从染霜枫林红叶的早晨转眼倏忽已到了山气阴森的傍晚。整个昏沉的景色充斥着诗人低落的情感,导致其心情落寞的原因安排在后半章八句诗中,有感慨于时节的轮转、故乡故人的怀念。羁雌、迷鸟的意象实脱骨于陶渊明《归园田居》"羁鸟恋旧林,池鱼思故渊"。用诗歌怀人是最传统的艺术表达方式,谢灵运的高明之处在于提出"赏心"这一概念,表达对知音的渴求。因此,谢灵运的落寞多是赏心人未得的落寞。谢灵运向来并非一个悲观的人物,他总有排遣孤独、落寞的方式——鸣琴,既为全诗作一个优雅的善尾,又中和了落寞的语调。此诗结构按照纪行—写景—抒情的顺序,相对而言较为简单,但也具备了后期山水诗作的雏形。

《登池上楼》作于永嘉太守任上,谢灵运大病初愈时。全诗五言 22 句,可分为三章。起句便境界大开,"潜虬媚幽姿,飞鸿响远音。薄霄愧云浮,栖川怍渊沉"。实脱胎于陶渊明《始作镇军参军经曲阿作》"望云惭高鸟,临水愧游鱼"一句,谢诗更加华美雄浑。李善注曰:"虬以深潜而保真,鸿以高飞而远害。今已婴俗网,故有愧虬、鸿也。"①以比起兴,一方面歌颂潜虬幽独的美德,一方面引出自己忝列官爵、落入尘网的惭愧。第二章用 8 句,书写病后初愈,起而登临远眺的情景:

　　衾枕昧节候,褰开暂窥临。倾耳聆波澜,举目眺岖嵚。
　　初景革绪风,新阳改故阴。池塘生春草,园柳变鸣禽。

使用细腻的笔触描摹事物的情态,是谢灵运最为擅长的艺术表现形式。对于刚刚痊愈的病人,举目所见、倾耳所闻、通体所感无不带有新鲜活力的体验。放眼望去初春的到来让大地渐渐回暖,冬日的阴冷也渐渐被暖阳所代替。被冬季锁住的池塘终于长满了春季的小草,园中抽芽的柳树迎来了放歌的春鸟。将眼前的一派生机细心地用淡淡的喜悦的语调娓娓道来,将静态的细微的景物赋予自然生命的动态,呈现景物自身的优美,这是谢灵运不同于古人之处。何焯谓:"池塘一联,惊心节物,乃尔清绮,惟病起即目,故千载常新。"②谢榛谓:"造语天然,清景可画,有声有色。"③类似的佳句还有"海鸥戏春岸,天鸡弄和风"(《于南山往北山经湖中瞻眺》),"林壑敛暝色,云霞收夕霏"(《石壁精舍还湖中作》),"苹萍泛沉深,菰蒲冒清浅"(《从斤竹涧越岭西行》)。末章延续一贯的抒情名理的艺术手法,表达外出为官、离乡背亲的忧戚之感以及毅然践行遁世隐居的隐逸操守,被誉为谢灵运之第一等诗④。

谢灵运的游览诗到来后期愈发成熟,如《于南山往北山经湖中瞻眺》,诗

---

① (梁)萧统,编.(唐)李善,等注.六臣注文选[M].北京:中华书局,2012:408.
② (清)何焯,撰.义门读书记[M].卷二,清乾隆刻本.
③ (明)谢榛,撰.四溟诗话[M].卷二,清海山仙馆丛书本.
④ (元)方回,撰.文选颜鲍谢诗评[M].卷一,清文渊阁四库全书本.

题即交代具体的行程;全诗22句,开头纪行,自"朝旦发阳崖"四句,行程的时间、路线十分具体;中间写景,远景近景、仰视俯瞰皆叙述有序,山泉林壑、鸟兽绿植无不包揽;末章抒情言理,咏孤游之情,赏废之理。因此,谢灵运的山水诗纪行—写景—抒发情理三段式的结构模式成为典型。溯其源,曹丕《芙蓉池作》早开其先,"乘辇夜行游"等两句是纪行,"双渠相溉灌"等十句为写景,"寿命非松乔"等四句是抒情明理。谢混《游西池作》隐约类似,但他只有一篇,因此只能称为发端,并未发展为典型。到谢灵运这里,开始大量创作山水诗,整齐划一的结构,最终使之成为一种典型。

综上可见,颜、谢游览诗各自开创了一种典型:一种为庙堂诗,专颂王游;一种为山水诗,抒情明理。在体式上,此二类典型皆形成以五言二十左右诗句为主的范式;从章法上,颜延之游览诗篇幅宏大,内容周致,大致形成"述游—写景—颂圣—谦己"的结构模式,谢诗则构成经典的三段式:纪行—写景—说理。从艺术上,二者大量使用对偶丽辞,诗风呈现繁缛的特征。尤其是对景物的描摹,往往成为佳句。从抒发情志上,颜诗着重于彰显皇权的神圣与皇恩的博大,谢诗则以体己为重,抒发幽独的情志和说理的旨趣。

(三)哀伤诗:陪侍情/知交情

颜延之《拜陵庙作》作于从文帝拜谒高祖陵庙时,全诗五言34句,乃鸿篇巨制,充溢庙堂儒雅之气,兹列如下:

周德恭明祀,汉道遵光灵。哀敬隆祖庙,崇树加园茔。
逮事休命始,投迹阶王庭。陪厕回天顾,朝燕流圣情。
早服身义重,晚达生戒轻。否来王泽竭,泰往人悔形。
敕躬惭积素,复与昌运并。恩合非渐渍,荣会在逢迎。
凤御严清制,朝驾守禁城。束绅入西寝,伏轼出东坰。
衣冠终冥漠,陵邑转葱青。松风遵路急,山烟冒垄生。
皇心凭容物,民思被歌声。万纪载弦吹,千岁托旒旌。
未殊帝世远,已同沦化萌。幼壮困孤介,末暮谢幽贞。
发轸丧夷易,归轸慎崎倾。

此诗虽为恭悼高祖之作,但明显以自身仕宦的坎坷为主线,其基调是偏向深沉悲伤的。诗歌可以分为四章:前四句为第一章,述立高祖陵庙以明德尊亲之义;自第五句至十二句为第二章,回顾自身的宦海浮沉,初蒙恩于高祖,得而陪侍帝王之侧。少帝失德,王泽竭尽,已黜为远郡。所幸文帝匡正大统,又得以复侍君王之列。张铣注"敕躬"句曰:"虽经帝室多难而戒慎其身,惭高祖积故之恩,不易志节,复与文帝昌运相合为君臣也。"①次章十四句,言此次陪侍来陵庙祭奠高祖,高祖衣冠虽已虚无早逝,但德行如陵上之草依旧焕发青葱的生命。如山间的松风与腾烟象征其绵延不绝之貌。文帝见之恭敬于心,臣民则以讴歌之音将高祖的千载德音书写在弦管和旌旗上,仿佛帝灵犹在。末章四句,李瀚注曰:"延年自言少时困于孤介之事,不能居少帝乱朝也。老时复谢幽静贞吉之道,亦不能就为恋文帝之德也。"②发轫犹谓弱冠之时,归轸犹谓暮年之时。早年入仕命多迍遭,暮年则宜万事莫为,以谨慎应对颠簸之险。末尾言志,可谓颜延之元嘉中后期的处世哲学,与《庭诰》实相呼应。此诗在艺术手法上,延续以往整饬绵密的风格,出辞规则矜持,多为《论语》《孝经》《周易》等儒家经典中语,不明典故则难明其义。整体风格上沉稳平缓,以自身陪侍的经历作为情感表达的基础,自然真挚。尤其是末尾言志,更是在颠簸后铭心刻骨的人生哲学。

谢灵运《庐陵王墓下作》作于元嘉三年(426),从永嘉返京都途经庐陵王墓时。庐陵王刘义真,宋武帝次子。聪明爱好文义,常与颜延之、谢灵运等游宴。时少帝失德,执政大臣欲谋废立,本应立义真。而义真有才无德,又与少帝不合,徐羡之等则将其谪为废人,徙新安郡,后又将其杀害。灵运因结交义真被贬往永嘉任太守,文帝即位铲除徐羡之等,追封庐陵王爵位如故,并诏回灵运等人。灵运从永嘉返回京都时经义真墓,伤义真之死而撰此诗:

> 晓月发云阳,落日次朱方。含凄泛广川,洒泪眺连冈。
> 眷言怀君子,沉痛结中肠。道消结愤懑,运开申悲凉。
> 神期恒若存,德音初不忘。徂谢易永久,松柏森已行。
> 延州协心许,楚老惜兰芳。解剑竟何及,抚坟徒自伤。

---

① (梁)萧统,编.(唐)李善,等注.六臣注文选[M].北京:中华书局,2012:434.
② (梁)萧统,编.(唐)李善,等注.六臣注文选[M].北京:中华书局,2012:434.

平生疑若人，通蔽互相妨。理感深情恸，定非识所将。
脆促良可哀，天柱特兼常。一随往化灭，安用空名扬？
举声沥已洒，长叹不成章。

前四句为第一章，首句承继游览诗纪游的形式，交代到达庐陵王墓地的时间已是傍晚时候。次章八句言追忆，来到故人墓前，所有往事故交重现，愈发牵引诗人的思念和悲痛。第三章四句陈情，用季札冢前赠剑、楚老哭吊龚胜两个典故，以表达往日与庐陵王知交的深厚情谊以及知音已逝、天人永隔的哀伤。末章十句说理和布怀。灵运感慨义真一生之通弊，如同自己，身份虽为贵胄，却零落至此。昔人已逝，化作虚无，即使名爵复归，也仅为虚名罢了。只有眼前的悲伤和追思，才是最深挚、真实的。谢灵运顺从性情的表现就是对赏心人或知音的追寻和维系。谢灵运对庐陵王诚为知交，不仅缘于义真的赏知，而且性情上为同好。黄节引陈胤倩曰："常论康乐情深，而多爱人也。惟其多爱，故山水亦爱，友朋亦爱。观《墓下》之作，哀惨异常，知忠义之感，亦非全伪。"①在艺术手法上，略带有山水诗的痕迹，纪游加说理的模式明显；在句式上，注重对仗和用典，尤其是"延州""楚老"两个典故运用巧妙，分别上下句义对仗。在陈情言志上，真挚达情有高古之致。

从颜、谢这两首哀伤诗，最能看出二者的性情。颜延之一生陪侍奉帝王之侧，故有主臣之谊。囿于庙堂诗体，颜延之诗虽颂王德者多，但亦具备了真情实感，将陪侍之情娓娓陈述，并且卒章明志，以表暮年处世态度。谢灵运的一生都在山林丘壑中追寻赏心人和生存意义，其诗歌创作往往体现出顺从性情的人生选择。此首哀伤诗即对人生中的一位赏心人庐陵王的追念和哀悼，因此用情至深。在艺术手法上，二诗皆整饬精练，颜诗章法绵密，用词古奥；谢诗层次分明，辞旨畅达。抒情言志上，颜诗延续传统诗歌起兴寓意，谢诗则着重于布情说理。

（四）赠答诗：矜重端庄/情思绵缈

颜延之《直东宫答郑尚书》作于义熙十四年（418），宋国初建，颜延之转太子舍人，在东宫任职。郑鲜之任太常都官尚书，举荐颜延之为博士，又赠

---

① 黄节，注.谢康乐诗注[M].北京：人民文学出版社，1958：68.

诗于颜延之，故颜延之作诗以赠答。全诗共20句，风格工丽华绮：

> 皇居体环极，设险只天工。两闱阻通轨，对禁限清风。
> 跂予旅东馆，徒歌属南墉。寝兴郁无已，起观辰汉中。
> 流云霭青阙，皓月鉴丹宫。踟蹰清防密，徙倚恒漏穷。
> 君子吐芳讯，感物恻余衷。惜无丘园秀，景行彼高松。
> 知言有诚贯，美价难克充。何以铭嘉贶，言树丝与桐。

首章四句，交代天子皇居与禁卫宫之地表晖丽万有，亦禁严难入。颜延之所在东宫与郑尚书所居中台之间隔着禁卫，只限清风出入，而常人不能随意走通。其意为自己不能与郑尚书会面。次章八句，记叙自己对友人郑尚书的思念。东馆即自己所在东宫，南墉即郑尚书所居。自己在东宫举足引颈长望，君子亦在南墉驻足徒歌，却是不见其人。因此，夜中难寐便起身仰望星空，流云和皓月缠绕并照耀着偌大的宫阙，却愈发突显宫中人的寂寞。于是，在宫廷内踟蹰，至拂晓都未曾入眠。末章八句，言收到郑尚书的赠诗，喜悦难掩，却也悲慨万分，怕自己才薄无丘园之美，不能书写君子高松般坚贞的美德。"知言"句，吕向注曰："郑所赠诗，有知言诚信之贯，我之才薄不能充所赠诗之美价也。"[①]这是颜延之的谦辞，将以树丝桐为鼓瑟乐章来铭记君子之嘉赠。颜延之与郑鲜之交情之笃在诗中体现得淋漓尽致，诗歌艺术技巧亦为上乘，虽过于缛丽，但情感的抒发在细节上是十分成功的。

另一首《赠王太常》作于暮年，王太常即王僧达，孝建三年（456）曾任太常。颜延之与王僧达为忘年之交，性情相投，情谊甚笃。24句可分三章，首章开篇12句对王僧达进行一番褒誉：

> 玉水记方流，璇源载圆折。蓄宝每希声，虽秘犹彰彻。
> 聆龙瞵九渊，闻凤窥丹穴。历听岂多士，旹然觏时哲。
> 舒文广国华，敷言远朝列。德辉灼邦懋，芳风被乡壸。

用"方流""圆折"两个典故，谓僧达的君子品性如同珠玉，虽隐幽深秘仍然彰显无遗。次行又并列一组典故九重之骊龙、丹穴之凤鸟来比喻僧达清高之誉乃实至名归，可谓之时哲。次行称赞僧达之文章亦如德行之美，书写文章

[①] （梁）萧统，编.（唐）李善，等注.六臣注文选[M].北京：中华书局，2012：482.

铺陈言论为宋朝增华,广庙堂之美。如此,僧达的美德可以光耀国邦,芬芳之气更可以化乡老之辈。可以看出,颜延之用至高的美誉加于王僧达之身,实则为对晚辈兼知音的高度认同和称美。

次章六句则叙述王僧达平日居处、交友以及二者之间的情谊。其尚幽居之美,开门遂见野阴之闲趣、山上松雪之明媚。林院虽开门很晚,但贵人的来访却绵延不绝。王僧达《答颜延年》使用同样的体式回赠,"结游略年义,笃顾弃浮沉。寒荣共偃曝,春酝时献斟"。具体叙述二人结交之谊。末章六句抒情达意:

> 静惟浃群化,徂生入穷节。
> 豫往诚欢歇,悲来非乐阕。
> 属美谢繁翰,遥怀具短札。

暮年的颜延之面对忘年之交僧达的高节幽居之美,感慨万事万物始终变化的自然现实,尤其为自己年老体衰的暮年境况感到忧伤。作为朋友之间的赠答诗,颜诗略显矜持贵重,颂美之音占据过半,文风典正可追及应制之作。其赠从兄之作《夏夜呈从兄散骑车长沙》,较之更加自然、清畅,特别是对自然物候的细致刻画,清音可嘉:"侧听风薄木,遥睇月开云。夜蝉堂夏急,阴虫先秋闻。"因此,颜诗整体风格上偏清雅之气。

谢灵运《登临海峤初发强中作,与从弟惠连,见羊、何共和之》于元嘉五年(428)隐居始宁时作。元嘉四年(427),谢灵运召为秘书监,不任要职,心怀愤懑,常出游肆行数十日不归,文帝遂赐假东归。灵运归隐始宁后,常与惠连、何长瑜、羊璇之、荀雍等人一同游乐山泽,时人谓之四友。从题目看,此为诗人将从临海出发作远游,从弟惠连相送于江岸,有感而作诗赠予惠连。全诗32句,八句一章,可分为四章。首章点明自己将作远游的时令以及与从弟惠连分别时不舍的情景:

> 杪秋寻远山,山远行不近。与子别山阿,含酸赴修畛。
> 中流袂就判,欲去情不忍。顾望脰未悁,汀曲舟已隐。

首句交代远游之时已为深秋,从弟前来为我送行。游兴虽是诗人所好,但与友分别却又悲苦难舍。频频挥动衣袖让其归去,反而对自己的离去感到不忍。再回首引颈长望,小舟已然驶离岸边愈来愈远。此处有值得注意的一个细节,诗人是站在对方的视角,设想其看着远远离去的小船隐没在汀曲云雾之中,视角出奇。

>隐汀绝望舟,骛棹逐惊流。欲抑一生欢,并奔千里游。
>日落当栖薄,系缆临江楼。岂惟夕情敛,忆尔共淹留。

次章类似顶针或会回文的方式,继之写既然视线断离,索性快速乘舟追赶急流。离思固然不能消除,那就将一生的欢乐寄予向远方前进奔腾的浪涛中,以赏游之趣作为补偿。暮色降临,则薄岸系舟。遍目所及,不见故人踪迹。离思之绪半点未曾减退,还是回想着与从弟共同游赏的快乐时光。至此可知,诗人的游行始终带着羁绊,在这一驰一挚中便生出心理上复杂的矛盾点。

>淹留昔时欢,复增今日叹。兹情已分虑,况乃协悲端。
>秋泉鸣北涧,哀猿响南峦。戚戚新别心,凄凄久念攒。

此章继上文而言昔日之欢与今日之别的对比,使得思念的情绪更加浓厚。而偏偏遇上深秋,潺潺山泉在回响,南峦山猿在悲鸣,离别之情愈发忧戚难抒,旧日的情谊亦随之翻滚,涌上心间。

>攒念攻别心,旦发清溪阴。暝投剡中宿,明登天姥岑。
>高高入云霓,还期那可寻。倘遇浮丘公,长绝子徽音。

末章言将寄之于远游及其远游的行程,清晨从清溪南出发,晚上投宿于剡中。次日登上天姥岑,欲入高山云雾以登高求仙,倘若遇到浮丘公来接,我就入山升仙,只怕就此断绝美音。以求仙结尾,将诗人的人生遐想和追求,与前面对从弟分离的苦楚形成对照,展现了诗人入世之情真与出世之高情的多元人格。

诗歌一章一换韵,运用顶真的修辞,造成回环往复的效果,在情感表达上更加缠绵多情,特别是今与昔、虚与实、求仙与离别等几组义项的对比,再加上诗人如泣如诉的表达,与谢之山水诗相比少一些整练,更多一分真诚。黄节注引方植之谓之曰:"绵邈真至,情味无穷。"①

---

① 黄节,注.谢康乐诗注[M].北京:人民文学出版社,1958:84.

《赠从弟惠连》体式如同上一首诗,五言40句,8句一章,共五章。此诗作于元嘉七年(430),谢惠连征为刘义康法曹参军。上任途中遇风,作《西陵遇风献康乐》寄予灵运,灵运以此诗回赠。诗歌内容以记叙自己与从弟惠连的友好情谊为主,同时表达对其深厚的思念。艺术手法上同于上一首赠答诗,采用顶针格,此种体式实际仿效曹植《白马篇》。黄节注引陈胤倩曰:"每篇合自然,其源于陈思《赠白马王》一篇章法。承接一丝不纷,至其情思缠绵,匠心直述,都无一字出于伪设,情真语自佳。"①

颜延之与谢灵运之间赠和诗《还旧园作见颜、范二中书诗》《和谢灵运》解析见本书第二章第二节"颜、谢交游考略"。除却这两首诗外,颜、谢赠答诗在章法结构上有很大不同,颜延之偏重于横向叙述,如论美德、文才等,谢灵运偏重于纵向流转叙述,如论往昔今日。其次在用词上,颜延之以整饬精练为美,谢灵运则以语畅意达为妙。在风格上,颜延之偏向典雅矜重,谢灵运则偏向流转自然。

(五)行旅诗:高古雄浑/自然清芬

颜延之《北使洛》作于义熙十二年(416),时刘裕北伐,授宋公。颜任豫章公世子中军行参军,被遣出使洛阳庆祝,并奉命参报起居。道经梁宋、荆楚之土,感乱而发,作此诗。全诗五言26句,可分为三章:

> 改服饬徒旅,首路跼险艰。振楫发吴洲,秣马陵楚山。
> 途出梁宋郊,道由周郑间。前登阳城路,日夕望三川。

首章言出发使洛的行程:舟行吴洲,陆行楚山;旁经梁宋,途经周郑。又过汝南阳城,才到达洛阳城。此后六句对应首句,言行旅之路艰难也。尤其第三、四句工整洗练,有汉魏风骨。后来,谢灵运在元嘉时期所作《拟魏太子邺中集诗》记"王粲":"整装辞秦川,秣马赴楚壤。"有异曲同工之妙。

> 在昔辍期运,经始阔圣贤。伊瀍绝津济,台馆无尺椽。
> 宫陛多巢穴,城阙生云烟。王猷升八表,嗟行方暮年。

次章紧承上节描叙洛阳城景象,经过晋乱后城内已无圣贤修缮治理,伊、瀍

---

① 黄节,注.谢康乐诗注[M].北京:人民文学出版社,1958:81.

二水津渡断绝，官署台阁之尺椽毁坏已久。宫殿内人去楼空，野鸟筑巢，远处城阙更是人烟荒芜，残破不堪。李善注"王猷"句曰："王道被于八荒，余行属于岁暮。"①言行旅之苦，而看到洛城乱象，心生悲凉。

> 阴风振凉野，飞云瞀穷天。临途未及引，置酒惨无言。
> 隐悯徒御悲，威迟良马烦。游役去芳时，归来屡徂愆。
> 蓬心既已矣，飞薄殊亦然。

末章起句写景，"凉野"出自陆机《苦寒行》："凉野多艰难"。北风振野，飞云穷天，一触觉、一视觉，皆极尽肃杀之气象。宴上高会进酒，却难抒一言。忧戚在我御马暮行，烦劳令良马踟蹰不前。回想离京之时乃春日，如今归程遥遥难免愆期。末句自伤也，言劳于行役之苦如同飞蓬，四处飘零，不能遂志。

此诗对洛城的描写以及寄托于自然景物的情感，读之真挚可想，浑然成章，具有相同艺术手法的另有《还至梁城作》，作于自洛阳返回至梁城时，末章曰：

> 故国多乔木，空城凝寒云。丘垄填郛郭，铭志灭无文。
> 木石扃幽闼，黍苗延高坟。惟彼雍门子，吁嗟孟尝君。
> 愚贱同埋灭，尊贵谁独闻。曷为久游客，忧念坐自殷。

首句对梁城的衰败的描写可谓苍凉高古，使用传统的意象，富有情感化的动词，细节的刻画等，令梁城的荒凉平面铺展，艺术可堪上乘。二诗借鉴了陆机行旅诗《赴洛道中作二首》等，情思不如，但文辞可追，沈约曰："文辞藻丽，为谢晦、傅亮所赏。"

值得注意的一首诗作即《始安郡还都与张湘州登巴陵城楼作》，是颜延之从始安郡返回京都，经湘州，与太守张邵同登岳阳楼感发怀古的佳作，承载了颜延之骨子里的真性情。对岳阳楼上所望之景，意境开阔、气象雄浑：

> 江汉分楚望，衡巫奠南服。三湘沦洞庭，七泽蔼荆牧。
> 经途延旧轨，登闉访川陆。水国周地险，河山信重复。
> 却倚云梦林，前瞻京台囿。清氛霁岳阳，曾晖薄澜澳。

---

① （梁）萧统，编.（唐）李善，等注.六臣注文选[M].北京：中华书局，2012：502.

开篇描述了湘州之地优越的自然位置,长江、汉水是楚地之脉,衡山、巫山奠定南方之基。三江之水融汇于洞庭湖内,七泽之气令荆牧生意勃发。登上岳阳楼望湘州,四周有江水环绕、河山护城,近处接靠云梦泽,前可望见京台园。岳阳楼上清芬之气萦绕,日光在水波上荡漾,景色美不胜收。面对如此浩瀚、壮丽的景色,诗人联想自己的遭际有所深思:

  凄矣自远风,伤哉千里目。万古陈往还,百代劳起伏。
  存没竟何人?炯介在明淑。请从上世人,归来艺桑竹。

登高怀远,伤感于宦海浮沉。古今皆有劳役于往还之苦,唯有心存耿介明达者才能亘古,不与尘世存没。不如归去,随其一同耕种田园以自乐。心存耿介明哲,这是颜延之对陶渊明精神的高度认同和欣赏,并与之成为知交的重要原因。

  谢灵运《永初三年七月十六日之郡初发都》作于被黜赴任永嘉太守之时。全诗24句,可分为三章,首章点明时令为深秋:

  述职期阑暑,理棹变金素。秋岸澄夕阴,火旻团朝露。
  辛苦谁为情,游子值颓暮。

谢灵运永嘉之行以舟行为主,"金素"为深秋。次句为行驶中所见两岸景色,似乎澄净可喜。但此去一番远程,却是以一名游子的心情,离开知己乡亲,颇为心酸苦楚。"辛苦"一句似祖袭陆机《赴洛诗》:"辛苦谁为心"。"颓暮"为伤己之辞,谢灵运时年38岁,非垂暮衰老之年。

  次章自"爱似庄念昔"至"徒乖魏王瓠"共14句,以抒情感怀为主。前四句以怀友思归为主题,用庄子爱畴昔、曾子敬故友两个典故,抒发离别难舍的怀土之情。后九句以谦辞表达内心的喟伤,连用李牧臂短、郤克跛足,并没有因为生理上的缺陷而见疏,反而成为重臣。诗人自比于《庄子》中畸形人支离疏,本身没有李牧、郤克建功立业的才华,但有幽栖乡里、颐养天年的打算。承蒙皇恩眷顾,并结交英贤之辈,此处应指庐陵王。"空班赵氏璧,徒乖魏王瓠",李善注:"见珍同乎赵璧为用,而乖魏瓠言无所施也。"[①]即,谢灵运受庐陵王器用,而自己才薄不能用于时,此为谦辞。

---

① (梁)萧统,编.(唐)李善,等注.六臣注文选[M].北京:中华书局,2012:496.

末章四句明志也。"从来渐二纪,始得傍归路。将穷山海迹,永绝赏心悟。"言出仕已过 24 年,今日方得归于山林丘壑。谢诗多处表白去官退隐的心志,如《初去郡》:"牵丝及元兴,解龟在景平。负心二十载,于今废将迎。"虽遂幽栖志,但也断绝了赏心人,这是谢灵运一生中的矛盾点之一。

此诗以第一人称表白心路历程,抒发情志浓厚,文人气更浓,而另一首《初发石首城》亦以抒发情志为主,但其艺术技巧和风格境界远远超越前者:

> 白珪尚可磨,斯言易为缁。遂抱中孚爻,犹劳贝锦诗。
> 寸心若不亮,微命察如丝。日月垂光景,成贷遂兼兹。
> 出宿薄京畿,晨装抟曾飔。重经平生别,再与朋知辞。
> 故山日已远,风波岂还时。迢迢万里帆,茫茫欲何之?
> 游当罗浮行,息必庐霍期。越海陵三山,游湘历九嶷。
> 钦圣若旦暮,怀贤亦凄其。皎皎明发心,不为岁寒欺。

此诗情志共三个层次:愤懑—迷茫—明志。诗歌创作于元嘉八年(431),谢灵运归隐东山,会稽太守孟𫖮弹劾其有异志,灵运进京辩诬,文帝贬其为临川太守。此诗为出发前往临川而作。首章八句,白珪、贝锦,李善注引《诗经·大雅·抑》曰:"白珪之玷尚可磨也,斯言之玷不可为也。"《诗经·小雅·巷伯》:"萋兮菲兮,成是贝锦。"郑玄注:"谗人集作己过以成于罪,犹女功之集彩色以成锦文也。"[①]以二词比拟孟𫖮对自己的诬陷之辞。"中孚",卦名,即诚信。诗人虽谗害仍守志不渝,故而承蒙文帝心如日月,赐官临川内史。

次章十二句言出发行程,一"再"字回顾永嘉之行,揭示内心的无奈,不知还期何时的悲伤和前路茫茫无涯的迷惘。随即想象远游为自解,罗浮山、庐山、霍山、三山、九嶷等均为仙人所居,实际上诗人欲以登山求仙为理想,最终化解内心的愤懑和迷茫。

末章八句则重新振奋精神,期圣慕贤以砥砺心志,抗表节操,不为小人谗言所辱伤。全诗一气呵成,化用《诗经》《易经》《庄子》《楚辞》等书中语词,锤炼出新奇、凝练的语言风格,尤其在表情达意上更加真诚、自然。

另,谢灵运行旅带有很强的自发性和主动性,常常亲自涉水采幽,因此

---

① (梁)萧统,编.(唐)李善,等注.六臣注文选[M].北京:中华书局,2012:499.

寓目之景成为其主要观察对象,如《初去郡》:"憩石挹飞泉,攀林塞落英。"《过始宁墅》《七里濑》《登江中孤屿》亦如是,以体物为主,体式章法如同谢灵运游览诗,兹不赘述。谢灵运贬往临川后诗作以抒怀遣情为主题,如《道路忆山中》整篇以抒情为主,伤绝、愤懑、思归等多重情绪齐发,老成苍劲。而且,思归情绪愈浓,较之在永嘉和始宁时期的诗作,风格更加沉郁,情感更加浑厚,没有前期诗作明媚自在。

颜延之行旅诗有西晋之风,高古雄浑出灵运之上;谢灵运行旅诗有古诗之气,寓情于景、情兴融合的艺术胜于颜。内容上,颜诗在描摹现实情境上取胜,谢诗以景物情态为长。章法结构上,颜、谢诗大多按照纪行—写景—抒情的顺序谋篇布局,颜诗较谢诗章法明练,先写景后抒情,秩序井然;谢诗略显疏荡,如整篇抒情,写景作为陪衬,或分散或集中,章无定法。语词上,颜、谢诗俱用典对仗,辞藻华丽,尽显元嘉特色。

颜、谢其他题材的诗歌,如乐府诗、咏史诗、杂拟等,既无同题之作,《文选》亦没有并行录入,而且不具备比较的标准,故而不作具体阐释。而有关二者比较重要的诗作,如颜延之《五君咏》、谢灵运《拟邺中咏八首》在文章第四部分会有进一步的探析。但在分析二者的艺术和风格中,是包含所有诗歌创作在内。

二、艺术技巧多重性

颜、谢在诗歌艺术技巧上开拓创新,在用词、语句的构建技巧上,一方面继承西晋繁缛绮丽的文风,一方面开拓出元嘉特色,主要体现为在有限的诗歌短句中嵌入声音与色彩,营造在场/缺席的错落,丰富诗歌的艺术形式;以凝视/珍爱审美观照世界,移情风景并回归现实/自我;创造出诗歌典型庙堂/山水,颜、谢各自塑造诗歌中情境/意境,一为写势,一为生意,熔铸了不同的诗歌和生命境界。

(一)在场/缺席:声色与造形

颜、谢延续魏晋以来绮丽的诗风,最为高明的是将清与丽发挥到极致,并且摆脱了柔靡的姿态，使得古诗既不失古典的优雅之貌，又存有当下络绎不绝的鲜活生意。其中一个突出表现为：对声色的发掘，触笔连类，层出不穷。钟嵘曾经评价颜、谢五言诗均尚巧似，刘勰论其讹而新，其意正是在此。声色对于诗歌的意义相当于行为对人生的价值，是彼此羁绊、映衬的关系，若要脱离，必然如同被裁掉枝干的枯木一般，刻板呆滞。刘宋之前的诗人十分注意巧用声色铺陈、比兴等等，可是直至刘宋，颜延之、谢灵运、鲍照等元嘉文学的链条上，古诗真正被赋予了典雅、清丽、青春、不拘等风格各色的外衣：颜延之的诗歌偏向典雅的礼服，即使偶尔身着清丽也是贵族彬彬有礼的姿态。谢灵运的诗歌总是偏爱自然又精致的时装，即使在粗乱无章的田野中依然清丽脱俗。

在修辞学中，我们可以将这种对景致的摹画称为造型艺术。陈望道先生在《修辞学发凡》中提出："要使语言不流于空洞玄虚而能再现出新鲜的意象，必得诉之于视觉（明暗、形状、色彩等）、触觉（温、冷、痛、压等觉）和运动感觉等等，把那空间的形象描出来。其方法，是在描绘对象物的性状，表现对象物的活动。"[①] 颜、谢极尽耳目之视听，将自然声色收之笔端，寓目辄书，状物造形，尽彰华彩。同时，二者在摹景状物的技巧上皆用足功夫，取景错落有致，视角灵活多转，将前人未行之路、未道之言、未见之景、未闻之音等等都书写了出来，成为诗歌中有独立价值的客观存在，自然之音、人事之声、绚丽之色占据了大量的篇幅。

1. 自然之音

颜延之的五言诗虽然庙堂之气甚浓，但清丽之句往往穿梭于庄重典雅的密句之中。其清丽主要体现于对景物的描摹，首先捕捉自然事物声音，再施以精巧的艺术表现形式，使自然之音跃然纸上：

> 原隰多悲凉，回飙卷高树。（《秋胡行》）
> 倚岩听绪风，攀林结留荑。（《和谢监灵运诗》）
> 阴风振凉野，飞云瞥穷天。（《北使洛诗》）
> 侧听风薄木，遥睇月开云。（《夏夜呈从兄散骑车长沙诗》）
> 松风遵路急，山烟冒垄生。（《拜陵庙作诗》）

---

① 陈望道.修辞学发凡[M].上海：上海教育出版社，2006：225.

春江壮风涛,兰野茂荑英。(《车驾幸京口侍游蒜山作》)
飞奔互流缀,缇縠代回环。(《应诏观北湖田收诗》)
秋飙冬未至,春液夏不涓。(《从军行》)

颜诗中以比拟的修辞赋予了"风"百种情态,尤其是"卷""振""薄"等动词的使动用法,一方面使"风"这一意象富有力量和生机,另一方面营造了幽静高古的意境。最后一句以"春液"喻"水",亦生气有加,可惜这样的佳句在颜诗中的比例甚少。而谢灵运对大自然的声音是极为敏感、关注的,谢诗中遍布了自然风物,并且灵活多变的艺术技巧使得大自然在谢灵运的笔下焕发出蓬勃生机与美感,以自然声响为例:

逆流触惊急,临圻阻参错。(《富春渚诗》)
濯流激浮湍,息阴倚密竿。(《道路忆山中诗》)
俯视乔木杪,仰聆大壑淙。(《于南山往北山经湖中瞻眺诗》)
荒林纷沃若,哀禽相叫啸。(《七里濑诗》)
秋泉鸣北涧,哀猿响南峦。(《登临海峤初发疆中作与从弟惠连……》)
潜虬媚幽姿,飞鸿响远音。(《登池上楼》)
猿鸣诚知曙,谷幽光未显。(《从斤竹涧越岭溪行》)
鸟鸣识夜栖,木落知风发。(《石门岩上宿》)
嗷嗷云中雁,举翮自委羽。(《应场》)

谢诗也写到"水流"之声,但不同于颜延之所见所闻之处,谢灵运是这个声音的施动者,是带有亲身体验的表达,因此更富有真实性和画面感。正是因为谢灵运主动亲近、走进大自然,从而有更多的见闻和感想。因此,哀猿、孤鸿成为谢诗中常见的意象,一方面突出谢灵运寻山造隐的频繁,另一方面衬托谢灵运赏游的孤独感。

2. 人事之音

将音乐之奏、文赋之咏、人为而发等声音与诗歌感发融合,增强诗歌情感的真实性与充实性,成为颜、谢五言诗的特色。如颜诗:

义心多苦调,密比金玉声。(《秋胡行》)
高张生绝弦,声急由调起。(《秋胡行》)
江南进荆艳,河激献赵讴。(《车驾幸京口三月三日侍游曲阿后湖作》)

流连河里游,恻怆《山阳赋》。(《五君咏·向常侍》)
横海咸飞骊,绝漠皆控弦。(《从军行》)
非怨杼轴劳,但念芳菲歇。(《为织女赠牵牛诗》)

以曲调的急缓密疏来展现心情的矛盾和冲突,绝弦喻命绝,调急喻心悲,人的情感乃由指上张弦的动作牵引,所奏之音突出主人的情感思想。另外,颜诗也有以祥和之乐歌颂王权者,如以楚歌"河激"之讴象征一片祥和、繁荣的景象。颜诗技巧高超之处,以人物传记的方式,用凝练的语词,化成工整对仗的诗句,如第四句,《山阳赋》即向秀之作《思旧赋》,使悲鸣带有了崇高和诗意。后两句,御马之声、控弦之声、机杼之声,皆展现了主人公的情态和风貌。

谢灵运五言诗中对音乐之声体现人物的情感的描写更加丰富,如:

楚艳起行戚,吴趋绝归欢。(《彭城宫中直感岁暮》)
安排徒空言,幽独赖鸣琴。(《晚出西射堂》)
依稀采菱歌,仿佛含嚬容。(《行田登海口盘屿山》)
采菱调易急,江南歌不缓。(《道路忆山中》)
凄凄明月吹,恻恻广陵散。(《道路忆山中》)
急弦动飞听,清歌拂梁尘。(《魏太子》)
哀音下回鹄,余哇彻清昊。(《平原侯植》)

谢灵运故乡在会稽,此地多习吴声。因此,江南吴声在谢的生命中的重量非同小可,而谢诗中也常常借鉴吴声民歌的艺术技巧。其族弟兼知交谢惠连更是写民歌的能匠,无疑对谢灵运的五言诗创作产生深远的影响。以上诸例便为明证,楚歌非吾土,故听之戚戚然;吴声是吾乡,故听之心欢愉。而只身事他乡,在异乡闻故乡之乐,心常恻恻,因此曲多偏急调。远离故乡,不得归隐,备感孤独,因此以鸣琴自宽。从诗句中,可以看出谢灵运的语词汲取民歌的艺术技巧,或用连绵叠词,或表达明白如话,不同于颜诗下功夫稠叠其辞的风格。

3. 绚丽之色

五言诗至刘宋,开启了声色之美。特别是谢灵运的山水诗,对游行中的山水林泉之景的细腻刻画和虚实想象,使得五言诗得到前所未见的生机和

活力。颜延之五言诗中色彩的运用继承传统的色调,使用"素""朱""丹"等,也有清丽的色彩,如"翠""葱"等:

> 昔辞秋未素,今也岁载华。(《秋胡行》)
> 攒素既森蔼,积翠亦葱芊。(《应诏观北湖田收》)
> 衣冠终冥漠,陵邑转葱青。(《拜陵庙作》)
> 流云霭青阙,皓月鉴丹宫。(《直东宫答郑尚书道子》)
> 虽惭丹腹施,未谓玄素睽。(《和谢监灵运》)

第二句以"素"对"翠",并且形容词用作名词,"攒""积"两个动词的使用组成新奇的词语,令一组原本平淡的色彩碰撞出夺目的光辉。谢灵运的五言诗常常能达到相似的艺术成就,如:

> 原隰荑绿柳,墟囿散红桃。(《从游京口北固应诏》)
> 述职期阑暑,理棹变金素。(《永初三年七月十六日之郡初发都》)
> 白云抱幽石,绿筱媚清涟。(《过始宁墅》)
> 连嶂叠巘崿,青翠杳深沉。
> 晓霜枫叶丹。夕曛岚气阴。(《晚出西射堂》)
> 白芷竞新苕,绿蘋齐初叶。(《登上戍石鼓山》)
> 残红被径隧,初绿杂浅深。(《读书斋》)
> 初篁苞绿箨,新蒲含紫茸。(《于南山往北山经湖中瞻眺》)
> 陵隰繁绿杞,墟囿粲红桃。(《入东道路》)
> 山桃发红萼,野蕨渐紫苞。(《酬从弟惠连》)

谢灵运用色彩特别大胆,斑斓的色彩不仅成为一种修饰,更不失为一种新奇、生动的诗中有画的艺术。此种诗中有画具体可感性强,不同于后代王维虚实相间、意境深远的诗中有画的艺术,谢诗以寓目所见,有意识地将景物的色彩融入诗歌,使之成为鲜活可感、自然美丽的生命,寄寓诗人第一时间的生命初体验。正是这种鲜活可感、自然美丽的展现,使大自然不再作为诗歌抒发情志的工具和附庸,而是成为诗歌中美丽的意象存在,是诗歌必不可少的元素。可以说,谢灵运是第一位将斑斓的色彩采纳入诗的诗人,并且对仗成组,如"红""紫""绿"交互成对,实现了诗歌如画的艺术境界。

当青云雾霭、山林丘壑、江河飞鸟、香草杂英等自然景观呈现诗人面前,诗人即将其客观呈现在五言诗中。这种客观存在又可以用西方哲学概念"在场"一词来阐释。"在场"是西方存在哲学中的概念,是指物体的客观存在,并且呈现在眼前的事物,它的存在具有直接性、无遮蔽性和澄明性。在场的往往是受关注的、发光的、富有生命的,颜、谢诗歌中的声色造形即为在场的表现。可我们读颜、谢诗歌,若单单痴迷于"春江壮风涛""池塘生春草"等警句,怕是无法理解其诗中真味。这就像过度聚焦客观存在而失去意蕴真理,因此在领会美丽的在场时需提高警惕,正是缺席才使存在真正被给予。"缺席"是与"在场"相对的概念,它具有间接性、隐蔽性乃至神秘性。在场/缺席类似于中国古代哲学中"存在"与"虚无",或者类似于中国画论中出与没、虚白。表现在中国文论中,类似于意象的具象与朦胧。二者统一于绘画、雕塑、文学等一切艺术形态中,在场以其活泼俱现的姿态活跃于视觉、听觉、触觉、味觉等,缺席以神秘的、不可见而可意识到的映衬在场,延长拓展在场的容量和深度。朱利安在《大象无形——或论绘画之非客体》中阐释绘画:"在场/缺席:专注于在场崇拜,并演化出一场缺席悲剧。它所期待的幸福和真理不止来自在场,不止来自对在场的亲密穿透或远程揭露,它使对在场的支配与完满相吻合;它只有靠着光亮才会抵达我们,在场发出光芒并填满空隙;在面对面的事件里产生了奇迹——出—神(ex-tase),神—视(ép-optie),降—临(par-ousie)("外于自身"—"转向"—"临近")。因此,如果说在场因聚焦而造成羁绊,那是因为在被播散和弥漫的东西里进行隔离,因为人们已选择将'存在'设在模糊混杂的东西的流动之外,并借助缺席来孤立它,圈限它,甚至镶嵌它。"[①]又,"中国文人画家会不断地开发这条原则:无论要展现怎样的现实,要想沉析它,只需让缺席渗透其中,使之摆脱那令其贫乏地封闭于自身的东西,摆脱它消失于其中的固执的无谓重复,从而通过它提供通向事物深度的入口;潜入缺席,不是为了虚化现实或故弄玄虚,而是为了提高其容量和才能"[②]。

颜、谢诗歌中的在场是一场胜利,并赢得了历史美名。同时,也应注意

---

① [法]朱利安.大象无形——或论绘画之非客体[M].张颖,译.开封:河南大学出版社,2017:20.
② [法]朱利安.大象无形——或论绘画之非客体[M].张颖,译.开封:河南大学出版社,2017:29.

其诗中的缺席,艺术的胜利绝非可以用完整的在场呈现来取得,就像绘画要留有虚白,雕塑要有断离,文学要言不尽意。它需要借助缺席彰显视觉盛宴,然后抽离、回归到抽象的精神世界,这样艺术就算是饱满的。颜延之应制诗为了状摹御驾的神圣,往往援引上古圣贤者的缺席去映衬突出,如"周御穷辙迹,夏载历山川。蓄轸岂明懋,善游皆圣仙"(《应诏观北湖田收》),然后再折返隆重的在场。再如《车驾幸京口侍游蒜山作》借助缺席的可见四周星辰之元天山、东岳泰山,峻峭的阳山、峡山、华山,衬托眼前蒜山地势之高、之险,谓之神营。谢灵运山水诗的在场与缺席联系得更加牢固:绚丽的在场(山水自然)不断激发诗人澄怀悟道的灵感,落寞的缺席(赏心)沉析诗人幽游的孤独,一起一落,一明一暗,一显一隐,使得艺术的张力浑然有度。总之,在场的同时要"挖掘缺席"①,缺席的背后往往寄寓诗人真实的情感,忽视缺席等同背弃诗人。比如,颜、谢诗歌中吟咏历史人物以表达情志或表现精神,再或者诗中描摹虚化、想象或期待的风景和人物,诸如此类不可见、不可触的意象便是缺席,如同绘画中幽微一样神秘而令人充满期待。颜、谢诗中有关声色的在场具有趋同性,也是其较具成就的。但从整体上探究,颜诗以人事、场面为佳,谢诗则以声色、行迹见长。而二者诗中的缺席恰恰是彼此的区别所在。颜诗中听不到"我"的声音面容,看不到"我"的喜怒哀乐;而谢诗中"我"存在于每一处丘壑,踏迹于每一处山林,"我"是一个幽独的形象存在,"赏心人"的缺席暂时让山水纷繁错综的喧哗和宁静不再成为焦点,于是"我"转回山林,希冀在对自然山水的审美观照中一心一意去寻找真理。可以说,对于声色造形,颜延之是站在凝视的高度,谢灵运则满怀珍爱。

(二)凝视/珍爱:移情与回归

所有的风景都不及聆听精神的愉悦,而愉悦是建立在对眼前景的感发的基础上。风景在诗人的眼眸风态百转,颜诗可以有高古雄浑者如"阴风振凉野,飞云瞀穷天"(《北使洛》),也可以有晖丽壮阔者如"清氛霁岳阳,曾晖薄澜澳"(《始安郡还都与张湘州登巴陵城楼作》)。谢灵运山水诗的自然清

---

① [法]朱利安.大象无形——或论绘画之非客体[M].张颖,译.开封:河南大学出版社,2017:38.

芬比比皆是,"风景将人与'道'重新连接起来,它是有效的媒介,是救赎性的媒介"①。在艺术中,风景是一种媒介。它可以具备独立的审美价值,这种价值放在诗歌里,确实有着绝对举足轻重的地位,若离开风景,诗歌便没有美妙可言。同样,风景只有真正进入诗人心中,才能得到真正的审美和解读。通过对风景的"猎取"和"展示",人的精神和生命才得以舒展和绽放。"人的种种渴念如何在风景之中获得满足;或者与其说风景满足种种渴念,仿佛那里存在着期待、紧张和诓骗似的,倒不如说,风景令它们放松纾解。它选择'粗糙',以(道家的)反文化对抗反对文明中日渐增多的繁缛,让本根(le foncier)得以重新发声,从而开辟出一块与政治保持距离的自由空间,这块空间并非野蛮之地,而是自然(le naturel)社会。"②自然为人类提供灵魂喘息的场所,这时才能聆听独处的声音——"我"的声音,放松的姿态、非功利的精神思索和沉淀才能使诗人找到自己,毕竟"人是审美观照的中心"③。人是审美观照的主体,自然是审美观照的对象。人只有通过与自然建立起联系,才能体会和感悟生命。这个联系最重要的一点就是移情。"审美活动的第一个因素是移情:我应体验(即看到并感知)他所体验的东西,站到他的位置上,仿佛与他重合为一。"④

钟嵘论及诗歌的感兴说,其《诗品》序曰:"若乃春风春鸟,秋月秋蝉,夏云暑雨,冬月祁寒,斯四候之感诸诗者也。"有感作诗是移情的前提和基础,而从己心揆度他(它)的心,将微妙的情感付诸巧妙的措辞,是移情的关键。颜、谢诗歌很注重动词、形容词等的使用,在描摹自然声色的诗句可见一斑:"松风遵路急,山烟冒垄生。"(颜延之《拜陵庙作诗》)"流云霭青阙,皓月鉴丹宫。"(颜延之《直东宫答郑尚书道子》)"白云抱幽石,绿筱媚清涟。"(谢灵运《过始宁墅》)"海鸥戏春岸,天鸡弄和风。"(《于南山往北山经湖中瞻眺》)从以上着重点的字眼都可以看出诗人对景物细微的观察,并且隐含着诗人或严肃或喜爱或清净或活泼等等某种情愫。这种着重字眼的功夫,已成诗歌

---

① [法]朱利安. 大象无形——或论绘画之非客体[M]. 张颖,译. 开封:河南大学出版社,2017:268.
② [法]朱利安. 大象无形——或论绘画之非客体[M]. 张颖,译. 开封:河南大学出版社,2017:295.
③ 钱中文,主编. 巴赫金全集[M]. 石家庄:河北教育出版社,1998:96.
④ 钱中文,主编. 巴赫金全集[M]. 石家庄:河北教育出版社,1998:121.

中常见的表达技巧。颜、谢诗歌移情的一个突出表现,即对联绵词的大规模使用,其力度之大,前所未及,并且开拓了传统中简单的同音联绵词,转向在动词、名词、形容词、动宾、状语等下功夫,如:

1. 双声

温渥浹舆隶,和惠属后筵。(《应诏观北湖田收》)
寡立非择方,刻意藉穷栖。(《和谢监灵运》)
倚岩听绪风,攀林结留荑。(《和谢监灵运》)
芬馥歇兰若,清越夺琳圭。(《和谢监灵运》)
伊瀍绝津济,台馆无尺椽。(《北使洛》)
宫陛多巢穴,城阙生云烟。(《北使洛》)
眇默轨路长,憔悴征戍勤。(《还至梁城作》)
流连河里游,恻怆山阳赋。(《五君咏·向常侍》)
非怨杼轴劳,但念芳菲歇。(《为织女赠牵牛》)
相鸣去涧汜,长江发江畿。(《归鸿诗》)
皦洁登云侣,连绵千里飞。(《归鸿诗》)
阳谷跃升,虞渊引落。(《善哉行》)
差池燕始飞,夭袅桃始荣。(《悲哉行》)
倏烁夕星流,昱奕朝露团。(《长歌行》)

2. 叠韵

松风遵路急,山烟冒垄生。(《拜陵庙作》)
炎天方埃郁,暑晏阒尘纷。(《夏夜呈从兄散骑车长沙》)
改服饬徒旅,首路跼险艰。(《北使洛》)
三春燠煦,九秋萧索。(《善哉行》)
石浅水潺湲,日落山照曜。(《七里濑》)
荒林纷沃若,哀禽相叫啸。(《七里濑》)
澹潋结寒姿,团栾润霜质。(《登永嘉绿嶂山》)
窈窕究天人,澄觞满金罍。(《拟魏太子邺中集·魏太子》)
加我怀缱绻,口脉情亦伤。(《作离合》)

3. 同音或双声叠韵

迟迟前途尽，依依造门基。(《秋胡行》)

行行去城邑，遥遥首丘园。(《挽歌》)

灼灼桃悦色，飞飞燕弄声。(《悲哉行》)

鄙哉愚人，戚戚怀瘼。善哉达士，滔滔处乐。(《善哉行》)

耿耿僚志，慊慊丘园。(《陇西行》)

粲粲乌有停，泛泛岂暂安。(《长歌行》)

岁岁层冰合，纷纷霰雪落。(《苦寒行》)

飕飕无久摇，皎皎几时洁。(《折杨柳行》)

萋萋春草生，王孙游有情。(《悲哉行》)

习习和风起，采采彤云浮。宛宛连螭蟠。裔裔振龙旒。(《缓歌行》)

苕苕历千载，遥遥播清尘。(《述祖德诗二首》)

凄凄阳卉腓，皎皎寒潭吉。(《九日从宋公戏马台集送孔令》)

草草眷徂物，契契矜岁殚。(《彭城宫中直感岁暮》)

析析就衰林，皎皎明秋月。(《邻里相送至方山》)

祁祁伤豳歌，萋萋感楚吟。(《登池上楼》)

戚戚感物叹，星星白发垂。(《游南亭》)

开春献初岁，白日出悠悠。(《郡东山望溟海》)

海岸常寥寥，空馆盈清思。(《游岭门山》)

莓莓兰渚急，藐藐苔岭高。(《石室山》)

川陆不可涉，汩汩莫与娱。(《登上戍石鼓山》)

活活夕流驶，嗷嗷夜猿啼。(《登石门最高顶》)

袅袅秋风过，萋萋春草繁。(《石门新营所住四面高山回溪》)

交交止栩黄，呦呦食萍鹿。(《过白岸亭》)

侧迳既窈窕，环洲亦玲珑。(《于南山往北山经湖中瞻眺》)

杳杳日西颓，漫漫长路迫。(《南楼中望所迟客》)

苹萍泛沉深，菰蒲冒清浅。(《从斤竹涧越岭溪行》)

鹭鹭挚方雏，纤纤麦垂苗。(《入东道路》)

戚戚新别心，凄凄久念攒。(《登临海峤初发疆中作与从弟惠连……》)

别时花灼灼，别后叶蓁蓁。(《答谢惠连》)

迢迢万里帆，茫茫终何之。(《初发石首城》)
亭亭晓月映，泠泠朝露滴。(《夜发石关亭》)
凄凄后霜柏，纳纳冲风菌。(《临终诗》)

不论是在结构上还是在内容上都充实、拓展了五言诗的内涵。尤其在用词上更加讲究新奇、对仗，双声对双声、叠韵对叠韵、双声对叠韵等，层次百出，整饬流丽。颜诗的特点以双声居多，使用偏正短语或形容词，且能够掷旧趋新，铸造奇辞。谢诗双声叠韵的密度和广度之大，有目共睹。其中以同音联绵词为主，多用于对景物情态的刻画上，联绵词的使用有重沓往复的效果，更能增加景物的真实感和画面感。论警句数量，颜虽不及谢，但在移情技巧上并不逊色。但有一点，颜延之的缺席却被在场生生挤兑出去，这个缺席者即"我"——诗人自己。因为"不论在何种情况下，在移情之后都必须回归到自我"[①]。谢灵运的山水诗三段式结构明显在收尾回归诗人自身，虽有玄言尾巴之讥，却也是"情化的山水"(萧驰《诗与它的山河：中古山水美感的生长》)可是，在颜延之绝大部分诗歌(应制诗)中，却消弭了自己的声音与情感。

"我"作为整个审美观照活动的中心，眼中之色、耳中之音均为主体——"我"的感知，客体通过"我"的书写才能成为人的文学、艺术，从这个角度上整个艺术行为或者文学创作活动才真正具有价值和意义。"这个世界是从我所处的唯一位置上作为具体而唯一的世界展现给我的。对于我的参与性的行动意识来说，这个世界作为建构的整体，分布在我行为发源的唯一中心——我的周围；要知道这个世界是由我发现的。……我的这种实际参与性，从存在的具体而唯一的角度出发，使时间获得了实在的分量，使空间有了可睹可感的价值，使一切方面(世界是人们实际而负责地体验着的统一的和唯一的整体)成为有分量的、非偶然的、有价值的东西。"[②]这可以和中国传统诗论——"诗言志"联系起来解读，诗歌不能脱离人的现实与精神世界，它不是风景画，不只是自然与社会的传声筒。它是饱含人的生命和精神的艺术形式，无论人在诗中是否在场，他仍然能通过缺席牵绊到自身，甚至比在场更加瞩目。颜延之早期所作行旅诗《北使洛》《还至梁城作》可谓情景俱

---

① 钱中文，主编.巴赫金全集[M].石家庄：河北教育出版社，1998：122.
② 钱中文，主编.巴赫金全集[M].石家庄：河北教育出版社，1998：57—58.

佳,首先取景都是用心发现,带着情感观照世界,世界自然反馈的是硕果。在行走、发现、体验、感知等一系列的过程中发掘美,体验生命,升华情感,这才使得诗歌"情喻渊深",价值长青。颜延之后期诗歌以应制为主,纵使将御驾仪仗表现得如何排场,始终不过是一场被精心安排的繁华,都不如表现情志来得永恒,故谓颜延之的应制诗"酷不入情"不为过。谢灵运在诗中成就了自己的形象和思想,他不仅是写诗,更是在写自己,写每一天的所见所闻所触所感,他将整个生命融进诗歌,诗歌便不再是诗歌,那是生命的华章。因此,当审美观照充满珍爱时,诗人的诗便富有无限生意。否则,诗歌便只是错落的文字而已。

"我"作为审美主体去观照世界之时,目光及其内心皆充满珍爱,审美对象在主体的聚焦流转中赋予了带有主观色彩的客观性,彼时获得感应互动的能量。相反,当审美对象脱离主体的参与,它便不再是审美客体,也便不再具有情感和活力,一切都只是因为它存在人的眼中才可发生能量的感应、冲撞和和谐。"(审美观照世界)是围绕着一个具体的价值中心而展开的,这是一个可以思考、可以观察、可以珍爱的中心。这个中心就是人。"[1]审美作为人的独特属性,因此审美主体具有唯一性、不可替代性,一切审美活动皆为人的活动,一切审美情感皆为人的情感。当人充满珍爱之时,自然皆着我之色彩(王国维),随着情感的繁富多情而显得多样、生动。一旦离开主体的审美,自然只为客观的存在,不再具备审美的动态。汉末五言诗以前的古诗讲求比兴,即带有审美的初体验,此时自然是诗人言志的载体,并没有与诗人情感实现无痕的融合。汉魏五言诗中书写风景延续着古诗比兴的传统,并有意识地通过整句对偶去表现诗歌的背景和氛围,如"秋风萧瑟天气凉,草木摇落露为霜"(曹丕《燕歌行》)。两晋之时,摹景之句渐次规模成篇,游仙诗、招隐诗、玄言诗等各种题材对景象的一定数量的书写,一句风景后不必紧接情志,写景与言志关系渐渐不必再那么紧密,即风景开始成为诗篇重要的组成部分,并且有了自身的审美价值和情趣。诗论家评价诗至刘宋,声色大开,乃指对风景的描摹刻画尽显雕琢之功。颜延之行旅诗《还至梁城作》,其对景致的描摹依然以抒发情志为主,"故国多乔木,空城凝寒云"对环

---

[1] 钱中文,主编.巴赫金全集[M].石家庄:河北教育出版社,1998:62.

境、氛围的渲染色彩浓重，可谓汉魏古诗的写法。后期诗作取景境界、局面逐次跌宕开来，"江汉分楚望，衡巫奠南服。三湘沦洞庭，七泽蔼荆牧"(《始安郡还都与张湘州登巴陵城楼作》)是前所未有之宏观写法。这种骈文化的写作手法在应制诗作中运用自如，如"万轴胤行卫，千翼泛飞浮"(《车驾幸京口三月三日侍游曲阿后湖作》)，可谓境界之大者。颜诗亦有以细节取胜处，如"松风遵路急，山烟冒垄生"等，但数量不多。而谢灵运山水诗以细节见长，比以往诗家的取景要新奇、多样，这得益于诗人付诸行动的审美活动：寻幽造隐，乐此不疲。因此，谢灵运诗中多为第一手素材，寓目之景大多为主动索求，如"扬帆采石华，挂席拾海月"(《游赤石进帆海》)。因此，所取之景生新出奇，视野全然不同古人，如"野旷沙岸净，天高秋月明"(《初去郡》)。不同于颜诗致力于营造宏观的场景，谢灵运所摹之景以精细、生机、明媚为主，措辞巧妙用心。可以说，谢灵运不只是用眼睛观察，面对山河风丽，谢灵运满怀珍爱的，"只有爱心才能把握和巩固这种多样性，才不至于失掉它冲淡它而只剩下干巴巴的基本线索和涵义成分……只有爱心才能在审美上成为能动的力量，只有与珍爱的东西相结合，才可能充分地表现多样性"①。风景的多样性、写作结构的统一性使得谢灵运的诗歌自成一体——大谢体，并受到时人的追捧和效仿。这皆源于谢灵运对审美客体的珍爱，因此能获得足够的力量描摹景物的每一处细节。

颜、谢俱为性情中人，他们对审美客体的珍爱也是不言而喻的，这分量亦足以使其诗出类拔萃。所不同的是，颜延之要对审美对象做出筛选，寓目色彩是庄重宏大者方可下笔，并且非得从满目生机中找出神圣因子加以歌颂，总要带一些思考和沉淀。因此，与其说珍爱，倒不如说凝视来得妥帖。

(三)情境/意境：写势与生意

颜、谢对审美客体的观照以凝视/珍爱的立场，很大程度上源于其创作的诗歌类型和风格。颜延之创作庙堂文学的典型，其应制诗错彩镂金，善于利用描绘的风景去经营宏观的场面，加之对偶与用典等骈俪化的修辞，使之成就庙堂大手笔的美誉。应制诗本就以典雅庄重为尚，若精于形制而乏文

---

① 钱中文，主编.巴赫金全集[M].石家庄：河北教育出版社，1998：64—65.

采必然失之堆砌枯燥,钟嵘谓颜延之有经纶文雅之大才,因此颜诗纵使极尽雕琢却也不乏匠心。颜诗描摹自然之音、色彩交织的诗句全然不输谢诗,然此非其特别之处。如果诗歌只在用词、色彩、声响等表面做文章,那它始终不能称为好诗。颜诗的特别之处在于营造"情境",此境不同于日常的小情境,而是有气势的大情境。寓目之景不作为主体,皆是为营造大场面的一个个点缀。大情境的主人公是王公贵族,诗人虽然作为参与者,但在诗中缺席或者旁观,他凝视着(带一些珍爱)去看待在场景变换下主人公的活动和这一活动的神圣意义。巡游、公宴是大情境中的事件,往往不是碎片化的,它具有庄重的仪式感。如《应诏宴曲水作诗》,叙述视角层次分明:文帝—储君—王公—臣子,各个主体围绕"文帝"这一中心展开,每一主体应宴的场景布置均和睦规整,旨归整齐划一,最终指向对君臣同乐、皇恩浩荡、圣世清明的吟诵。场面庄严恢宏,气势自然不在话下。论气势,颜诗尤其善于颂王游,彰显皇驾巡游的仪仗,"飞奔互流缀,缇毂代回环。神行坱浮景,争光溢中天"(《应诏观北湖田收》)。巡游的地点如"蒜山",在诗人笔下从"现实"演变成"神营",境界开阔的12句开场,极其彰显地势高峻险要的地理位置以及富有灵气的人文位置,远远超越了摹景状物的技巧,更突破了风景作为背景和渲染的狭隘格局。皇室巡游成为描绘和歌颂的对象,同时被赋予壮丽无比的气势和神圣感,这是以往古诗中从没有出现过的。因此,在摹景方面,颜诗是以境界取胜,他着眼于宏观的地理和人文环境,善于构织宏大的情境和恢宏的气势,去讴歌王权的神圣,其精神与格局并非一平凡诗家所能及。

  谢灵运创作出山水诗的典型。谢诗与颜诗最大的不同,就是谢灵运写的是自己,而颜延之将毕生的才华奉献给刘宋王朝。谢灵运的一生付诸丘壑,并以佛家的观照和道家的超脱去发现、去审美山水。加上谢灵运自诩为曹植以外第二才子,故其兴多才高,山水诗既天然又有雕饰的美妙。谢灵运的山水诗往往佳句丛生,这源于谢本身对自然和自己的珍爱,以己情揆度他物,以他物澄怀己心,物与我似乎若即若离,既明媚天然,又情满山河。谢诗中的风景是谢灵运主动探寻而得,因此,寓目能进入笔端者自然是诗人所喜爱的,每一个生命、每一类物种、每一处风景似乎都能新鲜地存活在谢灵运的诗中。谢诗中每一帧图景生发出水芙蓉之天然之美,正是形形色色的在场构成生命的图景,让诗人感觉到物的存在、自己的存在,而诗就是为了找寻多样的在场,在一片和谐中发现真理、阐释真理。毕达哥拉斯提出古希腊的第一个美学命题:"什么是最美的？——和谐。"①

可以说,谢灵运的山水诗呈现的意境是多样在场的和谐。天人合一是中国传统的思想观念,和谐便是中国传统美学的基点。中国的建筑讲求对称的和谐之美,诗歌讲究整齐划一的和谐之美,人与人之间更加主张以和为美。西方对和谐的美与中国不同,以美的客体为主,邓晓芒提出:"西方美学强调美的对象性,中国美学强调审美感受的主观性……中国美学并不是一种单纯的主体审美活动的反映,而是一种天人合一的宇宙观。"②谢灵运的山水诗就具有如此的特征,大段大段对山水的铺展极富天然真趣,最后还是回归对自我的观照。这是一种在自然和自我之间的寻找平衡,不过谢灵运已经渐渐接近西方的美感体验。"古代中国人的'天'是伦理等级的天,希腊人眼里的人则是自然界中的一种可以客观考察和研究的自然现象。……希腊人想象自己与天地万物有精神上的相通,是由于有物质构成上的齐一。他们充满信心地去认识整个自然界,去寻找支配万物的那个最终本原和始基。……这种万物有灵的思想在两千年后的文艺复兴时期,再次向西方人打开了一个美丽诱人的世界,促使人们投身于亲切的大自然,热爱它、描绘它、理解它、听它的话。"③谢灵运的高明之处,在于他能够彻底摆脱自然是说理的附庸,提高自然独立的价值,不让它极端配合人的意志。这就是谢灵运的智慧和眼界。

美是和谐的,斗争性也是美的,没有斗争就没有和谐可言,甚至有时可以说不和谐的美要高于和谐的美。赫拉克利特认为:"不同的音调造成最美的和谐;一切都是斗争所产生的。"邓晓芒阐释为:"和谐就是对立面的统一,只有不和谐、斗争才能造成最美的和谐。"④这就是中国古代老子的相生相成的智慧,也是孔子"和而不同"的智慧。谢灵运山水诗的玄言尾巴一直被人诟病,其实我们可以从对立面考察,正是玄言的尾巴成就了谢灵运的山水

---

① [法]莱昂·罗斑.希腊思想和科学精神的起源[M].陈修斋,译.段德智,修订.桂林:广西师范大学出版社,2003:57.
② 邓晓芒.西方美学史纲[M].武汉:武汉大学出版社,2008:3.
③ 邓晓芒.西方美学史纲[M].武汉:武汉大学出版社,2008:12—13.
④ 邓晓芒.西方美学史纲[M].武汉:武汉大学出版社,2008:16.

诗,在谢灵运的眼中,玄言尾巴和自然景色是融为一体的,对自然的圆览观照、对山水林泉的书写是美的,同时在这种自然之美要融进"我"的悟道,我对自然的认识必须用玄言的方式表达出来,不然对自然的书写止于表面,表面的和谐是真正的和谐吗?文字书写的自然是真正的美吗?这都需要从自我认识和对自然的认知中寻找答案,也是美学思想中缺一不可的。谢灵运的山水诗自然是明媚可爱的,但终究不以纪游咏物为旨归,他把平生的旨趣寄托于游览后的悟道。"谢灵运的山水诗……从深层结构来讲却可以说是一个触物起累—伏累—灭累而证悟理体、达到自性光明的思绪流程。"[①]悟道的思绪往往带有谈玄的味道,兼带一些牢骚、感慨的愁思。从谢氏文集中大致上可以看出谢灵运内心对建功立业的渴望与东山高卧归隐山林的逸趣的矛盾,而这种矛盾大约羁绊了诗人的一生,他最终也没得到答案,更没做出坚定的选择。尤其是山水诗,谢灵运将内心的诉求和悟道毫无遮掩、不遗余力地贯穿在诗歌的书写中,使得后世诟病他的山水诗有一条玄言的尾巴。而我认为就是因为有"玄言的尾巴",才能将谢灵运的山水诗区别于他人。首先,因为有"玄言悟道"才没有将谢灵运与魏晋玄学彻底分裂,谢的思想中仍旧沿袭着那个时代对魏晋玄学的期待和向往,玄学仍旧是那个短暂的年代中思想和风流的标志,也是中国士大夫、传统知识分子在旧的王朝逝去、新的王朝兴起时对新精神新面貌进行不断摸索和磨合的过程。更何况,归隐逸趣始终是中国士大夫对品性高洁的坚持和向往。其次,"诗言志"不能仅仅局限于对人的基本感知即感性比如愤懑、愉悦等的抒发,更应该包括人的理性,人对自己的认识,对社会和世界的本质的看法。加之,谢的玄言总会夹杂着个人情绪如遗憾、愧疚、豁达等众多情感的揉合,相比之晋代玄言诗说理的无趣和枯燥,谢诗的玄言是有意味的玄言,他的说理是有意味的说理,因为他的玄言说理建立在人的情感的发端,建立在关注内心的想法这个基础上,与前贤干瘪的无关痛痒的说理完全不同。因此,"玄言的尾巴"不能说是谢诗中的白璧微瑕,反而应该成为我们理解谢灵运这个人物的线索,更应该成为他的五言诗充满思想光芒的令人欣赏的重要组成部分。

[①] 马晓坤.趣闲而思远——文化视野中的陶渊明、谢灵运诗境研究[M].杭州:浙江大学出版社,2005:234.

尽管颜、谢在情境/意境的塑造上各有千秋,但在具体的匠运技巧可谓殊途同归,其中对"对偶"和"用典"两大艺术类型的运用可谓蔚为大观,是以往诗人所难以企及的。颜、谢诗句式以对偶为主,以对仗为长,种类丰富,变化灵活。刘勰《文心雕龙·丽辞》曰:"夫心生文辞,运裁百虑,高下相须,自然成对。"①《文境秘府论》将对仗细分为"的名对""隔句对""双拟对""联绵对""双声对""叠韵对""互成对"等共29种,其北卷《论对属》曰:"凡为文章,皆须对属;诚以事不孤立,必有配匹而成。"②其中按照《文境秘府论》的分类,以双声叠韵之对偶为"赋体对",从上节颜、谢使用双声叠韵的密度来看,其"赋体对"占据很大部分的分量。综合颜、谢诗集,对仗实则以"的名对"居多,谢灵运诗偶见联绵对,如"摘芳芳靡谖,愉乐乐不燮"(《登上戍石鼓山》)。亦有背体对,如"进德智所拙,退耕力不任"(《登池上楼》)。但此种形式的对偶对仗不多。林静《谢灵运山水诗对句艺术探微》将谢灵运写景对句新的结构模式分为"二一二""二三",偏向于诗歌的韵律方面,不够细致多面。因此,本节从词性和语法结构上重新划分,将颜、谢所用对偶与对仗的技巧大致划分为名词、动词、形容词、主谓、动宾、述补等类型。

　　九逝非空思,七襄无成文。(《直东宫答郑尚书道子》)名词(数字对)
　　千顷带远堤,万里泻长汀。(《白石严下径行田》)名词(数字对)
　　秋飙冬未至,春液夏不涓。(《从军行》)名词(时候对)
　　昼夜蔽日月,冬夏共霜雪。(《登庐山绝顶望诸峤》)名词(时候对)
　　闽烽指荆吴,胡埃属幽燕。(《从军行》)名词(朝代对)
　　幽厉昔崩乱,桓灵今板荡。(《拟魏太子邺中集诗》)名词(朝代对)
　　周南悲昔老,留滞感遗氓。(《侍游蒜山作》)名词(人物对)
　　嵇公理既迫,霍生命亦殒。(《临终诗》)名词(人物对)
　　椅梧倾高凤,寒谷待鸣律。(《秋胡行》)名词(事物对)
　　云日相辉映,空水共澄鲜。(《登江中孤屿》)名词(事物对)
　　阳陆团精气,阴谷曳寒烟。(《应诏观北湖田收》)动词
　　采蕙遵大薄,搴若履长洲。(《郡东山望溟海》)动词

---

① (梁)刘勰,著.范文澜,注.文心雕龙注[M].北京:人民文学出版社,1958:588.
② [日]遍照金刚.文境秘府论[M].北京:人民文学出版社,1975:225.

流云霭青阙,皓月鉴丹宫。(《直东宫答郑尚书道子》)形容词
白华缟阳林,紫藟晔春流。(《郡东山望溟海》)形容词
金练照海浦,茄鼓震溟洲。(《车驾幸京口侍游蒜山作》)主谓
洲岛骤回合,圻岸屡崩奔。(《入彭蠡湖口》)主谓
倚岩听绪风,攀林结留荑。(《和谢监灵运》)动宾
俯视乔木杪,仰聆大壑淙。(《于南山往北山经湖中瞻眺》)动宾
日暮行采归,物色桑榆时。(《秋胡行》)述补
策马步兰皋,绁控息椒丘。(《东山望海》)述补

综上可见,颜、谢在一句之中对名词、动词、形容词等的交互使用以及两句之内简单句与复杂句式的对偶与对仗已经大大超越了前代,并且占据大半篇幅。颜、谢有意识地将对仗在诗句对偶技巧中的作用发挥到极致,使之成为诗歌不可分割的一部分。研究者多推谢灵运以对句为工,如严羽《沧浪诗话·诗评》曰:"灵运之诗,已是彻首尾成对句矣。"赵翼《瓯北诗话》:"自谢灵运辈始以对属为工,已为律诗开端。"林庚先生《中国文学简史》认为谢灵运是正式把诗歌带入骈俪的第一人。[①] 韩经太论:"格律诗的生成轨迹与山水诗的生成轨迹之间,具有某种同步性和同构性。……故谢灵运山水诗对句的语言艺术特征,便不失为声律意象构思模式之雏形。"[②]可见,这种整齐划一、长篇对仗的修辞技巧成为诗歌骈俪化的标志,也是诗歌律化进程中必要的推力。虽然,谢灵运所用对句在技巧上要比颜延之丰富、灵活得多,但在密度和使用频率上二者不分伯仲。可以说,颜、谢共同推进了诗歌的骈俪化和律化的进程。

其次谈谈用典。颜延之被认为用事为博的第一人。钟嵘《诗品》论颜延之"喜用古事",并称用事至"颜延、谢庄,尤为繁密,于时化之。故大明、泰始中,文章殆同书抄"[③]。自颜延之开启用事,宋末至齐梁则仿效演变为隶事逞才炫博的社会风气。故宋代张戒《岁寒堂诗话》称:"诗以用事为博,始于

[①] 林庚.中国文学简史[M].北京:北京大学出版社,1988:174.
[②] 韩经太.海日生残夜江春入旧年——声律意象与中国诗歌语言艺术[N].光明日报,2020-04-05(05).
[③] (梁)钟嵘,著.曹旭,集注.诗品集注(增订本)[M].上海:上海古籍出版社,2011:228.

颜光禄而极于杜子美。"①当代研究者谌东飚《颜延之研究》第五章"颜延之诗中的用典"以颜诗《赠王太常》用典次数达46%为例，总结颜延之用典密度加大的特征，常常一句一典或多典，打破以往多句一典的形式；用典方法多样，可分为"集锦""截取成词""浓缩"等再创造。颜诗的体材多为应制诗，故以典雅谨严见长，用词多取用古书，尤其是"四书五经"，如《应诏曲水作诗》引用《诗经》《尚书》《周礼》《周易》《春秋》《左传》《尔雅》等，以截取成词为主，若不通其典则难知其义，不同于建安、西晋引典单一、意义明确的用典方式。谢灵运用典也十分丰富，黄节《谢康乐诗注》序曰："康乐之诗，合《诗》、《易》、聃、周、《骚》、《辩》、仙、释以成之。"李光哲《谢诗用典之探析》统计谢诗引《诗经》183次、《尚书》32次、《礼记》28次、《周易》63次、《左传》39次、《论语》60次、《史记》47次，并称用典"形成其'富艳难踪'的风格"②。从用典内容上，谢灵运偏重于老庄、易经、史传、文赋等，颜延之则偏向诗书、五经、子集等；从引用技巧上，谢灵运偏重于取义，保留典故原来的含义，并且借以抒发己志，可谓用典明显、契合无瑕。明代王世懋谓谢诗用典"剪裁之妙，千古为宗"③。颜延之偏重于取辞为己用，往往舍弃语词本身的含义，应用于新的表达，用典隐晦、措辞矜练。建安、西晋诗人丰富的创作经验和艺术成就，不论在句式上，抑或在语词、句义上皆启发了颜、谢在艺术技巧上借鉴前贤的致力方向。因此，经史子集、诗文赋作等皆可以成为二者汲取养分的源泉。翻阅颜、谢本集不难发现，二者诗歌对偶、用典均大大超越了前代。尤其是颜延之，化用典故的技巧和使用典故的密度，开启了用典以彰显诗歌艺术技巧的风气。

情境/意境的产生很大程度上依附于诗歌的主题或者类型，因此诗人总要营造相匹配的修辞场合。"修辞场合的核心是在场的人，包括听话人和第三方，也包括说话人自己。……按照说话人和听话人的关系，场合分为权力场合（即正式场合）和平等场合。"④按照修辞场合类型的划分，颜延之的诗

---

① 丁福保,辑.历代诗话续编[M].北京：中华书局,1983：452.
② [韩]李光哲,撰.谢诗用典之探析[C]//宋红,译.日韩谢灵运研究译文集.桂林：广西师范大学出版社,2001：202.
③ （明）王世懋,撰.艺圃撷余不分卷[M].清刻说郛续本.
④ 解正明.修辞诗学[M].北京：光明日报出版社,2016：148.

歌应属于权力场合，谢诗当属于平等场合。颜延之的应制诗的在场是王权贵胄，听话人（读者）、第三方均为皇帝的臣子，这就意味着颜诗是学院精英文学，它的听众或读者必定是朝廷诸臣。而受话人的实际感觉和认识决定表述（作品）风格，因此，颜诗的侍宴应制等主题决定着诗歌的艺术风格必以雅正为主。又，颜诗的在场对象是皇室庙堂，自然书写以场景为重、以情境为长。谢灵运的诗在场是自然，听话人和第三方都可以是你、我、他当中的任何一人，因此风格自由不拘。正是因为任自然、不拘束，才可以深入意境，达到远而静的高度。情境/意境并无高下之分，只是受限于不同的诗歌主题各自生发出来的艺术技巧。

如果一首诗歌有灵魂，那么它在于诗人的境界，如果一首诗歌有生命，那么它在于营造的意境。颜延之拥有境界，谢灵运拥有意境，因此，颜、谢诗歌艺术成就大小也不必非得分出胜负。只是要懂得从纷繁的艺术技巧和风格特征中看出二者的差异，便是读诗读得透彻了。

三、风格特征擅奇处

颜延之与谢灵运在丰富的创作经验和成功的艺术技巧中逐渐形成了鲜明的时代风格特征，即以才高词华、善构巧似铸就元嘉一代的诗风，区别于东晋寡淡无味的玄言诗风，同时创造出自己独特的风格，擅奇当时。颜延之诗歌以施彩雕饰为长，措辞华丽典雅，形成错彩镂金的艺术风格；谢灵运语出天然，取典无缝，以处处体现性情为要旨，形成兴会标举的艺术风格。

（一）"才高词华"/"善构巧似"

颜、谢五言诗不同于建安古朴、自然的创作诗风，也不同于西晋稍入轻绮的创作风气，其以织词为工，用词不再讲究质朴，而化用古典入诗，或用以创造新词，或用以表达宗旨，诗歌的内容也不再局限于以单纯的表达情志为中心，而以描摹场面景象为主。故刘勰称颜、谢重叶以凤彩，裴子野谓之"箴绣鞶帨"，都是指颜、谢在构词上讲究华丽。而钟嵘谓颜、谢皆善巧似之言，主要是根据二者诗歌上描摹自然与人事景象的非凡技巧而言。故颜、谢"才

"高词华、善构巧似"的艺术风格主要体现为三个方面：

其一，博学多才，尤善织词。颜延之用词的非凡之处在于对古典文献的熟练把握和提炼，往往能够灵活运用或顺势创造出新奇、凝练的词语。比如写"船"，可以用"神御""藻舟""千翼""航琛"等诸多丰富的词语指代，尤其是一些名物的称谓，"攒素""积翠""胐魄"等更加新奇、生动。颜诗用典技巧高妙之处，就是在于能够截取成词，营造出新颖、奇特的丽词。同时，颜诗赋予庙堂典雅之气，绝不作俚俗之语，故用词偏向雅丽。谢灵运不同于颜延之之处，在于其能够将最平凡的词巧妙组合，营造出不一样的视觉效果，如"海月""天鸡""春草""园柳"等等，另外，谢灵运将大量的自然风物写入诗中，展现其审美，也成为谢诗的一大特色，如"菰蒲""山椒""莓兰"等，因此谢诗有风流自然之誉。

其二，善视善闻，还原本真。颜、谢诗中花费大量的篇幅摹写自然或人事的场景和情态。如颜延之书写王游的阵仗、游览的次序，无不还原了宋文帝游览的恢宏场面。单纯的叙述和描写并不能够突出颜诗的独特之处，故颜诗抓住细节，刻画细节，由陆地到舟行，由平地到高台，由声音到色彩，由自然及人事，章法稳健，步步为营。因此，颜诗的艺术成就并不局限在静态的用词和篇章布局上，而更体现于颜诗所创造出的恢宏场景和境界气势。谢灵运以纪游的形式，将所见所闻，书于纸上。以主人公的角度实地观察和自在书写，用一系列的色彩和声音，展现自然山水林泉的生命和活力，使用高低远近交互变换的视角，展现自然的静谧和变化。用敏锐的嗅觉和触觉，感受身边物候的转变，从自然景物的真实情态和随时运转的变化规律中体现出诗人的志趣和心态的不同。因此，谢诗是充满真实感和生命感的诗歌。

其三，骈俪对偶，写象丛生。单单注意自然景物的细节对于诗人来说是远远不够的，更为重要的是如何在有限的篇章内书写有限的风景。颜、谢在这一方面上展现出不谋而合的默契，使用骈俪的修辞，大量使用对比、对仗、对偶等艺术表现形式，将色彩、声音、动作、方位、时间、行程等等自然与人事揉合一起，在写景写象上，或广角审视，如"野旷沙岸净，天高秋月明"，或细致体物，如"翩若珪屑，晰如瑶粒"，事不孤立，景必偶对，形成细致入微且万象丛生"尚巧似"的风格特征。

(二)"错彩镂金"/"出水芙蓉"

颜延之曾问鲍照自己与谢灵运的诗歌优劣,鲍照曰:"谢五言如初发芙蓉,自然可爱;君诗若铺锦列绣,亦雕缋满眼。"[1]鲍照的好友汤惠休亦有相似的评价,见钟嵘《诗品》"颜延之"条:"汤惠休曰:'谢诗如芙蓉出水,颜如错彩镂金。'颜终身病之。"[2]曹旭先生注曰:"芙蓉出水,芙蓉花亭亭玉立于碧水之上。此喻灵运诗清新秀拔,自然可爱……错彩镂金,错比色彩、镂刻花纹。喻延之诗人工雕琢。此谓汤惠休曾经说:'谢灵运诗好像芙蓉花亭亭玉立于碧水之上,颜延之诗好像比色彩、镂刻花纹。'"[3]自此,错彩镂金与出水芙蓉便成为颜、谢诗歌风格的专有名词,并成为中国诗学理论上的两种审美品格,宗白华称其"代表了中国美学史上两种不同的美感或美的理想"[4],并且深入其他艺术形式理论批评。

"错彩镂金"即雕饰之美,重古典,重安排。具体体现在两点:其一,语词择取偏向华丽典雅。颜延之十分尊尚风雅之气,以《诗经》为祖,同时也崇尚秦汉弘丽之声。因此其作诗在语词上十分慎重,索经取典以能事为工,从不轻易出语。出语并成对,以骈俪为宗。尤其是名物的修饰,往往使用偏正短语或动宾短语的结构,丰富了语义,同时减少虚词的使用,丰富了一联诗句所表达的内容和内涵层次。其二,图景和情景的勾勒偏向恢宏壮丽。颜延之不论对皇帝游览的阵仗气势还是对岳阳楼的登临之景的刻画,都依照谨严的次序,或由低至高,或由远及近,且对人事场景和自然景物的描写运用成组的排比、对偶彰显出恢宏的气势。颜延之的侍游诗犹如一幅圣上行驾山河图,布景谨严有序,装点富丽堂皇,一张一弛,极尽典雅显贵之气。

"出水芙蓉"即自然之美,时时新,时时奇。具体表现在两点:其一,对自然景物的精心安排和布局。谢灵运尤其善于细致刻画自然景物,或使用明媚的色彩和光感,或使用拟人化的修辞赋予景物人的姿态和动作,或使用远与近、朝与夕等时空的随时转换。其二,情感在情景中的自然安放,情与理

---

[1] (唐)李延寿,撰.南史[M].北京:中华书局,1975:881.
[2] (梁)钟嵘,撰.曹旭,集注.诗品集注增订本[M].上海:上海古籍出版社,2011:351.
[3] (梁)钟嵘,撰.曹旭,集注.诗品集注增订本[M].上海:上海古籍出版社,2011:357.
[4] 宗白华.美学散步[M].上海:上海人民出版社,1981:34.

的融合。林文月评价:"唯独谢灵运能用一双欣赏的眼睛去观赏大自然,用一支写景的笔去描写山水,把自然景物从陪衬情思的客位元提高为诗的内容的主位。"①谢灵运的写景不存在目的性,作为自然审美的存在,也是诗人心境纯粹的展现。谢灵运打破自然为抒发情志的附庸这一传统,而选择在对自然之美整体观照中,感发生命和觉悟。在这个意义上,类似于许云和的论点,即出水芙蓉是形容谢诗具有高尚脱俗的品格。谢灵运五言诗的自然美并非寡淡的自然风物的铺展和堆砌,相反,它本身既带有诗歌华美的辞藻外衣,又融汇于诗人的情感。如果将谢诗用一幅画来形容,它是一幅山水行旅图。局部用亮丽的色彩点缀山径两旁的植物,明媚繁富。整体上,勾勒山泉的明净和清幽,有若明镜高台的审视和纯粹之美,令人遐想。颜延之称赞其有芬馥清越之美。小处着眼,大处晕染,聚焦于随机寓目的山川草木,展现其自然之美的色彩和声响,又将自己的心迹贯穿于整个山水涉险体验中,看似专心写物,实则遣怀抒懑,说理谈玄。

(三)"体裁明密"/"兴会标举"

梁沈约《宋书·谢灵运传论》曰:"爰逮宋氏,颜、谢腾声。灵运之兴会标举,延年之体裁明密,并方轨前秀,垂范后昆。"②在沈约看来,颜延之文学创作突出的风格在于体裁明密,谢灵运的特色则是标举兴会。沈约的评价可谓有识断,颜诗在措辞上以错彩镂金为贵,自然会影响到文学作品的语言、章句等方面的布局和架构。钟嵘《诗品》评颜诗"体裁绮密",亦是说颜延之在谋篇布局上的得心应手。而谢灵运在谋篇布局上也形成自己的一套范式,如山水诗叙述、写景、说理典型的三段式结构。萧涤非谓:"汉诗浑成,无一定法。至康乐、明远,则段落分明,章法紧严矣。"③这是针对谢诗宏观的大判断,无可厚非。但细细探究起来,谢灵运在章法上究竟不如颜延之稳顺,故有疏荡之讥。不过,谢灵运在句法上的讲究和安排,却是颜延之望之不及的,故钟嵘谓之"名章迥句,处处间起"。可以说,颜擅章法,谢擅句法。

---

① 林文月.谢灵运[M].北京:生活·读书·新知三联书店,2014:155.
② (梁)沈约,撰.宋书[M].北京:中华书局,1974:1778—1779.
③ 萧涤非.读谢康乐诗札记[J].中国文学会月刊,1931,1(04).

谢灵运的高妙之处还不在于章句的具体布置技巧,而是在于谢灵运对自然的感兴和领悟,这是其区别于颜延之最大之处。

"体裁明密",即着重于谋篇布局,结构上绵密谨严。颜延之现存诗歌近30首,其中20句以上有15首,以《秋胡行》最长,90句。次属四言诗《皇太子释奠会作》,74句。二诗皆分为九章分述,叙事抒情,层次分明。沈德潜《古诗源》称《秋胡行》"无古乐府之警健,然章法绵密,布置稳顺,在延之为上乘矣"①。在阐释颜、谢诗歌题材一节中,其创作的侍宴诗、游览诗、行旅诗等,皆以20句左右结篇,且在结构上至少分三章,章与章之间过渡自然,内容上渐次铺展,通篇叙事与抒情结合,浑然一体。颜延之不仅在章法上布置稳健,而且在句法、词法等方面更考究。本书在颜、谢的诗歌艺术技巧中,分析颜、谢使用名词、动词、形容词,双声、叠韵联绵词,采取主谓、偏正、动宾、述补等多样的语法结构,再运用对仗、拟人的修辞手法布置诗句,也可以视作体裁明密的表现形式。

"兴会标举",即标举兴会,诗歌注重情感的感兴领会。管雄在《说"兴会标举"》一文中对谢灵运之"兴会标举"作了比较翔实的阐释。首先,"兴会标举"在南朝文献中多有使用,如《颜氏家训》"标举兴会,发引性灵"。"标举兴会"是与"发引性灵"联系在一起的。另,引《文选》李善注,兴会,情兴所会也。谢灵运的山水诗,则是通过山水田园,以寄托情志,发引性灵。其次,沈约此处之"兴会",与萧子显"图写情兴"(《南齐书·文学传论》)以及王羲之"兴感之由"(《兰亭集序》)是一致的。第三,"兴会"二字连用,也有兴之所至的意思,相当于灵感。谢灵运是一个极富性情的人物,他的诗歌总以表现性情为务。因此,谢诗往往在铺展开出水芙蓉的语词后,加上自身的感悟和说理。这种感兴表面上看似和写景之语截然分明,然而细细体味,谢诗的景语是隐隐参附着诗人理语的。王国维《人间词话删稿》中言:"昔人论诗词,有景语、情语之别。不知一切景语,皆情语也。"②如"池塘生春草""明月照积雪""天高秋月明"等,情亦寓其中矣。萧涤非:"康乐之乐府,虽多摹拟,然只在词体方面,若夫造怀指事,则自有其真面目在,不可易也,《悲哉行》即其一

---

① (清)沈德潜,编.司马翰,校点.古诗源[M].长沙:岳麓书社,1998:152.
② 王国维,著.施议对,译注.人间词话译注[M].上海:上海古籍出版社,2016:142.

例,按此篇实拟陆士衡《悲哉行》,篇中有以陆作原物,亦有以他物易之者。惟意境则大相径庭,盖此篇乃宋初康乐出仕时有所感而作,萋萋春草生,喻宋初也;王孙自有情,自喻也;差池燕始飞,喻新进也;松茑欢蔓延,樛葛欣藟萦,则喻新人之互相依附;幽树虽改观,终始在初生。则景中更含名理,犹言树有初生,即有落叶,如朝代之有盛衰,乃不易之理也,此为康乐独有千古处。"①究其原因,谢灵运感兴领会源于真实的生命体验,这种体验带有强烈的主动性,主动去发现美、寻找美。因此,谢灵运往往愿意选择清丽天然的景物,更能澄净内心、愉悦内心。这与颜延之清丽之语是不同的,颜延之重在渲染环境,谢灵运重在体现性情。

四、艺术风格指瑕说

以颜、谢为代表的刘宋诗歌对齐梁诗风的影响是不容小觑的。南朝梁萧子显认为时下的诗风分别继承元嘉三大家谢灵运、颜延之、鲍照之遗风。同时,在对三者代表的文风进行批评的同时,亦指出元嘉诗人的劣处和当今文坛效仿的流弊。其《南齐书·文学传论》把时下的文章约略分为三体:

一则启心闲绎,托辞华旷。虽存巧绮,终致迂回。宜登公宴,本非准的。而疏慢阐缓,膏肓之病。典正可采,酷不入情。此体之源,出灵运而成也。

次则缉事比类,非对不发,博物可嘉,职成拘制。或全借古语,用申今情,崎岖牵引,直为偶说。唯睹事例,顿失清采。此则傅咸五经,应璩指事。虽不全似,可以类从。(当今学者认为亦有颜延之、谢庄一脉)

次则发唱惊挺,操调险急,雕藻淫艳,倾炫心魂。亦犹五色之有红紫,八音之有郑卫。斯鲍照之遗烈也。②

颜、谢皆博文高才,创制华美,但其所擅长在此,所病亦在此。钟嵘称颜

---

① 萧涤非.读谢康乐诗札记[J].中国文学会月刊,1931,1(04).
② (梁)萧子显.撰.南齐书[M].北京:中华书局,1972:908.

延之的突出特征为博采典故,因此造成诗歌愈见拘束,有乖秀逸;称谢灵运诗尚巧似,但过于逸荡,繁芜为累。

(一)尚雅正的规矩矜持——"隔"

王国维在《人间词话》中论"隔"与"不隔"时称:"陶、谢之诗不隔,延年则稍隔矣。"[1]陶、谢诗以自然天真为旨趣,处处见真情,故不隔;颜诗以应制侍宴为主,章句经纶典雅,如错彩镂金,不见真情,故而终究"隔"了一层。

造成颜诗"隔"的原因,恰恰是颜诗最为擅长的诗歌技巧和风格,即明密的体裁和规矩的谋篇措辞。明王世贞《艺苑卮言》卷三:"延之创撰整严,而斧凿时露,其才大不胜学,岂惟惠休之评,视灵运殆更天壤。"[2]清方东树《昭昧詹言》卷五"九一"评颜诗"以伤缛而乏生活之妙",又曰:"颜诗全在用字密,典则楷式,其实短浅。其所长在此,病亦在此。"[3]

另一方面,是限于诗歌的体制。颜延之的创作多为应制诗,被誉为"庙堂之作",且师法陆机为宗,陆机学多才博,诗歌尚规矩,颜延之愈加规矩矜持。王夫之评:"颜笔端自有清傲之气,濯濯自赏。"[4]作为朝廷的御用文人,以其为代表的歌功颂德的应制诗、"庙堂之作"等雅正的诗风以及"雕缋满眼""用事繁密"等艺术特征影响后世。张戒谓:"诗用事为博,始于颜光禄而极于杜子美。"吴乔谓:"潘、张、左、陆后,清言既盛,诗人所作,皆老庄之赞颂,颜谢鲍出,始革其制。……用事之密,始于颜延之,后世对偶之祖也。"[5]

"用事为博""对偶繁密"是颜延之诗歌的两大特征,在成就颜诗的同时,亦成为其不得秀逸的阻力。清沈德潜《古诗源》谓之"镂刻太甚,填缀求工,转伤真气"。清陈祚明《采菽堂古诗选》谓:"延年束于时尚,填缀求工。《曲阿》《后湖》之篇,诚擅密藻;其他繁掞之作,间多滞响。"虽然颜诗以用事为讥,但其开拓的用事技巧和价值是值得肯定的。谌东飚《论颜诗"以用事为博"》认为:"颜诗'以用事为博'正是这种纠偏、复古思潮的产物,它一方面是

---

[1] 王国维,著.施议对,译注.人间词话译注[M].上海:上海古籍出版社,2016:82.
[2] (清)丁福保,辑.历代诗话续编[M].北京:中华书局,1983:994.
[3] (清)方东树,著.汪绍楹,校点.昭昧詹言[M].北京:人民文学出版社,1961:160.
[4] (明)王夫之,撰.李中华、李利民,点校.古诗评选[M].上海:上海古籍出版社,2011:215.
[5] (清)吴乔,撰.围炉诗话[M].卷二,清借月山房汇钞本.

东晋'平淡之辞'(《隋书·经籍志》)的反动,另一方面又是建安以来注重诗歌形式美倾向的继承和发展。"①与此同时,促进了诗的律化。另,学界对于颜延之文章给予了高度的认可。钱志熙《魏晋南北朝诗歌史述》:"颜延之的影响,主要在于其应制雅颂一体。"②姜书阁《骈文史论》认为:"颜延之是刘宋一代骈文之宗。刘宋骈文以颜、谢为主,颜、谢盖一代骈文之宗,尤其颜氏的文章,精于雕镂辞藻,繁于征用典事,对齐、梁以后影响至深且巨,所以他不止于是刘宋的骈文代表作家,也是整个南北朝时期丽辞的宗匠。"③

(二)尚情性的疏慢阐缓——"逸荡"

萧子显《南齐书》卷三十五列传载:

> 晔刚颖俊出,工弈棋,与诸王共作短句,诗学谢灵运体,以呈上,报曰:"见汝二十字,诸儿作中最为优者。但康乐放荡,作体不辨有首尾,安仁、士衡深可宗尚,颜延之抑其次也。"④

此处"放荡",可以理解成放任、不拘束,亦同于"疏慢阐缓""繁芜"。谢灵运才高词赡,钟嵘谓其"人学多才博,寓目辄书,内无乏思,外无遗物,其繁富宜哉!"⑤譬如《从斤竹涧越岭溪行》共22句,前18句均为写景,铺写亦无定规,几乎是一步一景,同时移步换景,层出不穷,纷纭交错。可谓不循规矩,以自然放任为妙。然而见无不常,览无定律,不免由此至繁芜之讥。但是,它的魅力恰恰也在于此。谢灵运以游览行旅来描摹山水景物的技巧,具有天然之美和直于性情的人格魅力,赋予开拓性,因此独立一体,并成为齐梁间备受效仿的楷模,如伏挺、王籍,为效之最善者。《梁书》卷五十伏挺列传:"伏挺,字士标……有才思,好属文,为五言诗,善效谢康乐体。父友人乐安、任昉深相叹异,常曰:'此子日下无双。'齐末,州举秀才,对策为当时第一。"⑥李延寿《南史》卷二十一王籍列传:"籍好学,有才气,为诗慕谢灵运。

---

① 谌东飚.论颜诗"以用事为博"[J].求索,1997(02).
② 钱志熙.魏晋南北朝诗歌史述[M].北京:北京大学出版社,2005:126.
③ 姜书阁.骈文史论[M].北京:人民文学出版社,1986:363.
④ (梁)萧子显,撰.南齐书[M].北京:中华书局,1972:624—625.
⑤ (梁)钟嵘,撰.曹旭,集注.诗品集注增订本[M].上海:上海古籍出版社,2011:201.
⑥ (唐)姚思廉,撰.梁书[M].北京:中华书局,1973:719.

至其合也,殆无愧色。时人咸谓康乐之有王籍,如仲尼之有丘明,老聃之有严周。"①自刘宋以来,南朝统治者对文学艺术的爱好以及对文学的提倡是有目共睹的,从齐梁年间官修和私撰总集选集之众便可窥一斑。按史书所言,这是一个"主爱雕虫,家弃章句"(《宋书·臧焘传论》)的时代,如同钟嵘《诗品》序中所言:"故词人作者,罔不爱好。今之士俗,斯风炽矣。"②傅刚《略说魏晋南北朝文学的自觉》称:"南朝时文学地位提高了,写作成为当时社会生活中一件非常重要的事情。"③

高帝评灵运诗作放荡,不如宗尚潘岳、陆机,再者不如宗颜延之。这里其实隐含着高帝对颜、谢诗风差异批评的态度。何以如此?兹从两个方面分析。首先,齐高帝的文学观念较为正统典雅。从萧道成现存的文学作品如诗作《塞客吟》、文章《报沈攸之书》等,可以知晓其文风庄严雅正,结构精严整齐。谢灵运文章舒缓萧散,结构虽宏观上有序可循,但繁缛散漫不谨严,有佳句但少佳篇。于此,清汪师韩《诗学纂闻·谢诗累句》指摘谢诗中"不成句法""拙劣强凑""了无生气"之处多达50余条。萧子显《南齐书·文学传论》论道:"疏慢阐缓,膏肓之病。典正可采,酷不入情。此体之源出灵运而成也。"④其次,齐高帝主张学习潘岳、陆机,一则以其文采,二则以其臣服的政治态度。"从帝王的角度来看,这样的臣民正是其统治所需要的自己所欣赏和希望使用的奴仆。"⑤故作为统治者的萧道成,教导子弟应该树立儒家正统雅正的文学观。皇室对雅正文学的主张,从侧面表明谢灵运代表的逸荡不羁的诗风是不受帝王赞许的。

小　结

颜、谢诗歌创作以五言诗为主,题材种类丰富,篇制多长于20句,章法

---

① (唐)李延寿,撰.南史[M].北京:中华书局,1975:580—581.
② (梁)钟嵘,撰.曹旭,集注.诗品集注增订本[M].上海:上海古籍出版社,2011:64.
③ 荣跃明,张炼红,朱红,编.历史传统与当代语境《陈伯海文集》出版研讨会纪念集[M].上海:上海社会科学院出版社,2016:110.
④ (梁)萧子显,撰.南齐书[M].北京:中华书局,1972:908.
⑤ 刘志伟,等.齐梁萧氏文化概念[M].上海:上海古籍出版社,2015:192.

绵密有序,分别成就了庙堂诗与山水诗的书写典范。艺术技巧层出不穷,二者开启声色之美,尤其善于运用联绵、对仗与典故,语词错落整饬,多用实词,一句多义,开拓了句义的包容性与延展性。风格上尚风雅华美,巧构形似,极尽刻画之工,分别树立了错彩镂金与出水芙蓉、体裁明密与兴会标举两种迥异且高超的艺术审美范式。颜延之贵矜持规矩,故而隔于自然秀逸;谢灵运贵自然天真,故流于疏散逸荡。谢诗笔之所触,情之所动,自然天真,黜雕琢之功;颜诗运笔使墨,辄思必至,好用古事,雕琢匠心,乏天然之趣。颜诗好用古事是违背钟嵘《诗品》品评标准的。《诗品》序提出吟咏情性,何贵用事?继而用古诗"思君如流水""高台多悲风""清晨登陇首""明月照积雪"等佐证"多非补假,皆由直寻"的自然之诗风的倡导。同时对大明、泰始以来用典之风的流弊提出尖锐的批评:"颜延、谢庄,尤为繁密,于时化之。故大明、泰始中,文章殆同书抄。近任昉、王元长等,词不贵奇,竞须新事,尔来作者,浸以成俗。遂乃句无虚语,语无虚字,拘挛补纳,蠹文已甚。"[1]可见,颜延用事繁密的诗风之影响颇甚。"错彩镂金""雕缋满眼"亦成为颜延之诗风的代名词。钟嵘《诗品》中持谢优颜劣的态度,其实也是后来文学批评史上的共识。如宋严羽径直提出:"颜不如鲍,鲍不如谢。"[2](《沧浪诗话》)然,论文章之美和才华之赡,颜、谢在文坛上是不分轩轾的。

---

[1] (梁)钟嵘,撰.曹旭,集注.诗品集注增订本[M].上海:上海古籍出版社,2011:228.
[2] (宋)严羽,撰.郭绍虞,校释.沧浪诗话校释[M].北京:人民文学出版社,1983:156.

第四章　敦经／融通：颜延之与谢灵运文学思想比较

颜延之与谢灵运是刘宋文学的代表，也是元嘉体的重要奠定者。南北朝时期颜、谢齐名，而钟嵘《诗品》列谢灵运为上品，颜为中品，论谢为元嘉之雄，颜为其辅，并且引用惠休之评，即颜如"错彩镂金"，谢如"芙蓉出水"，继而曰"颜终身病之"[①]，开启了颜、谢优劣论的肇端。历来研究者多从钟嵘的意见，未有新见。今从颜、谢现存诗文集中，可以得知颜、谢在文学渊源、文学本体意识、文学批评自觉、审美趣味等方面有很多相同和不同之处。通过比较考察，可以把握整个刘宋文学的艺术特征、审美风尚和文学史地位，更能够深入理解元嘉体的艺术特质和理论内涵。

一、博学转多师，怀古尚魏晋——同源不同宗

刘宋初期文学承袭江左余绪，仍然学在家族。王、谢二家堪为文坛的两种走向。王氏素有江左清谈之风。晋世宰相兼清谈家王导曾孙、王洽孙、王珣子王弘，从弟王惠、王球、王昙首并有祖上遗风，俱恬静简淡，清谈有辩才。谢氏有文艺之美。继谢太傅寒日咏雪之后，谢混组织了一场声动遐迩的乌衣之游，其云："昔为乌衣游，戚戚皆亲侄。"[②]时彦不敢预其流。与会者谢瞻、谢灵运、谢弘微、谢曜等皆为刘宋文坛的佼佼者。刘氏王公子弟、范泰、傅亮、裴松之、颜延之等皆博览旁通，经史兼善。特别是傅亮、颜延之，并有文辞之美。兹就颜延之与谢灵运的师学渊源，以明二者文学思想的异同。

[①] （梁）钟嵘，撰. 曹旭，集注. 诗品集注增订本[M]. 上海：上海古籍出版社，2011：351.
[②] （梁）沈约，撰. 宋书[M]. 北京：中华书局，1974：1591.

(一)书须博通,诗亲子建

颜延之主张博览求要。《庭诰文》佚文:"观书贵要,观要贵博。"①博与要的结合,是颜延之教导子弟读书学问的重要法门。不同类别的书具有不同的风格性质,其曰:"咏歌之书,取其连类合章,比物集句,采风谣以达民志,《诗》为之祖。褒贬之书,取其正言晦义,转制衰王,微辞岂旨。贻意盛圣,《春秋》为上。《易》首体备,能事之渊。"②可以看出,颜延之对儒家经典的博览重视与真知灼见。琅琊颜氏向来以孝见行,其所居称"孝悌里"。颜延之《右光禄大夫西平靖侯颜府君家传铭》称其曾祖颜含:"官必凝绩,学乃敦经。"③可以说,"敦经"乃颜氏家族世代相承的儒家传统。再者,从现存颜延之著作可窥一斑,据《新唐书·艺文志》载,礼类:《礼逆降议》三卷;小学类:《纂要》六卷,又《诘幼文》三卷;别集:《颜延之集》三十卷;总集:《元嘉西池宴会诗集》三卷。现存颜延之的诗歌与文章,特别是四言诗、郊庙歌辞与《庭诰文》等,皆体现出深厚正统的儒家思想。因此,"敦经"为颜延之主要的文学思想。

谢灵运的文学思想较颜延之更为融通,原因有二:其一,谢灵运有着深厚的家学渊源,且少好学,博览群书。其《山居赋》云:"六艺以宣圣教,九流以判贤徒。国史以载前纪,家传以申世模。篇章以陈美刺,论难以核有无。兵技医日、龟策筮梦之法,风角冢宅、算数律历之书。或平生之所流览,并于今而弃诸。"④从中可以看出,谢灵运于六书、九流、史书家传、文辞论难、卜筮风水、算数履历各类书,博览无遗,可谓通识。谢灵运尝云:"若殷仲文读书半袁豹,则文才不减班固。"⑤可见其对读书广博的重视。而后方弃平生之浏览,寻诸庄老之书,贞观丘壑之美,从性情作文章。其二,谢灵运借职务之便,编纂了大量的文学总集、史书等。据《隋书·经籍志》载谢灵运作有:《赋集》九十二卷;《诗集》五十卷;《诗英》十卷;《诗集抄》十卷;《回文诗集》一

---

① (清)严可均,校辑.全上古三代秦汉三国六朝文[M].北京:中华书局,1958:2637.
② (清)严可均,校辑.全上古三代秦汉三国六朝文[M].北京:中华书局,1958:2637.
③ (清)严可均,校辑.全上古三代秦汉三国六朝文[M].北京:中华书局,1958:2646.
④ (清)严可均,校辑.全上古三代秦汉三国六朝文[M].北京:中华书局,1958:2608.
⑤ (唐)房玄龄,等撰.晋书[M].北京:中华书局,1974:2605.

卷;《新撰录乐府集》十一卷;《连珠集》五卷;《宋元嘉策》五卷;《七集》十卷;等等。另有应敕而作《四部目录》《晋书》等。谢灵运编撰诗歌总集的特点是"逢诗辄取"(《诗品》)。由此可见,谢灵运早年便转益多师,具备很高的文学素养,呈现出不自觉性的三教合一的融通思想,主导着其一生的文学创作,体现出多元化与丰富性。

虽然颜延之与谢灵运的文学主导思想不一,但是并不妨碍二者思想具有相同之处。较同时期文人,颜、谢突出之处在于对曹植的推崇。颜延之《庭诰》佚文云:"至于五言流靡,则刘桢、张华;四言侧密,则张衡、王粲;若夫陈思王,可谓兼之矣。"[1]谢灵运谓:"天下才共有一石,子建独得八斗,我得一斗,自古及今同用一斗。"[2]颜延之就诗歌体式,推曹植为四言诗与五言诗的巨匠,这个评价应属有史以来对曹植诗歌成就的最高肯定。相比之下,谢灵运更推崇曹子建的大才。反映了刘宋时期仍延续着汉末魏晋人物品评的风气。由于颜、谢文坛享誉颇高,其对曹植评价的开启直接影响南朝文论家刘勰、钟嵘等人,钟嵘则是继颜、谢之后对曹植诗歌地位经典化的奠基者。

(二)采涉儒经/熔铸骚辞

虽然颜延之与谢灵运皆为好学博通之人,但是二人的知识结构其实存在很大的差异。

颜延之奉儒、敦经的思想是主导,最突出的表现在于颜延之作《庭诰文》,继承有汉以来家诫、家书的传统,勉励子孙。《庭诰文》体现出的崇尚孝和、礼重名教、交人于礼、修身养性、好学乐交、名实如一等诸多思想,为后世颜之推《颜氏家训》所直接继承。颜延之赋辞诗歌,典雅丽则,如《白鹦鹉赋》《赭白马赋》义正辞工;乐府《从军行》《秋胡诗》情志隽永;四言公宴诗《三月三日诏宴西池诗》典饬侧密;五言诗《五君咏》步迈高古等等。《文选》于七种文体皆有收录,分别为"公宴""赠答""咏史""游览""行旅""哀伤""郊庙"。其中近半是应制诗,可见颜延之庙堂之笔的地位。颜延之文集共三十卷,流传久远,颇多佚失。但观其现存为数不多的诗文赋,风格多偏雅致,用典甚

---

[1] (清)严可均,校辑.全上古三代秦汉三国六朝文[M].北京:中华书局,1958:2637.
[2] (五代)李瀚,撰.徐子光,补注.蒙求集注[M].北京:中华书局,1985:91.

密,博涉《诗经》《周易》《尚书》《礼记》《左传》《论语》等,再次论知,颜延之"敦经"的人生思想和文学思想。

谢灵运融通儒、玄、佛的思想比较鲜明,其中玄趣是其反复申说的情志归宿。这可以从其山水诗歌中理出心迹。义熙八年冬,出仕约十年时,谢灵运《答中书》就表达了"守道顺性,乐兹丘园"归隐的人生旨趣。永初三年(422)外放永嘉太守,途中再次表明心迹:"从来渐二纪,始得傍归路。"(《永初三年七月十六日之郡初发都》)次年便选择归隐故乡始宁,谢灵运向往"遗情舍尘物,贞观丘壑美"(《述祖德诗二首》)。两年间,谢灵运所作共39首,山水诗大放异彩,特别是诗歌的结尾往往抒发自己的赏心和玄趣。元嘉三年(426)回京应诏,不得志便游荡山水,不理政务,寻而赐假东归始宁长达四年。这时期的山水诗相对之前,理趣依然在,但明显增添了几分孤独感。元嘉八年(431)出守临川到广州弃世,此三年间,谢灵运的诗歌由明媚转而激怨:"皎皎明发心,不为岁寒欺。"(《初发石首城》)谢灵运的纪行诗为中国诗歌开创出一种新颖的山水诗题材,又可以看作谢灵运心迹和行为的第一手的最真实的游记资料。同时,我们也应注意,谢灵运之向往标榜的玄趣正是他内心的匮乏所致,因缺失而寻找,因匮乏而鼓张膨胀。《世说新语·言语》载:"谢灵运好戴曲柄笠,孔隐士谓曰:'卿欲希心高远,何不能遗曲盖之貌?'谢答曰:'将不畏影者,未能忘怀。'"[①]谢灵运之答语简义长,我们可以做两种解释:第一,谢灵运对自己的一种寄望,希望能够忘记曲柄笠的象征意义,真正具备高逸的情怀。第二,谢灵运的自负。谢灵运早已忘却曲柄笠的象征性,只是利用其实用性。无论何种解释,谢灵运心存高远的态度是人所共知的,但是他内心的矛盾亦昭然若揭。从其《述祖德诗二首》《劝伐河北书》可知,谢灵运建功立业的儒家济世之心并未泯灭,只是不得志,于是他寻幽造隐,谈玄赏心,寄怀抱于山水。这就滋养了谢灵运寄情山水的情怀,实际上是继承骚怨的一种书写方式。其诗歌借鉴《楚辞》之处颇多,为其诗歌增添几分骚雅之气。

从情志上,大致了解了谢灵运的主导和支配思想。最直观的,还须从诗

[①] (南朝宋)刘义庆,著.(梁)刘孝标,注.余嘉锡,笺疏.世说新语笺疏[M].北京:中华书局,2015:175.

歌文辞考察，谢灵运借鉴亦颇广博。与颜延之"博采经传"不同，却有异曲同工之妙。韩国学者李光哲《谢灵运诗用典考论》，从诗歌方面，将谢灵运用典进行了资料化整理。其中引用《诗经》183次、《尚书》32次、《礼记》28次、《周易》63次、《左氏春秋》39次、《论语》60次、《楚辞》117次、《史记》47次、《汉书》28次、《庄子》91次、《老子》25次、古诗23次、佛经14次。汉魏晋诗人的诗文赋引用概况：陆机35次，曹植30次，左思26次，曹丕20次，潘岳20次，张衡17次，王粲14次，张协14次，郭璞10次，司马相如9次，阮籍、张华各5次，嵇康、刘桢各4次。从资料上可以看出，谢灵运对儒家经典，特别是《诗经》的熟稔和引用是居高的，叶瑛《谢灵运文学》一文指出，首先谢诗擅用《易》《诗》《书》《礼》《大学》《论语》《楚辞》等，并谓灵运于经学非独精通，且独博炼，而其根本思想直承儒家者。① 其次是《楚辞》和庄老。再次，则是对建安、两晋优秀诗人的学习。据此，可以看出谢灵运海纳经史的博通、融汇子集的才情。特别是对《诗经》《楚辞》和庄老思想的吸收和运用，彰显出情志多元与丰富之美。

（三）子建、士衡，掠美侧重

颜延之与谢灵运的文章俱采儒经、诗歌同取魏晋的特点，可以从文学主张与创作上窥见一斑，但同时二者各自汲取的精华是颇不平衡的。

文学主张上，颜延之于四言诗，推崇曹植、张衡、王粲；五言诗则推崇曹植、刘桢、张华等。另，颜延之曾注阮籍《咏史诗》（李善注《文选》录有四条），可知，颜延之对建安风骨的重视。谢灵运于文赋则推崇扬雄，于诗歌才华则推崇曹植、王粲、潘岳、陆机、左思等，尤推潘陆之才。谢康乐常言："左太冲诗，潘安仁诗，古今难比。"② 又："安仁、士衡才为一时之冠，方之公闾，本自辽绝。"③ 又："何长瑜当今仲宣。"④ 与颜延之不同，谢灵运对张华似有讥讽之嫌。《诗品》"晋司空张华诗"条，谢康乐云："张公虽复千篇，犹一体耳。"⑤

---

① 叶瑛.谢灵运文学[J].学衡，1924(33).
② （梁）钟嵘，撰.曹旭，集注.诗品集注增订本[M].上海：上海古籍出版社，2011：193.
③ （唐）李延寿，撰.南史[M].北京：中华书局，1975：526.
④ （梁）沈约，撰.宋书[M].北京：中华书局，1974：1775.
⑤ （梁）钟嵘，撰.曹旭，集注.诗品集注增订本[M].上海：上海古籍出版社，2011：275.

文学创作上,继扬雄《连珠》、潘勖《拟连珠》、王粲《仿连珠》、陆机《演连珠》之后,有颜延之《范连珠》、谢灵运辑《连珠集》五卷,均为对汉魏连珠体的模仿或整理。特别是就五言诗而言,颜、谢诗歌对曹植、陆机的学习更为显而易见。颜延之诗歌字句和语义上皆有祖子建者,宋范晞文《对床夜语》:

> 子建云:"昔我初迁,朱华未希。今我旋止,素雪云飞。"又,"始出严霜结,今来白露晞"。王正长云:"昔往仓庚鸣,今来蟋蟀吟。"颜延年云:"昔辞秋未素,今也岁载华。"
>
> 子建诗:"朱华冒绿池。"古人虽不于字面上着工,然"冒"字殊妙。陆士衡云:"飞阁缨虹带,层台冒云冠。"……颜延年云:"松风遵路急,山烟冒垄生。"……谢灵运云:"苹萍泛沉深,菰蒲冒清浅。"皆祖子建。①

曹植《朔风诗》自然由《诗经》而来,后王赞、颜延之发展为五言,仍不出感时悯怀的范畴。颜延之《秋胡诗》"昔辞"二句在字词(虚词"未",实词"华""素")乃至句意上都承袭曹植四言诗《朔风诗》,更为突出的是,颜延之成功地将其用五言诗演绎了出来,其诸多诗歌,譬如《北使洛》《还至梁城作》《五君咏》,甚至包括一些赠答诗,依然保留了汉魏传统。胡大雷说:"所录颜延之四题(赠答诗),远承建安诗人的抒情风格,一是多述概括化的景物以抒情,二是多抒深沉之情,或达观,或对物候的感伤,或苦闷,或述志。"②曹植诗沾溉后世颇多,"朱华冒绿池"是为一显例,世人但谓谢灵运五言诗动词的使用具有超越性,殊不知子建早已开其先风。颜延之推重曹植,但查其诗文风格,可知陆机乃其渊源主导,而谢灵运是直接承袭曹植一脉的。这是研究颜、谢二者所必悉知的。

1. 颜法陆机

从颜延之所存30首诗歌中,有9首诗包括乐府、赠答诗、应制诗等均借字或借句于陆机者,在颜延之诗歌引别集中,堪为多者,余者儒家经典居重。历来研究颜延之文学渊源者,并不在意诗歌字句等表面的因袭,一则因颜诗所存较少,无法窥其全貌;二来字句因袭,得来终浅。故应该将视角稍微

---

① (宋)范晞文,撰.对床夜语[M].北京:中华书局,1985:411.
② 胡大雷.文选诗研究[M].桂林:广西师范大学出版社,2000:271.

扩大。

南朝梁钟嵘《诗品》首启渊源论，其"颜延之"条云：

> 其源出于陆机。故尚巧似。体裁绮密。然情喻渊深，动无虚发；一句一字，皆致意焉。又喜用古事，弥见拘束。虽乖秀逸，固是经纶文雅；才减若人，则陷于困踬矣。汤惠休曰："谢诗如芙蓉出水，颜诗如错彩镂金。"颜终身病之。①

颜延之尚巧似，源于陆机才高体富，索词务广。钟嵘《诗品》"陆机"条："才高辞赡，举体华美。"②刘勰《文心雕龙》论陆机："才欲窥深，辞务索广，故思能入巧而不制繁。"（《才略》篇）③又："士衡才优，而缀辞尤繁。"④（《镕裁》篇）明宋濂《答章秀才论诗书》提出颜延之"祖"陆机。如《车驾幸京口三月三日侍游曲阿后湖作诗》述"山"用跸峤，述"水"用沧流，述"船"用万轴、千翼，再叠以海浦与溟洲、青崖与绿畴、都野与渊丘，重沓整饬，词富才广。

颜延之体裁绮密，源于陆机风格侧密。沈约《宋书·谢灵运传论》："延年之体裁明密。"⑤萧绎《金楼子·立言》篇曰："曹子建、陆士衡，皆文士也。观其辞致侧密，事语坚明，意匠有序，遗言无失。"⑥《南史·谢灵运传》："（灵运）纵横俊发过于延之，深密则不如也。"⑦明王世贞《艺苑卮言》卷三："延之创撰整严，而斧凿时露，其才大不胜学。"⑧陈祚明《采菽堂古诗选》曰："延之束于时尚，填缀求工，《曲阿后湖》之篇，诚擅密藻，其他繁掞之作，间多滞响。"⑨颜延之诗用词繁密者，如《应诏燕曲水作诗》《皇太子释奠会作诗》颂功述德，势如贯珠，百美趋一；有体裁侧密者，如《秋胡行》，体分七章，叙事道情，娓娓有致。

颜延之情喻渊深，动无虚发，源于陆机尚规矩。钟嵘《诗品》上品陆机

---

① （梁）钟嵘，撰．曹旭，集注．《诗品》增订本[M]．上海：上海古籍出版社，2011：351．
② （梁）钟嵘，撰．曹旭，集注．《诗品》增订本[M]．上海：上海古籍出版社，2011：162．
③ （梁）刘勰，著．范文澜，注．文心雕龙注[M]．北京：人民文学出版社，1958：700—701．
④ （梁）刘勰，著．范文澜，注．文心雕龙注[M]．北京：人民文学出版社，1958：544．
⑤ （梁）沈约，撰．宋书[M]．北京：中华书局，1974：1778—1779．
⑥ （梁）萧绎，撰．许逸民，校笺．金楼子校笺[M]．北京：中华书局，2011：966．
⑦ （唐）李延寿，撰．南史[M]．北京：中华书局，1975：538．
⑧ （明）王世贞，著．陆洁栋，周明初，批注．艺苑卮言[M]．南京：凤凰出版社，2009：44．
⑨ （清）陈祚明．采菽堂古诗选[M]．上海：上海古籍出版社，2008：504．

条:"(陆机)尚规矩。"①《世说新语·言语》篇刘孝标注引《(陆)机别传》曰:"博学善属文,非礼动。"②曹旭先生释:"指陆机深疾放荡流遁之说,不为虚诞无稽之言,注重儒家古诗体式法度之故。"③颜延之经纶雅才,下字用语,矜礼重则,皆准法度。故斥惠休作里巷语。本书认为"尚规矩"还应该解释为"善于布置,次序有法"。清沈德潜《古诗源》卷十:"(《应诏燕曲水作诗》)八章次序有法。"④又,"(《秋胡行》)无古乐府之警健,然章法绵密,布置稳顺,在延之为上乘矣"⑤。

此外,颜延之在诗题与诗法上皆有模仿陆机之作。如四言诗的起势,明王世贞《艺苑卮言》卷三:"古诗四言之有冒头,盖不始延年也,二陆诸君为之俑也。"⑥再者,如五言诗《北使洛诗》《还至梁城作诗》在结构安排、语词设置、情感抒发等诸多方面皆法陆机《赴洛诗二首》。胡大雷认为:"陆机之作与颜延之之作如出一辙,都叙写将士出征与塞外寒冷风光景色,在时空上都有虚拟或泛指的特点。"⑦

陆机与颜延之皆为才高文博者,故用词绵密,布置矜重,多雕刻镂采。因此,二者之弊皆乖秀逸。钟嵘《诗品》论陆机"有伤直致之奇"⑧,论颜延之诗"乖秀逸"⑨。刘勰《文心雕龙·隐秀》云:"雕削取巧,虽美非秀。"⑩

2. 谢宗子建

钟嵘《诗品》"谢灵运"条:

> 其源出于陈思,杂有景阳之体。故尚巧似,而逸荡过之。颇以繁芜为累。嵘谓:若人学多才博,寓目辄书,内无乏思,外无遗物,其繁富,宜哉! 然名章迥句,处处间起;丽曲新声,络绎奔发。譬犹

---

① (梁)钟嵘,撰.曹旭,集注.诗品集注增订本[M].上海:上海古籍出版社,2011:162.
② (南朝宋)刘义庆,著.(梁)刘孝标,注.余嘉锡,笺疏.世说新语笺疏[M].北京:中华书局,2015:96.
③ (梁)钟嵘,撰.曹旭,集注.诗品集注增订本[M].上海:上海古籍出版社,2011:169.
④ (清)沈德潜,编.司马翰,校点.古诗源[M].长沙:岳麓书社,1998:148.
⑤ (清)沈德潜,编.司马翰,校点.古诗源[M].长沙:岳麓书社,1998:152.
⑥ (清)丁福保,辑.历代诗话续编[M].北京:中华书局,1983:994.
⑦ 胡大雷.文选诗研究[M].桂林:广西师范大学出版社,2000.298.
⑧ (梁)钟嵘,撰.曹旭,集注.诗品集注增订本[M].上海:上海古籍出版社,2011:162.
⑨ (梁)钟嵘,撰.曹旭,集注.诗品集注增订本[M].上海:上海古籍出版社,2011:351.
⑩ (梁)刘勰,著.范文澜,注.文心雕龙注[M].北京:人民文学出版社,1958:633.

青松之拔灌木,白玉之映尘沙,未足贬其高洁也。①

康乐诗首宗曹子建。宋濂《答章秀才论诗书》谓谢灵运本子建。诗法比较鲜明之处,在于对曹植诗歌之体势与动词的诗法。谢灵运《赠从弟惠连》体似曹植《赠白马王彪》。首先体用连章,流利铺展,层次谨严;其次在修辞上,运用顶真,回沓婉转;最后,情志见深,皆为惜离别。诗学曹植,此为一显例。另一显例则是对曹诗中动词的学习化用。另外,谢灵运《拟魏太子邺中集》对曹丕、曹植、王粲、刘桢、陈琳、徐干、应玚等邺下文人,每一首诗下均有一则序文,或叙身世,或评其文。《平原侯植》序文论曹植曰"颇有忧生之嗟",论刘桢"卓荦偏人""文最有气"。可见,谢灵运对建安文人的嗟赏与的评。曹植"骨气奇高,辞采华茂;情兼雅怨,体被文质"②,乃文章中君子者也。有才者,酌其流藻;有情者,就其慷慨;有识者,择其风骨。康乐,才情之高士,流藻芳华,慷慨余哀,是其所师也。

康乐诗次宗陆平原。明王世贞《艺苑卮言》卷三:"谢灵运天质奇丽,运思精凿,虽格体创变,是潘、陆之余法也,其雅缛乃过之。"③李梦阳曰:"谢诗,六朝之冠也,然其体始于陆平原。"④胡应麟《诗薮·内编》卷二谓"灵运之词,渊源潘、陆"⑤。以上诸家皆主康乐本陆机,陆机本曹植,实与钟嵘所论无异。谢灵运师法陆机实则有迹可循。首先,二人同题乐府甚多:《日出东南隅行》《燕歌行》《长歌行》《苦寒行二首》《鞠歌行》《董逃行》⑥《豫章行》⑦《折杨柳行》《顺东西门行》《泰山吟》《陇西行》《君子有所思行》《上留田行》《悲哉行》《缓歌行》《会吟行》等16篇,占据谢灵运乐府诗歌的88%。特别

---

① (梁)钟嵘,撰.曹旭,集注.诗品集注增订本[M].上海:上海古籍出版社,2011:201.
② (梁)钟嵘,撰.曹旭,集注.诗品集注增订本[M].上海:上海古籍出版社,2011:117.
③ (清)丁福保,辑.历代诗话续编[M].北京:中华书局,1983:994.
④ (明)李梦阳,撰.空同集[M].卷五十序,清文渊阁四库全书补配清文津阁四库全书本.
⑤ (明)胡应麟,撰.中华书局上海编辑所,编辑.诗薮[M].北京:中华书局,1962:23.
⑥ 《董逃行》,《乐府解题》曰:"若陆机'和风习习薄林',谢灵运'春虹散彩银河',但言节物芳华,可及时行乐,无使徂龄坐徙而已。"
⑦ 《豫章行》,《乐府解题》曰:"陆机'泛舟清川渚',谢灵运'出宿告密亲',皆伤离别,言寿短景驰,容华不久。"

是《豫章行》①，沈凡玉提出："谢灵运扮演陆云的远行者角色，而谢惠连则代入陆机的送别者身份，重现二陆兄弟在艰险仕途中，彼此赠答、慰勉的历史场景，陆机之作也成为二谢拟篇之作中的潜在声音。"②其次，陆机五言，流靡绮丽，对偶工巧，于谢灵运山水之天才繁富之作亦有启发。曹旭先生《诗品集注》曰："或以为'其体华艳'，往往'兴托不奇'，是也。然张华为西晋初年诗坛之坐标。其重情、重美、重诗歌言外之意，均为陆机老师，开诗界缘情绮靡。"③因知西晋文学内部的相互启发以及对刘宋乃至整个南朝的影响。谢灵运虽对张华有"千篇一律"之讥，但依然尊重张华在文坛的重要地位。

康乐尚巧似。曹植、陆机首扬其波，张协等西晋诗人助其澜。陈祚明《采菽堂古诗选》卷一二谓："（张协）风气微开康乐。"④黄子云《野鸿诗的》亦如陈说。此处当指张协《杂诗》十首写景之诗，已开谢灵运繁富之先。⑤

小 结

总体来讲，颜、谢俱以词彩才高名世，但二者具有迥异的诗歌精神。钟嵘《诗品》以曹植诗歌为正统，风骨与词彩并举，颜延之间接承袭曹植，直接源自陆机，词赡才高，风骨气少。且使学多过任才，故乖秀逸；谢灵运直接承袭曹植，又兼张协体，体格华美，诗秀文丽，且才学流溢，故曰繁富。颜延之秉承风雅的诗歌精神，故其诗义正词华；谢灵运秉承风骚的诗歌精神，故其诗兴高多奇，时有凄怆。方东树《昭昧詹言》卷五"大谢"："谢公全用《小雅》

---

① 今存谢惠连文集中，亦有大量同篇乐府之作，《豫章行》《陇西行》《顺东西门行》《悲哉行》《缓歌行》等五篇。这种现象有一个合理的解释，就是谢灵运从钱塘回到谢氏乌衣巷，参与由其叔父谢混领导的乌衣之游，在此期间谢灵运应当与谢瞻、谢惠连等一同学习乐府的写作。
② 沈凡玉.从拟篇法论陆机对南朝诗人的影响[J].台大中文学报,2014(45).
③ （梁）钟嵘撰.曹旭,集注.诗品集注增订本[M].上海:上海古籍出版社,2011:279.
④ （清）陈祚明.采菽堂古诗选[M].上海:上海古籍出版社,2008:353.
⑤ 《诗品》所论"巧似"，乃整个刘宋乃至六朝时代风尚。沈约《宋书·谢灵运传论》"相如巧为形似之言"，《颜氏家训·文章第九》："何逊诗，实为清巧，多形似之言"，皆此类也。《何义门读书记》谓："诗家炼字琢句始于景阳，而极于鲍明远。"李徽教《汇注》："此为张协一派诗之特性也。仲伟谓鲍照诗出于二张，而评文有'善制形状写物之词'，'贵尚巧似'等语；又谓谢灵运诗杂有景阳之体，而评文有'故尚巧似'之言。形似，即写形浑似之简称也；巧似，即巧构形似之简称也。"

《离骚》意境字句,而气格紧健沉郁。"①正是基于渊源的相同和不同,颜延之与谢灵运在"尚巧似"的时代风气下各自独树一帜,颜延之没有谢灵运的愤懑之气和丘壑之泻情,谢灵运没有颜延之的规矩和儒雅。谢灵运深得三百篇旨趣,取泽《离骚》、《九歌》、曹植、潘陆、左思、张协、陶渊明等(见皋于厚《试论谢灵运诗歌的艺术渊源》)。同时,颜、谢诗歌主张的尊尚,开启了元嘉诗人对建安、正始诗人的重视与学习,如袁淑《效曹子建白马篇》、王素《学阮步兵体诗》等。

二、精睿的文学本体与批评意识——秉承与超越

(一)鲜明的文学本体意识

1. 文体总结与分类意识

元嘉时期,颜延之与谢灵运各组织或参与了大量的文字整理和文集编撰工作。《旧唐书·艺文志》载颜延之编撰有《元嘉西池宴会诗集》三卷。② 又,《新唐书·艺文志》载颜延之撰有:礼类《礼逆降议》三卷;小学类《纂要》六卷;又《诘幼文》三卷。谢灵运的文学总集编撰更为显著,《隋书·经籍志》载其辑有:《赋集》九十二卷;《诗集》五十卷(梁五十一卷,又有宋侍中张敷、袁淑补谢灵运《诗集》一百卷);《诗钞》十卷(亡);《诗集钞》十卷;《杂诗钞》十卷,录一卷(亡);《诗英》九卷;《七集》十卷;《回文集》十卷;《连珠集》五卷。又,《旧唐书·艺文志》载谢灵运撰有:《设论集》五卷;《宋元嘉策》五卷;《策集》六卷;《晋元氏宴会游集》四卷,伏滔、袁豹、谢灵运等撰;《新撰录乐府集》十一卷;《回文诗集》一卷。另外,谢灵运造《四部目录》凡六万四千五百八十二卷,《晋书》一百一十卷。(《隋书·经籍志》)谢灵运共辑文集 248 卷,加上目录、史书和文集,可见其深厚的文学及史学素养。

谢灵运所辑之诗、赋、文、乐府等文学类总集居多,体现了其具有鲜明的

---

① (清)方东树,著.汪绍楹,校点.昭昧詹言[M].北京:人民出版社,1961:129.
② (后晋)刘昫,等撰.旧唐书[M].北京:中华书局,1975:2079.

文集整理和总结意识。白崇认为谢灵运集诗"目的是为自己或他人提供学习、扬弃的范本,其中蕴涵了一种文学总结观念"①。更为可贵的是,继挚虞《文章流别集》之后,谢灵运对诗文赋有意识的搜集整理,再次开启文学史上文集整理的枢纽,大大推进了后世尤其是梁代大型文集总结高潮的到来。如宋明帝《赋集》四十卷、后魏崔浩《赋集》八十六卷、梁武帝《历代赋》十卷等皆为赋的整理;梁昭明太子撰《文章英华》三十卷;《古今诗苑英华》十九卷等,谢灵运《诗英》无疑导其先路;还有文章《七集》《回文诗》《乐府》等文类,谢灵运皆为首发,均为后世提供了借鉴。

基于丰厚的文学素养,颜延之对文体分类及风格特质亦有独到的见解。颜延之《庭诰》佚文:"咏歌之书,取其连类合章,比物集句,采风谣以达民志,《诗》为之祖。褒贬之书,取其正言晦义,转制衰王,微辞岂旨。贻意盛圣,《春秋》为上。《易》首体备,能事之渊。"②颜延之将儒家三部经典《诗》《春秋》《易》的文学特质分别归类为"咏歌""褒贬""能事"等,且推之为首,既彰显其对文学言与意、章句修辞、情志隐显等卓荦的识见,又突出其敦经的思想。

谢灵运具有宏大且辨洽的文章分类观和识辨意识。如《山居赋》"六艺以宣圣教……"③云云,而文学体式分类意识最早可追溯到魏文帝曹丕。其《典论·论文》:"奏议宜雅,书论宜理,铭诔尚实,诗赋欲丽。"④首次论八种文体及其风格特征。次及陆机,其《文赋》论"诗、赋、碑、诔、铭、箴、颂、论、奏、说"等十种文体。东晋挚虞《文章流别论》增"哀辞""图谶"二类。到了葛洪,广增八种。其《抱朴子》外篇卷五十:"碑颂诗赋百卷,军书檄移章表笺记三十卷。"谢灵运继承了魏晋以来已然成熟的文体分类系统,其《山居赋》云:"诗以言志,赋以敷陈。箴铭诔颂,咸各有伦。"⑤

颜、谢作为刘宋文学的代表,其所具有的鲜明的文学本体意识是时代链条上重要的关捩,前承陆机、葛洪重要的文体分类观念,后促进了梁代之重

---

① 白崇.谢灵运文艺思想管窥[J].求索,2005(05).
② (清)严可均,校辑.全上古三代秦汉三国六朝文[M].北京:中华书局,1958:2637.
③ (清)严可均,校辑.全上古三代秦汉三国六朝文[M].北京:中华书局,1958:2608.
④ (清)严可均,校辑.全上古三代秦汉三国六朝文[M].北京:中华书局,1958:1098.
⑤ (清)严可均,校辑.全上古三代秦汉三国六朝文[M].北京:中华书局,1958:2608.

要文论《文心雕龙》和总集《文选》的文体分类的成熟。

2. 重视诗歌流变与赋体价值

颜延之论诗,具有重视诗歌流变和发展的意识。《庭诰》佚文云:

> 荀爽云:"诗者,古之歌章。"然则《雅》《颂》之乐篇全矣,以是后之诗者,率以歌为名。及秦勒望岱,汉祀郊宫,辞著前史者,文变之高制也。虽雅声未至,弘丽难追矣。逮李陵众作,总杂不类,元是假托,非尽陵制。至其善写,有足悲者。挚虞《文论》,足称优洽。柏梁以来,继作非一,所纂至七言而已,九言不见者,将由声度阐诞,不协金石。至于五言流靡,则刘桢、张华。四言侧密,则张衡、王粲。若夫陈思王,可谓兼之矣。①

颜延之论诗,坚守立场的同时也兼具发展性的眼光。此段论文之说具有三点重要内容:一、诗歌与音乐的关系。首先,颜延之认同荀爽之说,《诗经》乃合乐之歌,后世诗歌由《诗经》发展而来。同时,也继承挚虞《文章流别论》之说,九言不宜入乐。同时,颜创新了挚虞"四言为正,余者非正"的观点,认为"四言侧密""五言流靡",四言、五言并重的文学观。二、诗歌的流变。《诗经》以雅声为正宗,到秦汉为一变,以四言为主,三、五言杂陈,雅声不足,弘丽有余。到李陵,又为一变。陵之作,多五言,如《与苏武诗》有雅怨之音。颜延之指出"元是假托,非尽陵制",在当时可谓识见。至魏晋,又为一变。曹植为宗,四言、五言兼美。三、文学审美的演进。曹道衡认为:"从这些话中也可以看出他所推崇的作品,大抵是庙堂之作,像《诗经》中的《雅》《颂》以及秦石刻、汉代《郊祀歌》等。"②颜延之尤其推重《雅》《颂》等歌功颂德之庙堂之音,可知其"宗经"的观念。虽宗经,但并不固守,其称秦汉之歌"弘丽",李陵之制"足悲",均体现了其比较进步的文学审美观。

谢灵运撰赋,有意提高赋体文学的地位和价值。有关赋体的演变,可见班固《汉书·艺文志》卷三十:

> 《传》曰:不歌而诵,谓之赋。登高能赋,可以为大夫。……是

---

① (清)严可均,校辑.全上古三代秦汉三国六朝文[M].北京:中华书局,1958:2637.
② 曹道衡,沈玉成,编著.南北朝文学史[M].郑州:中州古籍出版社,2018:148.

以扬子悔之曰:"诗人之赋丽以则,辞人之赋丽以淫。"……自孝武立乐府而采歌谣,于是有代赵之讴,秦楚之风,皆感于哀乐,缘事而发,亦可以观风俗,知薄厚云。序诗赋为五种。①

班固从儒家经义出发,认为赋源于《诗经》,且有讽喻之义。宋玉、唐勒及汉大赋,逞辞竞篇,失其义。至魏文帝曹丕,其提出"文章,经国之大业,不朽之盛事"之发展文学观,正视并尊重赋体的地位,称赞王粲辞赋"《初征》《登楼》《槐赋》《征思》,干之《玄猿》《漏卮》《圆扇》《橘赋》,虽张、蔡不过也"。陈思王曹植恰与曹丕的观点相左,讥辞赋为小道,其《与杨德祖书》曰:"辞赋小道,固未足以揄扬大义,彰示来世也。昔杨子云先朝执戟之臣耳,犹称壮夫不为也。吾虽薄德,位为藩侯,犹庶几勠力上国,流惠下民,建永世之业,流金石之功。岂徒以翰墨为勋绩,辞赋为君子哉!"②至东晋挚虞,其继承并发展了班固的观点,提出赋应具有社会功用,其《文章流别论》曰:"赋者,敷陈之称,古诗之流也。古之作诗者,发乎情,止乎礼义。情之发,因辞以形之,礼义之旨,须事以明之,故有赋焉。"③同时提出了赋的重要风格特质:"假象尽辞,敷陈其志。"斥责今之赋作者有四过:假象过大、逸辞过壮、辩言过理、丽靡过美。表达了其崇古斥今的文学观。

班固、挚虞二家之说可谓不刊之论,谢灵运则一反主流,继承曹丕之说,提高赋体的地位,可谓在赋体文学的退化潮流中异军突起。其《撰征赋》曰:"于是采访故老,寻履往迹,而远深感慨,痛心殒涕。遂写集闻见,作赋《撰征》。俾事运迁谢,托此不朽。"④谢灵运此段序说,从主旨上发扬儒家三不朽之"立言",从文体上选择赋体文学《撰征赋》,令人耳目一新;从方式上,"采访故老,寻履往迹"本着实情实景、述其闻见的原则;从表达上,则循情明志,敷布其义。其《山居赋》曰:"诗以言志,赋以敷陈。"⑤继承了古人之赋的优秀传统。

同时,谢灵运拓展了汉代以来赋体文学"敷陈讽谏"文学本质的单一性,

---

① (汉)班固,撰.汉书[M].北京:中华书局,1962:1755—1756.
② (清)严可均,校辑.全上古三代秦汉三国六朝文[M].北京:中华书局,1958:1140.
③ 郭绍虞,主编.中国历代文论选[M].上海:上海古籍出版社,2001:190.
④ (清)严可均,校辑.全上古三代秦汉三国六朝文[M].北京:中华书局,1958:2600.
⑤ (清)严可均,校辑.全上古三代秦汉三国六朝文[M].北京:中华书局,1958:2608.

实现了赋同于诗的文学功用和特质,标举赋体文学"抒情遣怀"的文体特征,其《归途赋》:"昔文章之士,多作行旅赋,或欣在观国,或怵在斥徒,或述职邦邑,或羁役戎阵。事由于外,兴不自已。虽高才可推,求怀未惬。今量分告退,反身草泽,经途履运,用感其心。"①《感时赋(并序)》:"夫逝物之感,有生所同,颓年致悲,时惧其速,岂能忘怀,乃作斯赋。"②"感其心""岂能忘怀"恰恰符合中国传统文论诗歌发生论的阐释:"感物吟志"(《文心雕龙·明诗第六》);"气之动物,物之感人,故摇荡性情,形诸舞咏"(《诗品·序》)。故而,谢灵运秉承进化的文学观,既重视赋体文学,同视其为儒家"三不朽"的载体,又回归赋明情志的传统,发扬赋体文学风格特征。这种发展的文学观可视为文学自觉的体现。

(二)批评意识的自觉实现

1. "知人论世"与"发愤著书"的实践

颜、谢深谙古代重要的解诗方式"知人论世",并将其成功运用到诗歌创作中,使诗歌带有一定的史传性质。

颜延之曾为阮籍《咏怀诗》作注,李善注《文选》卷第二十三录有三条③,其中在阮籍"《咏怀诗》十七首"题下注:"说者阮籍在晋文代,常虑祸患,故发此咏耳。"④颜延之结合时代与人的关系解释了《咏怀诗》的创作动机,而观颜之三条注解,多是字句的出处与解释,并无实际内容意义的揭露,因此钟嵘《诗品》"阮籍"条评:"颜延注解,怯言其志。"⑤可以看出,颜延之对阮籍行事与著述之谨慎的效法。张溥称颜延之"玩世如阮籍"(《颜光禄集题辞》),正是此意。另,我们可以将颜延之《五君咏》"阮步兵"作其注阮籍诗序的一个补充,其中"沉醉似埋照,寓辞类托讽"道出了阮籍诗歌"托讽不显"的风格特征,直接开启并影响了后世对阮籍的批评,如钟嵘评阮"颇多感慨之词,厥

---

① (清)严可均,校辑.全上古三代秦汉三国六朝文[M].北京:中华书局,1958:2599.
② (清)严可均,校辑.全上古三代秦汉三国六朝文[M].北京:中华书局,1958:2600.
③ "嘉树下成蹊,东园桃与李。"颜注:《左传》季孙氏有嘉树。"西游咸阳中,赵李相经过。"颜注:"赵,汉成帝赵后飞燕也;李,武帝李夫人也。并以善歌妙舞,幸于二帝也。""下有采薇士,上有嘉树林。"颜注:"《史记·龟策传》曰:'无虫曰嘉林。'"
④ (梁)萧统,编.(唐)李善,等注.六臣注文选[M].北京:中华书局,2013:419.
⑤ (梁)钟嵘,撰.曹旭,集注.诗品集注增订本[M].上海:上海古籍出版社,2011:151.

旨渊放,归趣难求"①,刘勰评"阮旨遥深",李善注则为对颜延之注解的补充,曰:"嗣宗身仕乱朝,常恐罹谤遇祸,因兹发咏,故每有忧生之嗟,虽志在刺讥,而文多隐避。百代之下,难以情测,故粗明大意,略其幽旨也。"②

谢灵运《拟魏太子邺中集八首》虽是拟诗,但从其每首诗前简隽的序文迸发出的可贵的文学思想,我们可知谢主张"知人论世"批评理论的运用与实践。其"魏太子"诗前序文拟邺下文人领袖曹丕的口吻道:

  建安末,余时在邺宫,朝游夕燕,究欢愉之极。天下良辰美景,赏心乐事,四者难并。今昆弟友朋,二三诸彦,共尽之矣。古来此娱,书籍未见,何者?楚襄王时有宋玉、唐景,梁孝王时有邹、枚、严、马,游者美矣,而其主不文;汉武帝徐乐诸才,备应对之能,而雄猜多忌,岂获晤言之适?不诬方将,庶必贤于今日尔。岁月如流,零落将尽,撰文怀人,感往增怆。③

与颜延之一样,谢灵运注重时代与文人的关系。上述所列举的两个朝代,三大盛名于世的文学群体,均不为谢所顾,所因乃"其主不文",愈加突出谢灵运对邺下文人集团的憧憬和歆慕,所谓"良辰、美景、赏心、乐事"四事俱备,反映了谢灵运对君主爱文赏才、君臣和睦的时代向往。与颜不同的是,谢尤其注意文人的自身遭际、个性、气质对创作的影响,如论王粲:"家本秦川,贵公子孙,遭乱流寓,自伤情多。"④论陈琳:"袁本初书记之士,故述丧乱事多。"⑤论徐干:"少无宦情,有箕颍之心事,故仕世多素辞。"⑥论刘桢:"卓荦偏人,而文最有气,所得颇经奇。"⑦论应场:"汝颍之士,流离世故,颇有飘薄之叹。"⑧论阮瑀:"管书记之任,有优渥之言。"⑨论曹植:"公子不及世事,但

---

① (梁)钟嵘,撰.曹旭,集注.诗品集注增订本[M].上海:上海古籍出版社,2011:151.
② (梁)萧统,编.(唐)李善,等注.六臣注文选[M].北京:中华书局,2013:419.
③ (清)严可均,校辑.全上古三代秦汉三国六朝文[M].北京:中华书局,1958:2616.
④ (清)严可均,校辑.全上古三代秦汉三国六朝文[M].北京:中华书局,1958:2616.
⑤ (清)严可均,校辑.全上古三代秦汉三国六朝文[M].北京:中华书局,1958:2616.
⑥ (清)严可均,校辑.全上古三代秦汉三国六朝文[M].北京:中华书局,1958:2616.
⑦ (清)严可均,校辑.全上古三代秦汉三国六朝文[M].北京:中华书局,1958:2616.
⑧ (清)严可均,校辑.全上古三代秦汉三国六朝文[M].北京:中华书局,1958:2617.
⑨ (清)严可均,校辑.全上古三代秦汉三国六朝文[M].北京:中华书局,1958:2617.

美遨游,然颇有忧生之嗟。"①这是曹丕以来诸多文论家未及之处。查其八首拟诗,无不从时代入手,述其时代,纪其行事,明其情志。由此,颜延之《五君咏》与谢灵运《拟魏太子邺中集八首》的写作模式类似,均以历史人物为题,述其生平遭际,明其旨趣,实际上则寄寓了自己的怀抱和追求。颜、谢二诗不仅拓展了文学批评的领域,直接影响到刘勰《文心雕龙》的文学与时序观,而且创新了诗的体裁。第一,首次以人物为主题,一人一诗;第二,开创了人物小传的类型;第三,以组诗的形式呈现,归一怀抱。此种文体深深影响了唐代诗圣杜甫,其《饮中八仙歌》是对二诗的继承和发展。

颜、谢这种创作实践,乃秉承太史公"发愤著书"的传统。颜延之愤激当权,每犯贵要,黜为永嘉太守。"延之甚怨愤,乃作《五君咏》以述竹林七贤,山涛、王戎以贵显被黜,咏嵇康云:'鸾翮有时铩,龙性谁能驯。'咏阮籍云:'物故可不论,途穷能无恸。'咏阮咸云:'屡荐不入官,一麾乃出守。'咏刘伶云:'韬精日沉饮,谁知非荒宴。'此四句,盖自序也。"②《五君咏》乃发愤而作,他传中带有一定的自传性质。王世贞《艺苑卮言》卷三:"延年《五君》,忽自秀于它作……语意既隽永,亦易吟讽。"③可谓颜诗中优秀之作。另外,颜延之贬谪后,闲居而作《庭诰文》规诫门庭,抑或有为而发?而这种"发愤著书"的思想在谢灵运身上体现得更加明显,谢灵运为名家子弟,受文义相赏,却不受重用,因此意甚不平,"多称疾不朝直。穿池植援,种竹树堇,驱课公役,无复期度。出郭游行,或一日百六七十里,经旬不归……"④因此,白居易道出大谢山水诗的旨趣:"谢公才廓落,与世不相遇。壮志郁不用,须有所泄处。泄为山水诗,逸韵谐奇趣。"(《读谢灵运诗》)其所作山水诗,名动朝野,流芳百世。正如太史公所言,大抵发愤之作也。

2. 通变与新变的过渡

颜延之与谢灵运主要的文学活动是在永初至元嘉初年,刘宋王朝重文,促成了元嘉十六年(439)儒、史、玄、佛等四学并立。颜、谢儒释道三教合一的思想基础和博赡兼通的文化积淀,使彼此的文学观念在尊崇传统的同时,

---

① (清)严可均,校辑.全上古三代秦汉三国六朝文[M].北京:中华书局,1958:2617.
② (唐)李延寿,撰.南史[M].北京:中华书局,1975:878.
③ (清)丁福保,辑.历代诗话续编[M].北京:中华书局,1983:995.
④ (梁)沈约,撰.宋书[M].北京:中华书局,1974:1772.

亦呈现出文学自觉的特点,为南朝梁文学的通变和新变奠定了良好的基础。梁代刘勰《文心雕龙》提出"通变"的概念,是与其宗经的观念相联系的,以古为准则,方成通变。其原则是"望今制奇,参古定法"。萧子显则提出更进一步的文学发展观,其称:"若无新变,不能代雄。"①又,"颜、谢并起,各自擅奇"②。可见,颜、谢亦预其新变之流。刘、萧皆可看作对东汉王充和东晋葛洪反对"贵古贱今"思想的补充和突破。《文心雕龙·通变》称刘宋初期文学"讹而新",正合萧子显"新变"的立场。因此,我们可以讲,颜、谢诗文中所体现的文学观,正处于文学通变与新变的发轫及过渡时期。

(1)发掘章句技巧、声色、情文美

早在西晋时期,陆机撰《文赋》曰:"其会意也尚巧,其遣言也贵妍。暨音声之迭代,若五色之相宣。"③最早提出作文之方,也是较早注意文学言辞妍丽、声色并茂的形式特征。然而后世寡用,刘勰称其《文赋》"巧而碎乱"。直至刘宋迭代,颜、谢异军突起,重视章句艺术技巧与声色情感美学,无论在理论或是实践上,对陆机的主张无疑是隔代之回应。

第一,连类比物。颜延之《庭诰》曰:"咏歌之书,取其连类合章,比物集句。"④颜注意到具有歌咏性质的《诗经》及由其发展而来的四言、五言、七言等古诗,一个突出的特点乃"连类合章,比物集句"。从其字义便可知,颜认为诗歌章句重要的特征是"连类比物"。这种说法并非由颜延之首次提出,最早见于《韩非子》卷一《难言第三》:"多言繁称连类比物。"⑤韩说主要针对论难之言,并非文学。西汉枚乘《七发》曰:"于是使博辩之士,原本山川,极命草木,比物属事,离辞连类。"⑥也只是从论辩的角度阐述。不过,韩、枚二家却很好地阐释了"连类比物"的重要特征:言繁、辞广。直至汉司马迁首次将"连类比物"与文学联系一起。其《史记》卷八十三《鲁仲连、邹阳列传》提出:"……邹阳辞虽不逊,然其比物连类,有足悲者,亦可谓抗直不挠矣,吾是

---

① (梁)萧子显,撰.南齐书[M].北京:中华书局,1972:908.
② (梁)萧子显,撰.南齐书[M].北京:中华书局,1972:908.
③ (清)严可均,校辑.全上古三代秦汉三国六朝文[M].北京:中华书局,1958:2013.
④ (清)严可均,校辑.全上古三代秦汉三国六朝文[M].北京:中华书局,1958:2637.
⑤ (清)王先慎.新编诸子集成·韩非子集解[M].北京:中华书局,2013:22.
⑥ (清)严可均,校辑.全上古三代秦汉三国六朝文[M].北京:中华书局,1958:238.

以附之列传焉。"①邹阳辞即《狱中上书》，邹氏以谗见黜，恐死负罪而上此书于梁孝王，其书旁征博引历史人物50余人，其辞恳切悲婉而其旨归一，当为司马迁"比物连类"之要旨。

因此，我们可以从中得知，"比物连类"者，人、物、事三者俱备，即包括用典、对仗、排沓等诸多修辞手法。述古以明志，重沓申其情，使文章有一咏三叹之功，观《狱中上书》言辞与情志便可知晓。然司马迁"比物连类"之说，并非仅是文学修辞，继之曰邹文"有足悲者"，可见，文学的修辞之"文"是为"质"服务的，抑或称文学的艺术技巧要以表达情志为前提。此与"发愤著书"说一脉相承，两汉魏晋文人并未参其旨，直至刘宋时期，在文学自觉的精神和观念的新变思潮下，颜延之等代表诗人品味出新的诗歌美学理念，并应用于创作实践。同代王微乃画家、文人兼评论家，其著《鸿宝》评骘诸家，年久佚失，诗品称其"密而无裁"。其文学观点另见《与王僧绰书》："文好古，贵能连类可悲。"②可谓直承司马迁之观点而来。此处之"文"依旧不出司马氏的范畴，当为文章类③。颜延之在二者的基础上，将"连类比物"之修辞应用到诗歌等歌咏性质的有韵之文的写作中，为诗歌的写作正式提出了具体可行的艺术技巧和修辞方式。颜延之极其称许"连类比物"，其《祭屈原文》曰："比物荃荪，连类龙鸾。声溢金石，志华日月……"④我们可以用互文的手法阐释，即连类比物"荃荪""龙鸾"，皆为君子美好德行的象征。钱钟书《管锥编》认为"连类"具有"稠叠其词""词彩"的含义。颜延之将最初用于文章的修辞引入诗歌等有韵文，拓展了诗歌写作的艺术手法，开拓了不同于陆机《文赋》"立片言而居要"之新的审美模式，有意于寻求一种极貌繁富的审美情趣。这种审美影响下颜延之的创作自然呈现出繁富的风格特征，谢灵运的诗歌艺术风格便以繁富突出，特别是其创作的山水诗，无疑是对"比物连类"修辞的最佳践行。加上，谢灵运首次对《回文》文学体裁的总结归类，更鲜明彰显了谢对诗歌艺术修辞的重视。当然，颜、谢各自繁富的呈现方式不

---

① （汉）司马迁，撰.史记[M].北京：中华书局，1963：2479.
② （梁）沈约，撰.宋书[M].北京：中华书局，1974：1667.
③ 《宋书》卷六十二《王微列传》："微既为始兴王浚府吏，浚数相存慰，微奉答笺书，辄饰以辞采。微为文古甚，颇抑扬，袁淑见之，谓为诉屈。微因此又与从弟僧绰书……"可见，袁淑所斥"诉屈"乃为王微书笺。因此，王微因故所作《与从弟僧绰书》中所谓"文好古"云云，当为文章类。
④ （梁）沈约，撰.宋书[M].北京：中华书局，1974：1892.

一,颜延之以"错彩镂金"而著称,其最突出亦最为人所诟病的便是"用典"。宋张戒《岁寒堂诗话》卷上:"诗以用事为博,始于颜光禄而极于杜子美。"①非但用典,对偶亦为其所钟情。清吴乔《围炉诗话》卷一:"用事之密,始于颜延之,后世对偶之祖也。"②用典、对偶在谢灵运的诗中也是突出的表现,黄节《谢康乐诗注·序》论述康乐之诗:"合《诗》、《易》、聘、周、《骚》、《辩》、仙、释以成之。"③宋严羽《沧浪诗话》:"灵运之诗,已是彻首尾成对句矣。"④谢灵运虽被誉为"兴多才高"(钟嵘《诗品》),然不能忽视其对"佳句"的琢磨。清吴乔《围炉诗话》卷一:"康乐诗矜贵之极,遂有琢句。"⑤刘师培《南北文学不同论》:"颜、谢诗文,舍奇用偶,鬼斧神运,奇情毕现。"⑥颜谢对诗歌艺术技巧的重视、发掘与运用,重新唤醒了诗歌内部组织结构的张力和生命,为实现诗歌的艺术性开辟了卓有成效的路径,这无疑是一种可贵的主张和实践。

第二,以声色为美。以颜、谢等为代表的刘宋诗人已初步意识到诗歌与音律的关系。首先,颜、谢同时注意到诗歌的吟咏,重诗歌的音乐性和韵律美。颜称《诗经》为咏歌之书,后世诗歌声律谐和,可配金石音,其节奏四言侧密、五言流靡,有流靡舒缓与侧密紧促之分。与颜延之理性地觉察诗歌规律不同,谢灵运付诸实践,其好文咏,善于在流连隽永的曲调中寻找栖居的闲适和神性会通的乐趣,其《山居赋》自注云:"谓少好文章,及山栖以来,别缘既阑,寻虑文咏,以尽暇日之适。便可得通神会性,以永终朝。"⑦同时,谢灵运亦深具识别音律节奏的鉴赏观,特别是民间乐曲,其云:"《采菱》调易急,《江南》歌不缓。"(《道路忆山中》)不仅注意到音乐歌咏的节奏有急有缓,并且能够听其声会其情,其曰:"眷《叩弦》之逸曲,感《江南》之哀叹。"(《山居赋》)谢之文咏与对乐曲的赏鉴,一定程度上受佛经吟唱的影响,其《山居赋》云:"远僧有来,近众无阙。法鼓即响,颂偈清发。散华霏蕤,流香飞越。"⑧

---

① 丁福保,辑.历代诗话续编[M].北京:中华书局,1983:452.
② (清)吴乔.围炉诗话[M].北京:中华书局,1985:42.
③ 黄节,笺注.谢康乐诗注[M].北京:人民文学出版社,1958.
④ (宋)严羽,撰.郭绍虞,校释.沧浪诗话校释[M].北京:人民文学出版社,1983:158.
⑤ (清)吴乔.围炉诗话[M].北京:中华书局,1985:31.
⑥ (清)刘师培.中国中古文学史讲义[M].南京:凤凰出版社,2011:255.
⑦ (清)严可均,校辑.全上古三代秦汉三国六朝文[M].北京:中华书局,1958:2608.
⑧ (清)严可均,校辑.全上古三代秦汉三国六朝文[M].北京:中华书局,1958:2608.

谢通梵文,其撰《十四音训叙》以通梵汉,释慧皎称其"条列梵汉,昭然可了,使文字有据焉"①。谢灵运对梵文殊音的理解,无疑对其汉字组织结构和音韵节奏有了异于他人的认知与应用。其次,颜、谢诗歌对音律的运用表现在双声、叠韵等使用频率大增。自《诗经》以来,特别是建安、太康诗风的酝酿,诗歌逐渐走向了绮丽、对仗的路子。此时,双声、叠字虽有,但只有二三句镶嵌之功,并非占诗歌的主体。至颜、谢,双声、叠韵已然成为一种有意识的修辞,较前贤突出之处是五言诗两联之中双声、叠韵、叠字与对偶的叠加贯通,灵活运用在句首、句中、句尾等。陈美足《南朝颜谢诗研究》以五言诗为例,将颜、谢诗声韵相对者归为三类:双声相对者、叠韵相对者、双声叠韵相对者。兹各试举三例如下:

流连河里游,恻怆山阳赋。(颜延之《五君咏》,双声)
阳陆团精气,阴谷曳寒烟。(颜延之《应诏观北湖田收诗》,叠韵)
松风遵路急,山烟冒垄生。(颜延之《拜陵庙作诗》,叠韵)
想象昆山姿,缅邈区中缘。(谢灵运《登江中孤屿》,双声叠韵)
荒林纷沃若,哀林相叫啸。(谢灵运《七里濑》,叠韵)
侧径既窈窕,环洲亦玲珑。(谢灵运《于南山往北山经湖中瞻眺》,双声叠韵)

其中,谢灵运大幅度提高叠字的使用率,用以描摹物态,如"咸咸感物叹,星星白发垂"(《游南亭》)、"亭亭晓月映,泠泠朝露滴"(《夜发石关亭》)等,具有新颖、生动的审美情感和视觉震撼。然而,颜、谢对音律的主张和实践虽然只是初步的觉醒,却已然彰显一个时代对音律与诗歌技巧的重视,既秉承《诗经》以来的诗乐的传统,以自身的诗歌创作使"声有飞沉,响有双叠"(刘勰《文心雕龙·声律》)、"清浊通流,口吻调利"(钟嵘《诗品·序》),又开启了时代声律论的先声。元嘉二十二年(445),范晔首倡作文与声律的联系,其《狱中与诸甥侄书》提出:"性别宫商,识清浊,斯自然也。观古今文人,多不全了此处,纵有会此者,不必从根本中来。言之皆有实证,非为空谈。年少中谢庄最有其分,手笔差易,文不拘韵故也。"②谢庄识声韵,并将声韵

---

① (梁)释慧皎,撰.汤用彤,校注.汤一玄,整理.高僧传[M].北京:中华书局,1992:260.
② (清)严可均,校辑.全上古三代秦汉三国六朝文[M].北京:中华书局,1958:2519.

融入其创作实践。谢庄《月赋》以四六谋篇,转韵以组章,具有诗化的艺术技巧和审美意境,突破了赋体形式上一言、二言、三言等多种散体语言的冗滞杂陈,尤其是融进了"隔千里兮共明月"歌咏的形态,具有诗歌语言的整饬优美和韵文的流转响陈。钟嵘《诗品序》论声律说的流变称:"齐有王元长者,尝谓余云:'宫商与二仪俱生,自古词人不知用之。'帷颜宪子乃云'律吕音调',而其实大谬。惟见范晔、谢庄,颇识之耳。常欲造《知音论》,未就而卒。"①因此,颜延之、范晔、谢庄皆率先作了尝试,虽未达到沈约"前有浮声,则后须切响。一简之内,音韵尽殊;两句之中,轻重悉异"②的声律论的严格主张,因此沈称"张、蔡、曹、王,曾无先觉,潘、陆、谢、颜,去之弥远……"③,毫无疑问,刘宋文人已经注意到音律与诗歌创作之间有密切的关系。当下有研究者注意到颜、谢诗集中有符合律诗的诗句④。说颜、谢有意识将声律融入诗歌的写作,不免有些牵强附会,然而值得肯定的是,颜、谢已然对诗歌的音乐美、形式美进行了初步实践。

  诗歌与物色。颜、谢对诗歌的另一个开拓,便是将大自然的缤纷色彩用极简的字句融入诗歌写作,形成元嘉初诗歌的独具特色。例如,颜延之"丹宫""丹朡""金练""葱青""葱苹""青阙""青辂""绿畴""积翠""攒素""皓月"等等。谢灵运五言诗中更俯拾即是,色彩更为缤纷:白芷、白云、白日、白杨、白发;丹丘、丹穴、丹梯;朱宫、朱方、朱颜;红泉、红萼;黄鸟、黄屋、梱黄、黄云、黄发;绿柳、绿筱、绿苹、初绿、绿箨;碧沙、水碧、碧涧;青云、青翠、青崖;紫茸、紫苞等。从以上字眼可知,颜延之持笔庄重,色彩归一,意象多雅正,为宫廷诗的庙堂写作。谢灵运持笔天然,色彩缤纷,意象多为自然风物,清丽可喜。关注景物的色彩,是颜、谢关注生活、走入自然的体验,是使诗歌焕发生命力的一个动因,而更为重要的当属描摹物色的方式。颜、谢对物色的描摹较为极致,堪为"织词"(李兆洛《骈体文钞》)。其技巧较为多样,最为突出的是在诗句中置入一个动词,连接前后两种景物,或起承接之用。如颜延

---

  ① (梁)钟嵘,撰.曹旭,集注.诗品集注增订本[M].上海:上海古籍出版社,2011:448.
  ② (梁)沈约,撰.宋书[M].北京:中华书局,1974:1779.
  ③ (梁)沈约,撰.宋书[M].北京:中华书局,1974:1779.
  ④ 黄水云《颜延之及其诗文研究》将颜五言诗符合平仄的诗句摘录出来,共12句,如"寻山洎隐沦"符合"平平仄仄平"。按此法,谢灵运诗《登池上楼》一首就有五句合律,如"飞鸿响远音"合"平平仄仄平"。

之《车驾幸京口三月三日侍游曲阿后湖作诗》,全诗共 11 句,描写皇家船行的阵仗竟不惜占 8 句,其中描摹船只的形态:"神御出瑶轸,天仪降藻舟。万轴胤行卫,千翼泛飞浮。凋云丽璇盖,祥飙被彩斿。""瑶轸""藻舟""万轴""千翼"均是择船一处,饰以丽词,繁富工整而不失气魄,究其因,当为动词的嵌入,"出"与"降"、"胤"与"泛"、"丽"与"被"三组动词气脉相连,贯通前后。其中"丽"字当为形容词的使动用法,由此可以看出颜延之对字句的活用。动词的使用数见于其他诗篇,如:"阳陆团精气,阴谷曳寒烟。"(《应诏观北湖田收诗》)"春江壮风涛,兰野茂荑英。"(《车驾幸京口侍游蒜山作诗》)以上诸例均为颜延之应制诗作,而其体现出自然风物的情态绝不亚于谢灵运的山水诗。因此,颜谢以辞藻齐名于世,并非虚冠。所不同的是,谢灵运的山水诗中将物色表现得更为集中,多章并起、连篇齐出,势如万泉涌发,在创新的同时也成就了一种典型。这就是"谢客风容映古今"(元好问《论诗绝句三十首·二十》)之处,也是风流百代、万古留新的原因。谢诗中亦有同颜诗句中对动词的采用,试举例如下:

{
扬帆采石华,挂席拾海月。(《游赤石进帆海》)
憩石挹飞泉,攀林搴落英。(《初去郡》)
苹萍泛沉深,菰蒲冒清浅。(《从斤竹涧越岭溪行》)
金膏灭明光,水碧辍流温。(《入彭蠡湖口》)
池塘生春草,园柳变鸣禽。(《登池上楼》)
昏旦变气候,山水含清晖。(《石壁精舍还湖中作》)
羁雌恋旧侣,迷鸟怀故林。(《晚出西射堂诗》)
海鸥戏春岸,天鸡弄和风。(《于南山往北山经湖中瞻眺》)
}

第一组动词的艺术手法同颜诗一样,所不同的是谢灵运用纪行的方式,将自己的所见所闻付诸五言诗,自己成为诗歌的主体,用动词呈现自己贴近大自然的真情实貌,这在当时是比较新奇的,也是相当成功的。后三组则是表现景物本身的情貌,第二组用法与颜诗相差无几,第三、四组则真正体现谢灵运的艺术技巧:第三组情寄之于景,景总含情,表达自己对物候变化的感慨;第四组谢赋予事物本身情感和动作,既生动地描摹了风物的情态,又将细腻的情感熔铸在简练的字句中。以上写作技巧成为我们取之不竭的艺术渊薮。谢灵运对事物的描摹不是停留在色彩和动作的表现技巧,其成就远远超出表层的锻造,而在于赋予云霞风气、山泉水池之千姿百态、呼之欲出的生命感知和艺术审美。陈美足《南朝颜谢诗研究》在"巧构形似"一节中将谢灵运诗中所描写的山水等景物进行了分类:山严峻伟者、江水万变者、云霞媚姿者、泉石激韵者、草卉夺彩者、鸟兽作态者、日月流光者等七种。由此可见,谢灵运兴多才高,足以将山水日月的百貌千态不遗余笔、陈情毕现。林文月称其"有声有色"(《谢灵运》),谢灵运之笔塑造的是一代文人的寓目则书写、才高而兴稠、风流求自然的人生姿态。

颜、谢以声色为美的创作实践在南朝即有所称,刘勰《文心雕龙·时序》称"颜、谢重叶以凤采"[①],其表现在于"俪采百字之偶,争价一句之奇,情必极貌以写物,辞必穷力而追新"[②];裴子野《雕虫论》亦称"篾绣鞶帨"等。唐皎然《诗式》称其祖谢灵运:"其调逸,其声谐。"[③]到了明代,陆时雍《诗镜总论》:"诗至于宋,古之终而律之始也。体制一变,便觉声色俱开。"[④]"声色大开"的刘宋诗歌便成为不刊之论,颜、谢应首推其功。

第三,以悲为美。《诗经》的性质早在上古已有定论:"诗言志,歌咏言。"(《尚书·尧典》)诗歌的本质特征是用来表达人的情志。春秋时孔子解诗的社会功用"兴、观、群、怨"之"兴",具有感发情志的作用。《诗大序》首次阐发《诗经》"吟咏情性"的特征,其曰:"吟咏情性,以风其上,达于事变而怀其旧俗者也。故变风发乎情,止乎礼义。"[⑤]"吟咏情性"为"风上",抒发情志是为了讽谏,论政得失,以期回到理想的礼教社会。这种情志的抒发是有严格界定的。后世汉魏晋诗作家间有情性之作,为数实少。文论家亦有所发挥,然未能突破其窠臼。范晔提出:"文患其事尽于形,情急于藻,义牵其旨,韵移其意。……常谓情志所托,故当以意为主,以文传意。以意为主,则其旨必见,以文传意,则其词不流。"[⑥](《狱中与诸甥侄书》)晋世陆机《文赋》:"诗缘

---

① (梁)刘勰,著.范文澜,注.文心雕龙注[M].北京:人民文学出版社,1958:675.
② (梁)刘勰,著.范文澜,注.文心雕龙注[M].北京:人民文学出版社,1958:67.
③ (唐)皎然.诗式[M].北京:中华书局,1985:4.
④ (清)丁福保,辑.历代诗话续编[M].北京:中华书局,1983:1406.
⑤ (汉)毛亨,传.(汉)郑玄,笺.(唐)孔颖达,疏.毛诗正义[M].北京:北京大学出版社,2000:18.
⑥ (梁)沈约,撰.宋书[M].北京:中华书局,1974:1830.

情而绮靡。"①钟嵘《诗品·序》:"至乎吟咏情性,亦何贵于用事?"②南朝梁刘勰《文心雕龙·情采》:"盖风雅之兴,志思蓄愤,而吟咏情性,以讽其上,此为情而造文也。"③而在刘宋时,涌现突破性的"以悲为美"的文学思潮,开启了南朝梁悲情文学的理论基调。这对诗歌艺术的演进无疑是一场推动。在上文"连类比物"一点中,我们知晓司马迁首发"悲为美"之说,但仅就书论而言。刘宋时期,颜延之将书笺、诗赋等各体文学都纳入"悲"的审美观。颜延之提出李陵之作以悲为美,其《庭诰文》:"逮李陵众作,总杂不类,元是假托,非尽陵制。至其善写,有足悲者。"④钟嵘称李陵五言诗"文多凄怆"(《诗品·汉都尉李陵诗》)盖义相通。观其《重报苏武书》及传为李作《录别诗二十一首》,实感慨悲怀,诉衷毕现。另,颜延之"以悲为美"的审美观也适用于赋体文学,其咏向秀"流连河里游,恻怆山阳赋"(《五君咏·向常侍》)。《说文解字》将"怆"解释为"伤",心感物动情,伤而生悲,悲来即生怨,怨深而生愤。因此,"悲"又常常与"怨"连用,钟嵘称李陵诗"怨者之流"(《诗品·汉都尉李陵诗》)。颜延之早期五言诗的创作亦披情满怀,如《赴洛道中》等,被称为"情喻渊深"(《诗品·宋光禄大夫颜延之诗》)之作。同时代文人王微亦有类似颜延之的主张,不过是指书论而言,其《与从弟僧绰书》曰:"且文词不怨思抑扬,则流澹无味。文好古,贵能连类可悲。"⑤此文针对袁淑"诉屈"之讥,王微做出应答,涵盖了文学抒发悲情的可贵理论,其源自司马迁"连类可悲"说,并且指出"怨思抑扬"的表现形式,这些都是使文章有意味的一种尝试。王微五言诗的成就颇高,钟嵘评王微"风月"五言之警策,并将王微和谢瞻、谢混、袁淑、王僧达等合评:"其源出于张华,才力苦弱,故务其清浅,殊得风流媚趣。"⑥从文学发展的角度,颜延之赋予了文学"诗缘情""吟咏情性"之后更崇高的美学观,即"以悲为美"。而王微恰恰在理论上呼应的同时,方式上也进行了补充。以悲为美的意识并非仅颜、王二家,临川王刘义庆《世说新语》对哀悼感伤的文学及人事有多处记载,试举例如下:

---

① (清)严可均,校辑.全上古三代秦汉三国六朝文[M].北京:中华书局,1958:2013.
② (梁)钟嵘,撰.曹旭,集注.诗品集注增订本[M].上海:上海古籍出版社,2011:220.
③ (梁)刘勰,著.范文澜,注.文心雕龙注[M].北京:人民文学出版社,1958:538.
④ (清)严可均,校辑.全上古三代秦汉三国六朝文[M].北京:中华书局,1958:2637.
⑤ (梁)沈约,撰.宋书[M].北京:中华书局,1974:1667.
⑥ (梁)钟嵘,撰.曹旭,集注.诗品集注增订本[M].上海:上海古籍出版社,2011:360.

王武子曰:"未知文生于情,情生于文。"(《文学》第四)

　　桓公曰:"木犹如此,人何以堪?"攀枝执条,泫然流泪。(《言语》第二)

　　王戎曰:"圣人忘情,最下不及情。情之所钟,正在我辈。"简服其言,更为之恸。(《伤逝》第十七)①

魏晋文学"慷慨悲歌",魏晋名士"风流多情"。《世说新语》的笔墨不仅仅渲染了魏晋士人流光溢彩的人物情事,更是拈带出已逝的时代中永不流逝的风流和真情,还有镶嵌在诗歌等渺小的文字中"真我"的大胆展现。刘义庆的留心与汇集,正是象征刘宋士人对魏晋风流的缅怀和敬意,其笔虽小,其指乃大。以上诸例多为情感中"悲"与"真"的展现,因此,我们可以大胆地认为,刘宋士人如颜延之、谢灵运、王微、刘义庆等士大夫仍旧有一颗向往魏晋名士的心,追求自我的真实和生命的释然,他们尝试用文学这样一种载体,实现去古未远的名士情怀。这种情怀在文字的载体中,自觉生发出鲜活的求生求进意识,从而使诗歌等文学完成自觉的成长和完善,最终达到正所谓不知"文生于情,情生于文"的浑然一体的自然天真的艺术形式。

　　第四,论文与论画的理通。元嘉十七年(440),颜延之与王微曾有书信互相赠答,其在《与王微书》中云:"图画非止艺,行成当与《易》象同体。而工篆隶者,自当以书巧为高。"②何为《易》象?《易传·系辞》已下定义:"是故夫象,圣人有以见天下之赜,而拟诸形容,象其物宜,是故谓之象。"又,"子曰:'圣人立象以尽意,设卦以尽情伪。'"③由此知《易》以八卦图符为载体,圣人用以宣吉凶,昭兴败,明道示妙,形简意远,意在象中,包揽不凡。《易》象之义,魏晋名士清谈中多有阐发,试举一例,南朝宋刘义庆《世说新语·文学》载:"殷中军、孙安国、王、谢能言,诸贤悉在会稽王许。殷与孙共论《易》象,妙于见形。"刘孝标注云:"其论略曰,圣人知观器不足以达变,故表圆应

---

① (南朝宋)刘义庆,著.(梁)刘孝标,注.余嘉锡,笺疏.世说新语笺疏[M].北京:中华书局,2015:280、125、704.
② (清)严可均,校辑.全上古三代秦汉三国六朝文[M].北京:中华书局,1958:2639.
③ 黄寿祺,张善文.周易译注:新修订本[M].上海:上海古籍出版社,2018:692.

第四章　敦经/融通:颜延之与谢灵运文学思想比较 | 189

于蓍龟。圆应不可为典要,故寄妙迹于六爻。"①刘溯源探由,交代六爻八卦之缘起及其本质、功用。简言之,爻、卦之象可以预见变化,一形昭示吉凶。同时,一象一形,本是见化之用,不必为化之本体,故而不能拘泥一象一形,洞见寡闻变化之道。同时察观象外之象、形之远形。刘勰《文心雕龙·原道》:"幽赞神明,易象为先。"②与之同理。明乎《易》象义,再反观颜延之此论,则突出图画象以见形,形以表意、意以明道的重要美学批评思想,书法亦如是,但更重"工巧"。图画与书法作为直观的审美艺术载体,向来对形体的要求更高一筹,而颜延之《易》象同参,能发象以统广、形外见意,将绘画的本质提到很高的维度,是为创见。王微据颜之论做出答复,其《叙画》有言:"辱颜光禄③书……欲其并辨藻绘,核其攸同。"④"并辨藻绘,核其攸同"八字可知王微于颜延之《易》象同体、"工巧"之评等是表示赞同的。据此,我们可从《叙画》中体现的画论思想和审美理论与颜延之的思想相互参照。《叙画》云:

　　夫言绘画者,竟求容势而已……望秋云,神飞扬,临春风,思浩荡。虽有金石之乐,珪璋之琛,岂能仿佛之哉！披图按牒,效异山海,绿林扬风,白水激涧。呼呼！岂独运诸指掌,亦以明神降之。此画之情也。⑤

一方面,王微提出绘画"竟求容势",即是说极貌状物,穷尽形势。但又不能像《地理志》严格写实,要"融灵见形",即在目之所及以外,再运以内心的想象和神思,拟之笔端,才能以一笔绘太虚,一画而灵动。这是绘画对物形的要求。绘画不仅讲求景物的形似与神似,而且要能够牵起览者的情思,即在泼墨绘彩的同时能够"明神降之",使绘画传达出景色之外的神韵和意味,此之谓"画之情"。这两个要点熔铸在绘画中,方使绘之有径,画之有神。那么,颜

---

① (南朝宋)刘义庆,著.(梁)刘孝标,注.余嘉锡,笺疏.世说新语笺疏[M].北京:中华书局,2015:262.
② (梁)刘勰,著.范文澜,注.文心雕龙注[M].北京:人民文学出版社,1958:2.
③ 颜延之任"光禄"共三次:第一次于元嘉十七年文帝赐"光禄勋";第二次即元嘉三十年元凶刘劭赐"光禄大夫";第三次元嘉三十年孝武帝赐"金紫光禄大夫",直至孝建三年卒。《宋书》载王微卒于元嘉三十年(学界或称王微卒年为元嘉二十年)。因此,王微称颜光禄,当为元嘉十七年。
④ (唐)张彦远,撰.历代名画记[M].上海:上海人民美术出版社,1964:131.
⑤ (唐)张彦远,撰.历代名画记[M].上海:上海人民美术出版社,1964:131—133.

延之"《易》象说"虽不尽然,但无疑与之相通。颜站在艺术角度看待绘画,却给予绘画相当高的维度,施之文学写作,未尝不可。钟嵘评颜诗"巧似",则合《易》象写形;评"情喻渊深",当合形神尽意。故而文与画的理论可以互通。

　　同时代,宗炳《画山水序》可与王微之《叙画》日月齐辉,不过宗炳的写作早于《叙画》约十年光景①。因此,宗炳在一定程度上应对王微之论产生过影响。宗炳《画山水序》提出山水画论如下重要的观点:"澄怀味像""以形媚道""以形写形,以色貌色""畅神"等,成为绘画史上经典的美学观点。宗炳主张绘画的理论如同陆机《文赋》论文之写作,在创作之前对眼前景象进行澄心思味:"罄澄心以凝思,眇众虑而为言。笼天地于形内,挫万物于笔端。"②创作之际,陆机认为灵感缥缈无踪:"应感之会,通塞之纪。来不可遏,去不可止。"③宗炳则更重灵感的过程:"应会感神,神超理得"④,在与入目之景会通,沐浴在景象的熏陶中,感发出神思的快乐。可惜,宗炳的山水画不传,不然可助吾辈领悟其畅神之旨。宗炳是山水画的理论派,谢灵运则是山水诗的实践派。谢灵运与宗炳一为山水诗的开创者,一为工于佛像的画家及书法家,因此很难将二者孤立看待。特别是,宗炳之"以形写形,以色貌色",恰恰正是谢灵运山水诗的经验总结。还有"畅神"的强调,谢灵运亦早有感发,其《山居赋》云:"伊昔齓龀,实爱斯文。援纸握管,会性通神。"⑤刘宋时期,不论文学、绘画还是书法等诸多艺术形式,业已将艺术的创作与神会紧密相连。南朝齐谢赫《古画品录》讲作画六法之"气韵生动""应物象形",正是对魏晋南朝以来创作的总结。

　　颜延之与宗炳在佛释思想上有共通之处,曾共同倾洒万言驳斥慧琳、何承天等反佛论。因此可以说颜同谢二人应当知晓宗炳之论,思想中有互通之处,彼此之间应产生过交流或影响。而于无形之中,文学与绘画之间的创作理论势必有所交集。钟嵘评元嘉三大家皆以"巧似",当是较为中肯的评价,韦勒克《文学理论》:"人们用'雕刻似的'这一术语来说明诗歌……只是

---

① 据张彦远《历代名画记》卷六"年六十九,尝自为《画山水序》曰……"得出此论。
② (清)严可均,校辑. 全上古三代秦汉三国六朝文[M]. 北京:中华书局,1958:2013.
③ (清)严可均,校辑. 全上古三代秦汉三国六朝文[M]. 北京:中华书局,1958:2013.
④ (唐)张彦远,撰. 历代名画记[M]. 上海:上海人民美术出版社,1964:130.
⑤ (清)严可均,校辑. 全上古三代秦汉三国六朝文[M]. 北京:中华书局,1958:2608.

一个朦胧的暗喻,含义是,诗歌可以在某种程度上传达希腊雕刻的效果。"①

正是颜、谢共同的坚守和创变,实现刘宋文学声色大开,古意仍有保留。因此,颜、谢位于通变的发轫期。然而颜延之和谢灵运在诗歌创作上对修辞技巧、声色发掘、以悲为美的审美体验以及对绘画艺术理论的融会贯通,还是他们基于古典传统的基础上的发挥与创见,而真正凸显颜、谢在文学理论上的独创与进步,则是对文学本身审美和价值的发现,具体表现为颜延之对"言""笔""文"分类的文学独立意识和谢灵运"赏情为美"的文学审美价值观。

(2)新变发轫一:颜分"言、文、笔"

"文笔"齐称,始于汉王充《论衡·艺增篇》,其载:"诸子之文,笔墨之疏,人贤所著,妙思所集。"②又,《超奇篇》:"征诣相属,文轨不尊,笔疏不续也。岂无忧上之吏哉!乃其中文笔不足类也。"③此时,文与笔虽然分称,其指代意义是相同的。文笔起初的含义是泛指一切著作,并没有区分。有晋一代,文笔并称乃盛,究其义,依旧如此,从《晋书》④可窥一二:

> 文笔奏议,皆有条理。(卷四十五《侯史光列传》)
> 著《五经钩沉》,更撰《吴越春秋》,并杂文笔皆行于世。(卷六十八《杨方列传》)
> 少以文笔著称。(卷七十一《王鉴列传》)
> 文笔论议,有集行于世。(卷七十七《蔡谟列传》)
> 博学洽闻,以文笔著称。(卷八十二《习凿齿列传》)
> 文笔数十篇行于世。(卷九十二《张翰列传》)
> 所著文笔十五卷传于世。(卷九十二《曹毗列传》)
> 累迁大司马桓温府记室。温重其文笔,专综书记,后为《东征

---

① [美]韦勒克,沃伦.文学理论[M].刘象愚,等译.北京:生活·读书·新知三联书店,1984:132.
② (东汉)王充.论衡[M].上海:上海人民出版社,1974:129.
③ (东汉)王充.论衡[M].上海:上海人民出版社,1974:214.
④ 《晋书》,为唐房玄龄等负责监修,其以南朝齐臧荣绪《晋书》为蓝本,参考十八家晋史(晋有:王隐、虞预、朱凤;刘宋有何法盛、谢灵运;齐有臧荣绪;梁有萧子显、沈约等)和著作,兼取十六国史籍,综合辑采而成。可谓能够还原"文笔"的历史语境。

赋》。(卷九十二《袁宏列传》)①

以上诸例,"文笔"一词连用,均表示写作及文采之义。唯有第二例,似乎有与史传之文区别开来之意,但并不妨碍"文笔"具有普遍的写作之义。

晋世之后,"文"与"笔"渐渐开启区别之争。刘宋文臣颜延之为首发,《南史》载:帝尝问以诸子才能,延之曰:'竣得臣笔,测得臣文,𬴊得臣义,跃得臣酒。'何尚之嘲曰:'谁得卿狂?'答曰:'其狂不可及。'"②颜延之此时已具有将"文""笔"二者分开论说的意识,虽然二者各自的含义其并没有更多的论述,但是从以下两条材料略知其义。颜延之子颜竣造书檄征讨,刘劭"召延之,示以檄文,问曰:'此笔谁所造?'延之曰:'竣之笔也。'又问:'何以知之?'延之曰:'竣笔体,臣不容不识。'"③这里的"笔",包括檄文之类的文章,是一般的公文之作,实用性强。逯钦立《说文笔》中分析颜竣之檄文,认为:"其有辞藻音节,都很讲求……可见当时所谓笔,并不管它合不合声律,而是看它有没有韵脚。"④同时代范晔也注意到文与笔的不同,其《狱中与诸甥侄书》:"手笔差易,文不拘韵故也。"可以视为颜延之论的注脚,以形式上的音韵为划分依据。但是颜延之对笔的认知并不止于此,南朝梁刘勰《文心雕龙·总述》论:

今之常言,有文有笔,以为无韵者笔也,有韵者文也。夫文以足言,理兼《诗》《书》,别目两名,自近代耳。颜延年以为:"笔之为体,言之文也;经典则言而非笔,传记则笔而非言。"请夺彼矛,还攻其盾矣。何者?《易》之《文言》,岂非言文?若笔不言文,不得云经典非笔矣。将以立论,未见其论立也。予以为发口为言,属笔曰翰,常道曰经,述经曰传。经传之体,出言入笔,笔为言使,可强可弱。六经以典奥为不刊,非以言笔为优劣也。⑤

---

① (唐)房玄龄,等撰.晋书[M].北京:中华书局,1974:1290、1831、1889、2041、2152、2384、2388、2391.
② (唐)李延寿,撰.南史[M].北京:中华书局,1975:879.
③ (唐)李延寿,撰.南史[M].北京:中华书局,1975:880.
④ 中国人民大学古代文论资料编选组.中国古代文论研究论文集[M].上海:上海古籍出版社,1989:199.
⑤ (梁)刘勰,著.范文澜,注.文心雕龙注[M].北京:人民文学出版社,1958:655.

首先,我们要明确颜延之对言和笔的认识。"言之文也",这里的"文",与《论语》"言之不文,行之不远"之"文"意义相同,应当"文饰"讲。范文澜《文心雕龙注》:"颜延年谓'经典则言而非笔,传记则笔而非言',此言字与笔字对举,意谓直言事理,不加彩饰者为言,如《礼经》《尚书》之类是;言之有文饰者为笔,如《左传》《礼记》之类是。其有文饰而又有韵者为文。颜氏分为三类,未始不善,惟约举经典传记,则似嫌笼统。盖《文言》,经典也,而实有文饰,是经典不必皆言矣。况《诗》三百篇,又为韵文之祖耶!"① 由此可知,颜延之对"笔"的界定,首先是一种独立的文体,它的文体特征是有文采修饰的。在这种界定标准下,经典则是述之而作的"言",传记则是有文采之"笔"。同时,颜延之认为"笔"与"文"是相互对举的,而颜延之对"文"的文体特征定义可以从颜延之诗文赋的创作中寻找答案。借用后世公认的同时代诗人的评价:"错彩镂金"(惠休),"诗若铺锦列绣,亦雕缋满眼"(鲍照)。另外,还可以结合齐梁批评家的观点,如钟嵘《诗品》:"尚巧似""情喻渊深""喜用古事""律吕音调""图写性情"等,从中可知,颜延之对"文"的文体特征的定义可以总结为:雕饰丽辞、用事连类、写情状物、声调律吕等,显然已经开启南朝梁萧绎《金楼子》对"文"的定义。

另,还可以从颜延之"测得臣文"句中发掘线索。诸多研究者,包括对颜延之的研究者以及对"文笔说"的研究者,均未能留意此点。颜测,颜延之第二子,《宋书》载:"竣弟测,亦以文章见知。"② 颜测有集十一卷(《隋书》),今不传。可考者有五篇佚文:

宋颜测《山石榴赋》:

> 风触枝而翻花,雨淋条而殒芬。
> 环青轩而燧列,绕翠波而星分。
> 视栖翡之失荣,顾雕霞之无文。③

宋颜测《栀子赞》曰:

---

① (梁)刘勰,著.范文澜,注.文心雕龙注[M].北京:人民文学出版社,1958:658.
② (梁)沈约,撰.宋书[M].北京:中华书局,1974:1904.
③ (唐)欧阳询,撰.艺文类聚[M].卷八十六,果部上.四库全书本.

濯雨时擿素,当飙独含芬,丰荣殊未纪,销落竟谁闻。①

颜测《七夕连句诗》曰:

云扃息游彩,汉渚起遥光。②

颜测《九日坐北湖联句诗》曰:

亭席敛徂蕙,澄酒泛初兰。③

颜测集《大司马江夏王赐绢启》曰:

冰纨风绤,事膺盛服。④

分析颜测现存诗文赋残句的艺术特征,可以看出字与句均充满色彩的清芬美、对仗的形态美、抑扬的音律美。其整饬工对之巧,似有颜延之诗之神,如《夏夜呈从兄散骑车长沙诗》:"独静阙偶坐,临堂对星分……岁候初过半,荃蕙岂久芬……九逝非空思,七襄无成文。"无论是用语或是韵脚,均有神似之处。还有就是句中动词的运用,如"万轴胤行卫,千翼泛飞浮"。颜测无疑吸取了其父颜延之五言诗的优秀成果。钟嵘《诗品》"齐诸暨令颜测等七人"云:"檀、谢七君,并祖袭颜延。欣欣不倦,得士大夫之雅致乎!余从祖正员常云:大明、泰始中,鲍、休美文,殊已动俗。唯此诸人,传颜、陆体。用固执不移。颜诸暨最荷家声。"⑤因此,颜延之说"测得臣文"实为允当。同时,我们从中得知了颜延之对"文"与"笔"的认识以及区别意识。

反顾上文刘勰《文心雕龙》的论点,很明显,刘勰不同意颜延之的观点。究其矛盾点,则在于"经典"与"经传"是"笔"是"言"。刘勰的时代,已经对文笔有了明确的定义:有韵者为文,无韵者为笔。以此为标准,则"经典则言而非笔"是存在问题的。因为,经典中亦有有韵之文。刘勰举出《文言》一例反驳,成为后世共识,几无异音。查《文言》,果如阮元所言:"一篇之中,偶句凡

---

① (唐)欧阳询,撰. 艺文类聚[M]. 卷八十九,木部中. 四库全书本.
② (唐)徐坚. 初学记[M]. 卷四,岁时部下. 四库全书本.
③ (唐)徐坚. 初学记[M]. 卷四,岁时部下. 四库全书本.
④ (宋)李昉. 太平御览[M]. 卷第八百二十,布帛部七.
⑤ (梁)钟嵘,撰. 曹旭,集注. 诗品集注增订本[M]. 上海:上海古籍出版社,2011:575.

四十有八,韵语凡三十有五。"①黄侃《文心雕龙札记》云:"颜氏之分言笔,盖与文笔不同,故云:'笔之为体,言之文也。'此文谓有文采,经典质实,故云非笔,传记广博,故云非言,然《易》明有《文言》,是经典亦可称笔,彦和以此驳之,殊为明快。"②本书认同颜延之的观点,颜延之"经典"具有普遍的泛称性质,而并非丁卯之见,将经典中的每一句每一篇都按照有韵无韵的标准来归类。按照孟子"以意逆志"的经典阐释方法,我们可以了解颜延之所谓的经典,具有直述的普遍特征,因此,颜延之称为"言"。同理,"传记则笔而非言"强调"传记"具有"文"之普遍的形态特征。同时,颜延之论"言""笔"并无轩轾之分,从其同论诸子袭"文"、袭"笔"、袭"义"便可知晓,强调了时代潮流下的文体分类意识。颜延之的分类意识,是基于刘宋时代文集整理和总结下的识辨和潮流,并且影响了整个南北朝的文笔之辩的风气③,促进文学独立价值的提升。

南朝梁元帝萧绎受颜说影响,进一步严格界定文笔的概念,反映了南朝梁的文学思潮和艺术审美。其《金楼子·立言》:"至如不便为诗如阎纂,善为章奏如柏松,若此之流,泛谓之笔,吟咏风谣,流连哀思者,谓之文。……笔退则非谓成篇,进则不云取义,神其巧惠笔端而已。至如文者,惟须绮縠纷披,宫徵靡曼,唇吻适会,情灵摇荡,而古之文笔,今之文笔,其源又异。"④萧绎从文笔的形式和性质上,已经不拘前见以韵脚为标准,而是注重文学的抒情和声律美。

由此可见,颜延之"文笔之分"显然是具有开创性和前瞻性的。郭绍虞

---

① 黄侃.文心雕龙札记[M].上海:华东师范大学出版社,1996:9.
② 黄侃.文心雕龙札记[M].上海:华东师范大学出版社,1996:274.
③ 南朝齐、梁,北朝魏等,"文笔"多见于史书。有合称泛指文章著作之义,也有区分义,试举例。《宋书》卷四十三《傅亮》列传第三:高祖登庸之始,文笔皆是记室参军。《宋书》卷八十三《沈怀文》列传第四十三:怀远颇闲文笔,悫起义使造檄书。《魏书》卷八《高祖纪下》:"有大文笔,马上口授,及其成也,不改一字。"《魏书》卷五十五《刘芳》列传:"(子刘懋)诗诔赋颂及诸文笔见称于时。"《魏书》卷八十五《邢臧》列传文苑:"其文笔凡百余篇。"《魏书》卷八十五《温子升》列传文苑:"梁使张皋写子升文笔,传于江外。"《南齐书》卷四十《武十七王·萧子良》列传:"所著内外文笔数十卷,虽无文采多是劝诫。"《南齐书》卷四十七《谢朓》列传:"以朓为骠骑咨议,领记室,掌霸府文笔。"《梁书》卷十四《任昉》列传第八:"昉雅善属文,尤长载笔。"《南史》卷五十七《沈约》列传:"谢玄晖善为诗,任彦升工于笔,约兼而有之,然不能过也。"
④ (梁)萧绎,撰.许逸民,校笺.金楼子校笺.[M].北京:中华书局,2011:966.

总结道:"文笔之分,实在是认识文学之独立性的必要条件。就当时的文学作风而言,假使看不到文笔之分的作用,就不可能使文学独立成为一种学科。"①又,"文笔之分在文学批评史上有两种重要意义:其一,是使'文学'一词与其他学术区别开来,开始认识到文学的独立性。其二,使'文笔'与'言'或'语'分开来。关于这个问题,有好的作用,也有坏的影响。好的是使儒家的经典归到言或语类中去,而与文学无关。坏的是忽略了口语文学,又有轻视、排斥活生生的民间文艺的不良倾向"②。虽然郭绍虞承认文笔之分的意义,但是郭主张文笔可分,也不必分。颜延之将经典立"言"之体,一方面如同郭绍虞先生所说,提高了文学的独立价值;另一方面,也反映了颜延之敦经的思想。詹杭伦认为:"颜延之与刘勰在'有韵为文,无韵为笔'的认知上并无矛盾,只是颜延之站在'文士'的立场上,主张讨论'文笔'应与经典相分离;刘勰则站在'宗经'的立场上,主张讨论'文笔'不能脱离经典。"③颜延之虽仅为一介文士,也并非只是站在文士的立场上做出文笔之分。准确地说,颜延之既为文士,亦为通儒。④ 因此,颜延之与刘勰的立场并没有什么不同,都是敦经的思想。所不同的是二者的文体观念,颜延之更为缜密有序,刘勰更为系统纲明。

文笔区分是有历史渊源和流变的,后世学者因对刘勰《文心雕龙》的"文笔"之论理解不同⑤,就刘勰区分文笔与否产生了两个派别。文笔无分之说的代表为章太炎、黄侃、郭绍虞等,文笔有分之说的代表为逯钦立、刘师培等。

章太炎《国故论衡》认为文与笔不必有所区分:"文与笔非异涂,所谓文者,皆以善作奏记为主。……鸿儒之文,有经、传、解故、诸子,彼方目以上第,非若后人摈此于文学外,沾沾焉惟华辞之守,或以论说、记序、碑志、传状为文也……自晋以降,初有文笔之分。《文心雕龙》云:'今之常言,有文有笔,有韵者文也,无韵者笔也。'然《雕龙》所论列者,艺文之部,一切并包。是

---

① 郭绍虞.照隅室古典文学论集[M].上海:上海古籍出版社,1983:327.
② 郭绍虞.照隅室古典文学论集[M].上海:上海古籍出版社,1983:292.
③ 詹杭伦.《文心雕龙》"文笔"说辨析——附论"集部"之分类沿革[J].文艺研究,2009(01).
④ 颜延之通《礼》,著有《礼逆降议》三卷。连挫当时有名的大儒周续之三义,见上文。
⑤ 诸家多据"经传之体,出言入笔,笔为言使,可强可弱"(刘勰《文心雕龙·总述》)认为刘勰不主张文笔之分。

则科分文笔,以存时论,故非以此为经界也。昭明太子序《文选》也,其于史籍,则云'事异篇章';其于诸子,则云'不以能文为贵'。此为裒次总集,自成一家,体例适然,非不易之定论也……"①继之裒集自古以来史书经传中称文称辞者为例证,反对阮元文笔之辩。

黄侃承其师章太炎之说,其认为刘勰"斥(案:此指文、笔、言之分)分别之谬",故二者不分优劣,并且认为"文可兼笔,笔可兼文",《文心雕龙札记》云:"盖散言有别,通言则文可兼笔,笔亦可兼文(刘先生云:'笔不该文',未谛)……然彦和虽分文笔,而二者并重,未尝以笔非文而遂屏弃之……且其驳颜延之曰:'不以文笔为优劣'。亦可知不以文笔为优劣也。……与其屏笔于文外,而文域狭隘,曷若合笔于文中,而文囿恢弘?屏笔于文外,则与之对垒而徒启斗争,合笔于文中,则驱于一途而可施鞭策……"②关于其演变,黄侃认为文笔以有韵与否为区分,兴起于声律说之后,滥觞于范晔、谢庄,王融、谢朓、沈约扬其波。永明之后,合声律为文,不合声律为笔。同时,黄侃指出文笔形式特征为:有韵为文,是指句中声律,而非句末的韵脚。总结流变的历程,黄侃提出自己文笔之别的论点:"愚谓文笔之分,不关体制,苟惬声律,皆可名文,音节粗疏,通谓之笔。"③

刘师培《中国中古文学史讲义》提出"笔不该文,文可该笔":"文笔区别,盖汉魏以来,均以藻韵者为文,无藻韵者为笔。东晋以还,说乃稍别。……合颜延之各传,知当时所谓笔者,非徒全任质素,亦非偶语为文,单语为笔也。……凡文之偶而弗韵者,皆晋宋以来所谓笔类也。笔不该文,文可该笔。"④

逯钦立《说文笔》一文对文笔的起源、内涵及其演变历程分析得更为详审。首先罗列"文笔"并举的文献资料,认为文笔说起于东晋初年,泛指制作,文指诗、赋、颂诔等有韵之文,笔指章、表、书、论等无韵之文,不包括经、子、史专门著述。其内涵由泛指文章的写作渐而演变为两种不同的文体写作。至于以有韵无韵为区分标准,逯氏认为刘宋颜延之已有先声,并录以颜

---

① 章太炎,撰.国故论衡[M].上海:上海古籍出版社,2006:39.
② 黄侃.文心雕龙札记[M].上海:华东师范大学出版社,1996:267.
③ 黄侃.文心雕龙札记[M].上海:华东师范大学出版社,1996:270.
④ 刘师培.中国中古文学史讲义[M].南京:凤凰出版社,2011:133—134.

竣《檄文》无韵脚为例作为论证。刘勰"论文叙笔"则延续晋说。逯钦立由此以刘宋为界将文笔说分为初期（东晋）和后期（刘宋及其以后）。后期的"文笔说"又分为两派：传统派、革新派。传统派以颜延之、刘勰、萧统为代表。逯氏提出颜延之文笔之辩的意义在于：扩大了文笔的范围，将传记纳入笔类；赋予文笔的理论依据，将言、笔、文分为有等级的三类。后世对颜说有一定的接受。南朝梁刘勰接受了颜说，对颜延之的驳论本身充满矛盾。梁元帝《金楼子》亦受颜说的影响，将笔视为非文，大大加严了文笔的义界。革新派以萧绎为代表，"革新"体现为两点：一、取消了以韵脚为区分标准。二、树立"绮縠纷披，宫征靡曼，唇吻遒会，情灵摇荡"的标准。与刘勰"情采""声律"篇是为呼应。

　　章太炎与黄侃站在现实的角度看待文笔并没有区分，这是在阐发他们自己的文学思想，其说虽然允洽，但并没有结合颜延之与刘勰的时代客观看待问题。更为矛盾的是黄侃解决问题的时候依然是站在文笔之分的立场上，唯逯说和郭说，解决了文笔之辩的问题。因此我们仍然可以肯定，文笔之分是存在于南北朝的，颜延之则是揭幕这场批评的发言人。同时，我们又可以采取郭绍虞之说，用今日的文学思想来阐释当时的文笔之分，虽然不一定准确，但值得肯定的是有助于我们理解文笔之义："就'文学'中的学科言，可分为文笔二目，'文'相当于纯文学，'笔'相当于杂文学。"[①]文笔连用，则泛指写作。因此，颜延之文笔之分无疑具有现实性的指导意义。

　　"文笔"的内涵已经明晰，接下来我们有必要略论一下"言"的含义，进一步了解颜延之的文学思想。本书认为"经典则言而非笔，传记则笔而非言"中的"言"字，不仅带有"述说"，还兼有"议和论"的含义。因此，经典不仅有"述"的特质，还有思辨的本质。陈桥生《刘宋诗歌研究》第一章"文笔之辨及其溯源"认为颜延之"言"承袭清言而来，其说可通。[②] 我们可以从时代的思潮中找出论据。南朝刘宋刘义庆《世说新语》专列《言语》《文学》篇集中展现晋人论"言"与"笔"大量的例子。《言语》篇，有说有论，多为人物自言和与他人之言对者，表达自己的思想和情志，或机巧如对，或辞辩义切，或如珠玉生

[①] 郭绍虞.照隅室古典文学论集[M].上海：上海古籍出版社，1983：335.
[②] 陈桥生.刘宋诗歌研究[M].北京：中华书局，2007.

烟之美。《世说新语·言语》载王夷甫曰:"裴仆射善谈名理,混混有雅致。张茂先论《史》《汉》,靡靡可听。我与王安丰说延陵、子房,亦超超玄著。"①此则就包含了谈玄说理和互论史传的内容。《文学》篇不同于当下我们的文学,它包括学术切磋(第1至65则)和文学创作(第66至104则)两个方面,总104则,共论诗、赋、文、颂、谏、谥议、论、赞、版、笺等11种文体,另有经、史、子、别集、佛释等著作类的注释和阐述。其中对言和笔的并举使用堪为典型,不难看出有晋一代言笔并重的发展趋势。兹例证之:

> 乐令善于清言,而不长于手笔……(乐)标位二百许语,潘直取错综,便成名笔。时人咸云"若乐不假潘之文,潘不取乐之旨,则无以成斯矣"。(《文学》第70则)
>
> 太叔广甚辩给,而挚仲洽长于翰墨,俱为列卿。每至公坐,广谈,仲洽不能对。退,著笔难广,广又不能答。(《文学》第73则)
>
> 江左殷太常父子,并能言理,亦有辩讷之异。扬州口谈至剧,太常辄云:"汝更思吾论。"(《文学》第74则)
>
> 魏长齐雅有体量,而才学非所经。初宦当出,虞存嘲之曰:"与卿约法三章:谈者死,文笔者刑,商略抵罪。"魏怡然而笑无忤于色。(《排调》第48则)②

乐广、潘岳、挚虞、殷融为西晋名士,魏顗为东晋才俊。有晋一代,清言与文笔的对举与并重,可以视为颜延之"言"与"笔"之分的源头。颜延之所处的时代玄风消退,但依然有保留。颜延之、谢灵运作为元嘉代表文人,二者历晋宋之交,性任诞不拘,好饮酒,慕隐士、尚玄风,有名士的情怀。颜延之善交名士,谢灵运善臧否人物,颜延之是儒士,也贵玄,《南齐书·陆澄传》载颜延之"黜郑置王,意在贵玄"③。《周易》作为儒学、玄学二家的经典,重要的注家有汉代经学家郑玄、东晋玄学家王弼。颜延之倾向王注,似有重玄的思想。这种思想是刘宋时期儒、玄、佛三教并重思潮的体现。颜延之不仅崇尚谈

---

① (南朝宋)刘义庆,著.(梁)刘孝标,注.余嘉锡,笺疏.世说新语笺疏[M].北京:中华书局,2015:92—93.

② (南朝宋)刘义庆,著.(梁)刘孝标,注.余嘉锡,笺疏.世说新语笺疏[M].北京:中华书局,2015:278、280、281、897.

③ (梁)萧子显,撰.南齐书[M].北京:中华书局,1974:684.

玄,而且兼重论义。其《庭诰文》强调了交流切磋的重要性:"凡有知能,预有文论……校之群言,通才所归。"①颜延之身体力行,言谈简约义达,曾连挫当时的大儒兼高士周续之三义。②颜延之"夐得臣义"之"义"即指代若此。

钟嵘在总结前代文学批评经验时,提出"颜延论文,精而难晓",亦可以论证颜延之"论"的习惯和实践性。因此,颜延之"经典则言"之言应该带有清谈论辩的思想性特质,这也可以看作"言"与"笔""文"的重要的区别之一。颜延之言谈并论,讲究辞约义丰,逻辑密,强调了经典的思想性、简约性,区别于蔚然兴起的诗、文、辞赋等富有辞藻的艺术性、繁富性。非但没有优劣之分,还赋予了言、文与笔同等地位的评价。刘宋范晔《后汉书》首次于《儒林传》外立《文苑传》,南朝梁萧子显《南齐书》单独立《文学传》,南朝梁元帝萧绎《金楼子·立言》定义与"文""笔",区分高下,勾勒出文学独立发展的线索,可以说,颜延之为首功。

综上所述,颜延之所谓"经典",并不特指儒家经典,还包括玄学、佛学等诸家的经典著作。这不仅归因于刘宋时期的学术思潮,也是颜延之本身文化知识结构沉淀的结果。颜延之将经典立为"言"——突出经典的思想性和论辩性,史传立为"笔"——突出语言的修饰特征,单独称"文"——突出文章写作的声色艺术美,"言—笔—文"之间蕴藏严密的逻辑关系:层层递进、逐步生长、渐而区分的内在规律,体现出强烈的逻辑分类意识和文学辨体意识。

(3)新变发韧二:谢举"情赏"

蔡宗齐《战国时期有关"情""性"的论辩与两汉六朝文论中的言志说与情文说》③将"情"的概念分为四个时期,并做了历时性的探讨:一、春秋末至战国初期:万物的本质,以孔子、墨子为代表;二、战国中晚期:情感与人性,以荀子、庄子为代表;三、两汉时期:情感升华为道德判断,以《诗大序》为代

---

① (清)严可均,校辑.全上古三代秦汉三国六朝文[M].北京:中华书局,1958:2634.
② 《宋书·颜延之传》(卷七十三):"雁门人周续之隐居庐山,儒学著称。永初中,征诣京师,开馆以居之。高祖亲幸,朝彦毕至,延之官列犹卑,引升上席。上使问续之三义,续之雅仗辞辩,延之每折以առ要。既连挫之,上又使还自敷释,言约理畅,莫不称善。""三义"即《礼记》"傲不可长""与我九龄""射于矍圃"。周续之,浔阳三隐之一,师从范宁,通十经,名冠同门。后师慧远,通《易》《老子》。
③ 此文系蔡宗齐教授在上海师范大学的讲座内容,时间为2019年6月4日,地点为文苑楼708室。

表;四、六朝时期:情文为艺术、艺术之情文,以《文赋》《文心雕龙》为代表。观察文献记载,"情性""性情"的概念经历了由宇宙的客观性到人本身特质、由社会集体到个人的回归。其本质也由哲学的韵味扩展到文学艺术的理论。"性情"脱骨于"情性",显示出人的自觉,对人自身生命本质与情感的发掘,对个性价值的体认。特别是魏晋六朝人对"性情"的追寻,无疑是中国史上最生动、最出彩的表现。宗白华有言:"魏晋的玄学使晋人得到空前绝后的精神解放……个性价值之发现,是'世说新语时代'的最大贡献。"①

"性情"作为文学的本质和功用在六朝文论双璧《文心雕龙》《文赋》中彰显,如《文心雕龙》中有"雕琢情性"(《原道》第一)、"陶铸性情"(《征圣》第二)、"义既极乎性情"(《宗经》第三)、"吐纳英华,莫非情性"(《体性》第二十七)。

晚于《文心雕龙》的《诗品》开篇曰:"气之动物,物之感人,故摇荡性情,形诸舞咏……"②远远早于二书时代的山水诗人谢灵运,则首次从创作与理论上对"性情"做出主张和提倡,为梁代相继迸发的文论做出了深刻的指导与启示。

谢灵运追求的生命情调:顺从性情,在历史上是一个十分有个性的人物。史书本传记载,其好着华服,喜臧否人物。每出入,必有数人捊扶,时人作歌谣曰:"四人挈衣裙,三人捉坐席。"③后来谢灵运登山涉水发明了"谢公屐"。谢灵运的个性不仅表现在个人生活中,还表现在仕途上。永初三年(422)被贬任永嘉太守时,谢灵运在任一年便辞职归隐,同族兄弟数次相劝不得。宋文帝时不受重用,便肆意妄游,经旬不归。可见他是一个天然好新、桀骜浪漫的追求者。谢灵运不掩饰、不造作,在文学创作中仍然高举彰显性情的旗帜,反复申明自己独特的自由。早在仕途之初,谢灵运就显露出贵我体无的道家思想,其写信给族兄谢瞻《答中书》一诗曰:"守道顺性,乐兹丘园。"不久给族弟谢曜表达了同样的思想:"违真一差,顺性谁卷"(《赠从弟弘元》)、"曾是朋从,契合性情"(《赠从弟弘元时为中军功曹往京》之二)等。谢灵运顺从性情的思想贯穿了其有限的一生,更是对谢氏家族丘壑风流的

---

① 宗白华.美学散步[M].上海:上海人民出版社,1981:213.
② (梁)钟嵘,撰.曹旭,集注.诗品集注增订本[M].上海:上海古籍出版社,2011:1.
③ (梁)沈约,撰.宋书[M].北京:中华书局,1974:884.

坚守。这一点可以从谢灵运在元嘉二年(425)归隐东山始宁别墅所作《述祖德诗》中得到论证："达人贵自我，高情属云天。兼抱济物性，而不缨垢氛。"谢灵运对祖父谢玄功成退隐的歌咏，表达了同祖父"遗情舍尘物，贞观丘壑美"(《述祖德诗》)的归隐理想。不仅在诗歌中，在赋体写作中谢灵运也明确表达了"顺从性情"的创作观，其《山居赋》序云："抱疾就闲，顺从性情，敢率所乐，而以作赋。"谢灵运标举赋体文学"抒情遣怀"的本质特征，不仅可看出谢灵运文学自觉的意识，而且看出这是其"顺从性情"的文学表达方式。记录谢灵运人生大半行迹之《游名山志》序云："夫衣食人生之所资，山水性分之所适。今滞所资之累，拥其所适之性耳。"①可宣其志。谢灵运的上级兼知音庐陵王刘义真曾评价谢灵运为性情中人："灵运空疏，延之隘薄，魏文帝云：'鲜能以名节自立者。'但性情所得，未能忘言于悟赏，故与之游耳。"谢灵运后世十一世孙皎然《诗式·文章宗旨》评价谢文"直于情性"："曩者尝与诸公论康乐为文，直于情性，尚于作用。"②可见，谢灵运的性情主张是人生的体认，更有文学创作理念的贯彻。施又文《六朝世族个体意识的自觉与谢灵运的文学观》也认为："在人性觉醒、个体意识苏醒的时代氛围下，文学从为政治、时代服务的桎梏中解放出来，转向寄托个体的性情发展。谢灵运的文学创作与理念，就服膺'随顺性情'的宗旨，其山水诗就是他个人才具气质与生平遭遇的自我显现与完成。"

谢灵运顺从性情的美感体验：情赏为美。谢灵运诗集中有一个比较突出的现象，对"赏""赏心"等词的运用特别频繁，据统计高达18处，这是为谢灵运所独有的，也是探讨其文学思想的重要因素之一。"赏""赏心"的含义并不难解，谢诗无疑是最好的诠释：

> 心欢赏兮岁易沦。(《鞠歌行》)
> 邂逅赏心人，与我倾怀抱。(《相逢行》)
> 微言是赏，斯文以崇。(《赠安成诗》)
> 将穷山海迹，永绝赏心晤。(《永初三年七月十六日之郡初发都》)

---

① (清)严可均，校辑.全上古三代秦汉三国六朝文[M].北京：中华书局，1958：2616.
② (唐)释皎然.诗式[M].北京：中华书局，1985：4.

灵域久韬隐,如与心赏交。(《石室山》)

表灵物莫赏,蕴真谁为传?(《登江中孤屿诗》)

我志谁与亮,赏心惟良知。(《游南亭诗》)

赏心不可忘,妙善冀能同。(《田南树园激流植援》)

羁雌恋旧侣,迷鸟怀故林。含情尚劳爱,如何离赏心?(《晚出西射堂》)

满目皆古事,心赏贵所高。鲁连谢千金,延州权去朝。(《入东道路》)

永绝赏心望,长怀莫与同。末路值令弟,开颜披心胸。(《酬从弟惠连》)

"赏心"的对象既可以指人,又可以指物。"赏"的状态首先应该指令人心生欢喜,另外,还有一层更高的含义即理解、认同和欣赏。于人,便是志同道合之人;于物,即为悦目会心之物。因此慨叹"天下良辰、美景、赏心、乐事,四者难并"(《拟魏太子邺中集诗八首序》),空间时、自然物、世中人、人间事一应俱美,在耳、在目、在心,是谢灵运追求性情之真美的最好表达。李善注《从斤竹涧越岭溪行》"情用赏为美":"言事无高玩,而情之所赏,即以为美。"①谢灵运将审美的体验诉诸文字,则体现了诗歌"诗缘情"中提炼出"赏情为美"的诗歌主张。谢灵运在《山居赋》序中也同样提到自己的主旨:"览者废张、左之艳辞,寻台、皓之深意,去饰取素,倘值其心耳。意实言表,而书不尽,遗迹索意,托之有赏。"②

谢灵运的性情说及情赏为美的观点具有开创的意义,如萧纲赞誉新渝侯诗作"性情卓绝,新致英奇"③(《答新渝侯和诗书》)。而同时,这种文学观孳乳了后世的娱情说。南朝梁萧统《文选》所选诗人篇目最多的是陆机诗歌52首,其次便是谢灵运诗歌40首,占据其诗歌总数的一半。可见,萧统对谢灵运山水诗的赞赏与重视。而在谈论文学流变中,萧统《文选序》指出各类文体众制:"譬陶匏异器,并为人耳之娱。黼黻不同,俱为悦目之玩。"可以

---

① (梁)萧统,编.(唐)李善,等注.六臣注文选[M].北京:中华书局,2012:411.
② (清)严可均,校辑.全上古三代秦汉三国六朝文[M].北京:中华书局,1958:2604.
③ (清)严可均,校辑.全上古三代秦汉三国六朝文[M].北京:中华书局,1958:3011.

看出，萧统的文学思想带有一定"娱情"性，这无疑是受到谢灵运"情赏为美"主张的影响。张润平《论谢灵运的诗学精神》[①]提出谢灵运具有"娱情适性的创作态度"，也是有一定说服力的。

三、文学审美趣味的交织与冲突

从上文总结的有关颜延之与谢灵运的理论主张和创作中，我们可以得知，颜、谢文学审美的一致性体现在对建安、西晋诗风审美的体认。同时，颜、谢文学审美明显存在很大的分歧，主要体现为两点：庙堂与山林之视野各织异彩、对民歌的态度褒贬不一。

（一）承继建安、西晋诗风的形式美学

曹旭先生《论宫体诗的审美意识新变》提出"形式美学"这一范畴，其内涵包括音韵、声律、对偶、辞藻等形式美，并且将魏晋南北朝整体的审美分为6个层次：建安风骨美—田园美—山水美—庭园建筑美—物器美—人体美。[②]颜延之与谢灵运就处于"山水美"这一富有色彩、富有生气的审美链条上，二者在诗歌领域的理论和创作成就则踵武于建安、两晋以来的诗歌艺术成果，有所扬弃的同时开辟出富有时代特色的刘宋元嘉文学。曹旭《论西晋诗学》提出："中国诗学基本上走的是西晋张华、陆机、潘岳、张协等人开辟的缘情绮靡、华美亮丽的道路。"[③]又，"所录刘宋诗人，百分之九十以上源出太康，说明刘宋时期的诗歌，基本上走的是西晋太康的道路"[④]。因此，颜、谢审美趣味应植根于对建安、西晋形式美学的土壤中。

重词采。颜延之五言诗的千年定评为"错彩镂金"（钟嵘《诗品》载惠休语），喻颜诗如锦缎交错的花纹、雕镂的金色一般华美，有文采。颜延之的诗风来源于陆机，钟嵘评其"才高辞赡，举体华美"（《诗品》"陆机"条），陆机又源于曹植，钟嵘评曰："词彩华茂"（《诗品》"曹植"条），正是颜延之师承之处。

---

① 张润平.论谢灵运的诗学精神[J].内蒙古民族大学学报，2007(06).
② 曹旭.论宫体诗的审美意识新变[J].文学遗产，1988(06).
③ 曹旭，王澧华.论西晋诗学[J].文学评论，2011(05).
④ 曹旭，王澧华.论西晋诗学[J].文学评论，2011(05).

谢灵运直接源于曹植和张协,《诗品》评张协"词彩葱蒨",谢诗故而有"才高词盛,富艳难踪"之评(钟嵘《诗品》序)。可以看出颜、谢对华丽辞藻的审美追求,后世亦以"词彩"将二者并称。沈约《宋书》称颜、谢:"俱以词彩齐名。"①刘勰《文心雕龙》称:"颜、谢重叶以凤采"②。南朝裴子野《宋略总论》:"文章则颜延之、谢灵运,有藻丽之钜才。"③如此便形成刘宋文学"俪采百字之偶,争价一句之奇,情必极貌以写物,辞必穷力而追新"(《文心雕龙·时序》)的鲜明诗风。

尚巧似。刘宋一朝十分重文,因此短短60年国祚却培育出颜延之、谢灵运、鲍照等诸多优秀的诗人。值得注意的是,隐逸之风颇为盛行,史上著名的浔阳三隐皆为刘宋人物。文人与隐士、僧侣之间的交游颇为寻常,不少人还建立起了深厚的友谊,如颜延之与陶渊明、谢灵运与慧远等。他们结伴一同游山游水,体验自然。山水开启了刘宋诗人新的审美视野和感受,这种审美区别于玄言诗人体道的目的性,它赋予自然的生命,表现自然山水自身的美。加上颜谢贬谪的遭际,使他们有契机接触大自然,艺术来源于生活,生活赋予诗人写作的经验和血肉,诗歌表现生活,还有灵魂。另外,此时还出现了著名的画家宗炳、王微以及重要的画论《叙画》《画山水序》。诗歌与绘画之间理论互通,如颜延之"《易》象写形"与宗炳"以形写形,以色貌色"、王微"竟求容势";谢灵运之"会兴通神"与"畅神"(宗炳)、"明神以降"(王微)的绘画理论相互交织,互为补充。山水的发现和绘画理论的互通,使得颜谢之笔情貌大开,声色俱入。

工对仗。审美视野的开拓,万物俱入眼来。诗中的意象络绎奔发,与此同时,颜、谢将声音、色彩、动作和容势都纳入写作,并且发挥连类比物的技巧,将散落的星辰织成整饬有序的银河。

资典故。钟嵘评价颜延之"喜用古事"。有赖于好学博览的时代风气。刘宋文坛好学之风盛行,一方面源于统治者的提倡,如元嘉初敕谢灵运作《四部目录》,元嘉十六年(439)最终并立玄、史、文、儒四学等。另一方面,同时代文人的努力。文帝刘义隆"博涉经史"(《宋书》卷五);范泰"博览篇籍,

---

① (梁)沈约,撰.宋书[M].北京:中华书局,1974:1904.
② (梁)刘勰,著.范文澜,注.文心雕龙注[M].北京:人民文学出版社,1958:675.
③ (清)严可均,校辑.全上古三代秦汉三国六朝文[M].北京:中华书局,1958:3263.

好为文章,爱奖后生,孜孜无倦"(《宋书》卷六十);傅亮"亮博涉经史,尤善文词"(《宋书》卷四十三);羊欣"泛览经籍"(《宋书》卷六十二);范晔"少好学,博涉经史"(《宋书》卷六十九);颜延之"好读书,无所不览";谢灵运"少好学,博览群书"。同时,大量史书与文集的修订和编选,使刘宋文人具备丰富的参考资料。如宋南中郎外兵参军裴骃注《史记》八十卷;裴松之《三国志注》九十七卷;范晔《后汉书》(首列《文苑传》);宋湘东太守何法盛撰《晋中兴书》七十八卷;宋临川内史谢灵运撰《晋书》三十六卷;宋中散大夫徐爱撰《宋书》六十五卷等等。颜、谢整理的文集见上文,兹略。因此,在诗歌修辞上如巧似、对偶、用典、辞藻等,相比前贤之资料更为便利、更为丰富。

颜延之与谢灵运对四种形式美学的运用并不是分开的,更不是下意识的,颜、谢都是大才之士,熔铸经史子集、雕镂色彩华辞,是对自然美、文学美自然的追求,是才学气质不自觉的铺展。朱光潜《谈美》论及造成审美趣味分歧的三个要素:资禀性情;身世经历;传统习尚。可见,刘宋一代形成善雕饰、摹物色、工对仗、资典故的审美习尚,颜、谢实为功臣。

(二)庙堂与山林的异彩视野交织

任何事物的区别并不是绝对的。颜延之与谢灵运虽然各以"庙堂""山水"擅名后世,但是这种划分是存在分界点的。这个界点恰恰分布在永初三年(422)谢灵运被贬任至永嘉太守时,此时颜延之39岁、谢灵运38岁。颜、谢诗歌风格基调的奠定亦在此时。在义熙十二年(416)至永初三年(422),颜、谢同府任职长达五年的时间。在此期间,颜、谢所撰诗歌主要有赠答诗、行旅诗、应制诗等。如颜延之负有盛名的五言诗《北使洛》《还至梁城作》作于此时,类陆机赴洛诗。颜诗集笔墨极力铺展对环境的渲染,如"故国多乔木,空城凝寒云""阴风振凉野,飞云瞀穷天"等,连类比物,整饬严密,层出不穷,仍犹存西晋古调,钟嵘称五言之警策。谢灵运的四言赠答诗如《赠安成诗》《赠从弟弘元诗》等,章法分明,清芬雅正;五言诗《彭城宫中直感岁暮》《九日从宋公戏马台集送孔令诗》等,前半极物写景,后半说理抒怀的结构,实为其山水诗章法的开端。综合颜、谢二人永初三年以前之作,便知此时二者的诗歌风格差别并不明显。二者的诗风差异逐步建立在谢灵运山水诗蔚然兴起的元嘉年间。自谢灵运贬任永嘉太守后,山水诗几乎成为其短暂的最后十年生涯的书写和记录。同为贬谪,颜延之集中虽然保留一二句山水秀丽之作,如《独秀山诗》"未若独秀者,嵯峨郭邑开"(《御览》四十九),但始终不占主流。谢灵运广州弃市次年,颜延之因犯权要,被黜永嘉太守,因此作《五君咏》泄愤。未拜而免官,屏居里巷,不豫人间七载。这是其人生反抗的顶峰,也是终结。自此直至卒年,整整二十有二年,颜延之虽然生性狷介,张溥《汉魏六朝百三家集题辞》称其"玩世如阮籍,善对如乐广",但其作为朝廷的拥护者而终其一生。相比谢灵运玩赏山水间,颜延之可谓一直陪侍君王侧。因此,应制诗成为颜诗的主流,并且闻名遐迩,其元嘉十一年(434)所作《应诏观北湖田收诗》《应诏燕曲水诗》,元嘉二十六年(449)侍游作《车驾幸京口侍游蒜山》《车驾幸京口三月三日侍游曲阿湖作》等诗,另有应制的哀策诔文之作,均奠定了颜延之"庙堂"手笔的地位。

一心侍皇侧——学院派的颜延之。引用美学"学院派"的概念,以期对颜、谢二者审美视野的差异得到更好的理解。应制诗的基调:经纶文雅。它继承传统的歌功颂德的主旨,离不开宫廷苑囿的视野领域,措辞讲究正则典雅,与学院派的传统、保守的特点类似。不过,颜延之博通雅才,创新了应制诗的写作,使其发扬了建安、西晋以来五言诗绮靡流丽的特征,并大量使用对偶俪辞,组合排列繁富的意象,再附以婉转抑扬的律吕声调和丰富流动的色彩,结构分布错落有致,章法明密有间,自创了一种"错彩镂金"的风格派别,成为元嘉诗风的代表之一。纵使通过艺术技巧、对偶丽辞使五言诗脱离质朴、脱离疏荡,颜延之的应制诗发展成为一种典型和范式,但是在挑剔刻薄的艺术家眼中,颜诗似乎依然缺乏某种东西,不能标举百代。宗白华揭露了其中的本质:"学院里的艺术家离开了他的自然与社会的环境,忽视了原来的手工艺,却不一定是艺术创作上的幸福。何况学院主义往往是没有真生命、真气魄的,往往是形式主义的。真正的艺术生活是既要和大自然的造化默契,又要与造化争强的生活。文艺复兴的大艺术家也参加政治的斗争。现实生活的体验才是艺术灵感的源泉。"[①]颜延之的应制诗并不缺乏现实的表现,其歌颂王游的时间、环境以及阵仗的刻画,极富动感和层次感,佳句丛生,如"万轴胤行卫,千翼泛飞浮""松风遵路急,山烟冒垄生",可谓五言诗歌

---

① 宗白华.美学散步[M].上海:上海人民出版社,1981:236.

中的一流之作。随着诗歌表现生命、个性、现实的艺术特征涌起,应制诗中的颂德之旨渐渐远离精英和大众的审美情趣,景物描摹依附其旨,失去独立的价值,同时又难以凌跨谢灵运的山水诗歌成就之上,因此困于应制诗的局限性而泥淖于形式,不能表现真性情,情与景分离,诗歌便失去了精神和生机。颜延之又是个十分有个性的人物,最突出的表现见于《五君咏》,既是表达不遇于世的愤慨,又是对自己的现实写照。此类作品太少,且又不足以超越建安、西晋诗歌的成就。因此,后世自然将颜延之的诗歌成就放在应制诗上。颜延之一生浮沉,历四主,后半生陪侍皇侧,将自己的才华奉献给应制文体,在有限的格局中释放出意外的灿烂,标举一代,典则后世。

倾情丘壑间——自然派的谢灵运。谢灵运以审美的心态置身山水,眼观万形,情牵物象,纪行游览,以实录的方式记下了短暂的十年光景。以自然为纯粹的书写对象,加以饱含赏悟的情调,使得谢灵运的山水诗天然具有"芬馥清越"的基调,整体的风格有"出水芙蓉"之誉。谢诗表现出物我相融的自然景象、俯仰天地的宇宙意识,是其高明之处。正如宗白华所说:"晋人向外发现了自然,向内发现了自己的深情。山水虚灵化了,也情致化了。陶渊明、谢灵运这般人的山水诗那样的好,是由于他们对于自然有那一股新鲜发现时身入化境浓酣忘我的趣味;他们随手写来,都成妙谛,境与神会,真气扑人。谢灵运'池塘生春草'也只是新鲜自然而已。然而扩而大之,体而深之,就能构成一种泛神论宇宙观,作为艺术文学的基础。"[①]谢灵运山水诗的突出艺术成就在于它带有很强的自叙性和主体性。第一,诗题清晰,从中即可知诗人的行踪和题旨。每去一处便赋诗一首,直接以地名为题目,如《富春渚》《七里濑》,甚至用状补的结构对地名进行修饰,如《石门新营所住四面高山,回溪石濑,修竹茂林》;突出行动的动宾词组最为常见,如《登池上楼》《过白岸亭》《登江中孤屿》等;部分诗题很长,记叙具体事件,如《于南山往北山经湖中瞻眺》《登临海峤初发强中作,与从弟惠连,见羊、何共和之》等,同样起到交代背景的作用。诗中的内容开头也常常交代时间、地点、环境、行程等等,如"朝旦发阳崖,景落憩阴峰""宵济渔浦潭,旦及富春郭",有意识地将诗人的地理行踪展示给读者,试图营造出诗人与读者之间的对话场景,拉

---

① 宗白华.美学散步[M].上海:上海人民出版社,1981:215.

近彼此之间的距离。同时以诗人的视角作为引导,自然万象,随手拈来,景象的层叠得以铺展,增强了游览的立体感和真实体验。第二,毫不吝啬地表露我的存在,诗中"我""予""余""孤""己"等第一人称代词频频出现。"我行乘日垂,放舟候月圆。"(《发归濑三瀑布望两溪诗》)"即是羲唐化,获我击壤声!"(《初去郡》)这就明确了抒情主人公"我"的主体地位,特别是在极物写景后的布怀抒情,让读者从自然的期待视野中折回,反求诸己,追寻自我,在浩瀚的宇宙中发掘个体意识,从万籁声响回归个体的情绪流动,在伟岸与渺小的碰击中,在客观与主观的缠绕中,使个体在宇宙中得到澄净,达到物我同生、天人合一的体认和升华。第三,卒章说理布怀。谢灵运的胸次极其纯洁,诗中多是对赏心知音的期待和悟道体玄的心得的表达,从而形成"叙事—抒情—说理"三段结构模式。自问自答的设问句式增强了诗人的主体性,万感愁绪散落在对自然的赏悟中,得以遣怀和抚慰,最终顿悟净化,澄怀论道:"谁谓古今殊?异世可同调。"(《七里濑》)"人生谁云乐?贵不屈所志。"(《游岭门山》)"持操岂独古?无闷征在今。"(《登池上楼》)纯粹的胸次易于快速净化繁芜,也易于滋长繁芜。因此,谢灵运的悟道是一个过程,并不是结局,通常以假设的口吻达到顿悟的境界:"未若长疏散,万事恒抱朴。"(《过白岸亭》)"始信安期术,得尽养生年。"(《登江中孤屿》)"若乘四等观,永拔三界苦。"(《过瞿溪山饭僧》)"虑澹物自轻,意惬理无为。寄言摄生客,试用此道推。"(《石壁精舍还湖中作》)设问、假设的语气都是诗人个体对自己和世界认知的体现。他寂寞求赏,就不能静观悟道,他观照览色,就不能体"空",悟道则心不净,求赏则理不通,相互迸发的矛盾点从而成全了山水诗歌的趣味和神韵,自然而有情,理通并趣生。对自然的实录来自生活,来自经验,本身凸显可贵的价值。他的悟道建立在对行迹的实录和对自然的赏会上,笼罩万景,熔铸笔端,化万象于字间,虚实互生,神会兴然所得。

(三)乐府民歌的贬斥与赏咏

颜、谢诗歌的主张和渊源可以追踪到《国风》,二者诗歌故尚风雅,所不同的是,谢灵运的诗歌兼带楚调。正如钟嵘所言,颜延之有"经纬文雅"之才,其作"情喻渊深";谢灵运非但"学多才博",且"丽曲新声"时时间起。颜延之"敦经"与谢灵运"融通"的思想从根本上决定了二者的诗歌基调和格局,这种区分,还可以从颜、谢对乐府民歌的不同审美趣味得到启发。

颜延之的文学态度是尚雅鄙俗的。《南史·颜延之传》:"延之每薄汤惠休诗,谓人曰:'惠休制作,委巷中歌谣耳,方当误后生。'"①"委巷"是指僻陋小巷,"歌谣"是指有韵的口头歌唱。颜延之认为,惠休的诗歌是民间俗制,不登大雅之堂,而且不能有益于后世文风。《隋书·经籍志》载《汤惠休集》三卷(梁四卷),皆不存,今存诗 11 首,除却《赠鲍侍郎诗》,余下皆为乐府民歌,诗歌多以女子的口吻表达相思、相恋之悲苦,风格绮靡情多。钟嵘称"惠休淫靡,情过其才",可谓的评。颜延之曾将鲍照与惠休并称,见《诗品》:"羊曜璠云:'是颜公忌照之文,故立休、鲍之论。'"②此说一度影响了南朝齐梁的文学批评,多数是赞同"休、鲍"之说。萧子显曰:"休、鲍后出,咸亦标世。"③钟嵘从祖钟宪曰:"大明、泰始中,鲍、休美文,殊已动俗。"④曹旭先生阐释:"鲍、休美文,指鲍照、惠休学习江南乐府民歌所写的绮丽诗歌。"⑤到了梁,钟嵘力排众说,认为惠休难以与之齐名,故立休鲍商周之说。钟嵘对鲍照的评价颇高,其曰:"总四家而擅美,跨两代而孤出。"⑥同时,也指出了鲍诗的风格特征:"颇伤清雅之调""险俗"。兹时在大明泰始年间,谢灵运已逝,颜延之几近古稀,刘宋文坛继其余波,"文章殆同诗抄"(《诗品序》),鲍照和惠休则继元嘉颜、谢之后异军突起,以险俗和淫靡的诗风主导诗坛。刘师培曰:"侧艳之词,起源自昔晋宋乐府,如《桃叶歌》《碧玉歌》《白纻词》《白铜鞮歌》,均以淫艳哀音,被于江左,迄于萧齐,流风益盛。其以此体施于五言诗者,亦始晋宋之间,后有鲍照,前则惠休。"⑦

作为庙堂文臣的颜延之自然不满鲍照与惠休的淫艳俗鄙的诗风,立休、鲍之论,似乎不因忌惮鲍照美文耳,其有意反对时下流行的休、鲍之风,实有复兴风雅的期望。反过来,惠休和鲍照对颜延之的诗歌也有评价,钟嵘《诗

---

① (唐)李延寿,撰.南史[M].北京:中华书局,1975:881.
② (梁)钟嵘,撰.曹旭,集注.诗品集注增订本[M].上海:上海古籍出版社,2011:560.
③ (梁)萧子显,撰.南齐书[M].北京:中华书局,1972:908.
④ (梁)钟嵘,撰.曹旭,集注.诗品集注增订本[M].上海:上海古籍出版社,2011:575.
⑤ (梁)钟嵘,撰.曹旭,集注.诗品集注增订本[M].上海:上海古籍出版社,2011:583.
⑥ (梁)钟嵘,撰.曹旭,集注.诗品集注增订本[M].上海:上海古籍出版社,2011:381.
⑦ 刘师培.中国中古文学史讲义[M].南京:凤凰出版社,2011:119.

品》载:"汤惠休曰:'谢诗如芙蓉出水,颜诗如错彩镂金。'颜终身病之。"①《南史》卷三十四《颜延之传》:"延之尝问鲍照己与灵运优劣,照曰:'谢五言如初发芙蓉,自然可爱;君诗若铺锦列绣,亦雕缋满眼。'"②休、鲍对颜延之和谢灵运诗歌的评价是极其相似的,足以说明雅与俗之间的较量。刘宋文坛自然清丽、错综雕采、淫靡险俗三种诗风相继流行,后世效仿甚众。萧子显则将齐代对刘宋文学的习尚,以谢灵运、颜延之、鲍照为典型总结为三体,指出了元嘉三大家自身突出的特色,同时也指出各自的弊病。颜延之诗歌最大的特征,就如傅咸、应璩等博物连类、取材五经,因此诗风典正雅丽,整饬明密,不同于休、鲍之险俗淫靡。

颜延之对乐府并非全盘否定。颜延之懂音律,曾受诏依晋曲造天地郊登歌三首,歌功颂德,雅辞正曲,一望而知,颜延之在庙堂文学的主导,当以雅正为宗。另外,颜延之也创作拟古乐府,如《秋胡》九章、《从军行》,皆动情渊深之作,写相思、写衷情,颇有古音。颜延之更不反对用女子的口吻和视角表情达意,他作《为织女赠牵牛》以女子的幽怨愁思寄寓自己的慕君之怀,情贞辞正。回顾颜延之对惠休的贬斥,可能也夹杂个性的原因。第一,不尚高门。颜延之平生结交皆恬淡,远慕屈原志,近交陶潜、王球等,不喜见要人,其子颜竣权倾一朝,亦不甚待见。而惠休结交徐湛之,徐身世高贵,为皇族贵戚,尚高祖长女会稽公主。《宋书》卷七十一《徐湛之传》:"湛之善于尺牍,音辞流畅。贵戚豪家,产业甚厚。室宇园池,贵游莫及。伎乐之妙,冠绝一时。门生千余人,皆三吴富人之子,姿质端妍,衣服鲜丽……时有沙门释惠休,善属文,辞采绮艳,湛之与之甚厚。"③颜延之素来喜清约,不喜浮华,其谓:"浮华怪饰,灭质之具;奇服丽食,弃素之方。"④惠休结交贵戚徐湛之,远非颜延之所喜之列。第二,尚佛。颜延之深谙佛理,元嘉初曾从竺道生问道,造访过求那跋陀罗,反复三次与何承天辩《达性论》,著《释何衡阳达性论书》《重释何衡阳书》《又释何衡阳书》。宋文帝有誉:"颜延年之折《达性》,宗

---

① (梁)钟嵘,撰.曹旭,集注.诗品集注增订本[M].上海:上海古籍出版社,2011:351.
② (唐)李延寿,撰.南史[M].北京:中华书局,1975:881.
③ (梁)沈约,撰.宋书[M].北京:中华书局,1974:1844—1847.
④ (清)严可均,校辑.全上古三代秦汉三国六朝文[M].北京:中华书局,1958:2635.

少文之难《白黑》,明佛汪汪尤为名理,并足开奖人意。"①另,颜延之还著有《离识观》及《论检》,足以见颜延之明佛、尚佛的思想。惠休作为沙门弟子,所作艳歌淫曲,破佛门之戒律。因此,颜延之贬斥惠休制作,概因其品行不高,所作非正,大概也是惠休后来被孝武帝命使还俗的原因之一。许云和认为,颜延之对惠休的贬斥,正是因为惠休之评"错彩镂金"在佛法上不如"出水芙蓉",因此致恨。可备一说。

休、鲍制作,顺应了时代潮流。刘宋皇室贵戚、文士臣子皆慕新声丽曲,皆有制作。宋少帝更制《懊侬歌》,"六变诸曲,皆因事制歌"。② 宋孝武帝作《丁督护歌》;临川王刘义庆作《乌夜啼》;《读曲歌》者,民间为彭城王义康所作也。③ 文臣谢惠连、鲍照、惠休等吴声西曲之作更为蔚然,列表如下(见表4-1):

表 4-1　颜延之、谢灵运、谢惠连、鲍照、释惠休所作乐府统计

	颜延之	谢灵运	谢惠连	鲍照	释惠休
郊庙歌辞	《夕牲歌》《迎送神歌》《响神歌》				
横吹曲辞				《梅花落》	
相和歌辞	《从军行》、《秋胡行》9首	《长歌行》、《鞠歌行》、《燕歌行》、《豫章行》、《苦寒行》、《陇西行》、《善哉行》、《顺东西门行》、《折杨柳行》2首、《相逢行》、《泰山吟》、《上留田行》、《猛虎行》	《鞠歌行》、《陇西行》、《缓歌行》、《顺东西门行》、《塘上行》、《代古》"客从远方来"		《江南思》《怨诗行》

---

① (梁)释僧祐,撰.李小荣,校笺注.弘明集校笺[M].上海:上海古籍出版社,2013:576.
② (梁)沈约,撰.宋书[M].北京:中华书局,1974:550.
③ (梁)沈约,撰.宋书[M].北京:中华书局,1974:550.

续表

	颜延之	谢灵运	谢惠连	鲍照	释惠休
清商曲辞				《吴歌》3首、《采菱曲》7首、《萧史曲》	
舞曲歌辞				《淮南王》2首、《白纻歌》6首	《白纻歌》3首
琴曲歌辞				《雉朝飞操》、《幽兰》5首、《别鹤操》	《楚明妃曲》、《秋风歌》、《歌思引》（一作《秋思引》）
杂曲歌辞		《君子有所思行》《悲哉行》《会吟行》《缓歌行》	《君子有所思行》《悲哉行》《缓歌行》《前缓声歌》	《君子有所思行》、《出自蓟北门行》、《白马篇》、《苦热行》、《松柏篇》、《升天行》、《春日行》、《北风行》、《朗月行》、《结客少年场行》、《堂上歌行》、《空城雀》、《鸣雁行》、《夜坐吟》、《行路难》18首	《杨花曲》3首
杂歌谣辞				《扶风歌》、《中兴歌》10首	
	5题13首	17题18首	10首	26题79首	7题11首

鲍照所作吴声西曲无疑占据其乐府的主导地位,而惠休是其辅助。整个刘宋时代弥漫着吴声、西曲等新声丽辞的气息,以其形式通俗朗口,节奏短小轻快,内容怨思淫靡的特征渐渐影响着诗坛风气。萧惠基云:"自宋大明以来,声伎所尚,多郑卫淫俗,雅乐正声,鲜有好者。"(《南齐书·萧惠基传》)王运熙先生称刘宋时代是"吴声、西曲的黄金时代",并认为"《宋书·乐志》称《襄阳乐》《寿阳乐》《西乌夜飞》诸曲的'歌词多淫哇不典正',用传统的眼光看,这句评语可以应用于全部的吴声、西曲"①。因此,"诗至于宋,性情渐隐,声色大开"②。一部分也是吴声、西曲的助攻。对于弥漫声色之气的制作,侍奉皇侧的庙堂文臣颜延之自然比较排斥,相反,谢灵运的态度对此是比较开放的。

谢灵运开放的文体态度表现在雅俗共赏,并吸取了吴声西曲的优秀特质。最突出的表现,即对其从弟谢惠连的欣赏,谢灵运见其文常感叹:"张华重生,不能易也。"③谢惠连的五言诗被喻为"风人第一"④,尤以《秋怀》《捣衣》最负盛名,清何焯谓其《秋怀》"一往清绮而不乏真味!"(《义门读书记》)另,《玉台新咏》录谢惠连诗三首:《七夕咏牛女》《捣衣》《代客从远方来》。《文选》录其五首:《泛湖归出楼中玩月》《秋怀诗》《捣衣》《西陵遇风献康乐》《七月七日夜咏牛女》。诸诗都是谢惠连五言诗的佳作,其风人歌谣的形式特征主要表现叠字和顶真。他常常用叠字描摹自然景物清丽多姿的情态,如:"皎皎天月明,奕奕河宿烂。"(《秋怀》)"亭亭映江月,浏浏出谷飙。斐斐气幂岫,泫泫露盈条。"(《泛湖归出楼中玩月》)描摹女子的动作细腻如画,如:"美人戒裳服,端饰相招携。簪玉出北房,鸣金步南阶。"(《捣衣诗》)表达情感毫无矫饰,善于融情入景,表达落寞如:"萧瑟含风蝉,寥唳度云雁。"(《秋怀》)"凄凄留子言,眷眷浮客心。""靡靡即长路,戚戚抱遥悲。"(《西陵遇风献康乐诗》)表达女子的相思,巧用比兴,如:"沾渥云雨润,葳蕤吐芳馨。愿君眷倾叶,留景惠余明。"表达嬉戏的心态如:"即玩玩有竭,在兴兴无已。"(《泛南湖至石帆诗》)用词抒情均有乐府民歌的痕迹。第二个明显的特色,

---

① 王运熙.王运熙文集·乐府诗述论[M].上海:上海古籍出版社,2014:19.
② (清)王夫之,等撰.丁福保,辑.清诗话[M].上海:上海古籍出版社,2015:546.
③ (唐)李延寿,撰.南史[M].北京:中华书局,1975:537.
④ (梁)钟嵘,撰.曹旭,集注.诗品集注增订本[M].上海:上海古籍出版社,2011:372.

如王运熙指出,"顶真"的修辞。现存的谢惠连诗歌中很少,唯《西陵遇风献康乐诗》第三章有一句,不过我们可从后世的"谢惠连体"按图索骥。江淹《杂体诗·谢法曹惠连赠别》共二十句,每四句依次以"风雪""色滋""所托""无陈"用一次顶真,回沓往复,情志婉转,集一唱三叹之妙。萧纲有《戏作谢惠连体十三韵诗》,则明显有顶真和叠字两种修辞。谢灵运五言诗常常用到这两种修辞,查其文集叠字处处可见,顶真的修辞有篇制较长的《登临海峤初发强中作,与从弟惠连,见羊、何共和之》和《酬从弟惠连》,章法绵密,每4句为一章,每一章用一次顶真,达到音节流云回雪、情志循环往复的艺术效果。谢灵运五言诗《东阳溪中赠答》也采取民谣的体裁,曰:"可怜谁家妇,缘流洗素足。明月在云间,迢迢不可得。可怜谁家郎,缘流乘素舸。但问情若为,月就云中堕。"有韵的短制体、通俗的用词、表达的直白,看得出谢灵运是吸收了当时流行的吴声西曲的修辞手法。王运熙先生也认为:谢灵运《东阳溪中赠答》就是模仿吴声西曲民谣的体裁,风格类似《子夜》《读曲》吴声。[①]

谢灵运是第一位有意识整理乐府的文人,撰《新撰录乐府集》十一卷(《旧唐书》《新唐书》),这可以视作其看重民间文学的表现。谢灵运具备强烈的感知、丰富的想象和多元的审美,大多体现在对山林水涧的自然描摹,如"依稀采菱歌,仿佛含䑛容"(《行田登海口盘屿山》),如此细腻的笔触,寥寥数语便刻画得活灵活现。谢灵运不仅以开放和审美的心态去感悟和赏识吴声、西曲,而且认为此种靡靡之调亦能感荡人心,引人入胜,这一点同于诗歌感发志意的功能,其《山居赋》云:"眷《叩弦》之逸曲,感《江南》之哀叹。《秦筝》倡而溯游往,《塘上》奏而旧爱还。"谢灵运自注:"《叩弦》是《采菱歌》。《江南》是相和曲,云江南采莲。《秦筝》倡《蒹葭》篇,《塘上》奏《蒲生》诗,皆感物致赋。鱼藻苹蘩荇,亦有诗人之咏,不复具叙。"[②]谢灵运对民歌曲奏的赏心以及对绮靡歌辞的熟知,特别是对能感发悲怀的曲调表达出很高的赞赏。甚至将悲调与诗文并举,突出其共同的感发人心的审美功能,其《山居赋》:"忆昆园之悲调,慨伶伦之哀龠。卫女行而思归咏,楚客放而防露作。"其中自注:"昆山之竹任为笛,黄帝时,伶伦斩其厚均者,吹之为黄钟之宫;卫

[①] 王运熙.王运熙文集·乐府诗述论[M].上海:上海古籍出版社,2012:263.
[②] (清)严可均,校辑.全上古三代秦汉三国六朝文[M].北京:中华书局,1958:2605—2606.

女思归,作《竹竿》之诗;楚人放逐,东方朔感江潭而作《七谏》。"[①]在谢灵运的眼中,悲情的美学载体并没有什么差别,更无高低之分,民歌曲调同样具备诗文赋等文学正统体裁的感荡心灵的审美享受。因此,他毫无差别地将歌辞曲调引入文学,表达哀伤的情感:"歌《白华》而绝曲,奏《蒲生》之促调。"(《伤己赋》)以"悲"为美的审美风气,谢灵运并非首倡,也没有像颜延之等提出"以悲为美"的文学审美观点,但总体上二者的审美具有一致性,皆丰富了诗歌的情感内容和拓宽了审美领域,异于颜之处,是谢灵运的视角更加开放,并赋予诗歌实践性。

小 结

颜延之与谢灵运承继建安、西晋以来的优秀传统,处于"山水美"这一富有生机的审美链条上,各自以雕词采、尚巧似、摹声色、资典故等多样的修辞手法展现山水之美、诗歌之情,使诗歌从玄言诗的枷锁解放,回归正统的轨道。同时,颜、谢在不同的方向上共同努力,颜延之在庙堂文学如鱼得水,创造出"错彩镂金"的应制诗歌典型;谢灵运深富才情,逸兴勃发,创造出"出水芙蓉"的山水诗歌典型。清毛先舒《诗辩坻》卷四:"'初日芙蓉',微开唐制;'镂金错彩',犹留晋骨。"[②]颜、谢同时大放异彩,成就元嘉诗歌的文学史地位。而颜、谢由于个性、遭际和文学观的差异,对乐府民歌的态度褒贬不一,反映出二者不同的文学思想。

---

① (清)严可均,校辑.全上古三代秦汉三国六朝文[M].北京:中华书局,1958:2606.
② 张寅彭,编纂.杨焄,点校.清诗话全编[M].上海:上海古籍出版社,2018:151.

第五章　颜、谢优劣论的历时性讨论及原因钩沉

颜延之、谢灵运作为南朝刘宋文学的最高代表,史家与文臣、批评家与理论家皆给予了高度的重视与赞扬。特别在南朝,二人声价颇为显著。纵观南朝刘宋至清朝,颜、谢二人的声价历经了高低浮沉的历史性的过程,批评家与文学家对于二者的评价具有典范性和开创性的意义,为后世研究奠定了理论基础。

一、南朝至唐初——颜、谢并举,评价初定

南朝刘宋一代,颜延之、谢灵运俱以词采驰名当世,南朝梁沈约《宋书》曰:"自潘岳、陆机之后,文士莫及也,江左称颜、谢焉。所著并传于世。"又,"爰逮宋氏,颜、谢腾声。灵运之兴会标举,延年之体裁明密,并方轨前秀,垂范后昆。"[①]沈约对文学发展源流的评价,将颜、谢置于同祖风骚之屈宋、班马、曹王等一脉相承的杰出特秀之士,故颜、谢代表有宋以来较高成就的文学,且在文学史上具有方轨前秀、垂范后昆的地位。其中,沈约明确其批评标准为以情志为主,文质相兼,故特以"兴会标举"写谢,以"体裁明密"标颜。南朝梁萧子显《南齐书》:"颜、谢并起,乃各擅奇。"[②]南朝梁刘勰《文心雕龙·时序》:"颜、谢重叶以凤采。"[③]萧绎《与湘东王书》曰:"吾既拙于为文,不敢轻有掎摭。但以当世之作,历方古之才人,远则扬、马、曹、王,近则潘、陆、颜、

---

① (梁)沈约,撰.宋书[M].北京:中华书局,1974:1778—1779.
② (梁)萧子显,撰.南齐书[M].北京:中华书局,1972:908.
③ (梁)刘勰,著.范文澜,注.文心雕龙注[M].北京:人民文学出版社,1958:675.

谢……"①因此,在沈约、刘勰、萧子显、萧绎等南朝批评家眼中,颜、谢齐名,代表了刘宋最高的文学成就。北朝文人也常将二人并举,济阴王晖业尝云:"江左文人,宋有颜延之、谢灵运,梁有沈约、任昉,我子升足以陵颜轹谢,含任吐沈。"②邢劭《萧仁祖集序》曰:"颜、谢同声,遂革太原之气"③,自可知南北朝时期,颜、谢齐名,夙成定论。

关于颜、谢各自诗歌风格、艺术特征的研究,惠休评:"谢诗如芙蓉出水,颜诗如错彩镂金。"④鲍照亦有类似的评价:"谢五言如初发芙蓉,自然可爱;君(颜延之)诗若铺锦列绣,亦雕缋满眼。"⑤钟嵘《诗品》对二者的诗歌渊源、艺术技巧、诗歌地位均有极为妥帖的评价,其论述缜密,成为典范,见"宋光禄大夫颜延之""宋临川太守谢灵运"条。萧子显论诗虽标举颜延之体与谢灵运体,但同时指出二者诗歌风格及其弊病。其称颜延之体"缉事比类,非对不发,博物可嘉,职成拘制。全借古语,用申今情";谢灵运体"疏慢阐缓,膏肓之病。典正可采,酷不入情"。⑥齐高帝萧道成称:"康乐放荡,作体不辨有首尾,安仁、士衡深可宗尚,颜延之抑其次也。"⑦指出谢灵运诗歌逸荡的弊病,萧纲《与湘东王书》论谢诗"吐言天拔,出于自然,时有不拘,是其糟粕"。又,"学谢则不届其精华,但得其冗长"。⑧ 可谓继承了钟嵘"繁富""逸荡"的论断。钟嵘《诗品》称"谢客为元嘉之雄,颜延年为辅"⑨,其将谢灵运列为上品,将颜延之列为中品,开启了诗歌史上颜、谢优劣论的肇端。此说虽在当时并未产生巨大反响,这可从沈约、刘勰等诸人并举颜、谢的批评中可以知晓,却埋下了颜、谢优劣定评的种子,南宋批评家细分优劣,皆奉钟嵘之说为圭臬。

隋唐时期,颜、谢仍齐名驰进,但亦渐显高低升降。隋王文通以人品论诗,《中说》卷三曰:"谢灵运小人哉,其文傲……颜延之、王俭、任昉,有君子

---

① (清)严可均,校辑.全上古三代秦汉三国六朝文[M].北京:中华书局,1958:3011.
② (唐)李延寿,撰.北史[M].北京:中华书局,1974:2785.
③ (清)严可均,校辑.全上古三代秦汉三国六朝文[M].北京:中华书局,1958:3842.
④ (梁)钟嵘,撰.曹旭集注.诗品集注增订本[M].上海:上海古籍出版社,2011:351.
⑤ (唐)李延寿,撰.南史[M].北京:中华书局,1975:881.
⑥ (梁)萧子显,撰.南齐书[M].北京:中华书局,1972:908.
⑦ (梁)萧子显,撰.南齐书[M].北京:中华书局,1972:624—625.
⑧ (清)严可均,校辑.全上古三代秦汉三国六朝文[M].北京:中华书局,1958:3011.
⑨ (梁)钟嵘,撰.曹旭,集注.诗品集注增订本[M].上海:上海古籍出版社,2011:34.

之心焉。其文约以则。"①唐代，魏徵以"灵运高致之奇，延年错综之美"标举颜、谢，堪为允称；初唐四杰集中颜、谢并称亦处处可见；王勃谓："颜、谢可以执鞭，应、徐自然衔璧。"(《春日送吕三储学士序》)杨炯曰："泊乎潘、陆奋发、孙、许相因，继之以颜、谢，申之以江、鲍。"(《王勃集序》)卢照邻论乐府源流，曰："潘、陆、颜、谢，蹈迷津而不归。"(《乐府杂诗序》)骆宾王谓："颜、谢特挺，戕代典丽。"(《和学士闺情诗启》)李白依然延续南朝以来的传统，曰："地扇邹鲁学，诗腾颜谢名。"《留别金陵诸公》而此时，虽然颜、谢有齐名之称，但俨然已有升降。从李白诗集中对谢灵运的盛赞与高歌，可窥一二。"吾人咏歌，独惭康乐"(《春夜宴从弟桃花园序》)、"顿惊谢康乐，诗兴生我衣"(《酬殷明佐见赠五云裘歌》)、"梦得'池塘生春草'，使我长价登楼诗"(《赠从弟南平太守之遥二首》)等等，其钦慕之心，呼之欲出。

唐代诗人对谢灵运诗歌的盛赞与研究络绎不绝，主要表现在两个方面，第一，唐历代著名诗人如李杜、元白、柳孟以及大历诗人等，其诗歌皆咏叹谢灵运的神思与诗才，如杜甫"焉得思如陶谢手，令渠述作与同游"(《江上值水如海势聊短述》)；独孤及"宗室刘中垒，文场谢客儿"(《送李宾客荆南迎亲》)；白居易"惭无康乐作，秉笔思沈吟"(《首夏南池独酌》)；刘长卿"日得谢客游，时堪陶令醉"(《送薛据宰涉县》)；卢纶"心许陶家醉，诗逢谢客呈"(《春日过李侍御》)；贯休"常思谢康乐，文章有神力"(《古意九首》)等等。第二，唐代两部重要的诗话，即王昌龄《诗格》和皎然《诗式》，对谢灵运诗歌的艺术技巧和风格做了具体的探讨。如王昌龄《诗格》论："叙事入兴六。谢灵运诗：'时竟夕澄霁，云归日西驰。密林含余情，远峰隐半规。久昧昏垫苦，旅馆眺郊岐。'此五句叙事，一句入兴。"②皎然自称谢灵运十世孙，其《诗式》盛赞其祖曰："其格高，其气正，其体贞，其貌古，其词深，其才婉，其德宏，其调逸，其声谐哉。"又，"语似用事义非用事"条云称赞谢诗"但见情性，不睹文字"。③皎然之友于頔作《吴兴昼公集序》曰："康乐侯谢灵运独步江南，俯视潘陆。其文炳而丽，其气逸而畅。驱风雷于江山，变晴昏于洲渚。烟云以之

---

① （隋）王通，撰．（宋）阮逸，注．中说[M]．四部丛刊景宋本．
② 张伯伟，撰．全唐五代诗格汇考[M]．南京：江苏古籍出版社，2002：175．
③ 张伯伟，撰．全唐五代诗格汇考[M]．南京：江苏古籍出版社，2002：229．

惨淡,景气为其澄霁。信江表之文英,五言之丽则者也。"①可见唐人对谢灵运神思与天才的推崇。

二、中唐至南宋——鲍、谢兴起,苏黄称陶

自中唐开始,偶见颜、谢并称,如戴叔伦"世业大小礼,近通颜谢诗"(《抚州对事后送外生宋垓归饶州觐侍呈上姊夫》)、司空曙"颜谢征文并,钟裴直事同"(《奉和常舍人》),李商隐《献相国京兆公启》曰:"远则郦、邶、曹、齐,以扬领袖,近则苏、李、颜、谢,用极菁华。"元稹《唐故工部员外郎杜君墓铭志并序》论杜诗"掩颜、谢之孤高"。但从大局来看,颜、谢之并称渐渐淡出视野,陶、谢(陶渊明、谢灵运)与鲍、谢(鲍照、谢灵运)并称蔚然兴起。

陶、谢并称最早始于杜甫,其诗曰:"焉得思如陶谢手,令渠述作与同游。"(《江上值水如海势聊短述》)另,《石柜阁》一诗曰:"优游谢康乐,放浪陶彭泽。"可以说,杜甫开启了后代陶渊明、谢灵运比较研究的肇端。

鲍、谢并称,则始于王昌龄,其《诗格》卷上"论文意"曰:"汉魏有曹植、刘桢,皆气高出于天纵,不傍经史,卓然为文。从此之后,递相祖述,经纶百代,识人虚薄,属文于花草,失其古焉。中有鲍照、谢康乐,纵逸相继,成败兼行。至晋、宋、齐、梁,皆悉颓毁。"②而后,杜甫诗中多次将二者并举,其《遣兴五首》:"吾怜孟浩然,裋褐即长夜。赋诗何必多,往往凌鲍谢。"杜甫《戏寄崔评事表侄、苏五表弟、韦大少府诸侄》:"忍待江山丽,还披鲍谢文。"中唐韩愈在向郑余庆推荐孟郊时,作五古《荐士》,追溯古诗的发展,以鲍谢比之苏李、建安七子、陈子昂、李杜等,曰:"中间数鲍谢,比近最清奥。"白居易亦同,其《序洛诗序》:"自风骚之后,苏李以还,次及鲍谢徒,迄于李杜辈……"因此可以论断,唐代诗人拉开了宋元明清陶、谢与鲍、谢对比研究的序幕。

宋代诗话达到了高潮,对颜、谢的批评与研究接踵而至。此时,颜、谢并称虽仍见一二,如苏轼"南郭清游继颜谢,北窗归卧等羲炎"(《泛舟城南》),但已多带有批评的意味。如朱弁《风月堂诗话》卷上:"诗人胜语,咸得于自

---

① (宋)李昉,等编.文苑英华[M].北京:中华书局,1966:3678.
② 张伯伟,撰.全唐五代诗格汇考[M].南京:江苏古籍出版社,2002:160.

然,非资博古。……颜、谢椎轮,虽表学问,而太始化之,浸以成俗。当时所以有书钞之讥者,盖为是也。"①朱弁的着眼点即颜、谢用典稽古的风尚所带来的诗坛弊端。朱熹看法却异于其叔祖朱弁,他能够以发展的眼光看待颜、谢所处的地位,其《答巩仲至》曰:"古今之诗,凡有三变,盖自书传所记虞夏以来,下及魏晋,自为一等。自晋宋间颜、谢以后,下及唐初,自为一等。自沈宋以后,定著律诗,下及今日,又为一等。"②宋魏庆之沿用朱熹之说,并首次提出"元嘉体"的概念,其《诗人玉屑》卷二"诗体"中称,以时而论有元嘉体(宋年号,指颜、鲍、谢诸公之诗),《诗人玉屑》以年号辨体,元嘉体前有建安、黄初、正始、太康等诸体,下有永明体、齐梁体等,元嘉体可谓承上启下、继往开来的重要过渡,其前继建安、太康、玄学之风,下启永明声律之体。以人而论有谢体,宋严羽《沧浪诗话》曰:"以人而论,则有苏、李体〔李陵、苏武〕,曹、刘体〔子建、公干〕,陶体〔渊明〕,谢体〔灵运〕。"③

宋人历来推崇陶渊明,突破了南朝以来颜、谢江左之冠的传统,重新审视并定位陶渊明的诗格成就和价值。因此,宋人论及颜、谢文章往往不及陶渊明。胡仔《苕溪渔隐丛话前集》卷三引《遁斋闲览》:"六一居士推重陶渊明《归去来》,以为江左高文,当世莫及。涪翁云:'颜、谢之诗,可谓不遗炉锤之功矣。然渊明之墙数仞,而不能窥也。'"④同时,相对于南朝以来对颜、谢的概括式批评,宋人则开启了关于颜、谢作品作家的具体研究。

宋人对于颜延之的研究,数量上虽然比不上谢灵运,但是有两点确实是首发其端。第一,颜诗《五君咏》的拈出与批评。如王楙《野客丛书》卷十九:"其咏五君,意皆有在。"⑤叶梦得《避暑录话》卷上:"颜延之不论此而论涛、戎,可见其陋也。"⑥另外,唐宋诗人如李杜、王安石对颜延之《赭白马赋》均有接受与化用。王得臣《麈史》卷中:"颜延年《赭白马赋》曰:'旦刷幽燕,夕秣荆楚。'子美《骢马行》曰:'昼洗须腾泾渭深,夕趋可刷幽并夜。'太白《天马

---

① (宋)朱弁,撰.风月堂诗话[M].宝颜堂秘笈本.
② (宋)朱熹,撰.晦庵集[M].四部丛刊景明嘉靖本.
③ (宋)严羽,撰.郭绍虞,校释.沧浪诗话校释[M].北京:人民文学出版社,1983:58.
④ (宋)魏庆之,撰.诗人玉屑[M].清文渊阁四库全书本.
⑤ (宋)王楙,撰.郑明,王义耀,校点.野客丛书[M].上海:上海古籍出版社,1991:279.
⑥ (宋)叶梦得,撰.避暑录话[M].明津逮秘书本.

歌》曰：'鸡鸣刷燕暮秣越。'盖皆用颜赋也。"①第二，颜诗用事技巧的评价。张戒《岁寒堂诗话》评价其用事第一，不为枉论。

　　对于谢灵运的研究，颇为可观。第一，丰富多元地评价了谢灵运的诗歌风格，如叶梦得《石林诗话》评谢诗"输写便利，动无留碍""精圆快速，发之在手"②。刘克庄评"康乐一字百炼乃出冶"③，敖陶孙评谢"如东海扬帆，风日流丽"④等等，均表现出对谢灵运诗歌的高度认可。南宋陈善论诗主张气韵，称陶诗格高，谢诗韵胜，其《扪虱新话》曰："诗有格有韵。渊明'悠然见南山'之句，格高也。康乐'池塘生春草'之句，韵胜也。"⑤第二，对"池塘生春草"佳句的赞咏。叶梦得《石林诗话》："世多不解此语为工。盖欲以奇求之耳。此语之工，正在无所用意，猝然与景相遇，备以成章，不假绳削，故非常情之所能到。诗家妙处，当须以此为根本。而思苦言艰者，往往不悟。"⑥另外，亦对《拟邺中七子》的批评，刘克庄评"往往夺真"⑦（《后村诗话》），严羽评之"气象不类"⑧（《沧浪诗话》）。第三，对谢灵运诗歌的渊源与影响有了初步的探讨。范晞文《对床夜语》卷一："谢灵运云'苹萍泛沉深，菰蒲冒清浅'皆祖子建。"又："谢灵运云'旦发清溪阴，暝投剡中宿……'皆本《楚词》'朝发轫于苍梧兮，夕予至于玄圃'"⑨等等。范晞文在钟嵘《诗品》谢灵运五言诗"源出于陈思"说法的基础上，追溯至《楚辞》，为后世对谢灵运与屈原的类比研究奠定了基础。曾季貍则从接受史上，指出唐宋诗人对谢灵运的学习。《艇斋诗话》论曰："老杜'白首凄其'，出谢灵运诗'怀贤亦凄其'。"又，"山谷'莲生于泥中，不与泥同调''同调'二字出谢灵运诗'谁谓古今殊，异世可同调'"。⑩ 第四，颜、谢优劣再次发声。严羽《沧浪诗话》论谢灵运"透彻

---

① （宋）蔡梦弼，撰. 草堂诗话[M]. 宋刻本.
② （宋）叶梦得，撰. 石林诗话[M]. 宋百川学海本.
③ （宋）刘克庄，撰. 后村集[M]. 四部丛刊景旧钞本.
④ （宋）魏庆之，撰. 诗人玉屑[M]. 清文渊阁四库全书本.
⑤ （宋）陈善，撰. 扪虱新话[M]. 北京：中华书局，1985：49.
⑥ （宋）叶梦得，撰. 石林诗话[M]. 宋百川学海本.
⑦ （宋）刘克庄，撰. 后村集[M]. 四部丛刊景旧钞本.
⑧ （宋）严羽，撰. 郭绍虞，校释. 沧浪诗话校释[M]. 北京：人民文学出版社，1983：192.
⑨ （清）丁福保，辑. 历代诗话续编[M]. 北京：中华书局，1983：411—422.
⑩ （清）丁福保，辑. 历代诗话续编[M]. 北京：中华书局，1983：313、314.

之悟""谢诗无一篇不佳""颜不如鲍,鲍不如谢"①等等,更在其"诗体"中发明"谢体",如此高举谢灵运,将颜延之置于鲍照之下,严羽是首创。鲍、谢齐称始于唐代,宋代亦有并举者,如秦观称"谢灵运、鲍照之诗,长于峻洁"。魏庆之《诗人玉屑》卷十二:"为诗欲词格清美,当看鲍照、谢灵运。"②但真正有高下优劣之分,始于严羽,后世几乎以此为宗。第五,谢灵运集辑佚的发端。北宋唐庚编有《三谢诗》,其中谢灵运诗32篇40首,与《文选》中所载篇目次序相同。以上可以看出,此时颜延之在元嘉诗坛中的地位发生动摇,正在逐步让位于谢灵运、陶渊明和鲍照。

三、金元至明代——陶、谢并称,颜不如谢

金元时期,对谢灵运亦有精辟之评。金代元好问《论诗绝句》:"池塘春草谢家春,万古千秋五字新。"又:"陶、谢风流到百家,半山老眼尽无花。"几乎是沿袭了唐宋以来批评的路子,但同时将谢灵运与柳宗元对照并举这一开创性批评,奠定了后世谢、柳对比研究的基础。到了元代,杨维桢称谢灵运诗:"'高台多悲风,明月照积雪',无俟雕刻而大巧存焉。"陈绎曾《诗谱》论谢灵运诗:"以险为主,以自然为工。李杜取深处多取此。"又,认为谢灵运源于郭璞,其论:"(璞)构思险怪而造语精圆,三谢皆出于此。"方回《文选颜鲍谢诗评》将颜延之、谢灵运、鲍照、谢惠连、谢朓等五人进行比较合评,主要评颜延之诗歌四首:《三月三日侍游曲阿后湖作》《五君咏》《赴洛道中》《秋胡诗》,谢灵运《述祖德诗》《拟邺中集》八首等,其曰:"灵运诗所以可观者,不在于言景,而在于言情。'虑淡物自轻,意惬理无违',如此用工,同时诸人皆不能逮也。至于所言之景,如'山水含清晖'、'林壑敛暝色',及他日'天高秋月明'、'春晚绿野秀'。于细密之中,时出自然,不断出于组织。颜延年、鲍明远、沈休文、服各有所长、不到此也。"又:"如灵运诗'昏旦变气候,山水含清晖。清晖能娱人,游子憺忘归',天趣流动,言有尽而意无穷。似此之类,恐

---

① (宋)严羽,撰.郭绍虞,校释.沧浪诗话校释[M].北京:人民文学出版社,1983:12、153、156.

② (宋)魏庆之,撰.诗人玉屑[M].清文渊阁四库全书本.

颜之未敢到也。"方回拈出颜、谢颇有成就的诗篇,但持论却不出前人窠臼。

至明代,颜、谢研究可谓达到高潮。陆时雍《诗镜总论》云:"诗至于宋,古之终而律之始也。体制一变,便觉声色俱开。谢康乐鬼斧默运,其梓庆之锯乎? 颜延年代大匠斫而伤其手也。寸草茎,能争三春色秀?"①"体制一变""声色顿开",以此言颜谢开拓新变之功,可谓形象备至。明许学夷《诗源辩体》卷七:"诗至元嘉而古体尽亡也,此理势之自然。"又,"汉魏五言如大篆,元嘉颜、谢五言如隶书。米元章云:'书至隶兴,大篆古法大坏矣。'"②许学夷认为以颜、谢为代表的元嘉体是文学发展客观规律的结果。本书认为其新变古体,开创声色,虽亡古法,但亦为新生的开端。颜谢虽声势浩大,但元嘉短短30年,故很快被后来者永明新体继上。陈庆元《论颜谢、沈谢齐梁间地位的升降得失》提出:"沈谢作为新体诗的领袖出现在永明诗坛,从此,元嘉以来颜、谢至高地位第一次受到摇撼。"③

明代对颜、谢的批评主要体现为四个方面:第一,颜、谢优劣论持续发酵。胡应麟认为颜不如谢,甚至不如鲍。其《诗薮》外编卷二:"延之与灵运齐名,才藻可耳。至于丰神,皆出诸谢下,何论康乐。宋人一代,康乐外,明远信为绝出。"又,"宋称颜、谢,然颜非谢敌也"④。王世贞批评颜延之"才大不胜学"⑤(《艺苑卮言》),而于钟于谢诗雅甚,其《读书后》曰:"余始读谢灵运诗,初甚不能入,既入而渐爱之,以至于不能释手。其体虽或近俳,而其意有似合掌者。然至秾丽之极而反若平淡,琢磨之极而更似天然,则非余子所可及也。鲍照对颜延之评骘而谓'谢如初发芙蓉,自然可爱,君若铺锦列绣,亦复雕缋满眼也',自有定论。而王仲淹乃谓:'灵运小人哉,其文傲君子则谦';颜延之'有君子之心焉,其文约以则'。此何说也! 灵运之傲,不可知,若延之病,正坐于不能约以则也。余谓仲淹非能知诗者,殆以成败论耳。"⑥第二,颜、谢开启俳体、律调。陈子龙《安雅堂稿·序》卷二:"颜、谢以

---

① (清)丁福保,辑. 历代诗话续编[M]. 北京:中华书局,1983:1406.
② (明)许学夷,著. 杜维沫,校点. 诗源辩体[M]. 北京:人民文学出版社,2001:108.
③ 陈庆元. 论颜谢、沈谢齐梁间地位的升降得失[J]. 文学遗产,1999(01).
④ (明)胡应麟,撰. 中华书局上海编辑所,编辑. 诗薮[M]. 北京:中华书局,1962:148.
⑤ (清)丁福保,辑. 历代诗话续编[M]. 北京:中华书局,1983:994.
⑥ (明)王世贞,撰. 读书后[M]. 清文渊阁四库全书补配清文津阁四库全书本.

还,竟流排体。"①郎瑛《七修类稿》诗文类卷二十九:"排律虽始于唐,其源自颜、谢诸人。"②王世贞《艺苑卮言》卷四:"谢氏俳之始也。"③陆时雍《诗镜总论》:"诗至于宋,古之终而律之始也。"④ 第三,颜、谢诗文集的辑佚。李梦阳曾辑陆诗八十六首,谢诗六十四首,刻印于斋。《空同集》卷五十《刻陆、谢诗序》;张燮《七十二家集》辑有《谢康乐集》七卷;黄省曾辑谢灵运赋若干;沈启源辑、焦竑校《谢康乐集四卷》;张溥《汉魏六朝百三家集》中辑有《颜光禄集》《谢灵运集二卷》;杨慎《升庵诗话》卷十四亦对谢灵运的逸诗逸句采撷若干。第四,颜、谢的艺术渊源及特征。论谢诗出《易》《庄》,如王世懋《艺圃撷余》:"谢灵运出而《易》辞、《庄》语,无所不为用矣。剪裁之妙,千古为宗,又一变也。"⑤论谢祖潘陆,如王世贞《艺苑卮言》:"谢灵运天质奇丽,运思精凿,虽格体创变,是潘、陆之余法也,其雅缛乃过之。"⑥第六,比较研究。何景明称:"诗弱于陶,谢力振之,然古诗之法亡于谢。"⑦此说虽失之偏颇,却反映了谢灵运诗歌的新奇开创之处。而有关陶、谢诗歌的比较研究兴盛于此时,如胡应麟《诗薮》外编卷二:"陶、谢俱韵胜者也。谢之才高,而陶趣差远也。"又卷四,"靖节清而远,康乐清而丽"⑧。第五,论文及人。胡应麟《诗薮》外编卷二:"灵运、延年,并以纵傲名,而颜之识,远非谢比也。"又,"王仲淹历评六朝文士,不取康乐、宣城、文通、明远,而极称颜延之、王俭、任昉文约以则,有君子之心。不知延之、俭、昉所以远却谢、鲍诸人,正以典质有余,风神不足耳"⑨。张溥《汉魏六朝百三家集题辞》对颜、谢之生平、德行发论中肯,论颜延之:"远吊屈大夫,近友陶征士,其风流固可想见云。"⑩论谢灵运:"涕泣非徐广,隐遁非陶潜,而徘徊去就,自残形骸,孙登所谓抱叹于嵇生也。"⑪

---

① (明)陈子龙,撰.安雅堂稿[M].明末刻本.
② (明)郎瑛,撰.七修类稿[M].明刻本.
③ (清)丁福保,辑.历代诗话续编[M].北京:中华书局,1983:1007.
④ (清)丁福保,辑.历代诗话续编[M].北京:中华书局,1983:1406.
⑤ (清)何文焕,辑.历代诗话[M].北京:中华书局,1981:774.
⑥ (清)丁福保,辑.历代诗话续编[M].北京:中华书局,1983:994.
⑦ (清)张廷玉,等撰.明史[M].北京:中华书局,1974:7350.
⑧ (明)胡应麟,撰.中华书局上海编辑所,编辑.诗薮[M].北京:中华书局,1962:147、184.
⑨ (明)胡应麟,撰.中华书局上海编辑所,编辑.诗薮[M].北京:中华书局,1962:151、152.
⑩ (明)张溥,著.殷孟伦,注.汉魏六朝百三家集题辞注[M].北京:中华书局,2007:223.
⑪ (明)张溥,著.殷孟伦,注.汉魏六朝百三家集题辞注[M].北京:中华书局,2007:218.

四、有清一代——颜未必不如谢

　　清代，颜、谢之研究呈现出更加客观、全面的特点。第一，颜、谢优劣论发出不同声音。持"颜谢优劣"者，以"情"论诗，曰颜不如谢，其《姜斋诗话》云："人情之游也无涯，而各以其情遇，斯所贵于有诗。是故延年不如康乐，而宋、唐之所繇升降也。"①潘德舆《养一斋诗话》卷三："颜、谢诗并称，谢诗更优于颜。"②方东树是"扬谢"的代表，其《昭昧詹言》论："颜伤缛而乏生活之妙，不及谢，明矣。"又，"颜比于谢，几于有'山无草木，树无烟霞'之病"。举《始安郡还都与张湘州登巴陵城楼作》一诗，谓之"虽典、远、谐、则四法全备，而无引人入胜处，可于此判颜、谢之优劣"③。施补华《岘佣说诗》："大谢山水游览之作，极为巉削可喜。巉削可矫平熟，巉削却失浑厚。故大谢之诗，胜于陆士衡之平，颜延之之涩。"④持"颜、谢不分优劣"者，贺贻孙认为颜、谢二人各有所胜，其《诗筏》曰："延之诗自《五君咏》《秋胡行》诸篇称绝调外，他如《赠王太常》诗、《夏夜呈从兄散骑》作、《还至梁城》及《登巴陵城楼》作，俱新警可喜，专以'铺锦列绣'贬之，非定评也。大约二君藻思秀质，如出一手，而光禄寄兴高旷，章法绵密，康乐意致豪华，造语幽灵，又各有其胜也。"⑤毛先舒认为颜、谢各有继往开来之功，其《诗辩坻》卷四："若《蒜山》《曲阿》诸篇，典饬端丽，自非小家所办。且上人评虽当，不知'初日芙蓉'，微开唐制，'镂金错彩'，犹留晋骨。此关诗运升降，钟殆未知之。"⑥陈仅则认为大家不必兼工，其《竹林答问》："问：'谢、颜优劣之论当否？'颜、谢当日，已有定评。然谢工于山水，至庙堂大手笔不能不推翻报场，大家不必兼工也。大抵山林、廊庙两种，诗家作者，每分镳而驰。"⑦刘熙载亦言颜、谢相济有

---

① （清）王夫之，著.戴鸿森，笺注.姜斋诗话笺注[M].上海：上海古籍出版社，2012：5.
② （清）潘德舆，撰.养一斋诗话[M].清道光十六年徐宝善刻本.
③ （清）方东树，著.汪绍楹，点校.昭昧詹言[M].北京：人民文学出版社，2006：163.
④ （清）王夫之，等撰.丁福保，辑.清诗话[M].上海：上海古籍出版社，2015：1010.
⑤ （清）贺贻孙.诗筏[M].吴兴刘氏嘉业堂刊.
⑥ 张寅彭，编纂.杨焄，点校.清诗话全编[M].上海：上海古籍出版社，2018：151.
⑦ （清）陈仅，撰.竹林答问[M].余山全书本.

功,不必分优劣,其《艺概》卷二:"沈约《宋书·谢灵运传论》谓'灵运兴会标举,延年体裁明密',所以示学两家者,当相济有功,不必如惠休上人好分优劣。"①清震钧《天咫偶闻》卷四:"诗至延年而极炼。炼者,诗之盛也。而颜之佳偏不在炼。诗至康乐而后排。排者,诗之忌也。而谢之古则全在排。炼不伤气,颜集中惟《五君咏》足以当之。排不伤骨,康乐集中皆是也。"②文集中齐称颜、谢者,如王闿运称:"颜、谢风华少陵骨,始知韩愈是村翁。"(《湘绮楼诗别集》卷一)纳兰性德曰:"曹刘始宏放,颜谢颇雕饰。"(《杂诗七首·其三》)可知,颜、谢并举不分优劣者不在少数。

第二,对颜延之的赞赏与批评。赞赏者以沈德潜为代表,虽然沈对于颜的雕镂颇有微词,认为正因此而不能与谢、鲍鼎足,但仍赞颜诗犹存古意,持论是相当中肯的。如其《古诗源》评《应诏燕曲水作诗》"次序有法";《北使洛诗》"情旨畅越";《赠王太常诗》"用笔太重,非诗人本色";《秋胡行》"章法绵密,布置稳顺"③等。除却对颜诗名篇的赞咏以外,清人注意到了颜延之诗歌在宫宴诗与应制诗上取得的成就,如刘熙载《艺概》卷二评颜诗"长于廊庙之体"④。王寿昌《小清华园诗谈》:"何谓广大?曰:颜延年之《郊祀》《曲水》《释奠》以及《侍游》诸作,气体崇宏,颇堪嗣响雅、颂。"⑤此时值得注意的是,清人对颜延之《论语说》《逆降义》《诂幼》《纂要》《庭诰》《论检》等进行了辑佚。同时,吴汝纶《汉魏六朝百三名家集选》本《颜光禄集选》对颜诗进行了诗文选评。

批评者则以方东树为代表,其《昭昧詹言》中选取颜延之七首诗歌进行点评,如评《赠王僧达》"以比体引入,在颜为凝厚,然学之则入于客气";评《北使洛》起句"意卑词迫";评《秋胡诗》"无奇"等等。然而亦有高论,如评价《车驾幸京侍游蒜山作》"此诗完密,似胜明远《登香炉峰》";评《五君咏》"每篇有警策可取"。⑥ 总体上肯定者少,批评居多,印证了其"颜不如谢"的论点。

---

① (清)刘熙载,撰. 艺概[M]. 清同治刻古桐书屋六种本.
② (清)震钧,撰. 天咫偶闻[M]. 清光绪甘棠精舍刻本.
③ (清)沈德潜,编. 司马翰,校点. 古诗源[M]. 长沙:岳麓书社,1998:148—152.
④ (清)刘熙载,撰. 艺概[M]. 清同治刻古桐书屋六种本.
⑤ (清)王寿昌,撰. 小清华园诗谈[M]. 小清园刻本2册,清道光七年.
⑥ (清)方东树,著. 汪绍楹,点校. 昭昧詹言[M]. 北京:人民文学出版社,2006:161—163.

第三,对谢灵运的赞赏与批评。赞赏者以王夫之、陈祚明、方东树为代表。王夫之高举谢诗对五言诗的开拓的功绩,首倡以"情""景"论谢诗,可谓开创了议论谢诗山水诗特征之一的重要传统,其《古诗评选》评谢诗曰:"情不虚情,情皆可景;景非滞景,景总含情。神理流于两间,天地供其一目,大无外而细无垠,落笔之先,匠意之始,有不可知者存焉,岂徒'兴会标举'如沈约之所云者哉!自有五言,未有康乐,既有康乐,更无五言。"①陈祚明称赞谢灵运诗如"湛湛江流",并且追溯了谢诗的渊源,比以往研究者迈进一大步,其《采菽堂古诗选》曰:"然大抵多发天然,少规往则,称性而出,达情务尽,钩深索隐,穷态极妍。"②同时,陈首次注意到谢灵运诗歌的分期性:"康乐再斥以后,法益老,调益熟,淡而能古,质而多情。"③有关谢诗的艺术渊源。继前人论述谢诗渊源《易》《庄》《楚辞》、曹植、潘陆之后,王士禛提出谢诗用"经",其《池北偶谈》卷十一:"然则用经,固以康乐为宗也。"④陈祚明《采菽堂古诗选》认为:"详谢诗格调,深得《三百篇》旨趣,取泽于《离骚》《九歌》,江水、江枫、斫冰、积雪,是其所师也。间作理语,辄近《十九首》"⑤。方东树继陈祚明之说,更细化为谢公"全用《小雅》《离骚》意境字句,而气格紧健沉郁"⑥。方东树是谢诗的另一宣扬者,大赞谢灵运的功力,称其为"学者之诗",《昭昧詹言》专论"大谢",篇幅甚广,并且对大谢的 30 首诗歌进行了具体解析,无论广度或深度皆超越前人。其书主要有以下两点创见:一是谢诗的艺术特征。方东树一反前人"兴会标举""神韵格调"抽象的吹扬,其论谢"乃是学者之诗,可谓精深华妙""无一字无来处率意自撰也,所谓精深""康乐无一字不稳老,无一字不典重,无一字不沉厚深密"⑦。二是颜谢、陶谢与鲍谢的比较研究。方东树对颜、谢的比较研究,已见上述。值得注意的是,其论陶、谢之别,自成一家,打破了历代以"自然"冠于谢诗的传统:"陶公

---

① (明)王夫之,著.李中华,李利民,校点.古诗评选[M].上海:上海古籍出版社,2011:205.
② (清)陈祚明,评选.李金松,点校.采菽堂古诗选[M].上海:上海古籍出版社,2019:529.
③ (清)陈祚明,评选.李金松,点校.采菽堂古诗选[M].上海:上海古籍出版社,2019:558.
④ (清)王士禛,撰.池北偶谈[M].清文渊阁四库全书本.
⑤ (清)陈祚明,评选.李金松,点校.采菽堂古诗选[M].上海:上海古籍出版社,2019:529.
⑥ (清)方东树,著.汪绍楹,点校.昭昧詹言[M].北京:人民文学出版社,2006:129.
⑦ (清)方东树,著.汪绍楹,点校.昭昧詹言[M].北京:人民文学出版社,2006:128、131、138.

不烦绳削,谢则全由绳削,一天事,一人功也。"①持论与前人沈德潜略有不同之处,沈德潜认为陶谢皆出自然,其《说诗晬语》卷上:"陶诗合下自然,不可及处,在真在厚。谢诗经营而反于自然,不可及处,在新在俊。陶诗胜人在不排。谢诗胜人正在排。"②按,沈说更胜一等。又论鲍、谢,方东树曰:"鲍、谢两雄并峙,难分优劣。谢之本领,名理境界,肃穆沉重,似稍胜之。然俊逸活泼,亦不逮明远。"③叶燮亦持有陶、谢、鲍比较之论,其《原诗·外篇下》曰:"六朝诗家,惟陶潜、谢灵运、谢朓三人最杰出,可以鼎立。三家之诗不相谋:陶澹远,灵运警秀,朓高华……左思、鲍照次之……最下者潘安、沈约,几无一首一语可取,诗如其人之品也。"④第三,谢灵运集的辑校。清冒广生辑《谢康乐拾遗》一卷、《谢康乐集校勘记》一卷《和谢康乐诗》一卷。

  清代多推崇陶渊明诗,又常常将其与谢灵运并举。如刘熙载《艺概》卷二:"谢才颜学,谢奇颜法,陶则兼而有之,大而化之,故其品为尤上。陶、谢用理语各有胜境。"⑤吴淇《六朝选诗定论》:"陶、谢齐名,于理各有所见:谢见得深,陶见得实。谢见得做不得,止于狂;陶见得做得,可称狷。论文各诣其至:陶诗和雅,《大雅》之才;谢诗悲愤,《小雅》之流。若以谢多涩句晦句,以为不如陶之通峭,不足与言诗矣。"⑥谢灵运在盛名享誉千年的同时,也终于迎来了批评的声音。批评者以汪师韩为代表。其《诗学纂闻》批评曰"首尾不辨""不成句法"。"谢诗累句"将谢灵运四言、五言、六言等共 28 首诗歌进行鞭挞指摘。如,"好用《易》词,而用辄拙劣。其诗又好重句叠字"。又,"凡皆噂沓,了无生气。至其押韵之字,杂凑牵强,尤有不可为训者"⑦。潘德舆《养一斋诗话》卷九曰:"论灵运他诗,芜冗实多……摘其累句,如'忝此钦贤性,由来常怀仁'……用事抒词,凑补支绌,乃儿童装字为诗者耳。"⑧二者可谓继齐高帝萧道成"疏宕"之说更加具体而微的指摘,亦是有史以来对

---

① (清)方东树,著.汪绍楹,点校.昭昧詹言[M].北京:人民文学出版社,2006:131.
② (清)王夫之,等撰.丁福保,辑.清诗话[M].上海:上海古籍出版社,2015:546.
③ (清)方东树,著.汪绍楹,点校.昭昧詹言[M].北京:人民文学出版社,2006:169.
④ (清)王夫之,等撰.丁福保,辑.清诗话[M].上海:上海古籍出版社,2015:618.
⑤ (清)刘熙载,撰.艺概[M].清同治刻古桐书屋六种本.
⑥ (清)吴淇,撰.汪俊,黄进德,点校.六朝诗选定论[M].扬州:广陵书社,2009:348.
⑦ (清)王夫之,等撰.丁福保,辑.清诗话[M].上海:上海古籍出版社,2015:467—468.
⑧ (清)潘德舆,撰.养一斋诗话[M].清道光十六年徐宝善刻本.

谢诗比较全面的批评。一望而知,清代对颜、谢的批评呈现出客观、全面的特征,遍及风格、语言、艺术、情志等诸层面,并且并不一味称好礼赞,同时亦指摘其各自弊病,为前代罕见。

五、优劣之争原因之一:诗言志发展的自然规律

(一)守正与驭奇——诗歌流派的制衡

颜、谢汲取建安、两晋诗歌创作经验,充分引用诗书、老庄、易经、史书等古典文献语词、典故入诗,凝练成篇或熔铸新词,谋篇布局亦讲究明密,前后有序。同时,二者将寓目、耳听、所触等客观的外部世界,加以"巧似"的语言来描摹,连类成篇,排沓可咏。尤其在诗歌艺术技巧上大量运用对偶和用典,达到错综繁富的艺术效果。因此,清人称颜、谢开启排律之风。尽管二者同享盛名,但从诗歌的发展角度来看,颜延之实为守正的代表,谢灵运则属于驭奇的典型。颜延之奉守儒业,模经据书,自然在诗风上表现出儒雅典正,其侍宴诗之措辞华贵、语义贞明,谋篇布局尽显雍容气度。刘勰《文心雕龙·定势》曰:"是以模经为式者,自入典雅之懿;效《骚》命篇者,必归艳逸之华。"[①]谢灵运诗中取泽《楚辞》颇多,钟嵘称其诗"繁富""逸荡"可以当作此处的注脚。因此,与其说颜延之在诗歌的律化进程中起到了关键性的作用,不如说其在古诗的发展中达到了艺术巅峰。南朝齐梁文人率以颜、谢和鲍照为典范,因"五言之制,独秀众品"[②](萧子显《南齐书·文学传论》),因此,不论少年抑或士人皆以竞写五言诗为时尚,钟嵘《诗品序》载:"故词人作者,罔不爱好。今之士俗,斯风炽矣。才能胜衣,甫就小学,必甘心而驰鹜焉。于是庸音杂体,各各为容。至使膏腴子弟,耻文不逮,终朝点缀,分夜呻吟。独观谓为警策,众睹终沦平钝。"[③]可见,五言诗在诗史上的推崇,可谓前所未见。但齐梁之作众制纷杂,向刘宋"讹而新"(刘勰《文心雕龙》)诗风学习

---

① (梁)刘勰,著.范文澜,注.文心雕龙注[M].北京:人民文学出版社,1958:530.
② (梁)萧子显,撰.南齐书[M].北京:中华书局,1972:908.
③ (梁)钟嵘,撰.曹旭,集注.诗品集注增订本[M].上海:上海古籍出版社,2011:64—65.

的同时又想超越它,于是便掀起了"新变"的浪潮。但是,新变的成果是不容乐观的,刘勰《文心雕龙·定势》曰:"自近代辞人,率好诡巧……辞反正为奇。效奇之法,必颠倒文句……旧练之才,则执正以驭奇;新学之锐,则逐奇而失正;势流不反,则文体遂弊。"①颠倒语序成为"驭奇"的必备技巧,势必流于肤浅和薄劣。齐梁对古代传统创作艺术的生厌和排斥,对捷径的一味索求和躁进求成,使得五言诗的创造和新变适得其反,流弊盖过成就。如《诗品》载:"次有轻荡之徒,笑曹、刘为古拙,谓鲍照羲皇上人,谢朓今古独步。而师鲍照,终不及'日中市朝满';学谢朓,劣得'黄鸟度青枝'。徒自弃于高听,无涉于文流矣。"②舍近求远、泥今攘古,成为齐梁人写作五言诗的通病。鲍照诗风偏向俶诡奇崛,因此成为齐梁文人继颜延之、谢灵运之后第三类效仿的诗体,钟嵘将其列入中品,评价颇高:"总四家而擅美,跨两代而孤出。"③萧子显谓之"发唱惊挺,操调险急,雕藻淫艳,倾炫心魂"④。鲍照奇崛的诗风自刘宋大明开始就备受青睐,齐梁士人更是吟咏不绝。鲍照写景得张协之力,尚巧似,谢朓山水明媚,"奇章秀句,往往警遒"⑤,二者实得益于谢灵运之力也。清贺贻孙《诗筏》称谢朓"一种奇俊幽秀处,似沈酣于康乐集中而得者"⑥。谢灵运开启山水诗书写的无限法门,后人取泽不尽,因此可以说是驭奇的代表。守正与驭奇是诗歌发展中的经典论题,故而成为颜谢优劣之争的原因之一。

(二)吟咏情性——诗歌的永恒主题

中国古典诗歌最重要的诗学传统为"诗言志",西晋陆机《文赋》延续"诗言志"的传统提出"诗缘情而绮靡"的经典论断,南朝梁钟嵘《诗品》继之提出五言诗"吟咏情性"的重要理论,其《序》曰:"至乎吟咏情性,亦何贵于用事?'思君如流水',既是即目;'高台多悲风',亦唯所见;'清晨登陇首',羌无故

---

① (梁)刘勰,著.范文澜,注.文心雕龙注[M].北京:人民文学出版社,1958:531.
② (梁)钟嵘,撰.曹旭,集注.诗品集注增订本[M].上海:上海古籍出版社,2011:69.
③ (梁)钟嵘,撰.曹旭,集注.诗品集注增订本[M].上海:上海古籍出版社,2011:381.
④ (梁)萧子显,撰.南齐书[M].北京:中华书局,1972:908.
⑤ (梁)钟嵘,撰.曹旭,集注.诗品集注增订本[M].上海:上海古籍出版社,2011:392.
⑥ (清)贺贻孙.诗筏[M].吴兴刘氏嘉业堂刊.

实;'明月照积雪',讵出经史？观古今胜语,多非补假,皆由直寻。"①吟咏情性不受艺术技巧的桎梏,要以自然直寻为贵,这是钟嵘针对当时诗歌创作的以用典为博的不良风气提出的经典诗学概念。用典之风实则由颜延之和谢灵运开启,而尤以颜延之为甚,其达到了不通经典难以通义的地步。而钟嵘、萧子显、萧纲等诗学批评家皆对颜延之兴起的用典之风提出了质疑,正是这种竞以用事的风气阻隔了情性的抒发,即王国维《人间词话》中提出的"隔",过多的修饰和点缀往往阻碍真实情感的流露。二萧和钟嵘的论点一致,皆以吟咏情性为诗歌的根本旨归。萧纲《与湘东王书》曰:"未闻吟咏情性,反拟《内则》之篇;操笔写志,更摹《酒诰》之作;迟迟春日,翻学《归藏》;湛湛江水,遂同《大传》。"②《内则》《酒诰》《归藏》《大传》分别为《礼记》《尚书》《易经》中的篇章,以经书入诗非为不妥,但自然之情和景用之,实有矫揉造作之感。萧绎《金楼子·立言》论文、笔之分称:"至如不便为诗如阎纂,善为章奏如柏松,若此之流,泛谓之笔,吟咏风谣,流连哀思者,谓之文。……至如文者,惟须绮縠纷披,宫徵靡曼,唇吻适会,情灵摇荡,而古之文笔,今之文笔,其源又异。"③萧绎从辞、声、情诸多层面对"文"下定义,可以看出五言诗在南朝梁的新变之处在于丽辞、声律与情感。

  颜延之的诗歌艺术技巧虽擅名一代,但终究失之真实。披览其诗,除却《五君咏》《从军行》《还至梁城作》等有高古之风,情志贞切,其他如侍宴诗、赠答诗等往往技巧淹没诗人所表达的情感。而谢灵运则不同,其五言诗的书写是以顺从性情为出发点,尤其是对山林丘壑的探寻和描摹,带有诗人亲身体验的新鲜感和赏悟之情,虽未达到齐梁所谓"吟咏情性"的境界,但亦不失为"诗言志"的书写。谢灵运山水诗中对情景的设定和境界皆有讲究。谢诗对山水景色的描摹占据诗歌篇幅约三分之一,虽然类似于赋体文学的表达技巧,但是细细体察,谢诗笔下的景色蕴含着诗人细腻的情感,如"抱""媚"等动词的镶嵌往往寄予诗人微妙的情感体验。元方回《文选颜鲍谢诗评》:"灵运诗所以可观者,不在于言景,而在于言情。"④谢笔下的景物可以

---

① （梁）钟嵘,撰.曹旭,集注.诗品集注增订本[M].上海:上海古籍出版社,2011:220.
② （清）严可均,校辑.全上古三代秦汉三国六朝文[M].北京:中华书局,1958:3011.
③ （梁）萧绎,撰.许逸民,校笺.金楼子校笺[M].北京:中华书局,2011:966.
④ （元）方回,撰.文选颜鲍谢诗评[M].清文渊阁四库全书本.

独立成一幅山水画,亦可以象征诗人清绮的心境。而谢灵运山水诗末尾的说理谈悟虽为抒情之作,也不过是一种情感抒发的尾巴,真正富含诗人情感的还需从景物中探取,虽然此景与彼情黏着力不强,但亦不可忽视。此种艺术手法可以用当下的文学理论言之,可谓情景交融。这一层面,可以作为颜、谢优劣之争的原因之一。

六、优劣之争原因二:诗歌审美趣味的遴选

(一)雕饰与自然

雕饰之美与自然之美,在现代是不同的审美理想,而其艺术境界实蕴含高下之分。不过,南朝是一个贵雕饰、轻简约的时代。故,萧统编撰《文选》时提出文学新变的自然规律,其《序》曰:"若夫椎轮为大辂之始,大辂宁有椎轮之质?增冰为积水所成,积水曾微增冰之凛,何哉?盖踵其事而增华,变其本而加厉;物既有之,文亦宜然;随时变改,难可详悉。"[①]文章日渐华丽,同事物不断变化发展一样,是一种客观的自然规律,因此,作文不必贵古攘今,应承认文章的时代发展。故而萧统提出选文标准之一为:"事出于沉思,义归乎翰藻。"[②]"翰藻"即华丽的辞藻,萧统认为翰藻成为作文的重要载体。颜、谢本以词采齐名,故南朝多仿效其体。而作为自然诗风的代表陶渊明,在整个南北朝时期其名声淹没在繁缛绮丽的文风中,或讥嘲陶潜诗为"田家语"。南朝诗论家钟嵘提倡自然之美,不仅从人格的角度,称赞陶渊明为"古今隐逸之宗",并且在五言诗的成就上评价颇高,其曰:"文体省静,殆无长语。笃意真古,辞兴婉惬。每观其文,想其人德。世叹其质直。至如'欢言酌春酒''日暮天无云',风华清靡,岂直为田家语耶?"[③]钟嵘的评价得到明清诗论家的赞同,陶诗虽自然简约,但亦富有风华。陶潜的另一推崇者萧统,专门为陶编撰文集,曰《陶渊明集》,在序中对其为人为文做出前所未有

---

① (清)严可均,校辑.全上古三代秦汉三国六朝文[M].北京:中华书局,1958:3067.
② (清)严可均,校辑.全上古三代秦汉三国六朝文[M].北京:中华书局,1958:3068.
③ (梁)钟嵘,撰.曹旭,集注.诗品集注增订本[M].上海:上海古籍出版社,2011:336—337.

的高度评价,其曰:"其文章不群,辞采精拔,跌宕昭彰,独超众类,抑扬爽朗,莫之与京。横素波而傍流,干青云而直上。语时事则指而可想,论怀抱则旷而且真。加以贞志不休,安道苦节,不以躬耕为耻,不以无财为病。自非大贤笃志,与道污隆,孰能如此乎?余爱嗜其文,不能释手,尚想其德,恨不同时。"[①]辞采精拔、独超众类等,不论在辞采还是在成就上,萧统皆认为陶潜为第一。然而矛盾的是,其《文选》选录陶渊明的文章并不多见,仅诗歌 7 首、赋 1 篇、辞 1 篇。其中诗歌选录《杂诗》二首较为有名的诗之外,其他均非陶诗特色。即,按照萧统的编撰原则,陶渊明之田园诗、饮酒诗等均不属于"翰藻""沉思"的典型,因其诗风偏向平淡、质朴。颜、谢与陶渊明同时代,颜为陶渊明的挚友,在《陶征士诔》文中对陶文的评价仅四字:"文取指达",谢集中更是未见一笔痕迹,只有鲍照有和陶之作,齐梁文人集中罕见陶诗踪迹,因此陶渊明的高蹈节气虽盛行南朝,但其平淡的诗风只有钟嵘、萧统二家肯定。后世李、杜虽偶称陶诗,又因二人本身名声绝代一时,故未成风气。直至宋代,出现了陶潜的第二推崇者——苏轼。苏东坡在《与苏辙书》曰:"吾于诗人,无所甚好,独好渊明之诗。渊明作诗不多,其诗质而实绮,癯而实腴。"同时,其专作"和陶诗"数十首辑录成册以流传后世。唯有东坡,不仅景仰陶渊明的德行,而且对陶诗作出高度的鉴赏和亲身提倡,使得北宋、南宋等文论家聚焦于陶渊明的诗文,要远远超越轰动一时的颜延之。直至清代,颜延之渐渐得到文论家的回护。

雕饰作为一种修辞手段,其高度和寿命皆是有限的。而自然作为一种审美,其生命和生机却是永恒的。自然与奇崛之风在齐梁诗坛的崭露头角,很快挤压了颜延之的雕饰之功。颜延之的雕饰技巧达到了瓶颈,却失去了向上前进的路,谢灵运与陶渊明的自然之风,就像绵延不绝的云烟,散去又生起,没有尽头。

(二)兴象与神韵

自然是诗歌的躯壳,而兴神却是诗歌的灵魂。唐代论诗,喜标举兴象;清代论诗,好标举神韵。兴神之说,可溯源于中国传统比兴言志和言不尽意

[①] (清)严可均,校辑.全上古三代秦汉三国六朝文[M].北京:中华书局,1958:3067.

等传统批评理论,其内涵指诗歌要讲究情景融合、言外之意和高远之致等抽象的美学风格。

颜延之诗歌有比兴之作,如《五君咏》"托兴既高,而风力尤劲"①,又如《还至梁城作》写景之句警秀可喜,但诗歌总体上以具象为主,言尽往往意尽,"所谓词足尽意而已"②。因此,胡应麟《诗薮》称:"延之与灵运齐名,才藻可耳。至于丰神,皆出诸谢下,何论康乐。"③谢灵运诗歌虽以摹画声色为工,但往往言不尽意,他所刻画的景色不是单纯的风景图,而是编织内心情志的外衣,而收尾的谈悟说理,则是遍览山林秀色后的真实体悟。因此,谢诗之景是真景,其情亦为真情。清王夫之《姜斋诗话》下卷:

> 把定一题、一人、一事、一物,于其上求形模,求比似,求词采,求故实。如钝斧子劈栎柞,皮屑纷霏,何尝动得一丝纹理。以意为主,势次之。势者,意中之神理也。唯谢康乐为能取势,宛转屈伸,以求尽其意,意已尽则止,殆无剩语。④

谢诗中的神理并非其他,一句"池塘生春草"可为最佳注脚。谢诗的神理源于对自然山水的般若观照,更重要的是对生命和性情的顿悟。因此,谢灵运笔下的诗歌不仅仅是对语词雕刻组织的用功,更多的是顺从情性的自然安顿。焦竑《谢康乐集题辞》曰:

> 然殷生有言:文有神来、气来、情来,摹画于步骤者神踬,雕刻于体句者气局,组缀于藻丽者情涸。康乐之雕刻组缀,并擅工奇,而不蹈殷生之诮者,其神情足以运之耳!何者?以兴致为敷叙点缀之词,则敷叙点缀皆兴致也;以格调寄俳章偶句之用,则俳章偶句皆格调也。是故芙蕖初日,惠休谢其高标;错彩镂金,颜生为之失步。⑤

以神情、兴致、格调安排语词,则语词自然而生神情、兴致、格调。尤其是对景的安排别具匠心,处处体现性情,将人生的体悟放置在自然中,将自

---

① （明）何良俊,撰.四友斋丛说[M].明万历七年张仲颐刻本.
② （清）方东树,著.汪绍楹,点校.昭昧詹言[M].北京:人民文学出版社,2006:159.
③ （明）胡应麟,撰.中华书局上海编辑所,编辑.诗薮[M].北京:中华书局,1962:148.
④ （清）王夫之,著.戴鸿森,笺注.姜斋诗话[M].上海:上海古籍出版社,2012:37.
⑤ （明）焦竑.谢康乐集题辞[M].明万历刊本.

然灵气收缩在诗歌中,尽显妙悟与神气。严羽《沧浪诗话》称谢灵运之悟为"透彻之悟",这就是谢灵运诗歌经久不衰的关键所在。

清代诗论家对谢灵运诗歌兴神的赞赏蔚为大观。方东树《昭昧詹言》论谢诗有10首有兴象之妙:

《晚出西射堂》:"羁雌"四句……托以自兴。

《登池上楼》:起二句,横空突写,兼兴比。

《游赤石进帆海》:万古不磨,则琢句兴象之妙也。

《从斤竹涧越岭溪行》:起四句写早景,兴象涌现,为题作圆光,甚妙。

《夜宿石门》:措语兴象,真如绿水芙蕖,谓于至澄明清静中现出华妙也。

《于南山往北山经湖中瞻眺》:兴象华妙,冠绝古今。

《石壁精舍还湖中作》:起四句为"还"字前补一层,突写意象甚妙。

《初往新安桐庐口》:起二句从时令起,兼带兴象。

《七里濑》:兴象情文涌现,栩栩然蝶也,而已化为周矣,是为神到之作。

《入华子冈是麻源第三谷》:见桂树涧泉,因借《骚》句为兴象作起,甚妙。[①]

可以说,谢灵运诗中之景继传统的比兴,已开启唐代兴象和清代神韵之端。而颜延之诗中之景还停留在传统比兴的艺术境界中,如毛先舒《诗辩坻》所言:"'初日芙蓉',微开唐制,'镂金错彩',犹留晋骨。"[②]因此,在南朝颜延之凭借运匠极致的艺术技巧而与谢灵运擅名一时,但亦因其雕缛之功伤诗中之妙而不能绵延流长,这是其在后代不能与谢驰名而反复沉没升降的原因之一。

---

① (清)方东树,著.汪绍楹,点校.昭昧詹言[M].北京:人民文学出版社,2006:142、143、145、148、150、151、152、153、155、156.

② 张寅彭,编纂.杨焄,点校.清诗话全编[M].上海:上海古籍出版社,2018:151.

小　结

　　颜、谢声名在南北朝乃至初唐时期,皆有齐头并进之势。自盛唐李白、杜甫诗歌高举谢灵运之名,并且随着陶渊明、鲍照诗坛地位的经典化,陶、谢与鲍、谢并称频现,而颜、谢并称渐渐淡出视野。尤其值得注意的是,唐代诗话的兴起和发展,如王昌龄《诗格》、皎然《诗式》,往往援引谢灵运诗作为理论的依据。尤其是皎然对谢灵运诗歌性情与自然的推崇,更是推进谢灵运诗歌在诗史、批评史上地位的经典化。随着宋代诗话的成熟和高潮,颜、谢优劣论经历了几个世纪的沉寂后再次公然对峙。南宋严羽《沧浪诗话》截然分明地指出颜不如鲍、鲍不如谢。其他诸位诗论家虽有对颜诗的客观批评,但逐步让位于谢灵运与陶渊明、鲍照的比较批评。明清诗论家大抵延续宋代诗话的路子,但在细节上更加具体可观,因此出现颜、谢不必分优劣与颜不如谢的不同声音,其论较为公允。南朝刘宋至清代对于颜、谢的评价与研究,呈现出两种特点:第一,研究呈现摘句点评式。由于古代诗话札记体例的原因,因此对于诗人的研究还未达到系统化,即使清代诗话已经初具规模,但还是浅尝辄止。第二,研究的集中化。对于颜、谢重要的艺术特征历代相传,就其中一两点再生发,新意颇少。但不可否认的是,正是历代批评家的摘句式批评,为后世对颜、谢的研究开了先河。

　　综观颜、谢声名在千年时代潮流中的升沉起伏,其原因可以归结于诗歌发展的自然规律和诗歌审美趣味的自然选择。在诗歌发展的历史长河中,颜延之在艺术技巧上雕琢工丽,总体来看是守正的代表。谢灵运五言诗的书写是以顺从性情为出发点,尤其是对山林丘壑的探寻和描摹,带有诗人亲身体验的新鲜感和赏悟之情,可谓驭奇的典范。颜延之的雕饰作为一种修辞手段,其艺术的高度和寿命皆是有限的,而谢灵运的自然作为一种审美,其生命和生机却是永恒的。颜延之五言诗写景停留在真景,词尽意尽,谢灵运诗中景象与顿悟的境界实蕴含兴象之妙,兹为颜所不及。

第六章　颜、谢之争：元嘉诗学观念的交织与熔铸

颜延之与谢灵运是我国刘宋时代文学特别是诗歌创作中的双璧。颜、谢二人的文学观与文学创作对晋宋玄言诗风的涤荡，乃至对齐梁绮靡繁富文学的发展都产生了不可计量的影响。

对于颜、谢的文坛地位，整个南北朝时期已定声价。自南朝梁沈约《宋书》为二人独立作传，称自西晋陆机、潘岳后，"文士莫及也，江左称颜、谢"[①]。而后仕历南朝宋、齐、梁三代之裴子野所作《雕虫论》，南朝梁萧子显《南齐书·文学传论》、萧纲《与湘东王书》、刘勰《文心雕龙·时序》，北朝文士邢劭，莫不以颜、谢并举。以上诸说，仅为史学家、诗学批评家所持泛论，唯有南朝梁钟嵘《诗品》将颜、谢五言诗之诗歌渊源、艺术风格、文学地位加以品铨，称颜祖陆机，谢宗曹植；引汤惠休"颜如错彩镂金""谢如芙蓉出水"[②]之说，为颜、谢风格定评；称谢为元嘉之雄，颜为辅助，开启优劣之分。钟嵘之说，在当时并未产生重大反响。故南朝直至初唐，仍齐称颜、谢不倦。盛唐虽间举颜、谢，但明显之处，对谢灵运的神思与诗才，李杜、元白、柳孟以及大历诗人等多吟诵不已。到了宋代，钟嵘的评介渐渐得到继承和发挥，张戒《岁寒堂诗话》承钟嵘之说，指出颜延之开启用事之博。严羽《沧浪诗话》继续发挥颜、谢优劣之说。至于诗学渊源，并不出钟嵘之论。明清两代，颜、谢声价聚讼纷纭，大都摘句点评，各执己见。其中尤以王夫之、方东树为"扬谢"的代表，总体上表现出更加细化、具体。

比较颜、谢的文学创作及其文学观，放在生命、审美、影响这一动态的链条上，深入肌理的层次剖析，呈现出其文学的发展线索和精神内核。如此，

[①]　（梁）沈约，撰. 宋书[M]. 北京：中华书局，1974：1904.
[②]　（梁）钟嵘，撰. 曹旭，集注. 诗品集注增订本[M]. 上海：上海古籍出版社，2011：351.

以便对于颜、谢等革新玄言诗风、奠定元嘉文学、开启齐梁之音,有更加统筹的认知。

一、颜、谢命运相通的追溯及其文学书写

颜延之与谢灵运生于同代,皆好学而博闻,文采并驾齐驱,擅名江左。二者性情孤放,善结交方外,又深明佛玄,辞义辨洽。本有宦游之情,同仕历东宫数年;尝有赏交之美,俱为庐陵王游宴称扬;却又愤忌当权,同命悲慨,相继流放京外。一个世家儒生,一个贵族子弟,在有限的生命里,性情植根于土壤共时成长,命运相互交织又各自展开。在这一层面上,二者堪为命运共同体。具体而微,表现以下三点:

第一,体现在颜、谢之孤高。元稹《唐故工部员外郎杜君墓系铭并序》评杜甫"掩颜、谢之孤高"。颜、谢的孤高一方面来自家族文化的体认与自豪,一方面来自性格才学的养成。颜延之,琅琊临沂人,曾祖颜含,晋封西平侯,右光禄大夫;祖父颜约,零陵太守;父亲颜显,护军司马。琅琊颜氏为颜渊之后,颜渊居孔门七十二贤之首,儒家学派的大成之一。其奉行仁德、好学内省、安贫乐道的精神每为孔子服膺。颜渊的精神品德渗透在颜氏子孙的血脉中,颜含少便以悌闻名乡里,其事奉兄嫂极尽孝悌之心,因世代谨守孝悌,所居被称为"孝悌里"。颜含制定的家训"正、清、节"也影响颜氏子孙对操行的坚守。后世《颜氏族谱》中家训强调忠节、孝义等操行,与《谢氏宗谱》强调功名立业形成鲜明对照。再者,从1958年南京老虎山晋墓(均为颜含后代墓)出土文物来看,3号墓为颜延之祖父颜约,其随葬品为石砚、铁镜、石印等,可见颜氏对儒家礼节的恪守。颜延之对先祖孝义具有很强的认同感,其作《右光禄大夫西平靖侯颜府君家传铭》称"仁亲之宝,大孝之荣"。又,"于时列孝,克端殊操"。因此,所作家训《庭诰》开宗明义对树德、孝悌的重视,提出"树德立义""责弟悌务为友"等。其次,颜延之对家族文化的认同还表现在好学自省,名实合一。其《铭》称曾祖"官必凝绩,学乃敦经"。作《庭诰》一文训诫子弟"观书贵要,观要贵博",同时要名实如一,立"修家之诫",以"有恒为德"。颜之推《颜氏家训》继承颜延之的思想,提出"名之与实,犹形

之与影也"。再者,颜延之不结富贵、安贫乐道,认为"浮华怪饰,灭质之具"(《庭诰》)。颜延之对儒家文化并不止于理念上的恪守,更是从行动上诠释"敦经"的思想。颜延之的著述以经类居多,如礼类:《礼逆降议》三卷;小学类:《纂要》六卷,又《诘幼文》三卷(《新唐书·艺文志》)。另,有集三十卷,钟嵘称其五言诗"经论文雅"。遍查颜集,其诗文用事为博,广征《诗经》《周易》《尚书》《礼记》《左传》《论语》等,皆体现了其敦经的人生理念和文学思想。

谢灵运,陈郡阳夏人。名望大族谢氏之后,从曾祖父谢安,晋时名臣;祖父谢玄,晋车骑将军;父亲谢瑍,秘书郎。东晋淝水之战,谢氏一门四公,谢安封为庐陵郡公,谢石为南康公,谢琰为望蔡公,谢玄为康乐公。谢灵运对此吟咏不已,一句"万邦咸震慴,横流赖君子"歌颂了祖父的丰功伟绩。更为谢灵运仰慕的是,祖父"遗情舍尘物,贞观丘壑美"功成身退的素隐之心。既富高情之美,又拥独秀之才,《述祖德诗》唯一入选《文选》"述祖"类的典型。再者,元嘉初年(424)谢灵运上书《劝伐河北》以继祖父谢玄上表北固未竟之事,或许成为后来文帝三次北伐的动因。据此,谢灵运心系济世之情,意在言表。这恰恰也足以解释谢灵运愤懑当朝,而转向山林寻幽造隐、游牧不已的心境。谢灵运的骄傲不止在于家族名望,也体现在对家族文化的体认。谢安对家族文化的重视和对后辈的教导,《世说新语》中多处着墨,族子之间的对话可谓风流莫攀,如"道韫咏絮""庭阶玉树"等。谢灵运少小时,祖辈相继病逝,便寄居钱塘杜明师治所,对六艺、经史、诗文篇章等无所不学,其《山居赋》云:"六艺以宣圣教,九流以判贤徒。国史以载前纪,家传以申世模。篇章以陈美刺,论难以核有无。兵技医日、龟策筮梦之法,风角冢宅、算数律历之书。或平生之所流览,并于今而弃诸。"[1] 15岁返回京都,居乌衣巷,族叔谢混对之赏爱有加,称"康乐诞通度,实有名家韵"(《戒族子诗》)。常组织族子作乌衣之游,切磋文义。其作《游西池》"景昃鸣禽集,水木湛清华",轻华可咏。钟嵘将谢混的五言诗列为中品,称"殊得风流媚趣"[2]。谢灵运的山水诗得其沾溉一二。曹旭先生言山水诗是谢家的诗,这或许也可以看作谢家的风流。谢氏风流离不开清谈。谢尚,王导称之"小安丰",比竹林七贤

---

[1] (清)严可均,校辑. 全上古三代秦汉三国六朝文[M]. 北京:中华书局,1958:2608.
[2] (梁)钟嵘,撰. 曹旭,集注. 诗品集注增订本[M]. 上海:上海古籍出版社,2011:360.

王戎;谢安驳斥"清谈误国",与时名辈孙绰、许询、王羲之等赏游;谢道韫也有清谈的美誉等等。谢灵运好臧否人物,也是预此风流中的,《世说新语·言语》载其:"好戴曲柄笠,孔隐士谓曰:'卿欲希心高远,何不能遗曲盖之貌?'谢灵运答:'将不畏影者,未能忘怀。'"①谢灵运山水诗的崛起,很大程度上得益于其瞩目丘壑、顺从性情的决心。

颜、谢对家族文化的体认与坚守,在晋宋之际政权交叠、儒玄佛思想鱼贯的背景下,各自展现出绝胜以往的多面和立体的特点,逐渐凸显刘宋践祚之初的独特文化特征。颜延之敦经体玄,仁者本静,寓居反思成《庭诰》,兼能愤斥权要吟《五君咏》;谢灵运通儒玄佛,智者本动,寻幽造隐写山水。无论动或静,都是穷则独善其身的儒家道义的执行。尤其是,学在家族的优越感,早年文义名声称霸江左的地位,再加上玄风土壤浸润下对名士风流的向往与自我意识的觉醒,皆促使颜、谢发掘出作为"士"面对人生、关怀现实的时代性。

第二,颜、谢宦海浮沉的仕历及其交情。细查二人仕历,其同府供职长达四年。颜、谢初仕于晋安帝义熙元年(405)。颜延之任吴国内史刘柳行参军,谢灵运先任琅琊王大司马行参军,次年即转入刘毅幕府。颜、谢一入宦海,便沉寂几近十年。直至义熙十二年(416),颜、谢一同进入刘裕世子刘义符府中供职。颜为中军参军,谢为中军咨议,兼黄门侍郎。按《宋书·百官志》,"参军"从属七品,"黄门侍郎"从五品。此时,颜、谢美名各自已显,又同事一府,职务皆为军事参谋,二人必有宦游往来。首次同府时长约三月,以本年十一月谢灵运前往彭城劳军为结。义熙十四年(418),颜延之迁世子舍人。元熙元年(419),谢灵运任世子左卫率,七月至十二月间免官。此次共事世子时长至少七个月。刘宋践祚之后,宋武帝安排颜、谢俱事东宫,颜延之为太子舍人,从七品;谢灵运仍为太子左卫率,从五品。这一做,便是两年。也就是说,从义熙十二年(416)服事刘宋以来,八年间颜、谢官位既不显,也不受主重视,只是朝廷用以装点风雅的需要。武帝召雁门周续之开馆,命颜延之问《礼记》三义,每能挫之简要。颜延之的才华与自负,得罪了

---

① (南朝宋)刘义庆,著.(梁)刘孝标,注.余嘉锡,笺疏.世说新语笺疏[M].北京:中华书局,2015:175.

当时的尚书令傅亮,他对颜嫉恨有加。对于谢灵运,武帝唯以文义赏爱,更无其他。因此,谢灵运"自谓才能宜参权要,既不见知,常怀愤愤"①(《宋书·谢灵运传》)。沉寂十余年的平凡生涯,颜、谢终于得在不惑之年找到赏遇之主,即二皇子庐陵王刘义真。庐陵王十分看重颜、谢文义之美,并肆言得志之日任二人为宰相。因此,颜、谢对庐陵王的情分是他人不可比拟的。可是,庐陵王本人有才无德,由此与权杖失之交臂,武帝命其出镇历阳。至此,颜、谢的政治怀抱不仅落空,还被当权者猜忌,顶着莫须有的罪名,在政权更替的旋涡中被遣散殆尽。颜延之远黜始安太守,谢灵运为永嘉太守。直至元嘉三年(426),方被征召还都。颜延之赏遇甚厚,起为中书侍郎,兼步兵校尉,官从四品。谢灵运为秘书监,官从三品。颜、谢阔别四年再聚首,互赠诗歌聊以抒怀。谢灵运将在永嘉所作诗文送与颜延之欣赏,颜延之对其评价颇高:"芬馥歇兰若,清越夺琳珪。"(《和谢监灵运诗》)谢灵运在京,奉敕修史、编目等,仍不参与要务,愤懑出游,在京一年,便赐假东归。自此往后,颜、谢之间的命运书写走向了渐行渐远的道路。而反观出仕这40余年,颜、谢可谓拖着平行共进退的命运链条。

第三,在这两条极其相近的命运链条中,颜、谢分别被两次流放外郡。永初末,颜、谢因与庐陵王刘义真文义赏会,游宴非常。庐陵王,武帝第二子,聪明爱好文义。太子刘义符无才无能,志凶无良,庐陵王才高颖悟,又得武帝睦爱,故本有嗣位的机会。武帝曾有意令其继承大统,"皇太子多狎群小,谢晦言于上曰:'陛下春秋既高,宜思存万世,神器至重,不可使负荷非才。'上曰:'庐陵何如?'晦曰:'臣请观焉。'出造庐陵王义真,义真盛欲与谈,晦不甚答。还曰:'德轻于才,非人主也。'"②终因德行不称其才,而出镇京外。颜、谢依附刘义真,一是因性情相投,义真曾评价:"灵运空疏,延之隘薄,魏文帝云鲜能以名节自立者。但性情所得,未能忘言于悟赏,故与之游耳。"③二是基于共同的政治理想。时颜延之与谢灵运共事东宫,又与庐陵王交善,既表明了高明的政治眼光,又寄予了共同的政治理想。庐陵王曾肆

---

① (梁)沈约,撰.宋书[M].北京:中华书局,1974:1753.
② (宋)司马光,编.(元)胡三省,音注.资治通鉴[M].北京:中华书局,1956:3743.
③ (梁)沈约,撰.宋书[M].北京:中华书局,1974:1636.

第六章　颜、谢之争：元嘉诗学观念的交织与熔铸 | 243

言"得志之日,以灵运、延之为宰相"①,甚至在出镇时,命颜、谢一起检阅军队。可见,其对颜、谢的器重以及三人政治立场的统一。最终,当权者放弃了刘义真。少帝即位,当权者把持权柄,以构扇异同罪名迅速遣散刘义真等,兴起了颜、谢政治生涯的巨浪。颜延之被黜为远郡始安太守,谢灵运则被贬往永嘉。这是颜、谢政治生涯的第一次流放,以元嘉三年(426)征召回京为结。时颜、谢互赠诗歌,以感怀慰藉。元嘉八年(431),谢灵运要求决湖为田,与会稽太守孟𫖮构织仇隙,被诬告有异志。文帝乃将其贬往临川太守。因游牧荒政被弹劾收押,谢灵运乃兴兵叛逆。于是,被昭告流放广州,行弃世刑。次年,颜延之因语词激昂触犯权贵,被贬为永嘉太守。这是警告,亦为威慑。

　　颜、谢被流放,具有不同的文化象征意义。作为文人士大夫,颜延之被流放具有"才不容于世"的文化意义。谢灵运作为名门望族,则是在贵族与皇权的冲突中,刘宋打压贵族的这一集权政治背景下的牺牲品。这就可以审视政权更迭中,寒素当权对精英文化和贵族文化的抵触。而更为可贵的是,二者皆有对不遇于世命运的反抗,这是基于"士"关怀自我和社会的表现。颜延之作《祭屈原文》以明志,作《五君咏》以泄愤;谢灵运则表现为放娱幽林,吟咏山水遣怀。同时,这种反抗也充满了矛盾。颜、谢性格皆偏激,面对不公的现实,颜延之痛斥专权:"抗志绝操,芜陆谢𦬒。代食宾士,何独匪民。"②(《拜永嘉太守辞东宫表》)同时,慷慨吟咏嵇康、阮籍、阮咸、刘伶、向秀等五人以明操行。然而,颜又作《庭诰》训诫子弟,修身立诚。这可视作他自身思想的矛盾点,也可以看作对命运的一种理性审视。谢灵运矛盾挣扎在仕与隐之间,既不受重用便隐遁山林以期高远,又不甘于隐逸的无名而时时触碰权力。值得肯定的是,颜、谢在流放时期的创作,继承了屈原、贾谊流放文学的悲怨情愫和讽喻的精神,又将目光放诸山林水泉中消解浓厚的郁闷,令山水亦还原并展开自身的价值和审美,如颜之吟咏独秀峰:"未若独秀者,嵯峨郭邑开。"谢灵运的山水诗正是流放永嘉、隐居东山和流放临川之作,如名句"池塘生春草,园柳变鸣禽"等。正是对自然美本身的发掘,谢的

---

① (梁)沈约,撰.宋书[M].北京:中华书局,1974:1636.
② (清)严可均,校辑.全上古三代秦汉三国六朝文[M].北京:中华书局,1958:2634.

山水之作往往"名章迥句,处处间起;丽曲新声,络绎奔发"①。同时,颜、谢又能以形成怨—抗—悟这种自我回归的方式,来消解与安放流放的悲怨和矛盾。后世白居易《读谢灵运诗》读出谢之山水诗的蕴意:"谢公才廖落,与世不相遇。壮士郁不用,须有所泄处。泄为山水诗,逸韵谐奇趣。"要言之,颜、谢的流放文学,特别是谢灵运的山水诗,影响了后世寄情山水的流寓心态,开启寓情于景的写作艺术的先河。

二、颜、谢生命、审美、影响等异彩层次展开

自谢灵运卒后次年,颜延之闲居乃始作《庭诰》养心修德以保其身,读书论文以养其人,这未尝不是对自己前半生的总结和反省,其云:"今所载咸其素畜,本乎性灵,而致之心用。"②又未尝不是对友人谢灵运颠沛一生的同情与反思。此种淡泊顾命的心态,使颜延之得以颐养高寿,活至孝建三年(456年),享年73岁。较之灵运,可谓善终。就在颜、谢似近而远的生命境界中,对美的追求以及付诸文章的艺术技巧对后世产生了不同凡响的影响。

(一)保全生命、歌功颂德的选择

颜、谢尽管在晋宋之际宦途几近同步升沉,其文也齐名江左,其人也意气相投,但随着元嘉十年(433)谢灵运生命的陨落,颜延之反抗专权的失败,颜延之逐渐走向了顾命保身的收敛之路。

1. 服爵帝典,栖志云阿

颜延之在整个元嘉年间,官位不卑不显,曾做过始兴王的咨议参军,又迁为国子祭酒、司徒左长史,不久免官,后起为秘书监、光禄勋、太常。这是谢灵运卒后,颜延之在元嘉年间的仕历情况,官位在四品上下,职务是掌管教育、图书、音律等,是皇帝亲近之臣。就此,宋文帝曾经怀念颜延之的近侍情谊:"延之昔师训朕躬,情契兼款。"③颜延之在孝武帝时,任光禄大夫加金

---

① (梁)钟嵘,撰.曹旭,集注.诗品集注增订本[M].上海:上海古籍出版社,2011:201.
② (清)严可均,校辑.全上古三代秦汉三国六朝文[M].北京:中华书局,1958:2634.
③ (梁)沈约,撰.宋书[M].北京:中华书局,1974:1904.

章紫绶,品秩第二(《晋书·志》卷二十四)。卒后加特进,品秩第二。这是其一生中最显贵的而又极其短暂的余晖。史载其"居身清约,不营财利,布衣蔬食,独酌郊野,当其为适,傍若无人"①。其子颜竣"既贵重,权倾一朝,凡所资供,延之一无所受,器服不改,宅宇如旧。常乘羸牛笨车,逢竣卤簿,即屏往道侧。又好骑马,遨游里巷,遇知旧辄据鞍索酒,得酒必颓然自得。常语竣曰:'平生不喜见要人,今不幸见汝。'"②颜延之忘年之交王僧达曾作《祭颜光禄文》一文,悼念谓其文义之美可"登朝光国,实宋之华",其一生"服爵帝典,栖志云阿"。王之文确是颜延之一生的真实写照。

颜延之性格偏激,肆意直言,尝斥慧琳为"刑余",时人谓之颜彪。但是,其始终保持传统士大夫清高狷介的品性,也好结交素友,饮酒自乐;谈玄造隐,问道释僧。颜延之的好友何尚之,以操节闻名,有人尝求为吏部郎,尚之叹曰:"此败风俗也。官当图,人人安得图官。"延之大笑曰:"我闻古者官人以才,今官人以势。彼势之所求,子何疑焉所与?"③常常论辩若此。又,颜延之与张镜所居毗邻,听其辞义清玄,延之心服。心慕高远,曾与当时名士十许人入山访隐士关康之。(事俱见《南史》卷七十五列传)不论从颜延之对其邻居张镜的钦服尊重,还是对名士的高度理解与认同,都可看出颜之性情极真,赏识文士,骨子里"贵玄"的情怀。

2. 经纶典雅,领步元嘉

元嘉十年(433),谢灵运一卒,颜延之领步元嘉文坛将近20年。颜延之诸多应制诗文名篇,如侍宴诗《车驾幸京口侍游蒜山》《车驾幸京口三月三日侍游曲阿湖作》;哀册文《宋文皇帝元皇后哀策文》;郊庙歌辞《郊天夕牲》《迎送神》《飨神歌》;骈文《赭白马赋》等皆在此期间所作,也奠定了颜延之南朝第一位宫廷文人的地位。④ 颜延之不仅领步整个元嘉中后期,而且影响了同时代后起之秀谢超宗(谢灵运之孙)、丘灵鞠(丘迟之父)等,二人同谢庄俱为孝武帝时应制侍臣、文才之士,入齐名声犹盛,其踵步颜延之的文风,钟嵘

---

① (梁)沈约,撰. 宋书[M]. 北京:中华书局,1974:1902—1903.
② (梁)沈约,撰. 宋书[M]. 北京:中华书局,1974:1903—1904.
③ (唐)李延寿,撰. 南史[M]. 北京:中华书局,1975:785.
④ Tian X. Representing Kingship and Imagining Empire in Southern Dynasties Court Poetry[J]. *Toung Pao*,2016:52.

《诗品》中载,鲍照、惠休的制作在大明泰始中已风靡文坛,唯有谢超宗、丘灵鞠等仍传习颜延之体。这就表明,颜延之经纶文雅的典正文风实居不可撼动的文坛盟主的地位。王僧达所谓"义穷几象,文蔽班杨"(《祭颜光禄文》),不为虚谈!

时享誉文坛者亦有袁淑、鲍照、谢庄等。袁淑小颜延之 23 岁,其"好属文,辞采遒艳,纵横有才辩"①。钟嵘《诗品》将其与"谢瞻、谢混、王微、王僧达"并列评论:"其源出于张华,其才力苦弱,故务其清浅。殊得风流媚趣。"②谢瞻、谢混已卒不论,袁淑、王微、王僧达等年辈小于颜延之,且文多不传。《隋志》载袁淑集十一卷、王微集十卷、王僧达集十卷。今俱不存,唯见诗文若干首。三人中,又以袁淑为上。元嘉末,袁淑和谢庄文名俱显,同应诏作《赤鹦鹉赋》:"(淑)作赋毕,赍以示庄,庄赋亦竟,淑见而叹曰:'江东无我,卿当独秀。我若无卿,亦一时之杰也。'遂隐其赋。"③谢庄《月赋》虽名噪一时,然诗文不及袁淑,"希逸诗,气候清雅。不逮于王、袁"④。但袁淑卒于元凶弑立之年,英才早逝。孝武即位,颜延之受诏作《赠谥袁淑诏》《赐恤袁淑遗孤诏》等。张溥《汉魏六朝百三家·袁忠宪集题辞》对袁淑文章给予了很高的赞扬:"其摹古之篇,风气竟逼建安。此人不死,颜、谢未必能出其上也。"⑤袁淑可谓近侍臣子中最有可能与颜延之颉颃者,然早凋零。鲍照小颜延之 30 岁,元嘉十年(433)弱冠之时始登文坛,因奏诗之美被临川王刘义庆擢为国侍郎,后随藩王辗转江陵、江州、兖州等地七载,方回京都。在京不过一载,人生多半漂泊藩地。元嘉末至大明、泰始年间,其乐府诗作和拟诗大量兴起,如《代陈思王京洛篇》《代白头吟》《代东门行》等,沈约称其"文辞赡逸,尝为古乐府,文甚遒丽"⑥。钟嵘称其"骨节强于谢混,驱迈疾于颜延。总四家而擅美,跨两代而孤出。嗟其才秀人微,故取湮当代"⑦。史不立传。何焯《义门读书记》:"诗至于鲍,渐事夸饰。虽奇之又奇,颇乏天然。

---

① (梁)沈约,撰.宋书[M].北京:中华书局,1974:1835.
② (梁)钟嵘,撰.曹旭,集注.诗品集注增订本[M].上海:上海古籍出版社,2011:360.
③ (梁)沈约,撰.宋书[M].北京:中华书局,1974:2167—2168.
④ (梁)钟嵘,撰.曹旭,集注.诗品集注增订本[M].上海:上海古籍出版社,2011:543.
⑤ (明)张溥,著.殷孟伦,注.汉魏六朝百三家集题辞注[M].北京:中华书局,2007:230.
⑥ (梁)沈约,撰.宋书[M].北京:中华书局,1974:1477.
⑦ (梁)钟嵘,撰.曹旭,集注.诗品集注增订本[M].上海:上海古籍出版社,2011:381.

又不娴于朝庙之制,于时名价不逮颜公,非但人微也。"①据钟嵘从祖父钟宪所说,鲍照声名鹊起应在大明、泰始年间,所谓"鲍、休美文,殊已动俗"②。也就是说,鲍照的诗歌风格和审美趣味为时人追崇,其诗坛地位的奠定在宋明帝大明、泰始年间,终于与谢灵运、颜延之同名。南朝梁萧子显《南齐书》把时下对颜、谢、鲍三家文风的学习分为三体,明确了刘宋文坛三种迥异的审美精神。这也是齐梁文人对前代文坛创作实践的重新认识和总结。

(二)颜、谢文学审美趣味的交织

颜延之曾问鲍照自己与谢灵运之优劣,鲍照答:"谢五言如初发芙蓉,自然可爱;君诗若铺锦列绣,亦雕缋满眼。"③当时鲍照的好友汤惠休也持有相似的论断:"谢诗如芙蓉出水,颜如错彩镂金。"④这两种风格的形成与颜、谢自身的审美趣味紧密相关。朱光潜在《谈美》一书中论及造成审美趣味分歧的三个要素:资禀性情、身世经历和传统习尚。正是颜、谢命运共同体使二人有着不谋而合的文学审美,同时,二者各自禀赋喜好、知识沉淀的差异又使其滋生冲突。

颜、谢审美趣味的一致性体现在对建安、西晋文风的美学精神和形式的体认。

颜延之具有强烈的文学辨体意识,首次提出文与笔的区分:"经典则言而非笔,传记则笔而非言。"⑤其对诗歌不同文体的风格亦有识断:"五言流靡,则刘桢、张华;四言侧密,则张衡、王粲;若夫陈思王,可谓兼之矣。"⑥对于创作日盛的五言诗,颜延之以"流靡"二字简括,实则由陆机"诗缘情而绮靡"而来。而五言诗的创作典范者,颜延之推举魏晋曹植、刘桢、张华等三人,王粲四言见盛而五言不如,这是以往任何一诗家论文所不曾见的。而谢灵运对曹植、张华的推崇更是显而易见。谢灵运自称:"天下才共有一石,子

---

① (清)何焯.义门读书记[M].北京:中华书局,1987:895.
② (梁)钟嵘,撰.曹旭,集注.诗品集注增订本[M].上海:上海古籍出版社,2011:575.
③ (唐)李延寿,撰.南史[M].北京:中华书局,1975:881.
④ (梁)钟嵘,撰.曹旭,集注.诗品集注增订本[M].上海:上海古籍出版社,2011:351.
⑤ (梁)刘勰,著.范文澜,注.文心雕龙注[M].北京:人民文学出版社,1958:655.
⑥ (清)严可均,校辑.全上古三代秦汉三国六朝文[M].北京:中华书局,1958:2637.

建独得八斗,我得一斗,自古及今同用一斗。"①此等褒扬与自负怕只有天才横溢的谢康乐才敢放言。又,其将好友东海何长瑜誉为"当今仲宣"②,可见其对建安文学的推崇与认同。而对于西晋文坛坐标人物张华,谢灵运更时时婆娑其文,虽然讥笑"张公(张华)虽复千篇,犹一体耳"③,但论文又常常以张华为标尺。灵运族弟谢惠连《雪赋》成,谢灵运每感慨:"张华重生,不能易也。"④且张华奖掖的人才,如陆机、陆云、左思等,时与陆机齐名之潘岳,更为灵运所乐道。谢康乐尤其推重左思与潘岳,曰:"左太冲诗,潘安仁诗,古今难比。"⑤又,"安仁、士衡才为一时之冠"⑥。又可见谢对西晋诗坛的体认。

颜、谢对建安、西晋文学的推崇,对曹植、刘桢、王粲、潘岳、陆机等人的评价,直接或间接影响到齐梁年间的诗学批评。尤其对曹植的评价直接影响了南朝文论家刘勰、钟嵘等,促进曹植诗歌地位的经典化。除理论上推崇以外,颜、谢俱以创作实践回应了自己的主张。颜延之作《五君咏》对嵇康、阮籍、阮咸、刘伶、向秀等五人的操行和著作都给予了高度的认可和歌咏,以示对当局专权的愤懑。另,颜为阮籍诗集还作注解,但始终"怯言其志"⑦。张溥称其"玩世如阮籍"⑧,兹亦可看作颜延之对名士贞德操行、明哲保身的精神回归。同样,谢灵运作《拟魏太子邺中集诗》,对曹丕、曹植、王粲、刘桢、陈琳、徐干、应玚、阮瑀等人进行评价,尤其是对其人、其文与作家经历以及诗歌风格的形成,给予了高度的重视和联系。其论曹植:"公子不及世事,但美遨游,然颇有忧生之嗟。"⑨其论王粲:"家本秦川,贵公子孙,遭乱流寓,自伤情多。"⑩这无疑是借为他人作序而对自己的人生进行总结。颜、谢开创的这类传记组诗,无疑是对建安、正始时代精神的回归。

---

① (五代)李瀚,撰.徐子光,补注.蒙求集注[M].北京:中华书局,1985:91.
② (梁)沈约,撰.宋书[M].北京:中华书局,1974:1775.
③ (梁)钟嵘,撰.曹旭,集注.诗品集注增订本[M].上海:上海古籍出版社,2011:275.
④ (唐)李延寿,撰.南史[M].北京:中华书局,1975:537.
⑤ (梁)钟嵘,撰.曹旭,集注.诗品集注增订本[M].上海:上海古籍出版社,2011:193.
⑥ (唐)李延寿,撰.南史[M].北京:中华书局,1975:526.
⑦ (梁)钟嵘,撰.曹旭,集注.诗品集注(增订本)[M].上海:上海古籍出版社,2011:151.
⑧ (明)张溥,著.殷孟伦,注.汉魏六朝百三家集题辞注[M].北京:中华书局,2007:223.
⑨ (清)严可均,校辑.全上古三代秦汉三国六朝文[M].北京:中华书局,1958:2617.
⑩ (清)严可均,校辑.全上古三代秦汉三国六朝文[M].北京:中华书局,1958:2616.

第六章 颜、谢之争:元嘉诗学观念的交织与熔铸 | 249

  颜、谢对建安、西晋诗风的审美体认最突出的表现是对形式美学的继承。山水在刘宋文人眼中逐渐褪去玄言的外衣,呈现本来的色彩和流丽。颜延之的应制诗歌错彩镂金,其中对山水美的描写处处间起,清雅有声。元嘉时期,谢灵运山水五言诗蔚然兴起,名句新声,倾动内外。颜、谢将五言诗的创作回归到建安、西晋文人所开启的讲究词采、气骨的美学传统中,开拓出"连类比物""巧似""声色"等艺术表现手法,实现了五言诗向传统美学的回归和通变,颜延之认为:"咏歌之书,取其连类合章,比物集句。"①"比物连类"者,讲究言繁辞广,对象包含人、事、物,运用对仗、排沓、典故等多种艺术手法,铺张渲染以营造出错综繁富的审美视觉。此即颜延之的创作规矩。颜延之对仗十分谨严,用典繁密,"用事为博始于颜光禄"②。清吴乔《围炉诗话》卷一更称颜延之:"后世对偶之祖也。"③用典、对仗在谢灵运的诗集中的运用也十分显著,黄节《谢康乐诗注》序中论述康乐之诗:"合《诗》、《易》、聃、周、《骚》、《辩》、仙、释以成之。"④宋严羽《沧浪诗话》:"灵运之诗,已是彻首尾成对句矣。"⑤颜、谢对用典、对仗的运用如此用力,一方面是对传统艺术技巧的拓展,另一方面则做出了很大突破。其中最显著之处在于对声色美学的发现。颜、谢早已注意到诗歌与音律的关系。不仅在理论上讲究"律吕音调",而且在创作实践中大量使用双声叠韵之词。对于寓目之景,心有感发,实为普遍的审美情感。颜、谢对审美对象的感知是相通的也是共通的。这种"共同感"体现在诗中大量色彩的出现,成为元嘉诗歌的独特之处。例如,颜延之"丹""金""葱""青""绿""翠""素""皓"等等。谢诗中更为俯拾即是,色彩缤纷:"白""丹""朱""红""黄""绿""碧""青""紫"等。这种摄取自然之物的色彩,便给五言诗注进了新的血液,焕发诗歌生意的动因。同时,颜、谢对自然审美也存在不一致的地方,这取决于审美能力的特殊能力:想象力。二者的想象建立在对客观对象的观察和认知的基础上。比较之下,颜延之侧重于具体的想象,强调"《易》象写形"(《与王微书》),与王微"竟求

---

① (清)严可均,校辑.全上古三代秦汉三国六朝文[M].北京:中华书局,1958:2637.
② (宋)张戒.岁寒堂诗话[M].北京:中华书局,1985:2.
③ (清)吴乔.围炉诗话[M].北京:中华书局 1985:42.
④ 黄节,笺注.谢康乐诗注[M].北京:中华书局,2008.
⑤ (宋)严羽,撰.郭绍虞,校释.沧浪诗话校释[M].北京:人民文学出版社,1983:158.

容势"(《叙画》)、宗炳"以形写形,以色貌色"(《画山水序》)的绘画理论是相通的,去尊重自然的呈现,追求客观表现,物与我彼此烘托、成全的基础动机;谢灵运侧重于具体和抽象的想象,要求"会性通神"。在物与我的关系中追求一种和谐、平衡甚至愉悦的境界。这恰恰暗合王微"明神以降"、宗炳"畅神"(《画山水序》)、王微"明神降之"(《叙画》)的绘画理论。山水诗的创作与山水画的理论互映成趣,对物色的捕捉、描摹和会意,凸显出刘宋以声色为美的文学艺术特征。如颜诗"阴风振凉野,飞云瞀穷天"(《北使洛诗》)尚有高古之意。应制五言如"春江壮风涛,兰野茂荑英",亦清喜可嘉。颜延之止于寓目静想,而谢灵运则亲身体验和追求景致,移步换景,体验高情,其可"扬帆采石华,挂席拾海月"(《游赤石进帆海》),想象景自生情:"海鸥戏春岸。天鸡弄和风。"《于南山往北山经湖中瞻眺诗》其移情于景:"池塘生春草,园柳变鸣禽。"(《登池上楼诗》)谢灵运的审美更多的是一种生命状态,是通过视觉审美而与对象融为一体的状态。在这种状态中,体验、情感和想象融合在一起,物我可以暂时两忘,情意权且相融。颜、谢此等形式美学的开拓,使得刘宋诗坛"声色大开"①,无疑是受建安、西晋艺术传统孕育之功。曹旭先生《论西晋诗学》云:"所录刘宋诗人,百分之九十以上源出太康,表明刘宋时期的诗歌,基本上走的是西晋太康的道路。"②但二者还是存在侧重点的,钟嵘论二人诗歌渊源,则称颜延之源于陆机,陆机源于曹植,属于《国风》一脉;谢灵运源于曹植、张协,兼取《国风》《楚辞》两脉。一为风雅,一为风骚。尚风雅,故义正词严;尚风骚,故兴多奇高。

(三)颜、谢文学审美趣味的冲突

颜、谢审美趣味的冲突体现在对时下流行的乐府民歌的批评接受不一。

颜延之诗承《国风》一脉,自然尚风雅。在颜延之看来,《诗经》代表最高的艺术标准,以雅为贵。秦汉之制,比之风雅不足,而弘丽有余。而后至李陵之作,文多悲怆,亦足观之。颜延之对曹植四言、五言诗歌的推崇和学习,应制诗文的错彩明密,皆可见颜延之对风雅文风的主张和践行。因此,颜延

---

① (清)王夫之,等撰.丁福保,辑.清诗话[M].上海:上海古籍出版社,2015:546.
② 曹旭,王澧华.论西晋诗学[J].文学评论,2011(05).

之尚雅鄙俗的文学态度,就决定了他对时下日益流行起来的乐府民歌之作持反对态度。颜延之性偏激,肆意直言,不懂迂回。其反对汤惠休的诗风,每每轻薄于他,曾对外人言:"惠休制作,委巷中歌谣耳,方当误后生。"①颜延之认为惠休之诗只是里巷听来消遣的有韵小文,不登台面,对后生无益。惠休诗情多绮靡,往往巧借女子口吻传达相思、相恋之苦。钟嵘称其"淫靡,情过其才"②,钟惺称其"艳情三昧"。鲍照,是惠休好友。所作乐府26题79首,三、五、七言等抑扬参差,发调醒目,清朗俊逸,具有民歌的特征。钟嵘谓之"伤清雅之调。故言险俗者,多以附照"③。在此意义上,颜延之作为长辈,论文时曾将二者并举。时人羊曜璠曾将颜延之的行为解读为:"是颜公忌照之文"④,鲍照为后起之秀,理应可畏。而颜延之将休、鲍并论,却有鲜明的诗歌发展观,休鲍制作,象征新的五言诗深入民间质料的浸润,已然勃兴。作为一朝文宗、一代阁老,颜延之自然抵不住新的审美、新的气脉,不免故步自封。但颜延之对古乐府的态度是肯定的。颜延之懂音律古辞,曾受诏依晋曲造《天地郊夕牲》《迎送神》《飨神》登歌三篇配雅乐,辞古意畅。另外,颜延之创作古乐府如《秋胡》五言九章,写景古迈有"椅梧倾高凤,寒谷待鸣律",慷慨明义有"君子失明义,谁与偕没齿。愧彼行露诗,甘之长川氾"。另,所作《从军行》,虽写相思、诉衷情,却仍有古音。颜延之更不反对借用女子的视角表情达意,其作《为织女赠牵牛》则以女子惆怅忧思的口吻寄寓慕君之怀,被《玉台新咏》收录。一望而知,颜延之并不排斥民间文学,而其对惠休的贬斥实则针对当下惠休、鲍照引领起的淫靡倾魄、险俗乱雅的流调进行的批评。

　　谢灵运较颜延之具有开放的文学观念,主要表现在其乐意吸收吴声西曲等民间文学的优秀特质。谢灵运是中国文学史上第一位有意识地整理乐府诗集的文人。遍查《隋书·经籍志》《旧唐书·艺文志》《新唐书·艺文志》等,谢灵运《新撰录乐府集十一卷》实为乐府整理之首功。另外,谢灵运还创作乐府诗共计17题18首,其中16篇为与陆机同题之作。如此可知谢灵运

---

① (唐)李延寿,撰.南史[M].北京:中华书局,1975:881.
② (梁)钟嵘,撰.曹旭,集注.诗品集注增订本[M].上海:上海古籍出版社,2011:560.
③ (梁)钟嵘,撰.曹旭,集注.诗品集注增订本[M].上海:上海古籍出版社,2011:381.
④ (梁)钟嵘,撰.曹旭,集注.诗品集注增订本[M].上海:上海古籍出版社,2011:560.

对前代优秀乐府的学习和接受。谢灵运追求的生命情调是"顺从性情"[①]，同时这也是其践行一生的文学主张。寓目之景则书写如画，入耳之声则赏心触情。谢灵运生于江南，长于江南，缠绵情婉的吴声早已在其心中化作故乡的声音。并且，谢灵运认为民歌与诗歌同样能够感荡人心、激发情感的审美功能。尤其对于"悲调"，谢灵运更加赏爱不完，其《山居赋》云："忆昆园之悲调，慨伶伦之哀龠。卫女行而思归咏，楚客放而防露作。"曲调的形成是基于创作者对事物的感知、情感的共鸣，故而吟咏谱写成曲。而在听者一方，曲调似乎能随着情感的变化可以似急非缓，已达到悲情的艺术审美："采菱调易急，江南歌不缓。"（《道路忆山中》）在谢灵运的眼中，悲情艺术的美学载体可以不一，民歌曲调同样具备诗文赋等文学正统体裁的感荡心灵的审美享受。谢灵运不仅注意到民歌的表情达意的审美功能，而且还能灵活地运用汲取民歌歌辞的艺术技巧。谢灵运五言诗《东阳溪中赠答》，通俗直白，叠章回沓，明显是受了吴声西曲的影响。另外，值得注意的是，谢灵运对族弟谢惠连文章的赞赏。谢灵运与谢惠连为刎颈之交，常有诗文互赠。谢惠连的五言诗被喻为"风人第一"，钟嵘《诗品》"宋法曹参军谢惠连"条曰："小谢才思富捷……《秋怀》《捣衣》诗之作，虽复灵运锐思，亦何以加焉。又工为绮丽歌谣，风人第一。"[②]曹旭先生《诗品集注》作注："歌谣，指乐府民歌体作品。"又，"风人，六朝乐府民歌的一种体裁"[③]。谢惠连创作的绮丽歌谣、乐府民歌，可谓翘楚，有集六卷（《隋书·经籍志》），现存诗歌28首，乐府居半，或采用乐府的形式。《秋怀》《捣衣》最负盛名，《玉台新咏》选录谢惠连诗三首：《七夕咏牛女》《捣衣》《代客从远方来》。其风人歌谣的形式特征主要表现叠字和顶真。谢灵运除赏重惠连之外，最称许的便是何长瑜。何长瑜任临川王刘义庆门客时，曾作韵语讥嘲其府中僚佐，云："陆展染鬓发，欲以媚侧室。青青不解久，星星行复出。"此短韵采取民谣的形式，与谢灵运早期五言诗《游东亭》之"戚戚感物叹，星星白发垂"有异曲同工之妙。何长瑜在会稽郡教谢惠连读书时，被谢灵运一同请至始宁赏游，二人不乏诗文切磋，共通的艺术技巧是相互借鉴学习的结果。

---

① 其《山居赋》序云："抱疾就闲，顺从性情，敢率所乐，而以作赋。"
② （梁）钟嵘，撰.曹旭，集注.诗品集注增订本[M].上海：上海古籍出版社，2011：372.
③ （梁）钟嵘，撰.曹旭，集注.诗品集注增订本[M].上海：上海古籍出版社，2011：376.

颜延之尚风雅、鄙淫俗的文学观决定了其不能接受时下流行起来的绮靡淫调的吴声西曲,但是对古朴质健的古乐府仍然持肯定的看法。在这点上,谢灵运的文学观显得更加融通、多元化。其不仅能够客观看待新诗体新曲调的兴起,而且能够汲取民歌的艺术,将其灵活运用到五言诗的创作。

(四)颜、谢在南北朝的影响

颜、谢于风雅精神的回归以及形式美学的继承开拓,擅名于刘宋一代,甚至在齐梁、北魏等时期皆享负盛名,成为皇室及其文坛不断模仿、学习的对象。

颜延之以其规矩典丽、体裁明密的艺术风格,成为宫廷应制文学的典范。深受颜延之影响者,有不少是在宋齐时首屈一指的作家。从近处讲,颜延之诸子皆习得父风。《南史》卷三十四载:"(文)帝尝问以诸子才能,延之曰:'竣得臣笔,测得臣文,㚟得臣义,跃得臣酒。'"[1]长子颜竣《为世祖檄京邑》一文辞义激昂,音节铿锵,词又赡美,述驰军队伍之状如:"楼舰腾川,则沧江雾咽;锐甲赴野,则林薄摧根。"刘勔曾示颜延之此文,问:"此笔谁所造?"延之曰:"竣之笔也。"又问:"何以知之?"延之曰:"竣笔体,臣不容不识。"[2]次子颜测亦"以文章见知"[3](《宋书》卷七十三),所作《九日坐北湖联句诗》"亭席敛徂蕙,澄酒泛初兰",用字、用势等莫不有家父之风。至南朝齐,颜延之便成为皇室钦定的学习对象,此等殊荣为同代之人所莫及。齐高帝萧道成劝诫诸子学诗应学陆机、颜延之,萧子显《南齐书》卷三十五载:"晔刚颖俊出,工弈棋,与诸王共作短句,诗学谢灵运体,以呈上,报曰:'见汝二十字,诸儿作中最为优者。但康乐放荡,作体不辨有首尾;安仁、士衡深可宗尚,颜延之抑其次也。'"[4]诗学谢灵运能得其优,但学不当易陷入流宕疏散。潘岳、陆机、颜延之等诗风词采典雅,规整有序,更宜作为学诗的对象。齐高

---

[1] (唐)李延寿,撰.南史[M].北京:中华书局,1975:879.
[2] (梁)沈约,撰.宋书[M].北京:中华书局,1974:1903.
[3] (梁)沈约,撰.宋书[M].北京:中华书局,1974:1904.
[4] (梁)萧子显,撰.南齐书[M].北京:中华书局,1972:624—625.

帝所作五言"词藻意深,无所云少"①,正是从颜延之"情喻渊深"②处来。且齐代文宗王俭"经国图远""忽是雕虫"③似得颜延之"经纶文雅"④"雕缋满眼"⑤之风。齐代不少文史馆臣皆以颜延之五言诗为准则,见钟嵘《诗品》中品"齐黄门谢超宗、齐浔阳太守丘灵鞠、齐给事中郎刘祥、齐司徒长史檀超、齐正员郎钟宪、齐诸暨令颜测、齐秀才顾则心"条:"檀、谢七君,并祖袭颜延。欣欣不倦,得士大夫之雅致乎!余从祖正员常云:'大明、泰始中,鲍、休美文,殊已动俗。唯此诸人,传颜、陆体。用固执不移。颜诸暨最荷家声。'"⑥谢超宗,谢灵运之孙,在齐代深受齐高帝萧道成赏爱奖掖,萧将之比其祖:"王母殷淑仪卒,超宗作诔奏之,帝大嗟赏,曰:'超宗殊有凤毛,恐灵运复出。'"⑦又,"(齐高帝)数与超宗共属文,爱其才翰。卫将军袁粲闻之,谓太祖曰:'超宗开亮迥悟,善可与语。'"⑧谢超宗虽富文辞之美,但不从其祖谢灵运处来,转而祖袭颜延之,善制郊庙歌辞,辞义典雅,为最上乘者。其《齐南郊乐章》12首中的《肃咸乐》《引牲乐》《昭夏乐》等11首皆为删颜辞而定。《南齐书·乐志》曰:"建元二年,有司奏郊庙雅乐歌辞……太庙登歌用褚渊,余悉用黄门郎谢超宗辞。超宗所撰,多删颜延之、谢庄辞以为新曲。"⑨《南齐书》唯录谢超宗郊庙歌辞41首,余皆不传。丘灵鞠善属文章,为宋孝武帝所赏。《南齐书·文学传》载:"宋孝武殷贵妃亡,灵鞠献挽歌诗三首,云:'云横广阶暗,霜深高殿寒。'帝摘句嗟赏。"⑩此句颇有颜延之"流云霭青阙,皓月鉴丹宫"(《直东宫答郑尚书道子诗》)之绮丽典雅。齐禅代后,齐高帝萧道成使灵鞠参掌诏策。檀超亦有文章之美,孝武帝时侍奉东宫,入齐与江淹一同掌管史职。诗文不存。钟宪五言诗如《登峰诗标望海》,顾则心(一作顾悫)《望廨前水竹》,俱清雅丽辞,得颜延之错彩雅声。

---

① (梁)钟嵘,撰.曹旭,集注.诗品集注增订本[M].上海:上海古籍出版社,2011:568.
② (梁)钟嵘,撰.曹旭,集注.诗品集注增订本[M].上海:上海古籍出版社,2011:351.
③ (梁)钟嵘,撰.曹旭,集注.诗品集注增订本[M].上海:上海古籍出版社,2011:569.
④ (梁)钟嵘,撰.曹旭,集注.诗品集注增订本[M].上海:上海古籍出版社,2011:351.
⑤ (唐)李延寿,撰.南史[M].北京:中华书局,1975:881.
⑥ (梁)钟嵘,撰.曹旭,集注.诗品集注增订本[M].上海:上海古籍出版社,2011:575.
⑦ (梁)萧子显,撰.南齐书[M].北京:中华书局,1972:635.
⑧ (梁)萧子显,撰.南齐书[M].北京:中华书局,1972:636.
⑨ (梁)萧子显,撰.南齐书[M].北京:中华书局,1972:167.
⑩ (梁)萧子显,撰.南齐书[M].北京:中华书局,1972:889.

第六章 颜、谢之争:元嘉诗学观念的交织与熔铸

自齐高帝提倡陆机、颜延之诗风以及对谢灵运的冷落,有齐一代效谢灵运者未如颜延之盛。但有谢朓后继,五言诗作"奇章秀句,往往警遒"①,谢家山水,仍承独步。至梁,效谢逐渐碾压学颜。萧氏文学集团"竟陵八友"对诗歌艺术的倾心浇筑与大胆创新以及在大量创作实践上形成的文学通变意识,无不源于对前代优秀文化成果的借鉴。沈约在《宋书·谢灵运传论》中提出"四声八病"声律说,有意在史书的构建中开启文学史的书写。沈约所梳理的文学史链条中,虽将颜、谢并举,而尤其推重谢灵运变革文风的标志作用,将谢之山水诗的创作与自己声律说的提出并举,以期凸显开创之功,所谓"此秘未睹"。齐高帝之孙、文史家萧子显针对当下日盛的文学创作分为三体:谢灵运体;傅咸、应璩体(颜延之体);鲍照体。梁简文帝萧纲《与湘东王书》:"远则扬、马、曹、王,近则潘、陆、颜、谢。"又,"谢客吐言天拔,出于自然,时有不拘,是其糟粕……是为学谢则不届其精,但得其冗长"②。梁昭明太子萧统《文选》选录谢灵运诗40首,数量上仅次于陆机,位居第二。选颜延之诗18首,文赋6篇。徐陵《玉台新咏》选录颜、谢五言诗各二首。诸上所见,梁代对颜、谢的学习已然形成风气。尤其效谢灵运五言诗卓有成就,最出色者为伏挺和王籍。伏挺和王籍俱有才名,时为沈约、任昉所赏。《梁书》卷五十列传:"伏挺,字士标。幼敏寤,七岁通《孝经》《论语》。及长,有才思,好属文,为五言诗,善效谢康乐体。父友人乐安、任昉深相叹异,常曰:'此子日下无双。'齐末,州举秀才,对策为当时第一。"③其五言诗《行舟值早雾诗》"日中氛霭尽,空水共澄鲜"直接化用谢灵运《登江中孤屿》"云日相辉映,空水共澄鲜"一句。与伏挺直接搬用谢灵运句不同,王籍"青出于蓝",李延寿《南史》卷二十一列传:"籍好学,有才气,为诗慕谢灵运。至其合也,殆无愧色。时人咸谓康乐之有王籍,如仲尼之有丘明,老聃之有严周。"④其"蝉噪林愈静,鸟鸣山更幽"(《入若耶溪》)一句启唐诗神韵,"简文吟咏,不能忘之"⑤(《颜氏家训》)。此诗为王籍游会稽郡所作,盖取泽谢灵

---

① (梁)钟嵘,撰.曹旭,集注.诗品集注增订本[M].上海:上海古籍出版社,2011:392.
② (清)严可均,校辑.全上古三代秦汉三国六朝文[M].北京:中华书局,1958:3011.
③ (唐)姚思廉,撰.梁书[M].北京:中华书局,1973:719.
④ (唐)李延寿,撰.南史[M].北京:中华书局,1975:580—581.
⑤ (南北朝)颜之推,撰.檀作文,译注.颜氏家训[M].北京:中华书局,2011:165.

运之诗境,显然更富有神韵。此外,沈约《休沐寄怀》"园禽与时变,兰根应节抽";任昉《赠郭桐庐山溪口》"亲好自斯绝,孤游从此辞";何逊《日夕出富阳浦口和朗公诗》"山烟涵树色,江水映霞晖"。丘迟作永嘉郡太守所作五言《旦发渔浦潭诗》,江总《游摄山栖霞寺诗》,诗人自称"仍学康乐之体"。以上无不是借鉴谢灵运山水诗的技巧。

　　一望而知,南朝祖袭颜、谢甚众,于颜而言,大多为馆阁侧侍之文臣,其文风尚雅丽;于谢,上至皇室,下至游吏,俱能习得,文风趋向自然绮靡,且更能出佳语,如江总、何逊等,皆为唐代诗人所效仿。而颜、谢二者能成为南朝一代传习的对象,其代表的两种文风、两种审美何以能够并驾齐驱,是否存在深层的内涵呢?

三、颜、谢之争的线索、内涵及原因

　　"谢诗如芙蓉出水,颜如错彩镂金。"① 这一经典论断明确了刘宋元嘉前期以颜、谢为代表的两种不同的审美风格。休、鲍之论虽对颜、谢称美不凡,却也揭示了颜、谢优劣论的线索。南北朝文史学家沈约、刘勰、邢劭、裴子野、萧子显、萧纲、萧绎等皆以颜、谢并举,唯南朝梁钟嵘异军突起。钟嵘认定这种称美蕴含着隐性的优劣之分,其《诗品》首次明确提出谢高于颜,置谢灵运于上品,谓:"元嘉初,有谢灵运,才高词盛,富艳难踪,固已含跨刘、郭,凌轹潘、左。"② 曹旭先生作注云:"此以曹植、陆机、谢灵运为魏、晋、宋诗歌主轴。辅以刘桢、王粲、潘岳、张协、颜延之,即成魏、晋、宋诗歌史大纲。"③故钟嵘称灵运为元嘉之雄,而置颜延之于中品,为谢之辅助。钟嵘之评在颜、谢之争这一命题中,堪为执牛耳的地位,后世皆以此为本引申己意。然钟嵘之评,并非秤砣。颜、谢之争,终究不是个人之间的较量,而是一场有关文体、文风、才学的博弈。

---

① (梁)钟嵘,撰.曹旭,集注.诗品集注增订本[M].上海:上海古籍出版社,2011:351.
② (梁)钟嵘,撰.曹旭,集注.诗品集注增订本[M].上海:上海古籍出版社,2011:34.
③ (梁)钟嵘,撰.曹旭,集注.诗品集注增订本[M].上海:上海古籍出版社,2011:40—41.

（一）曹刘与曹王之争

颜、谢之争，实质上是一场有关文体标准的曹植、刘桢与曹植、王粲的争锋。

颜、谢对魏晋诗文传统的回归，同源却不同流。同是高举曹植，颜延之举曹植为诗歌中的顶峰，四言与五言兼美；谢灵运举曹植为文才中的楷模。又，二者在诗歌字句或语义中皆有化用子建者，颜"山烟冒垄生"、谢灵运"菇蒲冒清浅"皆从子建"朱华冒绿池"处来。而在具体的文学创作中，颜、谢所掠各有侧重。就五言诗而言，颜延之实渊于陆机，刘勰称"士衡矜重，故情繁而辞隐"[1]，钟嵘言其"尚规矩，不贵绮错，有伤直致之奇"[2]。故颜体裁明密，用词稳称，章法有序，钟嵘称其"体裁绮密"[3]。陆机源于曹植，故而颜延之间接承袭曹植，而谢灵运直接源于曹植，"其源出于陈思，杂有景阳之体。故尚巧似，而逸荡过之。颇以繁芜为累"[4]。曹植"骨气奇高，辞采华茂；情兼雅怨，体被文质"[5]，乃文章中君子者也。有才者，酌其流藻；有情者，就其慷慨；有识者，择其风骨。康乐，才情之高士，流藻芳华，慷慨余哀，是其所师也。同时谢灵运对吴声西曲的学习与模仿，恰恰契合曹植重视民间文学的思想："夫街谈巷说，必有可采；击辕之歌，有应风雅。"[6]（《与杨祖德书》）这是颜延之所不能企及的。渊源溯流，是钟嵘标举颜、谢之优劣的有力论据。而此种争锋，却有局限性，仅就五言诗而言。

在涤荡晋末玄风、重回诗文传统的刘宋时期，颜、谢推重曹植，使得其地位的经典化势不可挡。南朝梁时子建声名已定，沈约称"独映当时"[7]，刘勰曰"下笔琳琅"[8]，至钟嵘则称"陈思为建安之杰"[9]。当时能与曹植并称的人

---

[1] （梁）刘勰，著. 范文澜，注. 文心雕龙注[M]. 北京：人民文学出版社，1958：506.
[2] （梁）钟嵘，撰. 曹旭，集注. 诗品集注增订本[M]. 上海：上海古籍出版社，2011：162.
[3] （梁）钟嵘，撰. 曹旭，集注. 诗品集注增订本[M]. 上海：上海古籍出版社，2011：351.
[4] （梁）钟嵘，撰. 曹旭，集注. 诗品集注增订本[M]. 上海：上海古籍出版社，2011：201.
[5] （梁）钟嵘，撰. 曹旭，集注. 诗品集注增订本[M]. 上海：上海古籍出版社，2011：117.
[6] （清）严可均，校辑. 全上古三代秦汉三国六朝文[M]. 北京：中华书局，1958：1140.
[7] （梁）沈约，撰. 宋书[M]. 北京：中华书局，1974：1778.
[8] （梁）刘勰，著. 范文澜，注. 文心雕龙注[M]. 北京：人民文学出版社，1958：673.
[9] （梁）钟嵘，撰. 曹旭，集注. 诗品集注增订本[M]. 上海：上海古籍出版社，2011：34.

物,实有王粲、刘桢二人。曹刘、曹王之称可谓此起彼伏,正如江淹《杂体诗三十首并序》所称:"及公干、仲宣之论,家有曲直。"颜、谢之争恰恰与曹刘、曹王之争暗含相同的规律和沉淀,故而肃清个中缘由可以侧面阐释颜谢之争的内涵。颜、谢对王、刘皆有很高的评价。颜延之称:"至于五言流靡,则刘桢、张华;四言侧密,则张衡、王粲。至于陈思王,可谓兼之矣。"[①]因此,我们可以从文体上归纳,颜延之认为四言可称"曹王",五言则"曹刘"。兹论断上合曹丕《与吴质书》称刘桢"五言诗之善者,妙绝时人"[②],下启萧子显《南齐书·文学传论》"若陈思《代马》群章,王粲《飞鸾》诸制,四言之美,前超后绝"[③]。建安时代,多以七子并称。曹丕对王粲辞赋评价颇高,称其"虽张、蔡不过也"。然而对其诗歌的评价不显,其《典论·论文》曰:"王粲长于辞赋。……然于他文,未能称是。"[④]刘勰不同意曹丕、颜延之两家之说,认为王粲诗赋兼善,为七子之冠冕,其《文心雕龙·明诗》曰:"若夫四言正体,则雅润为本;五言流调,则华丽居宗……兼善则子建、仲宣,偏美则太冲、公干。"[⑤]又,《才略》篇:"仲宣溢才,捷而能密。文多兼善,辞少瑕累。摘其诗赋,则七子之冠冕乎!"[⑥]钟嵘就五言诗则力举"曹刘",其《诗品》曰:"然自陈思已下,桢称独步。"[⑦]又,"曹、刘殆文章之圣"[⑧]。又,"故孔氏之门如用诗,则公干升堂,思王入室,景阳、潘、陆,自可坐于廊庑之间矣"[⑨]。大体而言,王粲则以四言、辞赋为优,刘桢则五言为胜。曹刘之称,多以文气相从。谢灵运《拟魏太子邺中集诗》称王粲:"家本秦川,贵公子孙,遭乱流寓,自伤情多。"称刘桢:"卓荦偏人,而文最有气,所得颇经奇。"[⑩]谢论诗结合作家生平、气质,未分优劣。钟嵘评刘桢"气过其文,雕润恨少"[⑪],评王粲"发愀怆

---

① (清)严可均,校辑.全上古三代秦汉三国六朝文[M].北京:中华书局,1958:2637.
② (清)严可均,校辑.全上古三代秦汉三国六朝文[M].北京:中华书局,1958:1089.
③ (梁)萧子显,撰.南齐书[M].北京:中华书局,1972:907—908.
④ (清)严可均,校辑.全上古三代秦汉三国六朝文[M].北京:中华书局,1958:1097.
⑤ (梁)刘勰,著.范文澜,注.文心雕龙注[M].北京:人民文学出版社,1958:67.
⑥ (梁)刘勰,著.范文澜,注.文心雕龙注[M].北京:人民文学出版社,1958:700.
⑦ (梁)钟嵘,撰.曹旭,集注.诗品集注增订本[M].上海:上海古籍出版社,2011:133.
⑧ (梁)钟嵘,撰.曹旭,集注.诗品集注增订本[M].上海:上海古籍出版社,2011:438.
⑨ (梁)钟嵘,撰.曹旭,集注.诗品集注增订本[M].上海:上海古籍出版社,2011:118.
⑩ (清)严可均,校辑.全上古三代秦汉三国六朝文[M].北京:中华书局,1958:2616.
⑪ (梁)钟嵘,撰.曹旭,集注.诗品集注增订本[M].上海:上海古籍出版社,2011:133.

之词,文秀而质羸"①,大抵与谢灵运之论相类,但其论诗的原则讲求风骨,王粲文秀质羸,略逊于刘桢气之胜者。南朝梁沈约亦从文风以曹王并称,曰:"子建、仲宣以气质为体,并标能擅美。"②此气质当就情兼雅怨而言。

曹刘称气骨,曹王称文情。施之颜、谢,以文体而论,《文选》择录颜延之四言、五言诗,赋、诔、哀、策,祭文等多为上乘之作;录谢灵运行旅、游览等五言山水诗40首,数量仅次陆机(选诗之冠)。其中,二者五言诗皆为警策者,颜以侍宴诗取胜,谢以山水诗成名。以文风而论,颜谢俱以词彩华章称美当时,同时颜之错彩雕饰、经纶文雅与谢之繁富疏放、自然清芬形成鲜明的审美分野。

(二)守古与通变之争

颜、谢之争,实质上亦为一场守古与通变、执正与驭奇的争锋。

这里并不截然分裂二者的文学观以及文学价值,只是运用相对的概念试图厘清颜谢在刘宋文学发展中所处的思想定位。颜延之敦经的家族传统以及经纶雅正的文笔,决定了其在这场古今战役的基本立场:守古。尽管颜延之提出言、文、笔之分,强调诗歌的音乐性和文章"连类可悲"的情感,这种鲜明的文学辨体意识实质是通变用力中的复古倾向。颜延之对时下兴起的休、鲍之民谣诗体不满亦可为侧面印证。而最有力的证明还要归于颜延之应制诗文的创作实践。以五言诗而言,颜延之着力于将传统的审美发挥到极致。如单纯描写皇室游览的仪仗实为繁富藻绘。正如刘勰所谓"俪采百字之偶,争价一句之奇"③。而且,对皇恩的讴歌达到无以复加的程度,将皇权和圣恩摹画得淋漓尽致。颜延之一生大半陪侍皇侧,将应制诗发展成为一种范式,在有限的格局中释放出意外的灿烂,但是在挑剔刻薄的艺术家眼中,颜诗似乎依然缺乏某种东西,不能标举百代。颜延之的应制诗并不缺乏现实的表现,其歌颂王游的时间、环境以及阵仗的刻画,极富动感和层次感,佳句丛生,可谓五言中的一流之制。但,颜延之关注的现实是皇权、是庙堂,

---

① (梁)钟嵘,撰.曹旭,集注.诗品集注增订本[M].上海:上海古籍出版社,2011:142.
② (梁)沈约,撰.宋书[M].北京:中华书局,1974:1778.
③ (梁)刘勰,著.范文澜,注.文心雕龙注[M].北京:人民文学出版社,1958:67.

其应制诗为服务政权而作,是少数的精英文学的象征,体现的是皇权的胜利和集体的荣耀。此种体裁,规定了诗歌雅正的用词和风格。随着诗歌表现生命、个性、现实的艺术特征涌起,应制诗渐渐远离大众的审美情趣,又因其不能表现真性情,便失去了精神和生机。

　　谢灵运恰恰预流于文学表现性情的趋势,并且以游览的方式开辟出新奇的、符合大众的审美趣味。谢灵运后世十一世孙皎然《诗式·文章宗旨》评价谢文"直于情性"[①]。谢灵运对情赏的吟咏反复,必然蕴含独特的心理与情感。情赏的功用对谢灵运而言就是使人健全和高尚,而谢灵运这种独特的心理体验首先缘于幽独意识。他有孤独的情怀,孤独必然是件不快乐的事情,也不一定就是不好的事情。我们可以看伯牙学琴故事以助理解,《乐府解题》曰:"伯牙近望无人,但闻海水洞滑崩澌之声,山林窅寞,群鸟悲号,怆然而叹曰:'先生将移我情。'乃援琴而歌……伯牙遂为天下妙矣。"[②]我们不讲"移情"说,我们关注孤独对人与自然关系的影响,伯牙孤身处于蓬莱山,他看到了自然,听到了自己。反观谢灵运也是同样的道理,孤独静观使人与自然的关系更加亲近,使"我"更加真实,我能够看到自然之美,能够听到自然之响,我能够理解"我"的存在,能够聆听"我"的心声。谢诗明丽清新,加上收尾对赏心人的呼唤和对真理的顿悟之语,我们就可以得知谢灵运的纯真和寂寞。其次,谢灵运富有真美情操。谢灵运对美既有追求也付出了行动:登山陟岭、寻幽造隐;凿山浚湖、游放不已。在人为的追寻当中,发现自然美,发现情赏美。美就在有意无意之间。赏会也是在似有似无中简入淡出。谢灵运对美的发掘带有行动性,春夏与秋冬、晨夕与日夜、高低与左右,是纪行的,更是富有空间感的,因此,谢诗是充满天然活力的,正如宗白华说:"一件表现生动的艺术品,必然地同时表现空间感。"[③]谢灵运"赏"的步骤:眼观和神会。极貌写物——形象,卒章悟理——内容。"形象不是形式,而是形式和内容的统一,形式中的每一个点、线、色、形、音、韵,都表现着内容的意义、情感、价值。"[④]谢灵运正是在这种富有意义、情感、价值的形

---

① 张伯伟,撰.全唐五代诗格汇考[M].南京:江苏古籍出版社,2002:229.
② (唐)李昉,撰.太平御览[M].卷十六,乐部·琴中.
③ 宗白华.美学散步[M].上海:上海人民出版社,1981:140.
④ 宗白华.美学散步[M].上海:上海人民出版社,1981:18.

象中找寻美,正如伯牙在蓬莱山学琴赋予海水山鸟感情一样。宗白华《美学散步》认为:"你的心不是'在'自己的心的过程里,在感情、情绪、思维里找到美;而是'通过'感觉、情绪、思维找到美……你可以分析她的结构、形象、组成的各部分,得出'谐和'的规律、'节奏'的规律、表现的内容、丰富的启示,而不必顾到你自己的心得活动,你越能忘掉自我,忘掉你自己的情绪波动,思绪起伏,你就越能够'漱涤万物,牢笼百态'(柳宗元语),你就会像一面镜子,像托尔斯泰那样,照见了一个世界,丰富了自己,也丰富了文化。"[1]寻找美、欣赏美都是一个跳跃的富有节奏变化的过程,谢灵运将眼观耳听的形象赋予色彩、声音、韵律、情感等等,将自己的情绪、体验转移到自然风物中,虚与实、动与静,让整首诗充满画面感和物我合一的哲思性。因此朱晓海称:"谢氏观念中的美是脱俗的美。"[2]

谢灵运的山水诗,可算得上驭奇的典范,其关注人生,谱写自己,是充满生命感的诗歌。其以个人的视角,展现了大众情感的普遍的共鸣,这是一场艺术的胜利。根本的原因,在于谢灵运对生活的体验、观察和感知非常深刻彻底。谢灵运两次流放(永嘉和临川),是其山水文学的温床;两次归隐故乡(始宁),是其文学思想的悟道;而在有限的人生,半官半遁的生活,出仕与隐逸的矛盾,是其山水文学的精神内核。因此在这一层意义上,谢诗格局注定广阔于颜诗。

(三)学问与才气之争

颜、谢之争,亦是一场学问与才气的争锋。

颜延之与谢灵运俱孤傲自负。颜延之对刘宋重要文臣傅亮、袁淑、谢庄、惠休等,皆有相当不客气的发论。刘宋初践祚,"尚书令傅亮自以文义之美,一时莫及,延之负其才辞,不为之下。亮甚疾焉"[3](《宋书·颜延之传》卷七十三)。颜延之被贬任始安太守,殷景仁亦曰:"所谓俗恶俊异,世疵文雅。"[4]可算得上为此等傲慢付出了代价。袁淑小颜延之20余岁,亦有文辞

---

[1] 宗白华. 美学散步[M]. 上海:上海人民出版社,1981:14—15.
[2] 朱晓海. 论谢灵运对美的观点[J]. 古代文学理论研究,2013(02).
[3] (梁)沈约,撰. 宋书[M]. 北京:中华书局,1974:1892.
[4] (梁)沈约,撰. 宋书[M]. 北京:中华书局,1974:1892.

之美,不相推重颜延之,颜乃当众忿折袁淑,又调侃谢庄《月赋》"美人迈兮音信阔,隔千里兮共明月,知之不亦晚乎!"①,斥惠休之作为"委巷中歌谣"②。由以上可知颜延之的自负在于时时凸显自己文坛正统的地位。谢灵运则自负才气,好臧否人物。尝以曹植作比,"天下才共有一石,子建独得八斗,我得一斗,自古及今同用一斗"③。此等傲岸,再无二人。相对"学",谢灵运极看重"才",称赞陆机、潘岳之才为一时之冠;族弟惠连颇有才悟等等。宋文帝因爱其才屡减其罪,释僧苞论其"才有余,而识不足"④,钟嵘称之"才高词盛"⑤,由此可见,颜延之自负文义,谢灵运则自负才气。

颜、谢对才学重视差异亦可以从二者的佛学论作相互参照。颜延之在向道通神方面,庶民无差别,其曰:"天之赋道,非差胡华,人之禀灵,岂限外内?"⑥而众生天资有差,可通过学教开化,"但众品之中,愚慧群差……皇圣哀其若此,而不能顿夺所滞,故设候物之教,谨顺时之经,将以开仁育识,反渐息泰耳。"⑦颜延之无疑更加重视后天习得,即"学"。即使为颜延之称许的挚友陶渊明,也未逃离颜之标准,其称陶:"学非称师,文取指达。"(《陶征士诔并序》)谢灵运主张顿悟说,又试图折中渐悟、顿悟二派,其《答王卫军问辨宗论书》曰:"去释氏之渐悟,而取其能至,去孔氏之殆庶,而取其一极。"又,《答法勖问》曰:"渐悟虽可至,昧顿了之实;一极虽知寄,绝累学之冀。"⑧累学可为顿悟的途径和权借,其《答僧维问》:"学而非悟,悟在有表,托学以至。"⑨顿悟更加注重才性,而非积学能得,学仅作一种途径而非目标。这是颜、谢二者思想中有明显区分之处。在颜、谢创作实践中,也得到了印证。《南史·颜延之传》(卷三十四)载:"延之与陈郡谢灵运俱以辞采齐名,而迟速悬绝。"⑩学有章法,悟无定术,乃有迟速之分。

---

① (唐)孟棨,等著.本事诗本事词[M].上海:古典文学出版社,1957:22.
② (唐)李延寿,撰.南史[M].北京:中华书局,1975:881.
③ (五代)李瀚,撰.徐子光,补注.蒙求集注[M].北京:中华书局,1985:91.
④ (梁)慧皎,撰.四朝高僧传[M].北京:中国书店,2018:105.
⑤ (梁)钟嵘,撰.曹旭,集注.诗品集注增订本[M].上海:上海古籍出版社,2011:34.
⑥ (梁)释僧祐,撰.李小荣,校笺.弘明集校笺[M].上海:上海古籍出版社,2013:731—732.
⑦ (清)严可均,校辑.全上古三代秦汉三国六朝文[M].北京:中华书局,1958:2640—2641.
⑧ (清)严可均,校辑.全上古三代秦汉三国六朝文[M].北京:中华书局,1958:2612.
⑨ (清)严可均,校辑.全上古三代秦汉三国六朝文[M].北京:中华书局,1958:2612.
⑩ (唐)李延寿,撰.南史[M].北京:中华书局,1975:881.

才与学表现在颜、谢诗歌风格中,最显著的区别为密与清。颜诗属密,整体上归于体裁绮密,具体而微在于用词注重连类比物,其中又资典故以美文义,故文深繁缛,事义迂显,而乖秀逸。谢诗属清,在于"兴会标举"①,"寓目辄书"(钟嵘《诗品》),故铺文流宕,情辞优美,意能致远,更象征一种诗歌精神,非关风格。颜、谢诗歌密与清的对比预流于诗歌发展的大浪潮中,前有陆机与潘岳,后有沈约与任昉。陆机繁密,其弟陆云贵清省,尝论陆机"文适多体,便欲不清",又,"兄文章已显一世,亦不足复多自困苦。适欲白兄,可因今清静,尽定昔日文"。南朝刘勰谓陆机"缀辞尤繁"②,萧绎谓之"辞致侧密"③。颜延之诗源于陆机,亦以侧密繁缛见长,尤其喜用古事,开启用典为博的风气,"颜延、谢庄,尤为繁密,于时化之。故大明、泰始中,文章殆同书抄"④。颜博采典故,于宋末蔚然,梁时大盛,独立成体。梁世重文学,武帝及文史学家王俭、沈约、任昉、陆澄、刘孝标等尤有隶事之好,常常相互争锋。《南史·刘峻传》载:"(孝)武帝每集文士策经史事……曾策锦被事,咸言已罄。帝试呼问峻……(峻)忽请纸笔,疏十余事,坐客皆惊,帝不觉失色。"⑤隶事实由王俭发明,《南史·王谌传》载:"尚书令王俭尝集才学之士,总校虚实,类物隶之,谓之隶事,自此始也。"又《南史·陆澄传》,"俭集学士何宪等盛自商略,澄待俭语毕,然后谈所遗漏数百千条,皆俭所未睹,俭乃叹服"⑥。其盛行至此。钟嵘对时下用典之风做出批判,其《诗品》序曰:"近任昉、王元长等词不贵奇,竞须新事。尔来作者,寖以成俗。遂乃句无虚语,语无虚字,拘挛补衲,蠹文已甚。"同时,钟嵘提出吟咏情性不贵用事,但求直寻的之创作主张。钟嵘《诗品》树立了"曹植—陆机—谢灵运"的诗歌轴线,以曹植为宗,文质彬彬者;陆得正,谢得奇;陆机繁密,谢客清芬。如此便实现了繁密与清雅的制衡。故有梁一代,传袭颜陆体、谢灵运体、鲍照体者绵绵不休。沈约、任昉为显例。任昉用事为博,"所以诗不得奇"⑦。沈约"不闲

---

① (梁)沈约,撰.宋书[M].北京:中华书局,1974:1778.
② (梁)刘勰,著.范文澜,注.文心雕龙注[M].北京:人民文学出版社,1958:544.
③ (梁)萧绎,撰.许逸民,校笺.金楼子校笺[M].北京:中华书局,2011:966.
④ (梁)钟嵘,撰.曹旭,集注.诗品集注增订本[M].上海:上海古籍出版社,2011:228.
⑤ (唐)李延寿,撰.南史[M].北京:中华书局,1975:1219.
⑥ (唐)李延寿,撰.南史[M].北京:中华书局,1975:1213、1189.
⑦ (梁)钟嵘,撰.曹旭,集注.诗品集注增订本[M].上海:上海古籍出版社,2011:419.

于经纶,而长于清怨"①。"清"在《诗品》中以王粲为主线展开。张华、潘岳、张协、刘琨、卢谌等,皆源于王粲。张华以"奕奕清畅"②,潘岳"浅于陆机"③,张协"文体华净"④,刘琨、卢谌"有清拔之气"⑤。谢瞻、谢混、袁淑、王微、王僧达等五人源出于张华,故"务其清浅"⑥。谢灵运得曹植、张协之力,故诗有"清越夺琳珪"(颜延之语)之誉。潘陆、颜谢、沈任皆为才学兼备者,运才者偏清,运学者偏密,运力各自不同耳,其声名齐年,文风制衡,彰显了诗歌发展的规律与魅力。

(四)颜、谢之争的原因

文学的发展离开它所依存的政治土壤、社会风尚及其自身内部的规律。颜、谢擅名一代,各自标举交织又迥异的诗歌精神实有如下几个原因:

1. 刘宋重文,四学并立的政治文化土壤

与晋世不文恰恰相反,南朝刘宋十分重视文学。践祚数年便迎来元嘉之治,为文学的兴盛奠定了牢固的政治基础。突出表现在大量史书与文集的修订和编选,裴骃注《史记》八十卷;裴松之《三国志注》九十七卷;范晔《后汉书》(首列《文苑传》);谢灵运撰《晋书》三十六卷;何法盛撰《晋中兴书》七十八卷;徐爰撰《宋书》六十五卷等。文学总集的编撰以颜、谢为首功,又以谢灵运的编撰更为显著,《隋书·经籍志》载其辑有:《赋集》九十二卷;《诗集》五十;《诗钞》十卷(亡);《诗集钞》十卷;《杂诗钞》十卷,录一卷(亡);《回文集》十卷;《七集》十卷;《诗英》九卷;《连珠集》五卷。《旧唐书·艺文志》载:《策集》六卷;《宋元嘉策》五卷;《设论集》五卷;《新撰录乐府集》十一卷;《回文诗集》一卷。另外,谢灵运造《四部目录》凡六万四千五百八十二卷。以上无疑促进了元嘉年间文学与儒、佛、玄四学并立。重文的时代土壤、思想的多元自由,丰富了颜、谢的知识结构,并激发了其文学总结与通变的

---

① (梁)钟嵘,撰.曹旭,集注.诗品集注增订本[M].上海:上海古籍出版社,2011:426.
② 刘勰,著.范文澜,注.文心雕龙注[M].北京:人民文学出版社,1958:700.
③ (梁)钟嵘,撰.曹旭,集注.诗品集注增订本[M].上海:上海古籍出版社,2011:174.案:《世说新语·文学》载孙绰评潘文"浅而净"。
④ (梁)钟嵘,撰.曹旭,集注.诗品集注增订本[M].上海:上海古籍出版社,2011:185.
⑤ (梁)钟嵘,撰.曹旭,集注.诗品集注增订本[M].上海:上海古籍出版社,2011:310.
⑥ (梁)钟嵘,撰.曹旭,集注.诗品集注增订本[M].上海:上海古籍出版社,2011:360.

意识。

2. 吴声西曲的浸润

儒释道的合流促使刘宋时代思想的开放。吴声西曲淫靡之风渐渐升入庙堂。皇室贵戚、文士臣子皆慕新声丽曲,皆有制作。范晔善奏新声,宋文帝想听其演奏,试探数次方就,《宋书》卷六十九《范晔传》载:"(晔)善弹琵琶,能为新声。上欲闻之,屡讽以微旨,晔伪若不晓,终不肯为上弹。上尝宴饮欢适,谓晔曰:'我欲歌,卿可弹。'晔乃奉旨。上歌既毕,晔亦止弦。"[①]宋少帝制《懊侬歌》,宋孝武帝作《丁督护歌》,临川王刘义庆作《乌夜啼》;彭城王义康作《读曲歌》,宋随王诞之所作《襄阳乐》,宋南平穆王铄《寿阳乐》,荆州刺史沈攸之作《栖乌夜飞》。鲍照、惠休成就斐然,创制颇多,《白纻歌》《秋风歌》《歌思引》皆为一时名作。皇室及文臣的努力促使刘宋成为"吴声、西曲的黄金时代"(王运熙)。吴声西曲多"多淫哇不典正",而对于弥漫淫俗之气的制作,敦经雅正的颜延之自然比较排斥,相反,谢灵运主动接受并合理运用民歌的艺术手法。

3. 画论与诗论的暗合

元嘉时,隐逸之风日盛。自范晔《后汉书》列出"逸民传",沈约《宋书》亦袭其体例列出"隐逸传",所列19人,如戴颙、宗炳、周续之、陶潜、王弘之、阮万龄、孔淳之等。颜、谢皆慕高远,常常入山寻相往来。颜延与陶潜为挚友,谢灵运与王弘之、孔淳之结交。走向自然,寓身声色为颜、谢诗歌不同以往的生命和创作体验。同时在理论上,颜、谢暗合当时的绘画理论。宗炳《画山水序》提出"澄怀味像""畅神"等,在创作之前对眼前景象进行澄心思味,"畅神"说这种洋溢着景我相融的快乐与超然脱尘的神思,具有经久不衰的生命力。谢灵运遗情观物、会性通神,恰是宗炳画论的践行者。元嘉十七年(440),颜延之与王微就艺术有讨论,其在《与王微书》中云:"图画非止艺,行成当与《易》象同体。而工篆隶者,自当以书巧为高。"[②]王微提出绘画"竟求容势",即极貌状物,穷尽形势。再运以内心的想象和神思,同时"明神降之",方能取象传神,意境悠远。颜延之以《易》象比拟画论中摹拟物象的关

---

① (梁)沈约,撰.宋书[M].北京:中华书局,1974:1820.
② (清)严可均,校辑.全上古三代秦汉三国六朝文[M].北京:中华书局,1958:2639.

键,给予绘画艺术广阔的空间。颜、谢诗尚"巧似"以及诗中对山水物色的描摹技巧,印证了绘画与文学的互通。

小　结

　　颜、谢作为一代文士,促使其关注现实与自我的精神回归,同时因不同的生命境界故生发迥异的诗歌精神。同师学魏晋,但各自汲取的精华颇不平衡。颜秉承风雅的诗歌精神,故其诗义正词华;谢秉承风骚的诗歌精神,故其诗兴高多奇,时有凄怆。颜、谢承继建安、西晋以来的优秀传统,使诗歌从玄言诗的枷锁解放,回归正统的轨道,奠定了元嘉文学的形式美学,其创作艺术技巧泽被后世。颜、谢位于文学通变的发轫期,在诗歌创作上对修辞技巧、声色发掘、以悲为美的审美体验以及对绘画艺术理论的融会贯通,尤其对文学本身审美和价值的发现,具有独创性与进步性,启发了齐梁文论。钟嵘提出颜谢之争,终究不是个人之间的较量,而是一场有关文体、文风、才学的博弈,是诗歌中四言与五言、守古与驭奇、运学与运才之间不同力量的演绎。总言之,颜、谢各自以山林、庙堂分镳并驰,分别创造"错彩镂金"的应制诗歌典型与"出水芙蓉"的山水诗歌典型,影响深远。

第七章　山水庙堂，各自擅奇
—— 颜、谢树立的典范意义

一、审美范式的确立：错彩镂金与芙蓉出水

颜、谢共同的努力，开启了刘宋文学"竞丹膢之奇"（焦竑）之词彩华丽、声色大开（清沈德潜《古诗晬语》）的时代，创造了新奇雅丽的诗歌风格。这种新奇雅丽是承继汉魏两晋以来的形式美学，并在其基础上极力扩张文辞的雕饰、对仗、用事等修辞，整体上形成繁缛富丽的审美风气。而颜、谢在这一风气下各张旗鼓，以独有特质创造出"错彩镂金"与"出水芙蓉"齐头并进的审美范式。

敦经守正并以半生侍皇侧的颜延之，创造出名誉皇都、标举后世的《郊祀》《曲水》《侍宴》《侍游》等应制之作，清王寿昌誉其"气体恢宏，堪嗣雅颂"，清陈仅甚至封颜延之为"庙堂大手笔"。颜延之在中晚年间职守宫廷，审美视域拘囿于建康京城，因此，他以"秦勒望岱，汉祀郊宫"为"弘丽之声"，贬斥休、鲍等所作里巷歌谣，形成尊雅斥俗的审美趣味。宫廷园囿，最难出新，颜延之便以经纶文雅之才，在雕饰词彩、采资古事、连类比事之修辞下尽功夫，并以"体裁明密"（沈约）和章法"创撰整严"（明王世贞）琢磨至工，犹如"盛服矜庄"（清黄子云），形成"错彩镂金"的审美风格，"凝重典质，钩深持重，力足气完，差与康乐相埒"（清方东树）。于前有廓清玄言诗的魄力，于后有回归"雅正"文学传统的努力。

在这场雅正与新奇之间经久不息的较量中，谢灵运偏向新奇的代表。他选择了自然为审美对象，以自然作为书库，撷取质料和灵感，同时汲取吴声、西曲的叠字、朗快、顶真等优秀的特质，因此"名章迥句，处处间起；丽曲

新声,络绎奔发"(南朝梁钟嵘)。加以,谢灵运逸兴明发,因此常常"吐言天拔"(南朝梁萧绎),"输写便利、动无留碍"(清叶梦得)。更为可贵的是,谢灵运有意识地将自己的行迹和心迹,在诗歌中以实录的形式陈列展览,仿佛是一场我与自然、宇宙的对话,一场我与你之间的对话,让释然、顿悟、寂寞等等在这场对话中得到安顿。如释皎然所言,"直于情性,不见文字。不顾词彩,而风流自然"①。自然天真,大概即"出水芙蓉"最好的注脚。

"错彩镂金"与"出水芙蓉"显然是两种不同的审美范式,宗白华认为:"这两种美的理想,从另一个角度看,正是艺术中的美和真、善的关系问题。"②因此,真善美统一的美才是真正的艺术。许云和先生则从佛教的角度,认为"错彩镂金"是一种世俗之美,"出水芙蓉"主要赞美谢诗艺术品格的高尚。③ 从二者的精神内核上考究无疑也是一种突破。回到诗歌艺术的角度,这两种不同的审美理想一直延续各自的生命,也深入其他的艺术批评理论。

二、"元嘉体"的奠定:形式与声色并美

颜、谢运继承建安、西晋文人所开启的讲究绮词、气骨的美学传统,并开拓出"连类比物""巧似""声色"等艺术表现手法,实现了五言诗向传统美学的回归及创新。宋魏庆之《诗人玉屑》卷二《诗体》上:"元嘉体(宋年号,颜、鲍、谢诸公之诗)。"④后世遂成定论。元嘉体是以颜延之、谢灵运、鲍照三人为代表的诗风,颜、谢以词彩齐名当时,鲍照为后起之秀,年岁晚颜、谢约30年,其成名于元嘉末期,时谢灵运已逝,颜延之近古稀之年,因此,可以说,颜、谢二人奠定了元嘉体的基调,表现为:形式美与声色美。

形式美体现为:重词彩、尚巧似。刘勰《文心雕龙·时序》称"颜、谢重叶

---

① (唐)释皎然.诗式[M].北京:中华书局,1985:4.
② 宗白华.美学散步[M].上海:上海人民出版社,1981:37.
③ 许云和.芙蓉出水与错彩镂金——关于惠休与颜延之的一段公案[J].文学遗产,2016(03).
④ (宋)魏庆之,编.王仲闻,校勘.诗人玉屑[M].上海:古典文学出版社,1858:23.

以凤采"①。裴子野《雕虫论》:"爰及江左,称彼颜、谢,箴绣鞶帨。"②颜、谢雕饰词彩之功表现为,声音和色彩、空间和时间的有序转换,同时运用连类比物、骈俪对偶、援引典故等修辞,讲求骈俪,极尽对偶,索辞必广,可谓"俪采百句之偶,争价一句之奇。情必极貌以写物,辞必穷力而追新"③。用事和骈俪,是颜、谢对建安、两晋以来形式美学的突破。颜、谢文集中对经史子集的旁征博引前古未见,张戒《岁寒堂诗话》卷上:"诗以用事为博,始于颜光禄。"④颜、谢大量使用骈俪之语,使诗歌极尽整饬之美。

"尚巧似"是整个刘宋诗坛的风气,钟嵘《诗品》将谢灵运置于上品,颜延之和鲍照置于中品,谢客为元嘉之雄,颜延年为辅,并在评论三者诗风皆使用"尚巧似"。刘宋时代是诗歌史上一大转关,处于"山水方滋"(刘勰《文心雕龙》)这一审美链条上,因此,自然山水开拓刘宋诗人写作的新视角,启发写作的灵感,从而能够制辞偏向新奇、清丽。颜、谢所作极尽物态之声响、色泽、情致,因此引领刘宋诗歌走向"性情渐隐,声色大开"的轨道。

颜、谢拓展的形式美学其实基于二者才高学博的知识积淀,能够灵活将文、赋的写作技巧引入诗歌。颜延之将山水诗引进应制诗,并且将最初运用于文章的将"连类比物"之修辞应用到诗歌等歌咏性质的有韵之文的写作中,为诗歌的写作正式提出了具体可行的艺术技巧和修辞方式,扩大了诗歌写作的艺术手法,开拓了不同于陆机《文赋》"立片言而居要"之新的审美模式,有意于寻求一种极貌繁富的审美情趣。谢灵运以赋入诗,他的山水诗更是明显借鉴了山水赋敷陈言志的写作技巧。二者奠定元嘉体的多元错综、富丽高致的基调,使之成为南朝甚至整部诗歌史上的重要一脉。

三、推进文学发展的自觉

颜、谢的诗文赋创作不仅成为文学史的山林与庙堂的典范,开创了两种

---

① (梁)刘勰,著.范文澜,注.文心雕龙注[M].北京:人民文学出版社,1958:675.
② (清)严可均,校辑.全上古三代秦汉三国六朝文[M].北京:中华书局,1958:3262.
③ (梁)刘勰,著.范文澜,注.文心雕龙注[M].北京:人民文学出版社,1958:67.
④ 丁福保,辑.历代诗话续编[M].北京:中华书局,1983:452.

齐名的审美范式,而且在文学批评上促进了文学发展的自觉。

第一,有强烈的文集总结和文学辨体意识。颜、谢参与大量的文学总集整理和编纂工作,特别是谢灵运对诗文赋等各类体裁的归类整理,开启文学史上文集汇集的枢纽,大大推进了梁代大型文集总结高潮的到来。基于深厚的文化沉淀,颜、谢皆以相对开放的姿态看待文学的发展。如颜延之"言、文、笔"之分,单独称"文"——突出文章写作的声色艺术美,"言—笔—文"之间蕴藏着严密的逻辑关系:层层递进,逐步生长,渐而区分的内在规律,体现出强烈的逻辑分类意识和文学辨体意识。是基于刘宋时代文集整理和总结下的一种识辨和潮流,增强了文学独立价值。刘宋范晔《后汉书》首次单独立《文苑传》;南朝梁萧子显《南齐书》单独立《文学传》;南朝梁元帝萧绎《金楼子·立言》定义"文""笔",勾勒出文学独立发展的线索等,皆是对颜延之理论的践行与发展。萧子显则提出更进一步的文学发展观,其称:"若无新变,不能代雄。"[1]又,"颜、谢并起,各自擅奇"[2]。可见,颜、谢亦预其新变之流。

第二,发掘诗和赋等文体的艺术技巧和审美领域。颜延之采取"以文入诗",即将"连类比物"的技巧运用于诗歌写作。谢灵运则"文赋互用",在赋体文学的退化潮流中异军突起,抬高赋文学的价值,标举赋体文学同于诗歌"抒情遣怀"的文体特征。最可贵的是,谢灵运开创了"山水美"这一审美领域,提出"情赏为美"的理论并作出实践。同时,颜、谢首次开启悲情文学,赋予了诗歌"诗缘情""吟咏情性"之后更崇高的美学观,即"以悲为美"。注重连类比物、声色、情感,均是颜、谢二者寻求诗歌通变的方式。

第三,注重诗人与时代、个性的关系。颜延之《五君咏》与谢灵运《拟魏太子邺中集八首》,创新了诗的体裁:第一,首次以人物为主题,一人一诗;第二,开创了人物小传的类型;第三,以组诗的形式呈现,归一怀抱。此种文体深深影响了唐代诗圣杜甫,其《饮中八仙歌》则是对二诗的继承和发展。颜、谢注重时代与文人的关系,尤其注意文人的自身遭际、个性、气质对创作的影响,直接启发刘勰《文心雕龙》系统的文学观与时序观。

---

[1] (梁)萧子显,撰.南齐书[M].北京:中华书局,1972:908.
[2] (梁)萧子显,撰.南齐书[M].北京:中华书局,1972:908.

第四,诗与画艺术理论的互通。刘宋时代"尚巧似"的审美风气与宗炳"以形写形,以色貌色""畅神"(《画山水序》)、王微"竟求容势"(《叙画》)的绘画理论是互通的。颜延之主张绘画"象以见形,形以表意、意以明道"的重要美学批评思想,钟嵘评颜诗"巧似",则合《易》象写形;评"情喻渊深",当合形神尽意。谢灵运的山水诗无疑是宗炳《画山水序》"澄怀味像""以形媚道"的绘画理论最好的践行。

四、开启批评史上"优劣论"的经典命题

钟嵘《诗品》最早对颜延之与谢灵运进行了评价和比较,其载惠休评颜、谢"错彩镂金"与"芙蓉出水"后,继言"颜延之终身病之",则开启了颜、谢优劣论的肇端。自刘宋至清代,可以将颜谢优劣论的历程大致分为四个阶段:

1. 南朝至唐初——颜谢并举,评价初定。颜、谢以词彩驰名当世,几乎横跨整个南北朝时期。史学家萧子显《南齐书》曰:"颜、谢并起,乃各擅奇。"[1]大文豪沈约《宋书》:"灵运之兴会标举,延年之体裁明密,并方轨前秀,垂范后昆。"[2]钟嵘《诗品》将颜延之列为中品,谢灵运列为上品,认为"谢客为元嘉之雄,颜延年为辅"[3],开启了颜、谢优劣论。隋及唐初,魏徵以"灵运高致之奇,延年错综之美"标举颜、谢,堪为允称,初唐四杰集中颜、谢并称亦处处可见。

2. 盛唐至北宋——鲍谢、陶谢蔚然兴起。李白依然延续着南朝以来的传统,曰:"地扇邹鲁学,诗腾颜谢名。"《留别金陵诸公》而此时,虽然颜、谢有齐名之称,但俨然已有升降。从李白诗集中对谢灵运的盛赞与高歌,可窥一二。唐代诗人对谢灵运诗歌的盛赞与研究络绎不绝。其主要表现在三个方面,一是唐历代著名诗人如李杜、元白、柳孟以及大历诗人等,其诗歌皆咏叹谢灵运的神思与诗才。二是唐代两部重要的诗话,即王昌龄《诗格》和皎然

---

[1] (梁)萧子显,撰.南齐书[M].北京:中华书局,1972:908.
[2] (梁)沈约,撰.宋书[M].北京:中华书局,1974:1778—1779.
[3] (梁)钟嵘,撰.曹旭,集注.诗品集注增订本[M].上海:上海古籍出版社,2011:34.

《诗式》,对谢灵运诗歌的艺术技巧和风格做了具体的探讨。三是颜、谢之并称渐渐淡出视野,随之陶、谢(陶渊明、谢灵运)与鲍、谢(鲍照、谢灵运)并称蔚然兴起。陶、谢并称最早概始于杜甫《江上值水如海势聊短述》。鲍、谢并称,则始于王昌龄,其《诗格》卷上曰:"中有鲍照、谢康乐,纵逸相继。"[1]唐代诗人拉开了宋元明清陶、谢与鲍、谢对比研究的序幕。

3. 南宋至明代——陶谢并称,颜不如谢。南宋严羽《沧浪诗话》称谢灵运"透彻之悟""谢诗无一篇不佳""颜不如鲍,鲍不如谢"[2]等等,更在其"诗体"中发明"谢体",如此高举谢灵运,将颜延之置于鲍照之下,严羽是首创。至明代,颜、谢优劣论持续发酵。胡应麟认为颜不如谢,甚至不如鲍。其《诗薮》外编卷二:"延之与灵运齐名,才藻可耳。至于丰神,皆出诸谢下,何论康乐。"又,"宋称颜、谢,然颜非谢敌也"[3]。

4. 有清一代——颜未必不如谢。清代,颜、谢优劣论发出不同声音。持"颜谢优劣"者,王夫之以"情"论诗,曰颜不如谢;持"颜、谢不分优劣"者,贺贻孙认为颜、谢二人各有所胜。清叶矫然:"颜擅雕镂,而《秋胡行》《五君咏》不减芙蕖出水。"[4]毛先舒认为颜、谢各有继往开来之功,其《诗辩坻》卷四:"'初日芙蓉',微开唐制,'镂金错彩',犹留晋骨。此关诗运升降,钟殆未知之。"[5]

这种有意味的批评形式,直接影响了后代的文学批评模式,逐渐成为一种中国文学批评史的命题。其中又以唐代李白和杜甫之间的优劣论研究最为经典。正如赵树功所言:"六朝之际最著名的公案是有关颜延之谢灵运优劣的争论……唐宋之后,众多文人、作品间的优劣研讨纳入了文学批评视野,其中以李白杜甫优劣影响最大,成为优劣批评的经典范式。"[6]

---

[1] 张伯伟.全唐五代诗格汇考[M].南京:江苏古籍出版社,2002:160.
[2] (宋)严羽,撰.郭绍虞,校释.沧浪诗话校释[M].北京:人民文学出版社,1983:12、153、156.
[3] (明)胡应麟,撰.中华书局上海编辑所编辑.诗薮[M].北京:中华书局,1962:148.
[4] (清)叶矫然,撰.龙性堂诗话续集[M].不分卷,清稿本.
[5] 张寅彭,编纂.杨焄,点校.清诗话全编[M].上海:上海古籍出版社,2018:151.
[6] 赵树功.李杜优劣论争与才学、才法论[J].文学遗产,2014(06).

参考文献

(一)古籍类

(刘宋)刘义庆,撰.余嘉锡,笺疏.世说新语笺疏[M].北京:中华书局,2015.

(梁)刘勰,著.范文澜,注.文心雕龙注[M].北京:人民文学出版社,1958.

(梁)释僧佑,著.李小荣,校笺.弘明集校笺[M].上海:上海古籍出版社,2013.

(梁)沈约,撰.王仲荦,点校.宋书[M].北京:中华书局,1972.

(梁)释慧皎,撰.汤用彤,校注.汤一玄,整理.高僧传[M].北京:中华书局,1992.

(梁)萧统,编.(唐)李善,等注.六臣注文选[M].北京:中华书局,2012.

(梁)萧子显,撰.南齐书[M].北京:中华书局,1972.

(梁)钟嵘,撰.曹旭(升之师),集注.诗品集注增订本[M].上海:上海古籍出版社,2011.

(唐)房玄龄,等撰.晋书[M].北京:中华书局,1974.

(唐)李延寿,撰.南史[M].北京:中华书局,1975.

(唐)李延寿,撰.北史[M].北京:中华书局,1974.

(唐)魏徵,等撰.隋书[M].北京:中华书局,1973.

(唐)许嵩,撰.张忱石,点校.建康实录[M].北京:中华书局,1986.

(唐)姚思廉,撰.梁书[M].北京:中华书局,1973.

(宋)司马光,撰.(元)胡三省,音注.资治通鉴[M].北京:中华书局,1956.

(明)张溥,著.殷孟伦,注.汉魏六朝百三家集题辞注[M].北京:中华书局,2007.

（清）丁福保,著.历代诗话续编[M].北京:中华书局,2006.

（清）逯钦立,著.先秦汉魏晋南北朝诗[M].北京:中华书局,1983.

（清）何文焕,辑.历代诗话[M].北京:中华书局,2004.

（清）严可均,校辑.全上古三代秦汉三国六朝文[M].北京:中华书局,1958.

[日]遍照金钢:文境秘府论[M].北京:人民文学出版社,1975.

（二）专著类

（刘宋）谢灵运,著.李运富,编注.谢灵运集[M].长沙:岳麓书社,1999.

黄节,注.谢康乐诗注[M].北京:人民文学出版社,1958.

（刘宋）谢灵运,著.殷石臞,选注.谢灵运诗[M].上海:商务印书馆,1935.

[日]川胜义雄.六朝贵族制社会研究[M].徐谷芃,李济沧,译.上海:上海古籍出版社,2007.

[日]船津富彦.山水诗人——谢灵运传记[M].东京:集英社,1983.

[法]朱利安.大象无形——或论绘画之非客体[M].张颖,译.开封:河南大学出版社,2017.

[苏]巴赫金,著.钱中文,主编.巴赫金全集[M].晓河,等译.石家庄:河北教育出版社,1998.

白振奎.陶渊明与谢灵运诗歌比较研究[M].上海:上海辞书出版社,2006.

曹道衡,刘跃进,著.南北朝文学编年史[M].北京:人民文学出版社,2000.

曹道衡,沈玉成,著.中古文学史料丛考[M].北京:中华书局,2003.

曹道衡,沈玉成,编著.南北朝文学史[M].北京:人民文学出版社,1991.

曹道衡,沈玉成,编撰.中国文学家大辞典:先秦汉魏晋南北朝卷[M].北京:中华书局,1996.

陈美足.南朝颜谢诗研究[M].台北:文津出版社,1989.

陈望道.修辞学发凡[M].上海:上海教育出版社,2006.

陈桥生.刘宋诗歌研究[M].北京:中华书局,2007.

谌东飚.颜延之研究[M].长沙:湖南人民出版社,2008.

邓晓芒.西方美学史纲[M].武汉:武汉大学出版社,2008.

葛晓音,主编.谢灵运研究论集[M].桂林:广西师范大学出版社,2001.

顾绍柏,校注.谢灵运集校注[M].郑州:中州古籍出版社,1987.

胡大雷,选注.谢灵运、鲍照选注[M].北京:中华书局,2005.

黄水云.颜延之及其诗文研究[M].台北:文史哲出版社,1989.

洪禹平.千古诗魂·谢灵运研究专集[M].北京:线装书局,2002.

解正明.修辞诗学[M].北京:光明日报出版社,2016.

金午江,金向银.谢灵运山居赋诗文考释[M].北京:中国文史出版社,2009.

李佳,校注.颜延之诗文选注[M].合肥:黄山书社,2012.

李雁.谢灵运研究[M].北京:人民文学出版社,2005.

李绍文,编著.中国山水诗开山鼻祖:谢灵运[M].北京:中国社会出版社,2006.

刘明昌.谢灵运山水艺术美探微[M].北京:文津出版社,2007.

刘心明,译注.谢灵运鲍照诗选译[M].南京:凤凰出版社,2011.

林文月.谢灵运[M].北京:生活·读书·新知三联书店,2014.

陆侃如.中古文学系年[M].北京:人民文学出版社,1985.

毛汉光.中国中古社会史论[M].上海:上海书店出版社,2002.

马晓坤.趣闲而思远:文化视野中的陶渊明、谢灵运诗境研究[M].杭州:浙江大学出版社,2005.

宋红.日韩谢灵运研究译文集[M].桂林:广西师范大学出版社,2001.

宋红.天地一客:谢灵运传[M].杭州:浙江人民出版社,2005.

田余庆.东晋门阀政治[M].北京:北京大学出版社,1989.

汤用彤.汉魏两晋南北朝佛教史[M].北京:中华书局,2016.

吴士文,陈文彬.庙堂与山林之间——谢灵运的心路历程与诗歌创作[M].上海:复旦大学出版社,2013.

王学军.颜延之集编年笺注[M].北京:人民文学出版社,2021.

王瑶.中古文学史论[M].北京:北京大学出版社,1998.

王运熙,杨明.魏晋南北朝文学批评史[M].上海:上海古籍出版社,1996.

王晓燕,刘郝霞,韦强.被误读的"元嘉体"颜延之"文"新释[M].成都:四川大学出版社,2014.

谢巍.中国历代人物年谱考录[M].北京:中华书局,1992.

杨殿珣,编.中国历代年谱总录增订本[M].北京:书目文献出版社,1996.

宗白华.美学散步[M].上海:上海人民出版社,1981.

张兆勇.谢灵运集笺释[M].北京:中国社会科学出版社,2017.

钟优民.谢灵运论稿[M].济南:齐鲁书社,1985.

(三)期刊论文类

白崇.同源异象——颜延之、谢灵运诗风异同论[J].江西师范大学学报(哲学社会科学版),2007,40(04).

陈友琴.颜延之[J].青年界,1935(08).

曹道衡.论颜延之的思想与创作[J].古典文学论丛,1986(04).

程世和.孤愤的个体:谢灵运生存悲剧论[J].陕西师范大学学报(哲学社会科学版),1995,24(01).

陈庆元.严羽论谢灵运——读《沧浪诗话》札记[J].贵州社会科学,1987(02).

邓小军.陶渊明政治品节的见证——颜延之《陶徵士诔并序》笺证[J].北京大学学报(哲学社会科学版),2005,42(05).

丁陶庵.谢康乐年谱[J].文学周刊,1925(38).

高华平.从"文笔之辨"到重"文"轻"笔"——《诗品》扬谢抑颜原因新解[J].华中师范大学学报(哲学社会科学版),1996(01).

顾绍柏.论谢灵运[J].学术论坛,1986(01).

顾绍柏.谢灵运生平及作品系年的几个问题[J].文学遗产,1993(02).

顾农.谢灵运研究中的两个问题[J].扬州大学学报(人文社会科学版),2007,7(05).

葛晓音.走出理窟的山水诗——兼论大谢体在唐代山水诗中的示范意义[C]//谢灵运研究论集.桂林:广西师范大学出版社,2001.

郝立权.谢康乐年谱[J].齐大季刊,1935(06).

郝昺衡.谢灵运年谱[J].华东师大学报(人文社会科学版),1957(03).

侯云龙.谢灵运年谱[J].吉林师范大学学报(人文社会科学版),2005,33(05).

洪绵绵.王弘奏免谢灵运事考[J].文学遗产,2017(04).

洪绵绵.谢惠连《雪赋》探微——兼论元嘉相王专权及与谢灵运雁罪之关系[J].中山大学学报(社会科学版),2017,57(03).

季冰.颜延之年谱、影[J].清华周刊,1933,40(06).

季冰.颜延之年谱(续)[J].清华周刊,1933,40(09).

廉水杰.《文心雕龙》引颜延之所论"言笔文"语义辨正[J].文心雕龙研究,2013(11).

林梦窗.谈颜延之[J].中国文艺(北京),1942,5(06).

李雁.论《诗品》之评谢灵运[J].山东师大学报(人文社会科学版),2001(03).

刘向阳.论谢灵运作品在《诗品》中的双重意义[J].中州学刊,2010(03).

李雁.谢灵运被劾真相考:兼考谢灵运之卒期[J].文学遗产,2001(05).

刘志庆.谢灵运的被杀与刘宋的国策[N].中华读书报,2011-04-06(15).

骆玉明,贺圣遂.谢灵运之评价与梁代诗风演变[J].复旦学报(社会科学版),1983(06).

缪钺.颜延之年谱[J].中国文化研究汇刊,1948(08).

饶宗颐.山水文学之起源与谢灵运研究[J].温州师范学院学报,1992,13(04).

潘仁山.谢灵运的山水诗是现实主义的作品吗?[J].文学遗产,1960(303).

曲景毅.文学史的错位与复位——对"建安之杰""太康之英""元嘉之雄"说法的再认识[J].安徽师范大学学报(人文社会科学版),2008,36(05).

沈洪保.谢灵运二题[J].温州师范学院学报(哲学社会科学版),1992(02).

汤用彤.谢灵运事迹年表[J].国立北京大学国学季刊,1932(01).

陶玉璞.中国佛学发展的偶然性——试论竺道生、谢灵运的佛学思想[J].东华汉学,2006(04).

魏正申.陶渊明与颜延之交往新议[J].怀化学院学报,1991(05).

许云和."芙蓉出水"与"错彩镂金"——关于汤惠休与颜延之的一段公案[J].文学遗产,2016(03).

杨晓斌.颜延之的人生命运及其著作的编辑与流传——兼谈《颜氏传书》本《颜光禄集》的文学与文献价值[J].文学遗产,2012(02).

杨晓斌.类书、总集误收颜延之诗文辨正[J].文史哲,2006(04).

杨晓斌.古本《颜延之集》结集与流传稽考[J].图书情报工作,2008,52(03).

杨晓斌.颜延之《逆降义》钩沉[J].文史哲,2011(06).

叶瑛.谢灵运年谱[J].学衡,1924(33).

周建忠.论颜延之之"狂"[J].烟台师范学院学报,1986(01).

张小夫.谢灵运流放广州时间及死因考[J].兰州学刊,2005(03).

詹杭伦.《文心雕龙》"文笔"说辨析:附论"集部"之分类沿革[J].文艺研究,2009(01).

[日]森野繁夫.颜延之の《庭诰》と褊激の性[J].中国古典文学研究,2003.

[日]森野繁夫.文选杂识——颜延之阳给事诔并序[J].国语科学研究纪要十.

[日]森田野夫.谢灵运与颜延之[C]//中国中古文学研究——中国中古汉—唐文学国际学术研讨会论文集.北京:学苑出版社,2005.

[日]清水凯夫.《诗品》谢灵运条逸话考[J].韩基国译.《学林》第11号,1988.

[美] Tian X. Representing Kingship and Imagining Empire in Southern Dynasties Court Poetry[J]. T'oung Pao, 2016.

(四) 学位论文类

陈骥.谢灵运生命哲学研究[D].南昌:江西师范大学,2012.

皋于厚.谢灵运及其诗研究[D].南京:南京师范大学,1982.

黄海燕.王谢家族交恶与谢灵运之死[D].天津:天津师范大学,2011.

李佳.颜延之集校注及其研究[D].成都:四川大学,2003.

刘文兰.颜延之文学论[D].济南:山东师范大学,2000.

李红.论谢灵运的辞赋创作[D].长春:东北师范大学,2006.

刘向阳.谢灵运诗歌渊源论[D].西安:陕西师范大学,2005.

裴闯.颜延之生平创作平议[D].厦门:厦门大学,2001.

石磊.颜延之研究[D].长春:东北师范大学,2012.

石磊.颜延之集校注[D].长春:东北师范大学,1999.

孙震芳.颜延之及其诗文研究[D].南昌:江西师范大学,2007.

田海凤.试论谢灵运思想发展的历程[D].扬州:扬州大学,2006.

尉建翠.颜延之诗文研究[D].济南:山东师范大学,2007.

吴冠文.谢灵运诗歌研究[D].上海:复旦大学,2006.

王芳.清前谢灵运诗歌接受史研究[D].上海:复旦大学,2006.

熊红.颜延之的骈文创作及其文笔说[D].武汉:湖北大学,2005.

邢宇皓.谢灵运山水诗研究[D].保定:河北大学,2005.

杨晓斌.颜延之生平与著述考[D].兰州:西北师范大学,2005.

杨晓斌.先唐琅邪颜氏家族文学与文化的文献学研究——以颜延之、颜之推为中心[D].北京:中国社会科学院,2011.

杨容.谢灵运佛学思想研究[D].重庆:西南大学,2009.

张慧.刘宋谢氏家风与家学及文学创作活动[D].延边:延边大学,2011.

后　　记

　　去寻找美的事物吧，去寻找智慧的事物吧……

　　红楼、梧桐、细柳、边湖，是悄然坐落在身边的画廊；清风、落雨、鸟鸣、旭阳，是伴随脚步浪漫的交响。从前的脚步婆娑，小心翼翼地俯瞰大地，对待美景的漫不经心终究到了要承受的时候。年年岁岁花相似，岁岁年年人不同，目光执意停留在漫不经心的关怀之外。忽而深沉，忽而轻薄。人间最不可留，乃逝水与流光。终于，时光澄净了所有的依恋、幻想、挣扎、困惑，我的身体和思想可以像云朵一样，轻盈、释怀，随遇而安地看着眼前的风景。我凝视着，思忖着，感动着，眼泪试图侵占眼眶而终究没能得逞，它知道已经没有煽情的必要，只需静静地呼吸和欣赏。现在脚步移动的自然而多情，它懂得何时停止、何时加速。当脚步每每叩响心扉：眼前的青翠，我是深深的爱着她呀……

　　2017年落雨时节，我来到上师大：被雨洗过的道路干净得如同少女的心扉；两旁的梧桐枝干还未抽出新芽，曲折得离奇。我如同一个撞见梦想的青年，兴奋而又腼腆，苦恼又多情。九月，当梦成真的时候，我知道自己会成长起来。

　　本书是在博士学位论文的基础上修订而成。首先要感谢我的博导曹旭先生的耐心指导和谆谆教诲。我的导师曹旭先生意气风发、倜傥潇洒。注视着老师游龙的神态，聆听着老师醇厚的声音，就像坐在临近清泉的石凳上，阳光铺洒在头发上、眼睛里、心扉中的那种既生动又饱满、既欢喜又深邃的幸福。而我就是拥有两者的那个幸运儿。老师的教诲如甘霖，细细滋润，缓慢而彻底。每逢节日，我们师门就去老师家中拜访。老师谈学术、谈理想。2018年2月1日，师曰："幸福，并不是厮守，还有仕途发展，有诗和远方。"初始，我执迷于老师智慧的浩瀚，去听、去学，差距感却始终没有缩小丝毫。内心的不自信、紧张如藤蔓，缠绕在脑海、身体，甚至每一滴血液，不能自由地动弹。这一锁，就是三年。而后一年，野蛮的藤蔓逐渐褪去力量，渐渐释放了自我。这时，我发现，老师的教导正在内心逐渐吸收消化。老师的教诲不止在当下，还有未来。老师经常鼓励我们要走出去，学习、体验异国他乡的情感和文化，开拓眼光和视野，当然还有胸怀。老师的每句话、每个字都充满了力量，仿佛自己随着老师的吐字已然去了远方看世界。我是生活在幻想世界的人儿，心中的体验和感受往往要比现实的行动大许多。纵使如此，我依然坚信老师的教诲，这记忆就像生活中不会忘记每日反省的用心。记得第一次收到老师的赠书，扉页上有老师的亲笔签名，每次打开书，看到老师苍劲的书法写着自己的名字，就莫名地感动。文字、书法能够将转瞬即逝的情感和记忆用一种高雅的、和谐的方式保存起来，无论何时都可以再次读取那时的温情和慈爱。

其次，特别感谢上海师范大学查清华教授、朱易安教授，华东师范大学胡晓明教授，浙江工业大学肖瑞峰，复旦大学查屏球教授、杨焄教授，上海大学饶龙隼教授，各位专家拨冗面批斧正，对敝文提出了许多珍贵的建设性意见，我很荣幸能够当面聆听教诲，颇受启发和思考。

最后，郑重感谢浙江省社科联给予我宝贵的机会，此选题荣获省哲社科规划后期资助课题，并交由浙江大学出版社出版。尤其感谢出版社徐编辑、胡畔编辑的耐心、细致，初审、复审报告详细而中肯，令我受益匪浅。

东湖的阳光铺泻照耀，我懂得：美和智慧已然来临！

付利敏

2023 年 10 月 25 日